에드거 앨런 포 단편선

Edgar Allan Poe

세계문학전집 308

에드거 앨런 포 단편선

Edgar Allan Poe

에드거 앨런 포

전승희 옮김

민음사

차례

병 속에서 발견된 원고

살날이 별로 남지 않은 사람에겐
숨길 거리가 없다.
── 키노, 「아티스」[1]

난 내 조국과 가족에 대해선 별로 할 얘기가 없다. 박해 때문에 조국에서 몰려났고 세월이 지나면서 가족과의 사이도 멀어졌기 때문이다. 재산을 많이 물려받은 덕분에 썩 훌륭한 교육을 받을 수 있었는데, 워낙 명상적인 성향이다 보니 어린 시절 공부하며 부지런히 비축한 지식의 보고를 나름대로 체계화할 수 있었다. 나는 무엇보다도 독일 윤리학자들의 저작에서 큰 즐거움을 얻었다. 광기를 멋지게 표현하는 웅변술을 무분별하게 존경했기 때문이 아니라, 워낙 엄격하게 사유하는 습관 덕에 그들의 오류를 손쉽게 간파할 수 있었기 때문이다. 사람들은 종종 내가 천재적이기는 해도 너무 건조하다며

---

1) 장 바티스트 륄리가 작곡한 오페라를 위해 필리프 키노가 쓴 노랫말에서 따온 구절로, 원문은 프랑스어이다.

나를 힐난했다. 상상력이 부족하다는 것이 내 큰 문제점이라고들 했다. 게다가 내 견해는 엄격하게 회의주의적이라 늘 악명이 높은 편이었다. 사실 나는 물리학에 심취해 있던 터라 내 정신이 우리 시대에 아주 흔한 어떤 오류에서 자유롭지 못하게 된 것은 아닐까 염려하기도 했다. 어떤 현상이든지 과학의 원리로 설명하는 습관 — 심지어 그런 식의 설명이 전혀 들어맞지 않는 현상까지도 — 이라는 오류 말이다. 미신이라는 도깨비불에 미혹돼 자칫 엄격한 진리의 영역을 벗어날 위험이 나만큼 적은 사람도 아마 없을 것이었다. 이런 사실을 여기서 미리 말하는 이유는 내가 이제 들려줄 믿기 어려운 이야기가 나처럼 몽상이라면 사문자나 무효 문서로 여기는 정신의 소유자가 실제로 체험한 경험의 이야기라기보다 단순히 조잡한 상상력의 소산인 헛소리라고 여겨질까봐서이다.

여러 해 동안 해외여행을 다니던 나는 18○○년 풍요롭고 인구가 많은 자바 섬의 자카르타 항에서 순다 열도로 향하는 돛단배에 몸을 싣고 항해를 떠났다. 승객 자격으로 탄 것이었다. 그때 난 단지 내 주변에 수시로 귀신처럼 출몰하던 일종의 안절부절못하는 기분에 이끌려 그 배를 탔다.

내가 탄 배는 무게가 400톤 정도 나가는 아름다운 선박이었는데, 동판으로 바닥을 댔고 선체는 말라바르산 티크재로 뭄바이에서 건조된 것이었다. 라차디브 섬에서 원면과 기름을 선적해 놓았으며, 야자 껍질로 만든 섬유와 인도산 흑설탕, 버터기름, 코코넛, 그리고 아편 몇 상자도 실려 있었다. 적하가 서투르게 이루어진 탓에 배는 까딱하다간 전복하기 쉬운 상태였다.

배는 아주 약한 바람을 받으며 항행 중이었는데, 목적지인 열도에서 오는 작은 배들과 이따금 마주치는 것 외에는 아무런 사건도 일어나지 않았고, 그 바람에 우리는 단조로운 항로에 따분해하며 여러 날 동안 자바 섬 동쪽 해안을 벗어나지 못했다.

어느 날 저녁 고물의 난간 위에 기대어 서 있던 나는 북서쪽 하늘에 아주 특이한 모양의 구름이 떠 있는 것을 발견했다. 그 구름은 색깔이 특이할뿐더러 자카르타를 떠난 뒤 처음으로 눈에 띈 구름이어서 더욱 시선을 사로잡았다. 나는 해가 질 때까지 골똘히 그 구름을 바라보았는데, 해 질 녘이 되자 구름은 갑자기 동쪽과 서쪽으로 넓게 번져 나가면서 가는 안개 띠가 되어 수평선을 감쌌고, 마치 길고 낮은 해안선 같았다. 곧이어 달이 어스레한 붉은색으로 변했고, 바다도 뭔가 평소와 달라 보였다. 바다에 급격한 변화가 일어나 물이 평소보다 투명해 보였다. 바닥이 내 눈에 똑똑히 보였지만 그 깊이는 엄청나게 깊었다. 닻을 감아올리는 동안 나는 배 아래가 열다섯 길이나 된다는 사실을 알 수 있었다. 주변 공기가 점점 참을 수 없을 지경으로 뜨거워졌다. 달궈진 쇠에서 나오는 듯한 수증기가 나선형을 그리며 공기를 채우고 있었다. 밤이 되자 바람은 완전히 잦아들었는데, 그보다 더 완벽한 고요는 생각하기 어려울 정도였다. 배의 고물에서 타고 있던 초의 불꽃은 조금도 흔들리는 기색이 없었고, 내가 손으로 감싸고 있던 긴 머리카락도 전혀 움직이지 않았다. 그러나 우리 배가 해안 쪽으로 떠내려가고 있었기 때문에, 선장은 위험할 것이 전혀 없다면서 돛을 말고 닻을 내리라고 명령했다. 대부분 말레이인이었던 선원들은 불침번도 세우지 않은 채 갑판 위에 몸을 뉘었다. 나는 선실로 내려가면서도 어쩐지 불길한 예감을 떨칠 수 없었다. 내 눈에 띈 모든 현상이 아라비아 사막의 모래 폭풍 같은 무시무시한 폭풍이 다가오고 있다는 판단을 뒷받침해 주고 있었다. 나는 선장에게 이 같은 염려를 전달했지만, 그는 내 말을 완전히 무시하며 아무 대답도 하지 않고 자리를 떴다. 나는 불안과 초조에 시달리며 잠을 이루지 못하다가 자정께에 갑판 위로 올라갔다. 내가 갑판 승강구 계단에 발을 올려놓는 순간, 빠르게 돌아가는 방앗간의 물레방아에서 나는 것 같은 요란한 윙윙 소리가 내 귀를 때려와 화들짝 놀랐다. 그리고 그 소리의 정체를 확인하기도 전에 배 한복판이 흔들리는 것이 느껴졌다. 다음 순간 사나운 물결이 거품을 뿜으며 다가와 갑판보 끝에 있던 우리를 앞뒤로 동시에 덮치면서 갑판의 한쪽 끝에서 다른 쪽 끝까지 순식간에 휩쓸고 지나갔다.

결과적으로 극단적인 기세의 질풍노도가 우리 배를 구한 셈이 되었다. 돛대가 부러져서 떨어져 나갔기 때문에 순간적으로 배가 완전히 침수하긴 했지만, 일 분가량 지난 후엔 바다에서 그 무거운 몸을 일으켰고, 엄청난 폭풍 아래서 한동안 비틀거리다 마침내 똑바로 일어섰던 것이다.

내가 죽지 않은 게 어떤 기적 덕분이었는지 설명하는 것은 불가능하리라. 물에 휩쓸린 충격으로 멍하니 있다가 정신을 차렸을 때 내 몸이 선미재와 방향타 사이에 끼어 있다는 사실을 깨달았다. 나는 젖 먹던 힘을 다해 어렵사리 발을 딛고 일어서서 어질어질한 정신을 가다듬으며 주변을 둘러보았는데, 그 순간 우리가 부서지는 파도 한가운데에 놓여 있다는 사실을 알 수 있었다. 거품을 뿜으며 산더미가 무너져 내리듯 우리를 삼키던 대양의 소용돌이는 상상을 초월할 정도로 정말 무시무시했다. 얼마 후, 항구를 떠나기 직전 승선했던 스웨덴 출신 노인의 목소리가 들려왔다. 나는 그의 목소리가 들려오는 쪽을 향해 필사적으로 소리를 질렀고, 이윽고 그가 비틀거리며 고물 쪽으로 다가왔다. 우리는 곧 우리 두 사람이 그 사고에서 살아남은 유일한 생존자임을 깨달았다. 우리를 제외한 갑판 위에 있던 모든 사람들이 물살에 휩쓸려 가고 없었다. 선장과 선원들은 자다가 변을 당했을 것이다. 선실이 모두 물에 잠겨 있었으니까. 도와줄 사람이 아무도 없는 상황에서 우리가 배의 안전을 위해 할 수 있는 일은 별로 없었다. 그리고 우리가 뭔가 해 보려는 찰나 다시 순간적으로 배가 침몰할 듯 느껴졌기 때문에 우리는 멈칫할 수밖에 없었다. 물론 배의 닻줄은 그 한 번의 폭풍에 노끈처럼 너덜너덜해져 있었다. 하지만 그렇지 않았더라면 우리 배는 바로 침몰했을 것이다. 배는 강한 뒷바람을 받으면서 무시무시한 속도로 떠내려갔고, 우리 머리 위에선 날카로운 파도가 계속 부서졌다. 배의 고물은 골격이 완전히 산산조각 났으며, 그 외에도 배는 거의 모든 면에서 엄청난 피해를 입은 상태였다. 그러나 우리는 배의 펌프가 막히지 않고 배 바닥을 채운 모래 주머니도 그다지 움직이지 않은 것을 보고 참으로 기뻤다. 폭풍은 이미 맹렬한 기세가 한풀 꺾인 터라, 우리는 강풍이 가져올 위험에 대해선 걱정할 필요가 별로 없었다. 그러나 배가 완전히 파괴되었기 때문에 만일 산더미 같은 파도가 다시 한 번 덮쳐 온다면 이제는 죽을 일밖에 남지 않았다는 게 우리의 생각이었다. 따라서 바람이 완전히 멈추기를 기다리던 우리의 마음에 남은 것은 단순한 절망감뿐이었다. 그러나 이러한 아주 당연한 걱정이 사실로 확인될 조짐은 전혀 없었다. 앞쪽 갑판에서 어렵사리 찾아낸 소량의 야자즙 조당이 우리의 유일한 생존 수단이었던 닷새 동안 선체는 밤낮 없이 숨 가쁘게 몰아닥치던 질풍 앞에서 예측을 불허하는 빠른 속도로 선회했다. 바람은 처음 몰아닥쳤던 폭풍의 강도에는 못 미쳤지만, 내가 전에 경험했던 그 어떤 폭풍우보다도 더 무시무시한 것이었다. 첫 나흘 동안 우리의 진로는 약간의 편차는 있었지만 줄곧 남동쪽과 남쪽을 향하고 있었다. 아마도 뉴홀랜드[2]의 해안을 따라 남쪽으로 내려가고 있는 듯했다. 닷새째 되는 날, 바람은 나침반의 한 점 정도 북쪽으로 진로를 바꾸었다. 그럼에도 추위는 극에 달했다. 병적으로 누리끼리한 광채를 띤 태양이 수평선 위로 살짝 기어 올라간 듯 떠올라 미약한 빛을 비추고 있었다. 눈에 확 띄는 구름은 없었지만 바람이 점점 더 세게 불어왔으며, 띄엄띄엄 변덕스럽게 노호했다. 대충 정오라고 짐작한 시간에 이르렀을 때, 우리는 다시 태양의 모습에 주목하지 않을 수 없었다. 해는 여전히 제대로 빛이라고 부를 만한 것을 쏘아 내지

2) 오스트레일리아의 옛 이름 중 하나.

않았고, 그 대신 편광된 것처럼 반사되지 않는 무디고 음침한 빛을 발했다. 해 중앙의 화염은 넘실거리는 바닷속으로 내려앉았다가, 가라앉기 바로 직전에 설명 불가능한 어떤 힘에 의해 꺼지듯 갑자기 사그라들었다. 깊이를 알 수 없는 대양으로 서둘러 떨어지던 순간 태양의 모습은 희미한 은빛을 띤 테두리에 지나지 않았다.

엿새째 날이 밝기를 우리는 헛되이 기다리고 또 기다렸다. 내겐 아직 도래하지 않았고 나와 함께 있던 스웨덴인에게는 끝내 도래하지 않을 그날을 말이다. 해가 진 이후 우리는 칠흑 같은 어둠에 갇혀 있었는데, 따라서 배에서 스무 발짝밖에 떨어지지 않은 물체조차도 분간할 수 없었다. 영원한 밤이 계속해서 우리를 둘러싸고 있었으니, 열대지방에서 흔한, 인을 함유한 바닷물에서 보이곤 하는 광택조차도 그 밤들 동안엔 빛나지 못했다. 비록 폭풍은 누그러지지 않은 채 계속 격렬하게 노호했지만, 그전까지 우리 주변에서 넘실대던 파도와 거품은 이제 보이지 않는다는 것을 알 수 있었다. 사방은 공포이자 두껍게 깔린 어둠이며, 찌는 듯 후텁지근하고 캄캄한 사막이었다. 미신적인 공포가 그 스웨덴인 노인의 머릿속으로 서서히 스며들었으며, 나의 영혼도 고요한 경이감에 휩싸였다. 우리는 배를 돌보는 것은 단순히 소용이 없는 정도를 넘어 헛된 짓에 지나지 않는다고 판단해 일찌감치 포기하고, 우리의 몸을 뒷 돛대의 그루터기에 되는대로 단단히 묶어 맨 채, 절망에 찬 시선으로 망망대해를 바라보고 있었다. 우리에게는 시간을 알 방법이 전혀 없었고, 위치를 짐작할 방도도 없었다.

우리가 어떤 항해자들보다도 훨씬 남쪽으로 내려왔다는 것은 분명했는데, 예상과는 달리 얼음의 방해를 받지 않고 있다는 사실이 아주 신기하게 느껴졌다. 그러는 가운데 매 순간 지금 이 순간이 마지막일지도 모른다는 느낌에 시달렸으며, 산더미 같은 파도가 광폭한 기세로 다가올 때마다 이번에는 그 파도가 우리를 삼켜 버릴지도 모른다고 생각했다. 파도는 내 상상을 초월할 정도로 무시무시했고, 그것이 우리를 삼켜 버리지 않은 것은 정말 기적이었다. 스웨덴인 노인은 배에 실린 짐이 그다지 무겁지 않다는 사실을 지적하면서 배의 성능이 뛰어나다고 말했다. 그러나 난 희망이라는 것이 전적으로 가망이 없음을 느끼지 않을 수 없었으며, 그랬기 때문에 암울한 심정이 되어 죽음을 맞이할 준비만 하고 있었다. 배가 1노트 2노트 나아감에 따라 어둠에 잠긴 거대한 바다가 더욱 무시무시한 기세로 용솟음치고 있었기 때문에, 그 어떤 사태가 벌어진다 해도 우리의 죽음이 한 시간 이상 늦춰질 수는 없을 것 같았다. 우리는 배와 함께 때로는 앨버트로스[3]보다도 더 높은 곳까지 치올라 숨을 헐떡였고, 때로는 축축한 지옥 같은 낮은 곳을 향해 엄청난 속도로 떨어지는 바람에 현기증을 느꼈다. 무겁게 괸 공기가 내려앉고, 어떤 소리도 크라켄[4]의 잠을 깨우지 않는 그런 지옥 말이다.

　우리가 이 같은 나락에 내려앉아 있을 때, 공포에 질려 황급

---

[3] 공중 아주 높은 곳에서 먼 거리를 날아가는 것으로 알려진 전설의 새.
[4] 고대 스칸디나비아 전설에 나오는 바다 괴물로, 섬만큼 덩치가 크며 깊은 바닷속에서 자다가 영겁에 한 번씩 잠에서 깨어난다고 한다.

하게 내지르는 스웨덴 노인의 비명 소리가 밤의 어둠을 가를
듯 난데없이 터져 나왔다. "저기 좀 보오, 저기!" 귀를 찢을 듯
날카로운 비명 소리였다. "하느님 맙소사! 저기 좀 보라고!"
그가 이렇게 말하는 동안 나는 붉은빛을 띤 흐릿하고 음침한
섬광이 엄청난 크기의 파도 사이에서 거대한 아가리를 떡 벌
린 깊은 수렁 양쪽으로 흘러내리면서 우리 배의 갑판 위로 간
간이 밝은 빛을 던지고 있다는 사실을 깨달았다. 눈길을 위로
향하자 내 혈관의 피를 얼어붙게 하기에 충분한 광경이 시야
에 들어왔다. 우리 머리 바로 위로 보기만 해도 무시무시한 높
이에, 그리고 깎아지른 듯 가파른 파도의 꼭대기에 4,000톤
은 되어 보이는 거대한 배가 아슬아슬하게 걸려 있었던 것이
다. 자기 높이의 백 배도 더 되는 높이의 파도 꼭대기에 올라
앉아 있었지만, 그 배는 현존하는 어떤 전함이나 동인도 무역
용 선박보다 커 보였다. 배의 선체는 거무죽죽한 때가 묻은 듯
짙은 검은색이었으며, 보통 배와는 달리 조각 장식은 없었다.
놋쇠로 된 대포가 열린 포문으로부터 뻗어 나와 일렬로 서 있
었으며, 잘 닦아 반들반들 윤이 나는 표면에서는 헤아릴 수 없
이 많은 전투용 등불이 매달려 삭구 주변의 앞뒤로 흔들리고
있었다. 하지만 우리를 가장 겁에 질리게 한 것은 그 배가 그처
럼 초자연적인 바다, 즉 그토록 사납게 날뛰는 폭풍에 정면으
로 대항한 채 돛을 올린 상태로 버티고 서 있다는 사실이었다.
그 배가 처음 우리 눈에 띄었을 때는 뒤쪽으로 희미하게 보이
던 무시무시한 심연에서 서서히 솟아오르고 있던 참이라 배
의 이물만 눈에 띄었다. 우리가 강렬한 공포에 차 있을 때 배

는 마치 자신의 장엄함을 음미라도 하듯 아찔한 정점에 멈춰서 있었는데, 그런 후 곧 몸을 부르르 떨더니 마침내 기우뚱기우뚱 아래를 향해 내려왔다.

바로 그 순간 내가 어떻게 갑자기 냉정을 되찾았는지 모르겠다. 하여튼 고물의 끝을 향해 내가 갈 수 있는 만큼 비틀비틀 걸어간 다음, 그곳에 서서 감연한 자세로 곧 내게 밀어닥칠 몰락을 기다렸다. 마침내 투쟁을 포기한 우리 배는 이물 쪽에서부터 곤두박질치며 침몰하기 시작했다. 이윽고 추락하는 무게 때문에 이미 물속에 잠겨 있던 선체 부분에 충격이 가해졌고, 그 결과 나는 꼼짝도 못한 채 그 낯선 배의 삭구 위로 내던져지게 되었다.

내가 떨어질 때 마침 그 배가 바람에 들썩이며 돌았다. 그에 따른 혼란 덕분에 내가 그 배의 선원들의 눈에 띄지 않은 것 같다. 난 큰 어려움 없이 아무도 모르게 반쯤 열린 주 승강구 쪽으로 간 뒤, 기회를 포착해 짐칸에 몸을 숨겼다. 그렇게 한 이유를 설명하는 건 불가능하다. 아마도 그 배에 탄 사람들을 보는 순간 느껴진 막연한 경이감 때문에 숨기로 결심했을 것이다. 그들을 얼핏 보는 순간 막연한 신비감과 회의, 그리고 염려가 느껴져 그들에게 나 자신을 맡기기가 좀 주저되었던 것이다. 따라서 나는 화물실을 은신처로 삼는 것이 좋겠다고 판단하고, 근처의 판자 조각을 이용해 배의 거대한 기둥 사이에 간편한 은신처를 만들었다.

내가 이렇게 은신처를 마련하는 작업을 마치자마자 화물실쪽에서 발소리가 들려와서 나는 방금 만들어 놓은 은신처로

피신해야 했다. 누군지는 알 수 없지만 어떤 사람이 가만가만 불안정한 걸음걸이로 내 은신처 곁을 지나갔다. 그 사람의 얼굴을 볼 수는 없었지만 모습을 대충 살펴볼 수는 있었다. 얼핏 보아도 노쇠한 사람이 틀림없었다. 오랜 세월의 무게 아래 무릎이 기우뚱거리고 몸 전체가 떨리는 것이 보였다. 그는 낮은 어조로 띄엄띄엄 내가 이해할 수 없는 말을 몇 마디 중얼거렸고, 한구석으로 가더니 산더미처럼 쌓인 특이한 도구들과 부식된 항해 지도 사이를 더듬어 댔다. 그에게서는 노망난 사람 같은 고약함과 오로지 신만이 지닐 법한 신성한 위엄이 기묘하게 뒤섞인 태도가 엿보였다. 그는 마침내 갑판으로 올라갔고, 난 그 후로 그를 보지 못했다.

이름을 알 수 없는 감정이 내 영혼을 사로잡고 있다. 그 감정은 분석을 허용하지 않으며, 지난 세월 동안 배워 온 교훈도 그것을 이해하는 데 별 도움이 되지 않는다. 그리고 미래에도 그것을 이해할 열쇠를 손에 넣지 못할 것 같다. 나 같은 성향의 사람에게 그런 생각은 정말 고약하다. 나는 내가 결코 본성 속 관념적인 시선에 만족하지 못할 것이라는 걸 분명히 안다. 또한 이런 관념들에 한계가 없다는 건 놀랄 일도 아니다. 그것들은 완전히 새로운 원천에서 나오니까 말이다. 새로운 감각, 그러니까 새로운 개체가 내 영혼에 보태진 셈이다.

내가 이 으스스한 배의 갑판에 처음 발을 내디딘 후 시간이 꽤 흘렀는데, 내 생각엔 이제 내 운명의 광선들이 한 초점을 향해 모이고 있는 것 같다. 참으로 이해할 수 없는 인간들이다! 그들은 내가 이해할 길 없는 종류의 명상에 잠겨, 내 곁을 지나면서도 나를 보지 못한다. 그 사람들이 나를 알아보지 못하도록 몸을 숨긴 내 행위는 정말 어리석은 짓이었다. 내가 한 선원의 코앞을 스쳐 지나간 것이 바로 조금 전의 일이고, 또 감히 선장 전용 객실에까지 침입해서 지금 내가 사용하고 있고, 전에 글을 쓸 때도 사용했던 도구들을 꺼내 온 것도 그리 오래전 일이 아니다. 나는 이 일기를 이따금씩 계속해서 쓸 작정이다. 어쩌면 이 글을 세상에 내보일 기회를 얻지 못할지도 모른다. 하지만 그렇게 하려는 노력만큼은 포기하지 않을 작정이다. 마지막 순간이 오면 이 원고를 병에 넣어 바다에 던질 생각이다.

새롭게 발생한 사건이 내게 새로운 명상의 기회를 제공했다. 이런 일들이 과연 제멋대로 작동하는 우연의 산물인지? 나는 대담하게도 갑판 위로 올라가서 소형 보트 바닥에 있던 줄사다리와 낡은 돛 더미 한가운데로 뛰어내렸는데, 아무도 이런 내 행위를 주목하지 않았다. 내 운명이 참으로 기이하다고 생각하면서 나는 무심결에 내 손 가까운 물통 위에 얹혀 있던 차곡차곡 잘 개어진 보조 돛의 가장자리를 타르 솔로 칠했다. 나중에 그 보조 돛이 다시 펼쳐졌을 때, 대문자로 쓰인 '발견'이라는 글자 위에 발린 무심한 솔 자국이 보였다.

요 며칠간 나는 내가 탄 배의 구조를 꽤 많이 관찰할 수 있었다. 무장이 잘되어 있기는 했지만 전함은 아닌 것 같았다. 삭구와 골격, 일반적인 장비들로 미루어 전함 같아 보이지는 않았다. 하지만 그 배가 무엇이 아닌지는 쉽게 파악할 수 있었지만, 무엇인지는 말하기가 불가능한 것 같다. 분명한 이유는 알 수 없지만, 이 배의 기이한 형태와 골격이 특이한 돛대들, 그것의 엄청난 크기와 꼴사납게 큰 돛천 등을 찬찬히 뜯어보자면 뭔가 낯익다는 느낌이 간간이 내 마음속을 스친다. 그리고 거기엔 뭔가 분명하지 않은 기억의 그림자, 옛 시대의 낡은 외국 연대기들에 대한 불가해한 기억이 항상 섞여 든다.

배의 재목을 한참 바라보았다. 배는 낯선 재료로 만들어졌다. 목적에 맞지 않아 보이는 재목이었다. 즉 구멍이 숭숭 뚫려 있었는데, 이런 바다를 항해하다 보면 생기기 마련인 벌레 먹은 구멍이나 건조한 지 오래된 배에서 재목이 썩어 들어가 생긴 구멍과도 다른 것이었다. 어쩌면 너무 까다로운 관찰이라고 할지도 모르지만, 내가 보기에 그 재목에서는 스페인산 떡갈나무가 인위적으로 팽창되었을 때 나타나는 특징이 모두 엿보였다.

위에 적은 문장을 읽다 보니 늙고 풍상에 시달린 네덜란드 출신의 뱃사람이 얘기한 기이한 격언이 통째로 머리에 떠오른다. 자신의 말이 진실성을 의심받을 때면 그는 "바다에서는 배의 덩치가 불어나고 선원의 몸도 불어난다. 내 말은 그 현상처럼 확실하다."라고 말하곤 했다.

한 시간쯤 전 나는 선원 무리 속에 과감하게 끼어들었다. 선원들은 내게 아무런 주의도 기울이지 않았고, 내가 그들 한가운데에 서 있는데도 내 존재를 전혀 의식하지 못하는 듯 행동했다. 선원들은 내가 처음 화물실에서 보았던 선원처럼 모두 늙고 백발이 성성했다. 무릎에는 아무런 힘도 없어 덜덜 떨렸고 어깨도 노쇠로 인해 완전히 오그라져 있었다. 쭈글쭈글한 피부는 바람에 덜덜거렸고, 목소리는 나직나직 떨렸으며 뚝 뚝 끊겼다. 눈은 노인 특유의 눈물로 번뜩였으며, 잿빛 머리카락은 폭풍 속에서 끔찍하게 흩날렸다. 그들 주변의 갑판엔 매우 기이하게 생긴, 요즘에는 쓰이지 않는 낡은 계산 도구들이 여기저기 흩어져 있었다.

배의 보조 돛이 올려진 것을 발견했다는 사실에 대해 얼마 전에 언급했다. 그때부터 배는 뒤에서 곧장 불어오는 바람을 활죽에서부터 낮은 보조 돛대의 하활에 이르기까지 너덜거리는 돛천에 모두 받으면서 남쪽으로 무시무시한 항행을 계속해 나갔다. 그러는 동안 윗 돛대의 활대는 인간의 정신이 상상할 수 있는 지옥 중에서도 가장 끔찍한 물의 지옥을 향해 돌았다. 선원들은 아무 거리낌 없이 행동했지만, 나로서는 가만히 서 있는 것조차 불가능해서 방금 갑판에서 내려오는 길이다. 이 엄청난 크기의 배가 당장 바닷물 속에 삼켜져 영원히 사라져 버리지 않는 것이 내가 보기엔 기적 중의 기적이다. 우리의 운명은 분명 심연을 향한 최후의 돌진을 하지 못한 채, 끊임없이 영원의 언저리에서 서성대는 듯하다. 우리는 내가 여태 본 가장 큰 물결보다도 천 배는 더 커다란 거대한 물결도 쏜살같이 빠른 갈매기처럼 유연하게 활강하며 피해 간다. 그러면 이내 장대한 파도가 바닷물 속 마귀라도 되는 양, 그러나 단지 위협만 할 뿐 파괴는 금지된 마귀인 양, 우리 위로 고개를 치켜든다. 배가 그처럼 계속 위기를 모면하는 이유가 그런 결과를 가져오는 자연현상 덕분일 뿐이라고 믿는 수밖에 없다. 배가 강한 조류나 강력한 역류의 영향권 안에 있다고 짐작하는 수밖에.

나는 선장도 직접 마주쳤다. 그것도 그의 선실 안에서. 그러나 내가 짐작한 대로 그는 나에게 전혀 주의를 기울이지 않았다. 그의 외모에서는 평범한 사람이 한번 훑어보고서 그가 인간 이상인지 이하인지 판단할 수 있는 특별한 특징이 눈에 띄지 않았다. 그럼에도 나는 그를 바라본 순간 경이감뿐 아니라 억제할 수 없는 경외감에도 강렬하게 사로잡혔다. 그의 몸집을 보자면, 키가 173센티미터 정도로 나와 거의 비슷했다. 체구는 균형이 잡혀 탄탄했고, 남달리 강건해 보이지도 약해 보이지도 않았다. 그러나 그의 얼굴에 서린 독특한 표정, 즉 그가 노인임을 너무도 완벽하고 극단적으로 증명하는 그 표정, 강렬하고 경이로우며 전율을 일으키는 그 표정을 보면서 내가 느꼈던 감정을 말로 표현하기는 불가능하다. 이마에는 거의 주름이 없었는데, 묘하게도 그것이 그가 수많은 세월을 살았음을 증거하는 듯하다. 잿빛 머리카락은 과거를 기록하고 있으며, 그보다 더 진한 잿빛 눈은 미래를 내다보는 예언자의 것이었다. 선실의 마룻바닥에는 기묘하게 생긴 철제 걸쇠가 달린 2절판 책과 금방이라도 바스러질 것처럼 보이는 과학 기구, 그리고 보통 사람들에게는 잊힌 지 오래인, 낡아 빠진 지도 들이 두껍게 덮여 있었다. 그는 머리를 손 위로 푹 숙이고 있었는데, 국왕의 직인이 찍힌 위임장으로 보이는 서류를 침착하지 못한 강렬한 눈길로 뚫어져라 들여다보고 있었다. 내가 화물실에서 처음 보았던 선원과 마찬가지로 그 또한 혼자 투정하듯 낮은 목소리로 낯선 말을 중얼거렸다. 그가 바로 내 옆에 있는데도 그의 목소리는 1킬로미터도 넘게 떨어진 곳에서 들려오는 것 같았다.

배와 그 안에 있는 모든 것은 과거의 혼에 씌어 있다. 선원들은 묻혀 버린 세기의 유령들처럼 앞뒤로 미끄러지듯 걷는다. 그들의 눈에서는 열정적이면서도 불안한 기색이 엿보인다. 그들의 몸이 전투용 각등의 눈부신 빛을 받아 번뜩이며 내 앞에 비스듬히 나타날 때 전과 전혀 다른 새로운 느낌이 든다. 내가 평생 동안 고대 유물의 판매업자 노릇을 하며 바알베크와 타드모르, 페르세폴리스[5]에 있던 쓰러진 기둥들의 그림자를 흡수해 내 영혼이 폐허가 될 정도였는데도.

주위를 둘러볼 때 나는 그동안 내가 품어 왔던 걱정과 두려움에 수치심을 느낀다. 그동안 우리 배를 따라다니던 돌풍에

---

5) 세 곳 모두 중동 지역에 위치한 도시 유적이다.

떤 건, 회오리바람이니 모래 폭풍이니 하는 말로는 그 규모를 제대로 다 표현할 수 없는 이 바람과 대양 사이의 교전 앞에 혼비백산해 망연히 서 있는 것에 비하면 정말 아무것도 아니었다! 지금 배의 바로 곁에 있는 건 단지 영원한 밤의 어둠뿐이며, 거품 없는 바다의 혼돈뿐이다. 그러나 우리 배의 양쪽으로 1리그[6] 정도 떨어진 곳에선 기가 질릴 정도로 큰 빙벽들이 우주의 벽이라도 되는 양 우뚝 서서 황량하기 짝이 없는 하늘로 사라지는 모습이 이따금 희미하게 보인다.

배가 조류 안에 있다고 짐작했던 것이 사실로 판명되었다. 새하얀 얼음 곁에서 울부짖고 비명을 지르면서, 기세 좋게 곤두박질치는 거대한 폭포수같이 천둥소리와 함께 남쪽으로 빠르게 흘러가는 물살을 조류라고 부를 수 있다면 말이다.

지금 내가 느끼는 공포를 이해하는 것은 전적으로 불가능하다고 나는 감히 말한다. 하지만 신비하기 짝이 없는 이 무시무시한 지역에 대해 알고자 하는 호기심은 내 절망보다도 커서, 내 호기심을 충족시키기 위해서라면 가장 끔찍한 죽음과도 화해할 수 있을 것 같다. 우리가 나아가는 이 길의 끝에 뭔가 흥미진진한 지식이 기다리고 있는 것은 분명하니까. 다만 그 지식을 획득하는 것은 곧 죽음을 의미하므로, 그것은 결코 후세에 전해질 수 없는 비밀인 것이다. 지금 우리가 탄 이 조

---

6) 약 5킬로미터 정도의 거리를 나타내는 단위.

류가 우리를 다른 곳이 아닌 남극으로 데려가 줄지도 모르겠다. 나는 얼핏 보기에 터무니없이 황당해 보이는 이 추측에 충분한 근거가 있다는 사실을 고백하지 않을 수 없다.

선원들이 난폭하게 떨리는 발걸음으로 갑판 위를 불안하게 왔다 갔다 한다. 그러나 그들의 표정에는 절망의 무감각보다는 희망의 열렬함이 엿보인다.

그러는 사이 바람은 여전히 우리 배의 선미루에 머물고 있다. 배에 수많은 돛이 올려져 있기 때문에 이따금 선체가 바닷물 위로 들어 올려지기도 한다. 오, 무시무시하고도 또 무시무시하구나! 빙벽이 갑자기 오른쪽으로 열리고, 이어 다시 왼쪽으로 열린다. 그리고 우리는 거대한 동심원을 그리며 현기증 나는 속도로 거대한 원형극장의 가장자리를 선회한다. 그 원형극장의 벽은 꼭대기가 너무 높아 어둠 속에 잠긴 채 보이지 않는다. 다가올 내 운명에 대해 심사숙고할 시간이 별로 남지 않은 것 같다. 원이 급속도로 작아진다. 우리의 배는 소용돌이의 손아귀 안으로 미치광이 같은 기세로 내동댕이쳐진다. 배는 고함을 지르고 우르릉대며 천둥 번개를 울려 대는 대양과 폭풍의 한가운데에서 선체를 떨고 있다. 오, 하느님! 우린 추락하고 있다.

리지아

그리고 죽음을 거부하는 의지가 그곳에 있다.
의지와 그것이 지닌 활력의 신비를 아는가?
신이란 집중된 의도로 모든 존재에 스며드는
거대한 의지에 지나지 않는다.
인간이 연약한 의지라는 단점만 지니지 않았더라면
천사에게도 죽음에게도 완전히 굴복하지 않을 것이다.

— 조지프 글랜빌[7]

리지아를 언제, 어떻게, 혹은 정확히 어디서 처음 만났는지
아무리 기억을 더듬어 봐도 생각이 나지 않는다. 그녀를 만난
후로 세월이 꽤 흐르기도 했고, 또 힘든 일을 너무 많이 겪은 탓
에 기억이 희미해지기도 했다. 혹은 지금 이 시점에서 그런 세
부 사항을 기억할 수 없는 이유가 실은 내 연인이었던 그녀의
성격 때문인지도 모른다. 보기 드문 그녀의 학식과 남다르면
서도 단정한 미모, 낮고 음악적인 언어로 자릿하게 사람의 마
음을 사로잡는 웅변이 나도 모르는 새에 서서히 내 가슴속으
로 파고 들어왔기 때문에, 언제 어디서 그녀를 만났는지 알 수
없게 된 것인지도 모른다. 내가 처음, 그리고 가장 자주 그녀를

---

7) 이 인용문은 영국 수필가인 조지프 글랜빌(1636~1680)의 사상과 비슷한
내용을 담고 있지만, 그의 글을 실제로 인용한 것이 아니라 포가 임의로 창작
한 것이다.

만난 곳이 라인 강가에 자리 잡은 몰락해 가는 고색창연한 대도시에서였던 것 같기는 하다. 그녀의 가족에 대해선 ── 그녀가 자기 가족에 대해 말하는 것을 내가 듣기는 들었던 게 틀림없는 것 같다 ── 그녀가 유서 깊은 가문 출신이라는 사실에는 의심의 여지가 없다. 리지아! 리지아! 내가 하는 연구의 성격상 무엇보다도 바깥세상에 무관심해지는 데다 나 역시 그 연구에 푹 파묻혀 지내는 탓에, 나는 더 이상 이 세상 사람이 아닌 그녀의 모습을 오로지 그 달콤한 단어, 리지아라는 단어를 통해서만 내 눈앞에 떠올릴 수 있다. 그리고 내가 이 글을 쓰는 지금에서야 나는 내가 친구이자 약혼자였으며, 연구의 동반자, 그리고 마침내 가슴속의 아내가 되었던 그녀의 성조차 전혀 모르고 있다는 사실이 떠올랐다. 그건 내 리지아가 장난삼아 내게 맡긴 과제였을까? 아니면 내가 그녀의 집안에 대해 알아보지 않는다는 사실로 내 애정의 강도를 측정해 보려던 것이었을까? 혹은 그녀보다는 나 자신의 변덕스러운 장난, 그러니까 가장 열정적인 사랑의 제단에 바친, 너무나도 낭만적인 나의 봉헌물이었을까? 그런 사실마저도 오직 희미하게만 기억날 뿐이다. 그런 사실의 원인이나 관련된 상황을 모두 잊었다는 사실이 얼마나 놀라운지! 그리고 실로, 사람들이 흔히 말하듯 만일 로맨스[8]라는 이름으로 불리는 그 정신, 즉 우상숭배의 나라인 이집트의 여신인 애시토펫[9], 가냘픈 날개에 창백

───────────────

8) 여기서 로맨스는 기이하고 이국적이며 놀라운 것을 기록한 이야기라는 뜻으로 쓰였다.
9) 페니키아의 성애의 여신으로, 재앙을 가져다 주는 것으로 알려져 있다. 따

한 얼굴을 한 그녀가 불길한 결혼을 주재하는 게 사실이라면, 우리의 결혼을 주재한 이도 바로 그 여신이었음에 추호도 의심의 여지가 없었다.

하지만 그녀에 관한 한 가지 소중한 사실에 대해서는 기억이 나를 배반하지 않았다. 그것은 바로 리지아의 생김새에 대한 것이다. 그녀는 키가 컸고 다소 호리호리했는데, 죽음을 앞두고는 더욱 수척해졌다. 그녀의 거동에 깃든 위엄이나 침착한 여유, 그녀가 내딛던 발걸음의 불가해한 경쾌함을 묘사하려고 시도해 봤자 소용없는 노릇이다. 주변을 오갈 때 그녀는 마치 그림자 같았다. 그녀가 내 어깨에 그 대리석 같은 손을 올려놓으면서 음악처럼 달콤하고도 낮은 목소리로 속삭일 때에야 나는 그녀가 내 서재에 들어왔다는 것을 깨닫곤 했다. 그녀 얼굴의 아름다움은 타의 추종을 불허했다. 그것은 아편 복용 후의 꿈에서나 볼 수 있는 광휘, 단잠에 빠진 델로스의 딸[10]들의 영혼 주변을 맴돌던 환상보다도 훨씬 더 광적으로 신비하고 공기처럼 가벼운, 영혼을 끌어올리는 듯한 환영이라 부를 만했다. 하지만 그녀의 이목구비는 고전 시대 이교도들의 예술 작품의 예를 따라 우리가 숭상하도록 잘못 배운, 정형화된 틀과는 맞지 않는 것이었다. 베이컨, 즉 베룰람 경[11]은 미의 모든 형태와 유형에 대해 참으로 옳은 말을 남겼다. "아무리 절묘한 아름다움이라 할지라도 비례가 약간 기이하지 않

라서 유대인들은 그 이름을 언급하는 것조차 금했다.
10) 그리스 신화 속 델로스 섬의 왕인 아니우스의 세 딸을 가리킨다.
11) 프랜시스 베이컨(1561~1626)에게 부여된 작위.

은 것은 없다."[12] 나는 리지아의 이목구비가 고전적 전범에 어긋난다는 걸 의식하고 있었고, 그녀의 아름다움이 실로 '절묘하다.'는 것을 감지할 수 있었으며, 그 전체에 상당히 '기이한' 요소가 스며들어 있다는 걸 느낄 수도 있었지만, 그럼에도 그녀의 얼굴에서 고전적 전범에 어긋나는 점이나 '기이한' 흔적들을 찾아보려고 아무리 애를 써 봐도 소용이 없었다. 그녀의 당당하고 창백한 이마의 윤곽을 뜯어보기도 했지만, 아무런 흠도 없었다. 그런 수식어로 그리도 신성한 위엄을 지닌 얼굴을 묘사하는 것은 얼마나 터무니없는 짓인지! 상아 중에서도 가장 깨끗한 상아에 비견할 만한 그녀 이마의 피부, 당당해 보이는 넓이와 거기 깃든 침착성, 유연하게 돌출된 관자놀이 윗부분, 또한 반드르르하게 윤기가 흐르는, 자연스레 곱슬곱슬한 숱 많은 칠흑빛 머릿단은 "히아신스를 연상시키는!"이라는 호머의 수식어를 완벽하게 구현했다. 그녀 코의 가냘픈 윤곽으로 말하자면, 나는 히브리의 우아한 원형 초상화 말고는 일찍이 그 어느 곳에서도 그녀의 코에 비견할 만큼 완벽한 코를 본 적이 없다. 화려할 정도로 매끄러운 표면, 보일 듯 말듯 아주 살짝 구부러져 내려간 모양의 매부리코, 자유로운 정신을 상징하듯 조화롭게 둥글린 콧방울 등은 모두 히브리의 원형 초상화를 꼭 닮아 있었다. 사랑스러운 입도 바라보았다. 그녀의 입은 실로 모든 거룩한 것의 승리였다. 얇은 윗입술의

---

12) 베이컨의 『수필집』에 실린 「아름다움에 관하여」라는 글에서 인용한 문장이다.

격조 높은 곡선, 아랫입술의 부드럽게 관능적인 나른함, 귀여운 보조개, 진한 입술 색, 돌아보는 얼굴에서 흘끗 엿보이는 깜짝 놀랄 정도로 찬란하게 빛나는 치아. 그녀가 차분하고도 고요하되 더할 나위 없이 눈부시게 빛나는 미소를 지을 때면 모든 신성한 빛들이 그녀의 치아를 비추었다. 턱의 생김새도 자세히 살펴보았다. 그리고 그 모습에서도 나는 그리스인 특유의 유연한 곡선, 매끈하면서도 장엄하고, 풍만하면서도 영적인 모습, 아폴로 신이 아테네인의 아들인 클레오메네스[13]의 꿈에서만 보여 주었던 바로 그 윤곽을 발견했다. 그리고 나서 나는 리지아의 커다란 눈을 자세히 들여다보았다.

눈에 대해서만큼은 먼 과거인 고전 시대에서 그녀 눈의 모델을 발견할 수 없다. 베룰람 경이 암시했던 비밀이 다름 아닌 내 연인의 눈과 관련된 것이었는지도 모른다. 그녀의 눈은 보통 사람의 눈보다 훨씬 더 컸던 것으로 기억한다. 그녀의 눈은 누르자하드[14] 계곡에 사는 부족처럼 영양을 닮은 가장 동그란 눈보다도 더 동그랬다. 그러나 리지아의 모습에서 느껴지는 이런 특수성이 눈에 띄는 일은 아주 드물었다. 약간이라도 눈에 띄는 일은 아주 가끔, 그녀가 극도로 흥분한 순간뿐이었다. 그리고 그런 순간 그녀의 미모는 지상을 넘어선 장소, 혹은 지상과는 동떨어진 장소에 사는 인물의 미모, 즉 터키의

---

13) 기원전 5세기 아테네의 유명한 화가였던 아폴로도로스의 아들.
14) 프랜시스 셰리든의 『누르자하드의 역사』(1767)라는 소설 제목에서 따온 이름으로, 누르자하드 공작의 여자 노예들은 절묘하게 아름답고 눈이 큰 것으로 묘사되어 있다.

전설적인 후어리[15)]의 미모와도 같았다. 내가 열에 달뜬 환상에 잠겨 있었기 때문에 그렇게 보였던 것인지도 모른다. 그녀 눈동자의 색깔은 검은색 중에서도 가장 찬란한 검은색이었으며, 그 눈 위로 긴 속눈썹이 곡선을 그리며 위를 향해 높이 올려져 있었다. 윤곽이 약간 고르지 않은 눈썹도 마찬가지로 검은색이었다. 하지만 내가 그녀의 눈에서 '기이함'을 발견한 이유는 그 생김새나 색깔, 혹은 광채와는 무관하며, 그런 것들보다는 그녀 눈의 표정과 관련된 것이라고 봐야 옳다. 아, 무의미한 언어여! 우리가 영적인 사실들에 대해 너무도 무지한 존재라는 사실을 감추기 위해, 우리는 다양하긴 해도 실제로는 단순한 소리일 뿐인 언어 뒤에 숨는다. 리지아의 눈에 깃든 표정! 내가 그것에 대해 심사숙고하느라 얼마나 오랜 시간을 소모했던가! 그 의미를 캐묻기 위해 한여름 밤을 얼마나 자주 지새웠던가! 내 사랑하던 연인의 눈동자 안 깊숙이 놓여 있던 그것 — 데모크리토스[16)]의 심연보다도 더 깊은 그것 — 은 과연 무엇이었을까? 난 그 정체를 알아내고야 말겠다는 불타는 열정에 사로잡혀 있었다. 그 눈! 그토록 빛나던, 그 크고도 신비한 눈동자! 그 눈동자들은 내게 레다의 쌍둥이 별[17)]이 되었고,

15) 무슬림 전설 속 천국에서 남성의 시중을 드는 소녀들로, 눈이 크고 검으며 아름답고 관능적이지만 육체가 없다고 알려져 있다.
16) "진리에 관해 우리는 아무것도 모른다. 진리는 심연 속에 있기 때문이다." 라는 말을 남긴 그리스의 철학자.
17) 그리스 신화에서 스파르타의 왕비인 레다가 낳은 카스토르와 폴룩스라는 쌍둥이 형제를 기리는 별이다.

난 그 의미를 읽기 위해 점성술사 중에서도 가장 독실한 점성술사가 되었다.

우리는 종종 오랫동안 잊었던 것을 떠올릴 때, 기억이 날 듯말 듯하다가 결국 기억해 내지 못하는 경험을 한다. 이런 현상은 학계에서는 한 번도 주목한 적이 없지만, 내가 보기엔 정신과학이 해결하지 못한 수많은 변칙 현상에 대한 수수께끼 중에서도 가장 흥미진진한 수수께끼이다. 리지아의 눈을 유심히 관찰할 때, 내가 얼마나 자주 그 눈에 깃든 표정의 의미에 대해 곧 완전히 이해할 것 같다는 느낌을 받으면서도 — 아직은 완전히 이해하지 못했지만 곧 그런 이해에 도달할 것 같다는 느낌 말이다 — 동시에 그런 이해가 결국은 완벽하게 내 손아귀를 빠져나가 버렸다는 느낌을 받았는지! 그리고 기묘하게도 — 오, 불가사의 중에서도 가장 기묘한 불가사의로다! — 나는 우리 우주에 존재하는 가장 평범한 사물들 속에서 그녀의 눈에 깃든 표정에 비견할 만한 것을 발견하곤 했다. 리지아의 아름다움이 내 마음속으로 들어와 그곳이 성소라도 되는 양 머무르던 시기 이후, 나는 그녀의 크고 빛나는 눈동자가 언제나 내 마음속에 일으켰던 바로 그 감정과 꼭 같은 감정을 물질세계의 많은 존재에서도 느꼈다. 하지만 그렇다고 해서 그 느낌을 정의하거나 분석하는 것이 더 쉬워지지는 않았다. 그리고 그것을 지속적으로 느끼는 것이 더 쉬워지지도 않았다. 반복해서 말하지만, 나는 포도 넝쿨이 훌쩍 자란 것을 볼 때, 나방이나 나비, 번데기나 흐르는 물줄기를 고요히 관찰할 때 더러 동일한 감정을 느꼈다. 또한 같은 감정을 대양과 사라지는 유성에서도 느낄 수 있었다. 남달리 더 늙은 노인의 눈빛에서도 느껴졌다. 하늘의 별을 하나둘 ── 그중에서도 특히 거문고자리의 큰 별 가까이에서 볼 수 있던, 변화무쌍한 여섯 광도의 두 겹의 별[18]을 ── 망원경으로 자세히 관찰하다가 문득 똑같은 느낌이 든 적도 있다. 현악기에서 울려 나오는 특정한 소리를 들을 때나 어떤 책의 구절을 읽을 때도 자주 같은 감정으로 충만했다. 수없이 많은 다른 예 중에서도 나는 조지프 글랜빌의 저서 중 한 부분, 내게 어김없이 똑같은 감정을 불러일으키던 한 부분을 잘 기억하고 있다.(아마도 그 구절이 좀 낯설었기 때문이리라. 하지만 누가 자신 있게 말할 수 있으랴?) "그리고 죽음을 거부하는 의지가 그곳에 있다. 의지와 그것이 지닌 활력의 신비를 아는가? 신이란 집중된 의도로 모든 존재에 스며드는 거대한 의지에 지나지 않는다. 인간이 연약한 의지라는 단점만 지니지 않았더라면 천사에게도 죽음에게도 완전히 굴복하지 않을 것이다."

세월이 흐르면서 내 성찰도 깊어졌고, 따라서 나는 영국인 윤리학자가 쓴 위의 구절과 리지아의 성격의 어떤 부분이 실제로 어느 정도 관련이 있다는 사실을 깨달았다. 그녀의 생각이나 행동, 혹은 말이 지녔던 강렬성이 그 거대한 의지의 결과거나 적어도 그것의 지표였을 가능성이 크다고 생각한다. 비록 그녀와 내가 알고 지낸 오랜 세월 동안 그 거대한 의지

────────────────

18) 거문고자리를 구성하는 밝은 별로, 베가라는 이름으로 알려진 이 별은 실제로는 하나의 별이 아니고 여러 개의 별이 겹쳐진 것이다.

의 존재를 증명하는 더 직접적인 증거를 목격하지는 못했지만. 리지아, 겉보기엔 침착하고 항상 차분해 보였던 그녀야말로 내가 알고 지낸 모든 여성 중에서 가혹한 열정이라는 격렬한 독수리 떼의 가장 끔찍한 희생물이었다. 그리고 그 열정의 크기에 대해 나는 짐작조차 할 수 없었을 것이다. 만일 그녀의 눈이 그토록 기적적으로 커져 내게 그리도 큰 기쁨과 전율을 주지 않았더라면 말이다. 그녀의 아주 낮은 목소리가 거의 마술적인 선율과 억양, 뚜렷함과 차분함을 띠지 않았더라면 말이다. 그리고 그녀가 늘상 입에 올렸던 거친 단어들에 담긴 격렬한 에너지, (그녀의 차분한 말씨 사이의 대조로 인해 두 배나 더 효과적이었던) 그 사나운 에너지가 아니었더라면 말이다.

앞서 리지아의 학식에 대해 언급했다. 그녀의 지식은 참으로 방대했다. 나는 그 같은 학식의 폭을 일찍이 어떤 여성에게서도 보지 못했다. 그녀는 고전어에 능통했고, 내가 아는 한 그녀가 구사하는 유럽의 현대 방언에서 아무런 흠도 발견하지 못했다. 학계가 자랑하는 지식 중에서도 가장 난해한 것이라는 이유만으로 크나큰 존경의 대상이 되는 주제들 중 그 어느 것에 대해서도 리지아가 틀린 적이, 내가 그걸 목격한 적이 단 한 번이라도 있었던가? 아내의 바로 그런 성격적인 특징에 대해 내가 이렇게 뒤늦게서야 주목하게 됐다는 사실이 얼마나 신기하고, 또 얼마나 흥미진진한지! 앞서 나는 그녀의 학식이 일찍이 어떤 여성에게서도 본 적이 없을 정도로 깊고 방대한 것이었다고 말했다. 과연 현세에서 도덕적, 물리적, 그리고 산술적 과학의 모든 방대한 분야를 리지아처럼 완벽히 통달한 남성을 찾을 수 있을까? 나는 그녀 생전에는 지금 내가 명백하게 지각하는 이 사실, 즉 리지아의 학식이 놀라울 정도로 거대하다는 사실을 알지 못했다. 하지만 그녀의 지력이 무한하게 우월하다는 사실은 충분히 의식하고 있었다. 그래서 우리 결혼생활의 초기 몇 해 동안 나는 내 마음을 사로잡고 바쁘게 만들었던 형이상학적 탐구의 무질서한 세계를 통과하기 위해 어린애가 전적으로 어른을 믿고 자신을 내맡기듯 그녀의 인도에 전적으로 매달렸다. 이전에 거의 주목된 바 없으며 널리 알려지지도 않은 연구를 하고 있는 내 머리 위로 그녀가 고개를 숙일 때, 내가 얼마나 의기양양해지고 생생한 기쁨에 사로잡혀서 그리고 얼마나 영묘한 희망에 차서 내 앞에 서서히 펼쳐지던 그 달콤한 정경을 체감했던지! 그 길고 찬란한 미지의 길을 따라가다 보면 마침내 너무나 신성하고 고귀해서 인간의 접근을 금지할 수밖에 없는 최후의 목적지인 지혜에 다가가게 될 것 같았기 때문이다.

그러니 내가 당연한 것으로 기대했던 그 결과들이 수년 후 갑자기 몸에 날개를 달고 달아나 버리는 것을 목격했을 때 내가 느꼈던 애달픔이 얼마나 사무친 것이었던지! 리지아가 없는 나는 캄캄한 밤 암중모색을 하는 어린아이에 지나지 않았다. 그녀가 거기 있기만 해도, 그녀가 그냥 읽어 주기만 해도 당시 우리의 관심을 사로잡았던 초절주의[19]의 많은 신비들이 저절로 명백해졌다. 그러다 하루아침에 그녀의 눈이 발

---

19) 19세기 중엽에 미국에서 일어난 관념론적 철학 운동.

하는 눈부신 빛을 받고자 금빛으로 반짝거리던 글자들은 토성의 납보다도 더 불투명한 색으로 변해 버렸다. 이어 내가 골똘히 들여다보던 책장을 그녀가 바라보는 일이 점점 줄어들었다. 리지아의 건강이 나빠졌다. 그녀의 열정적인 눈은 너무나, 너무나도 휘황한 광채로 타올랐다. 창백한 손가락은 무덤과도 같은 투명한 납빛을 띠게 되었고, 높은 이마의 푸른 정맥은 그녀의 감정 중에서도 가장 온화한 감정이 밀려오고 밀려갈 때조차도 충동적으로 부풀어 올랐다가 가라앉았다. 나는 그녀가 죽음에 직면해 있다는 사실을 알아채고, 내 온 정신력을 발휘해 냉혹한 천사 아즈라엘[20]과의 필사적인 싸움에 돌입했다. 놀라운 사실은 열정적인 아내의 투쟁은 나의 투쟁보다도 훨씬 더 강력했다는 것이다. 나는 아내의 냉정한 성격으로 미루어 그녀에게 죽음이 찾아오더라도 그녀가 공포로 그것을 맞이하지는 않으리라고 믿었다. 하지만 실제는 달랐다. 그녀가 어두운 그림자와 싸울 때 보인 저항이 얼마나 격렬했는지 말로는 제대로 형용할 길이 없다. 그 가련한 장면을 볼 때 내게선 저절로 극심한 고통의 신음 소리가 흘러나왔다. 내가 그녀를 위로하거나 그녀의 이성에 호소하려고 시도할 수도 있었다. 하지만 삶 ─ 삶 ─ 오로지 삶만을 향한 그녀의 거칠고 강력한 욕망에 비해 위로나 이성 따위는 터무니없이 어리석은 것이었다. 그럼에도 불구하고 그녀의 격렬한 정신이 가장 발작적으로 몸부림치던 그동안에도 ─ 마지

---

20) 임종할 때 영혼을 육체에서 분리시킨다고 알려진 죽음의 천사.

막 순간을 제외하면 ── 그녀는 몸가짐을 흐트러뜨리지 않고 차분히 처신했다. 그녀의 목소리는 전보다 더 온화해졌고 더 낮아졌다. 하지만 그녀가 조용조용 언명한 단어들의 거친 의미를 이 자리에서 되짚어 보려는 것은 아니다. 인간의 경지를 넘어선 멜로디, 그녀가 인간이 일찍이 알지 못했던 가정과 소망을 표현하는 것에 넋을 잃고 귀를 기울이는 동안 난 머릿속에 현기증을 느꼈다.

그녀가 나를 사랑했다는 사실에 대해서는 추호도 의심의 여지가 없었다. 그녀 같은 사람은 사랑할 때 가슴속에 비범한 열정이 함께했을 것이라는 사실을 의식하기는 어려운 일이 아니었다. 하지만 그녀가 죽음을 맞이하게 된 뒤에야 나는 그녀의 사랑이 지닌 엄청난 힘을 제대로 인식하게 되었다. 그녀는 내 손을 오랫동안 꼭 쥔 채 애정이 열정을 넘어 숭배에 달했던 그녀 가슴속 깊은 진실을 내 앞에 넘치도록 쏟아붓곤 했다. 과연 내게 그 같은 고백, 그처럼 넘치는 축복을 받을 자격이 있었단 말인가? 어찌하여 난 그녀가 그런 고백을 하는 바로 그 순간 사랑하는 그녀를 잃어야 하는 저주를 받았던 것일까? 그러나 난 이제 그 사실에 대해 얘기하는 것조차 견딜 수 없다. 리지아는 자격도, 가치도 없는 ── 안타깝게도 말이다! ── 나에게 자신의 사랑을 온통 쏟아부었으니, 그녀의 사랑은 단순한 여성다운 순종의 경지를 넘어선 것이었다. 바로 그런 사랑을 보며 마침내 나는 깨달았다. 그것이 바로 그 순간 빠르게 사라져 가던 생을 향한 그녀의 갈망, 격정적이고 열렬한 욕망의 표현임을. 이 사나운 열망, 생을 향한 ── 그렇

다, 생을 향한 ─ 이 열렬하고 강렬한 욕망을 제대로 묘사할
능력이, 그것을 제대로 표현할 언어가 내겐 없다.

그녀가 세상을 뜨던 날 밤 자정에 그녀는 단호한 손짓으로
나를 침대 곁으로 불렀다. 그리고 내게 며칠 전 자신이 지은
시를 암송하라고 명령했다. 나는 그녀의 말에 복종했다. 그 시
는 다음과 같다.

보라! 지금은 잔치의 밤,
외로운 마지막 해의 하룻밤!
날개가 달린, 그리고 베일을 쓴
눈물 젖은 천사의 무리들이
극장에 앉아서 보고 있다.
희망과 공포의 연극을,
오케스트라가 이따금
창공의 음악을 불어 내는 동안.

무언극 배우들, 저 높은 곳 하느님의 모습을 하고,
낮은 목소리로 중얼댄다.
그리고 이리저리 날아다닌다.
콘도르의 날개를 퍼덕여
앞뒤로 장면을 바꾸는
수많은 무정형의 형체들의 명령에 따라
오고 가는 단순한 꼭두각시에 지나지 않는 그들,
보이지 않는 존재, 워이!

그 엉망진창 드라마! ─ 오, 분명
잊히지 않으리!
똑같은 지점을 향해 돌아가는
원을 그리며,
끊임없이 헛되이 쫓아다닐 뿐인 군중에게
영원히 쫓기는 그 환영,
많은 광기와 더 많은 죄악과
그리고 공포가 그 플롯의 요지라네.

그러나 보라, 광대극 속 군중 한가운데로
한 형체가 끼어들어 슬금슬금 기어가고 있다!
무대 배경 속 고독으로부터 몸부림치며
빠져나온 핏빛 물체!
몸부림친다! 몸부림친다! 치명적인 독니를 박는다.
무언극 배우들이 그 먹이가 된다.
천사들은 독니를 보고 흐느낀다.
인간의 피로 흠뻑 물든 해수(害獸)의 독니.

꺼진다 ─ 불이 꺼진다 ─ 모든 불이 꺼진다!
그리고 덜덜 떠는 모든 형체 위로
질풍노도와 같은 속도로 떨어진다.
커튼이, 관을 덮는 보가.
그러자 창백하고 핏기 없는 표정의 천사들이 모두
치솟아 오르며 베일을 벗는다.

그리고 그 극이 「인간」이라는 제목의 비극이며,

그 극의 주인공은 벌레, 정복자임을 확인한다.[21]

 "오, 하느님!" 내가 낭송을 마치자 리지아가 이렇게 숨죽인 듯한 비명을 지르며 벌떡 일어나서 팔을 발작적으로 높이 치켜들었다. "오, 하느님! 오, 거룩하신 아버지시여! 그것들이 어김없이 그리한단 말입니까? 그 정복자가 정복되는 일이 단 한 번도 일어나서는 안 된단 말입니까? 저희는 당신의 일부이지 않습니까? 의지의 권능과 신비를 아시는 당신의 일부가? 인간이 연약한 의지라는 단점만 지니지 않았더라면 천사에게도 죽음에게도 완전히 굴복하지 않을 텐데."

 이윽고 감정적으로 극도로 흥분해서 기운을 소진한 듯, 그녀는 하얀 팔을 축 늘어뜨린 채 엄숙히 죽음의 침대로 되돌아갔다. 마지막 숨을 내쉬는 그녀의 입에서 다시 낮게 중얼거리는 소리가 섞여 나왔다. 고개를 숙여 그녀의 입술로 귀를 가져다 댄 나는 다시 글랜빌의 구절 중 마지막 문장을 알아들을 수 있었다. "인간이 연약한 의지라는 단점만 지니지 않았더라면 천사에게도 죽음에게도 완전히 굴복하지 않을 텐데."

 그녀가 죽었다. 그리고 난 슬픔에 짓눌린 먼지가 되어, 더 이상 라인 강가의 쇠락해 가는 보잘것없는 도시에 있는 쓸쓸하고 황량한 내 거처를 견딜 수 없었다. 내게는 세상이 재산이

---

21) 이 시는 포가 1843년 1월 《그레이엄스 매거진》에 처음 발표한 「정복자 벌레」라는 작품이며, 1845년 2월 《뉴욕 뉴 월드》에 「리지아」의 일부로 게재되었다.

라고 부르는 것이 부족하지 않았다. 리지아는 내게 평범한 사람들이 받을 수 있는 것보다 훨씬 더 많은, 아주 막대한 양의 재산을 남겼다. 따라서 나는 몇 개월 동안 지친 발길을 이리저리 돌리며 정처 없이 떠돌다가 마침내 영국에서도 가장 황량하고 외딴곳에 있는 한 사원을 구입해서 약간 수리한 후 그리로 이사했다. 음울하고 황량하면서도 당당한 건물의 위풍, 문명의 손길이 거의 닿지 않은 듯한 영지의 모습, 그리고 그 두가지가 연상시키는 수많은 우울한 옛 기억들은 여러 가지 면에서 나를 그 멀고도 한적한 지방으로 내몬, 내 완전한 자포자기의 심정과 일치했다. 난 썩어 가는 수풀로 둘러싸인 사원의 외관은 그대로 두었지만, 어린아이와도 같은 고집과 아마도 슬픔을 가라앉히려는 막연한 희망 때문이었던 듯, 실내만큼은 왕궁을 능가할 만큼 호화롭게 장식하려는 유혹을 뿌리치지 못했다. 이 같은 어리석은 취향은 내가 어릴 때부터 흡수한 것이었고, 이제 그 유치한 취향이 마치 내가 비탄으로 인해 망령에 들었다는 것을 증명이라도 하듯 나를 다시 찾아왔다. 슬프도다, 내가 미쳐 가고 있다는 사실이 호화롭고 환상적인 장막들, 장중한 이집트의 조각들, 벽을 둘러싼 장식 띠와 가구들, 금실로 짠 술 장식이 달린 양탄자의 혼란스러운 패턴에서 얼마나 잘 드러나고 있었을지! 나는 아편의 속박에 꼼짝없이 사로잡힌 노예가 되었고, 내 일과 명령은 전날 꾼 꿈에 따라 그 색채가 달라졌다. 하지만 그처럼 어리석었던 내 행태에 대해 여기서 자세히 묘사할 필요는 없으리라. 정신이 이상해진 내가 금발에 푸른 눈을 한 트레메인 출신의 숙녀 로웨나 트리

배니언을, 잊지 못할 내 리지아의 후계자, 즉 나의 신부로 교회의 제단에서 맞이한 다음 데리고 간 그 방, 영원히 저주받을 그 방에 대해서만 이야기하기로 하자.

그 신혼 방의 건축양식과 실내장식은 지금도 모두 내 눈앞에 생생하다. 그 도도한 신부 집안의 사람들이 단지 황금에 대한 갈증에 눈이 어두워 소중한 딸인 젊은 처녀로 하여금 호화롭게 치장된 방의 문턱을 넘도록 허락했을 때, 그들의 영혼은 과연 어디에 있었던 것일까? 앞에서 나는 그 방의 구석구석을 아주 세세히 기억한다고 말했다. 하지만 애석하게도 훨씬 더 중대한 사항에 대해서는 잊어버렸다. 그런 것들은 모습이 환상적인 데다 어떤 체계나 질서가 없어 기억하기가 쉽지 않았다. 성처럼 지어진 사원의 높은 첨탑에 자리 잡은 그 방은 오각형으로 널찍했다.[22] 오각형의 남쪽 면은 전체가 하나의 창문으로 이루어져 있었다. 엄청나게 큰 단 한 장의 베니스산 납빛 판유리를 통과한 햇빛과 달빛은 방 안의 모든 사물에 소름 끼치는 광채를 던졌다.[23] 이 커다란 창문 위쪽으로 오래된 넝쿨이 첨탑의 육중한 벽을 타고 기어 올라가 격자 모양의 구조물 위로 뻗어 있었다. 음침한 빛깔의 떡갈나무로 만들어진 천장은 아주 높고 둥글었는데, 거기에는 반은 고딕 양식이고 반은 드루이드 양식인 무늬 중에서도 가장 사납고 기괴한 표본들이 정교하게 격자 세공되어 있었다. 이 음침한 둥근 천장의

---

22) 오각형은 비술에서 초자연적인 영역으로 들어가는 관문이라 여겨진다.
23) 당시 베니스산 유리 중 어떤 것들은 마술적 힘을 가진 것으로 여겨졌다.

한가운데 가장 깊숙한 곳에서부터 긴 고리로 된 금 사슬 하나가 내려뜨려져 있었고, 거기에 사라센 문양의 금제 흔들향로가 매달려 있었다. 이 향로는 구멍을 많이 내어 끊임없이 타오르는 다채로운 불꽃이 그 구멍의 안팎을 통과해 드나들도록 만들어져 있었다.

방에는 또한 동양풍의 긴 의자와 가지가 많은 금 촛대 몇 개가 여기저기 놓여 있었고, 견고한 흑단으로 만든 인도식 소파, 즉 관을 덮는 보처럼 생긴 덮개가 위에 드리워진 낮고 긴 신부용 소파도 있었다. 그 방의 각 모서리에는 룩소르[24]의 왕릉에서 가져온 거대한 검은 화강암 석관이 서 있었는데, 그 오래된 관 뚜껑은 태곳적의 조각으로 꽉 채워져 있었다. 하지만 그 방에 드리워진 천이야말로 애통하게도(!) 그 방에 환상적 분위기를 부여하는 가장 중요한 요소였다. 균형이 안 맞을 정도로 엄청난 높이의 그 방 벽에는 천장 꼭대기에서 발치까지 무겁고 육중해 보이는, 수많은 주름이 잡힌 커튼이 드리워져 있었다. 그것은 바닥에 깔린 양탄자나, 긴 의자와 흑단 침대 위와 기둥에 드리워진 덮개, 그리고 창문을 살짝 가린 커튼의 화려하게 소용돌이치며 포개지던 주름 부분 등과 같은 천으로 되어 있었다. 금실을 아낌없이 사용해 짠 것이었다. 그 천에는 직경이 30센티미터가량 되는 아라베스크풍의 문양이 여기저기 불규칙하게 온통 짜여 들어가 있었고, 칠흑빛 무늬도 수놓아져 있었다. 그러나 그 문양들은 단 한 지점에서 바라볼 때에

---

24) 이집트 나일 강변에 있던 고대 도시.

만 진짜 아라베스크의 모습을 띠었다. 요새는 흔해진 방법, 그리고 실상 먼 과거에서 기원한 방법으로 짜인 그 문양들은 보는 방향에 따라 모습이 변하도록 되어 있었다. 방으로 들어서는 사람에게는 그 문양들이 그저 기괴한 형상처럼 보였다. 하지만 일단 방 안으로 들어가면 그런 모습은 서서히 사라졌다. 그리고 방문객이 방 안으로 한 발 두 발 들어서면 노르만 족 미신에 나오는 형체들이나 혹은 수도승의 떳떳지 못한 선잠에나 나올 법한 무시무시한 형체들이 연이어 나타나 방문객을 둘러쌌다. 그리고 이처럼 비현실적인 느낌은 커튼 뒤에서 인위적으로 계속 부는 강한 바람으로 인해 엄청나게 고조되었고, 그 덕분에 방 전체에 끔찍스러우면서도 불안한 생기가 더해졌다.

이런 방에서, 바로 그 같은 신혼 방에서, 나는 트레메인 출신의 숙녀와 함께 아무런 걱정도 없이 우리 신혼 첫 달의 부정한 시간을 보냈다. 그러는 동안 나는 아내가 지나치게 침울한 내 성정을 두려워하면서 나를 피하며, 나를 별로 사랑하지 않는다는 느낌을 받았다. 그러나 그 사실은 오히려 나를 즐겁게 했다. 나는 그녀를 혐오했고, 그 혐오감은 인간이라기보다는 악마의 것이라고 할 만했다. 나의 기억은 리지아, 그 사랑스럽고 위엄에 넘치는 아름다운 무덤 속의 여인을 향해 줄달음쳤다. 오, 참으로 강렬한 회한과 함께 말이다! 나는 그녀의 순수함과 지혜와 고고하고도 영묘한 성격, 그리고 나에 대한 그녀의 열정적이고 맹목적인 숭배에 가까운 사랑에 대한 회상에 흠뻑 빠져들었다. 그러니까 이제 내 영혼은 그녀 안에 존재하던 그 모든 불꽃으로 지펴져 그것들을 모두 합한 것 이상으로 제멋대로 활활 타올랐던 것이다. 습관적으로 마약의 족쇄에 채워져 있던 나는 아편에 절어 꿈의 흥분 상태에 잠긴 채, 한밤중 사방이 고요할 때나 혹은 한낮 산골짜기의 외딴곳에서 큰 소리로 그녀의 이름을 외쳐 불렀다. 마치 고인을 향한 내 그리움에 담긴 격렬한 열의와 엄숙한 열정과 절절함을 드러내면 그녀가 떠나가 버린 오솔길, 즉 이 지상으로 되돌아올 수 있을 것처럼 말이다. 오, 그런 일이 가능해질 날이 영겁을 두고 과연 올 수 있을 것인지?

로웨나는 결혼한 지 한 달 만에 갑작스레 열병에 걸렸는데 회복이 더뎠다. 열이 높아 기력이 소진되었고, 제대로 잠들지 못하고 불안한 밤을 보내게 되었다. 그런데 반쯤 잠들어 정신이 몽롱하던 그녀가 첨탑 방의 안쪽 어딘가에서 뭔가가 움직이는 소리가 들려온다고 말했다. 나는 그녀의 주장에 근거가 없으며, 단지 병적 공상의 산물이거나, 아니면 각도에 따라 환영처럼 변하는 방의 풍경 때문에 그런 느낌이 들 수도 있었을 거라고 결론을 내렸다. 마침내 그녀가 회복기에 접어들었고, 드디어 건강을 회복했다. 하지만 그녀는 오래지 않아 다시 더 극심한 병에 들었고, 또다시 몸져눕게 되었다. 그리고 원래 병약한 체질이던 그녀의 몸은 이 두 번째 공격에서 끝내 완전히 회복되지 못했다. 그 이후로 그녀는 늘 예사롭지 않은 병에 걸렸는데, 예사롭지 않은 주기로 찾아오는 그 병은 의사들의 지식에 도전했고, 또 그들에게 엄청난 노력을 요구했다. 이렇듯 인간의 능력으로 치료하기에는 너무나 확고하게 체질이 되어 버린 듯한 만성질환이 심해지면서, 나는 또한 그녀가 걸핏하면 사소한 일에도 공포를 느끼고 쉽게 짜증을 내게 되었다는 사실을 깨달았다. 그녀는 새삼, 그리고 더욱 자주, 커튼에서 아주 작은 소리가 들리며 거기서 이상한 움직임도 느껴진다며 예의 그 주장을 끈질기게 되풀이했다.

9월 말의 어느 날 저녁, 그녀가 이 고통스러운 이야기를 다시 꺼내며 내 주의를 환기시키기 위해서인 듯 보통 때보다 더 고집을 부렸다. 그녀는 막 어지러운 잠에서 깨어난 뒤였는데, 나는 염려 반, 막연한 공포심 반의 상태에서 그녀의 수척해진 얼굴 표정이 변하는 것을 지켜보고 있었다. 그녀의 흑단 침대 곁에 놓인 인도산 소파에 앉은 채였다. 그녀는 반쯤 몸을 일으켜 진지하고 낮은 목소리로 내게 속삭였다. 그녀에게는 바로 그 순간 들려왔지만 내게는 들리지 않은 소리와, 그녀에게는 바로 그 순간 보였지만 내게는 보이지 않은 움직임에 대해서. 바람이 커튼 뒤에서 빠르게 몰려가고 있었기 때문에, 나는 그녀에게 들린 거의 들리지 않을 정도의 숨소리와 벽 위로 그녀에게 보인 매우 유연하게 변하는 여러 모습들이 늘상 부는 바람의 자연스러운 효과일 뿐이라는 걸 그녀에게 증명해 보여 주고 싶었다. 고백하건대 나 스스로도 그 이론을 완전히 믿지는 못했지만 말이다. 하지만 그녀의 얼굴에 창백한 죽음의 그림자가 번지는 것을 보고 나는 그녀를 안심시키려는 내 노력이 헛되다는 것을 깨달았다. 그녀는 금방이라도 기절할 것처럼 보였는데, 마침 부르면 바로 달려올 수 있는 거리엔 하인이 한 명도 없었다. 나는 의사들의 지시에 따라 도수가 약한 포도주를 준비해 두었다는 사실을 기억해 내고, 그 병을 꺼내기 위해 급히 방을 가로질러 반대쪽을 향해 다가갔다. 그러나 흔들향로 불빛 아래로 한 발을 디디는 순간 나는 두 가지 정황을 목격하고는 소스라치게 놀랐다. 보이지는 않아도 무언가가 손에 잡힐 듯 가볍게 내 몸을 스쳐 지나간다는 느낌이 들었던 것이다. 그런 뒤 곧 금빛 양탄자 위, 흔들향로에서 나오는 밝은 불빛 안 바로 한가운데에서 천사의 형상을 한 희미하고 불분명한 그림자, 그늘의 그림자라고나 불러야 할 만큼 희미한 형체를 목격했다. 하지만 나는 아편을 많이 피워 극도로 흥분한 상태였기 때문에 그런 것들에 별 주의를 기울이지 않았으며, 로웨나에게도 아무 말 하지 않았다. 그리고 그냥 포도주를 찾아 가지고 방을 다시 가로질러 그녀의 침대 곁으로 가 포도주를 한 잔 가득 부어 정신을 잃어 가는 그녀의 입술을 향해 내밀었다. 하지만 그녀는 이미 어느 정도 정신을 차렸고, 그래서 스스로 잔을 집어 들었다. 나는 시선을 그녀에게 고정시킨 채 곁에 있던 소파 깊숙이 앉았다. 그런데 바로 그 순간 누군가 소파 근처 양탄자 위를 걸어가는 듯한 부드러운 발걸음 소리가 아주 분명하게 들려왔다. 그리고 그 바로 다음 순간 로웨나가 포도주를 입술을 향해 들어 올리는 동안 난 목격했다. 아니, 목격했다고 상상한 것인지도 모른다. 마치 방의 공중에 있는 보이지 않는 샘에서 떨어지는 양, 반짝이는 루비빛 액체가 서너 방울 술잔 속으로 뚝뚝 떨어진 것을. 만일 내가 목격한 게 사실이라면, 로웨나가 그것을 목격하지 못한 것 또한 틀림없는 사실이었다. 그녀는 조금도 주저하지 않고 포도주를 단숨에 들이켰는데, 나는 방금 목격한 것이 단지 로웨나의 공포심과 내가 피운 아편, 그리고 한밤중이라는 시간 때문에 내 상상력이 병적으로 활발해진 데서 비롯된 결과일 뿐이라고 생각했기 때문에 그녀에게는 아무 말도 하지 않기로 마음먹었다.

하지만 그 루비 빛 액체 방울이 떨어진 포도주를 마신 뒤 곧 아내의 병이 급격히 악화된 사실을 모른 체할 수는 없었다. 병은 계속 악화되어 그런 일이 있고 난 뒤 사흘째 되는 날 밤에 이르러서는 하녀들이 그녀의 장례 준비를 하기 시작했고, 나흘째 되는 날 밤 결국 나는 그녀를 신부로 맞이했던 그 기괴한 방에서 수의를 입은 그녀의 시체 곁에 홀로 앉아 있게 되었다. 그러던 차에 아편의 영향 때문인지 황당한 환영들이 그림자처럼 내 눈앞을 스쳐 지나갔다. 나는 또한 방 귀퉁이에 있던 석관과, 커튼에 수놓인 시시각각 변하는 형상들, 그리고 머리 위 흔들향로에서 꿈틀거리며 타는 형형색색의 불을 불안한 눈으로 바라보았다. 그러다가 며칠 전 저녁에 있었던 일에 생각이 미치면서 나는 그날 밤 희미한 그림자의 흔적을 목격했던 바로 그 흔들향로 불빛 아랫부분으로 눈길을 돌리게 되었다. 하지만 그 흔적은 더 이상 눈에 띄지 않았다. 나는 안도의 한숨을 내쉬며 침대 위에 놓인 창백하고 뻣뻣한 형체로 눈을 돌렸다. 그러자 리지아에 관한 수천의 기억이 몰려왔고, 그에 이어 그렇게 수의를 입은 리지아를 바라보았을 때 느꼈던 이루 형용할 수 없는 비탄의 심정이 소용돌이치는 파도처럼 격렬하게 내 가슴속으로 고스란히 밀려 들어왔다. 밤이 깊어 갔고,

더할 나위 없이 사랑했던 단 한 여인에 대한 비통한 심정으로 가득 찬 나는 여전히 로웨나의 시체를 골똘히 바라보았다.

자정, 혹은 그 전후에 — 난 시간에 신경 쓰지 않았다 — 갑자기 낮고 부드러우면서도 아주 분명한 흐느낌 소리가 들려와 나를 선잠에서 깨웠다. 내 느낌에는 그 소리가 흑단 침대, 즉 그 죽음의 침대에서 들려오는 것 같았다. 나는 미신적인 공포감에 떨면서 한동안 귀를 기울였는데, 더 이상 아무 소리도 들려오지 않았다. 작은 움직임이라도 있는지 보려고 눈을 부릅뜨고 시체를 바라보았으나 시체는 조금도 움직이지 않았다. 하지만 내가 착각한 것이라고는 믿을 수 없었다. 비록 아주 희미한 소리일망정 그 소리가 들려온 것은 틀림없었고 내 안에서 영혼이 일깨워진 것도 분명했다. 나는 단호하고 끈질긴 태도로 주의 깊게 그 시체를 바라보았다. 몇 분 후에야 그 수수께끼에 빛을 비추는 듯한 정황이 발생했다. 마침내 약하디약한, 너무도 미약한, 거의 눈에 띄지 않을 정도의 혈색이 그녀의 뺨과 눈꺼풀 위 푹 꺼진 모세혈관 주변을 장밋빛으로 물들이고 있다는 사실이 분명히 보였다. 나는 인간의 언어로는 제대로 묘사할 방도가 없는, 도저히 형용할 길 없는 공포심과 경이감에 사로잡혔다. 마치 그 자리에서 심장이 멈추고, 앉은자리에서 팔다리가 굳어 버리는 듯했다. 하지만 마침내 의무감과 함께 침착을 되찾았다. 우리가 너무 황급하게 장례 준비를 했다는 것, 로웨나가 아직 살아 있다는 것을 더 이상 의심할 수 없었던 것이다. 따라서 즉시 그 같은 상황에 따른 조치를 취해야 했다. 하지만 첨탑은 사원 내 하인 거주 구역과는 동떨어진 곳에 있었고, 부르면 바로 올 수 있는 거리에는 하인이 한 명도 없었다. 얼마 동안 방을 비우지 않고서는 도움을 청할 방도가 없었는데, 내가 방을 떠난다는 것은 물론 있을 수 없는 일이었다. 따라서 나는 그녀의 곁을 떠나지 않은 채 망설이고 있는 그녀의 영혼을 불러오려고 홀로 갖은 노력을 다했다. 하지만 그녀가 다시 원래 상태로 되돌아가고 있다는 것이 금세 분명해졌다. 눈꺼풀과 뺨에서 혈색이 사라지면서 얼굴이 대리석보다도 더 창백하게 변했다. 입술이 쪼그라들면서 소름 끼치는 죽음의 표정을 띤 채 삐죽 튀어나왔다. 혐오감을 자아내는 끈끈함과 냉기가 시체의 표면을 따라 재빠르게 번져 나갔다. 그리고 즉시 시체 특유의 경직 증상이 나타났다. 나는 놀라 황급히 몸을 일으켰던 의자로 다시 무너지듯 주저앉았고, 살아 있는 듯 생생한 리지아의 환영에 또다시 열렬히 빠져 들어갔다.

그렇게 한 시간가량 흐른 뒤 다시 한 번 — 이게 과연 가능한 일이었을까? — 침대 쪽에서 희미한 소리가 들려왔다. 극도의 공포심에 사로잡혀 귀를 기울인 나에게 다시 한 번 좀 전과 똑같은 소리가 들려온 것이다. 그것은 한숨 소리였다. 시체 쪽으로 황급히 다가간 나는 그녀의 입술이 약하게 떨리는 것을 보았다. 틀림없었다. 일 분쯤 후 입술의 뻣뻣함이 풀리면서 밝은 진주 같은 고른 치아가 드러났다. 이제 내 가슴속에선 그때까지 지배적이었던 경외감과 새로 떠오르던 감정인 경탄이 갈등하기 시작했다. 시야가 침침해지고 이성은 방황하기 시작했다. 죽을힘을 쓰며 덤벼들고서야 나는 마침내 다시 한 번 의

무감이 요구하는 임무에 착수할 용기를 냈다. 이제 그녀의 이마와 뺨과 목도 조금씩 빛나기 시작했다. 온기가 그녀의 몸 전체에 스며드는 것이 눈에 띄었다. 심장도 약하게 뛰었다. 아내가 살아났다. 나는 더욱 열정적으로 그녀를 소생시키는 일에 덤벼들었다. 관자놀이와 손을 비비고 감싸 쥐면서, 의학 서적을 통해 알게 된 지식과 경험을 통해 알고 있던 온갖 방법을 다써 봤다. 그러나 별로 소용이 없었다. 그러다 갑자기 혈색이 가시고 맥박이 멈췄으며 입술은 죽은 자의 표정으로 되돌아갔다. 곧 그녀의 몸 전체가 얼음장처럼 차디차게 식은 채 납빛을 띠었고, 경직 상태에 접어들어 팽팽한 윤곽을 잃어버리고 마치 여러 날 동안 무덤에 묻혔던 시체 같아 보였다.

이윽고 나는 다시 리지아의 환영 속으로 침잠했는데, 또다시 — 이렇게 쓰는 동안에도 몸서리가 쳐지니 얼마나 신기한 일인지! — 흑단 침대 쪽에서 낮은 흐느낌 소리가 들려왔다. 하지만 내가 그날 밤의 말 못할 공포의 순간들에 대해 이렇듯 자세히 말해야 할 이유가 과연 있을까? 그 끔찍한 소생의 드라마가 여명이 희뿌옇게 밝아 올 때까지 계속 이어졌다는 것을 전해야 할 이유가? 그렇게 반복될 때마다 그녀가 더욱더 확실하게 돌이킬 수 없는 죽음을 향해 다가가던 모습을? 매번의 싸움이 시체의 외양에 터무니없을 정도의 극심한 변화를 가져다주었다는 사실을? 서둘러 결론을 향해 가자.

그 무시무시한 밤이 거의 끝날 무렵, 죽은 것이 분명해 보였던 그녀가 다시 한 번 꿈틀거렸다. 그리고 비록 그녀가 아무런 소생의 희망이 없는 데다 더할 나위 없이 끔찍한 부패 상태에서 깨어나는 중이었음에도 불구하고, 이번에는 그녀의 움직임이 다른 어느 때보다도 더 격렬했다. 애를 쓰거나 움직이는 일을 벌써 한참 전에 그친 나는 격렬한 감정의 소용돌이 ― 극단적인 경외감이 그때 내가 느낀 여러 감정 중에서 아마 가장 덜 무시무시하고 통절한 감정이었을 것이다 ― 의 무기력한 희생물이 된 채 꼼짝도 하지 않고 계속 소파에 앉아 있었다. 다시 한 번 말하지만, 시체는 움직였고, 움직임은 그 전 어느 때보다도 더 격렬했다. 생명의 빛깔이 예사롭지 않은 기세로 그녀의 얼굴을 밝혔고 사지도 부드러워졌다. 눈꺼풀이 여전히 꼭 감겨져 있다는 사실을 제외하면, 그리고 장례용 붕대와 휘장 때문에 그녀의 몸에서 납골당 분위기가 풍겨 나오는 것을 제외하면, 이번만큼은 로웨나가 진짜로 죽음의 족쇄를 완전히 떨칠지도 모른다는 희망을 가질 수도 있었다. 그러나 만일 내가 그 순간조차도 희망을 가질 엄두를 내지 못하고 있었다면, 그다음 순간 일어난 일은 결정적으로 내 희망에 생기를 불어넣어 주었다. 수의를 입은 그녀가 몽유병자 같은 걸음으로 방의 중앙을 향해 과감하고 분명한 태도로 걷기 시작했기 때문이다.

나는 떨리지도 않았고 몸을 움직일 수도 없었다. 그 형체의 태도와 자태와 거동과 관련된 말로 형용하기 힘든 일련의 이미지들이 내 머릿속을 서둘러 지나가면서 나를 마비시켜 마치 차디찬 바위처럼 만들었기 때문이다. 나는 꼼짝도 하지 못한 채 그 환영을 뚫어지게 바라보기만 했다. 내 생각은 미친 듯 혼란해졌고, 정신은 가라앉힐 수 없을 만큼 산란해졌다. 내 앞을 가로막고 있는 존재가 과연 살아 있는 로웨나일 수 있을까? 그녀가 과연 진짜 로웨나일 수 있을까? 푸른 눈동자와 금발의 숙녀, 트레메인 출신의 로웨나 트리배니언일 수 있을까? 왜, 왜, 내가 그 사실에 의문을 품을 근거가 도대체 무엇이란 말인가? 붕대가 입 주변에 꽉 동여매져 있긴 했다. 하지만 그렇다면 그 입이 로웨나가 숨을 쉬는 살아 있는 입일 수도 있지 않을까? 그리고 뺨, 한창때의 장밋빛이 감도는 그 뺨, 그렇다, 그것은 살아 있는 로웨나의 아름다운 뺨일 수도 있다. 그리고 건강할 때처럼 보조개가 있는 턱, 그것 또한 그녀의 것이 아니겠는가? 하지만 그렇다면 그녀가 병에 걸린 뒤 키가 더 커졌단 말일까? 말로는 형용할 수 없는 어떤 광기가 내게 그런 생각을 불어넣은 것일까? 한 걸음 더, 그리고 난 그녀의 발을 향해 손을 내밀었다! 내 손이 닿자 그녀가 몸을 움츠렸고, 그녀의 머리를 감싼 그 소름 끼치는 수의가 방바닥으로 떨어졌다. 그러자 술렁거리던 방의 공기 속으로 치렁치렁 헝클어진 긴 머릿단이 드리워졌는데, 그건 한밤중의 까마귀 날개보다도 더 까만색이었다! 그리고 그 순간 내 앞에 서 있던 인물이 천천히 눈을 떴다. "적어도 이것만큼은." 나는 큰 소리로 비명을 질렀다. "내가 잘못 본 것일 수가 결코, 결코 없어. 이건 광기 어린 동그랗고 검은 눈, 잃어버린 내 사랑 리지아의 눈이란 말이야!"

어셔가의 몰락

그의 심장은 팽팽한 류트와도 같았으니,
손이 거기 닿자마자 선율이 흘러나왔다.

— 드 베랑제[25]

그해 가을 하늘을 온통 갑갑하게 메운 낮은 구름 때문에 컴컴하고 우중충하고 적막하던 어느 날, 나는 온종일 홀로 말을 달려 시골 마을 중에서도 특히 더 황량한 지역을 지나, 저녁 어스름에 그림자가 길어질 무렵 마침내 음침한 모습의 어셔 저택이 보이는 곳까지 당도했다. 어떻게 해서 그리되었는지는 알 수 없었지만, 그 저택이 눈에 띄자마자 나는 참을 수 없을 정도로 강렬한 우울에 완전히 사로잡혔다. 참을 수 없다는 표현을 쓴 것은 그때 내가 느낀 우울한 감정에 황량하거나 끔찍한 자연의 모습을 접했을 때 흔히 솟아오르는 시적인 감정, 그래서 반쯤은 즐겁기까지 한 감정이 전혀 섞이지 않

---

25) 프랑스의 서정 시인인 피에르 장 드 베랑제(1780~1857)의 시행 중 "나의 심장"을 "그의 심장"으로 바꿔 인용한 것으로, 원문은 프랑스어이다.

았기 때문이다. 내 앞에는 평범한 집과 단순한 정원 — 삭막해 보이는 벽 — 멍한 눈을 연상시키는 창문들 — 무성한 사초들 — 그리고 몇몇 죽은 나무의 하얀 등걸 등이 펼쳐져 있었다. 그 광경을 바라보았을 때 나를 사로잡은 완벽하게 우울한 감정은 아편의 효과가 다하면서 꿈에서 깨어난 아편 애호가가 느낄 법한 감정, 그러니까 환각 상태에 있다가 갑자기 일상으로 내팽개쳐지면서 오는 지독히 씁쓸한 감정, 혹은 베일이 벗겨져 나갔을 때 느껴지는 섬뜩한 감정에나 비교할 수 있을지, 그 외에 지상의 어떤 다른 느낌과도 비교할 수 없을 것 같았다. 그 감정엔 오싹할 정도의 냉기, 심장이 무너져 내리는 듯한 거의 토할 것 같은 느낌, 그리고 구원할 길 없이 황량한 사고가 내포되어 있어, 아무리 상상력을 동원해서 스스로를 고문해도 그 감정 안에서 숭고함은 찾을 수 없었다. 도대체 무엇일까? 도대체 무엇 때문에 어셔 저택을 볼 때 그런 무기력함에 사로잡혔을까? 이렇게 자문하지 않을 수 없었다. 절대 해답을 찾을 수 없는 수수께끼였다. 그리고 그 질문에 대한 대답을 이리저리 궁리하는 동안 내게 몰려온 불쾌한 환상들도 나로서는 이해가 불가능했다. 아주 단순한 자연물들의 조합이 우리에게 그런 영향력을 미칠 수도 있다는 것에는 물론 의심의 여지가 없었지만, 그 저택의 특별한 영향력을 분석하는 일은 우리 사고의 심연을 넘어선다는 만족스럽지 못한 결론에 도달할 수밖에 없었다. 생각해 보니 그 광경을 구성하는 요소 중 단 몇 가지만 배열을 달리해도 그 광경 때문에 그렇게 침울해지지는 않을 것 같았다. 나는 그 생각을 실제로 확인해 보고자 말고삐를 잡고 저택 옆에서 고요히 광채를 발하던 어둡고 으스스한 작은 호수의 깎아지른 듯한 가장자리까지 걸어가서 아래를 내려다보았다. 하지만 잿빛 사초와 무시무시한 모습의 나뭇등걸과 멍한 눈처럼 보이는 창문이 물 위에 반사된 모습을 보고 있자니 그것들을 직접 바라보았을 때보다 오히려 더 오싹오싹 소름이 끼쳤다.

그럼에도 나는 그 음침한 저택에서 몇 주 동안 머물 예정이었다. 그 저택의 주인인 로더릭 어셔는 내 소년 시절 단짝 친구 중 하나였지만, 벌써 꽤 여러 해 동안 서로 만나지 못한 터였다. 그런데 어느 날 그가 먼 고장에 사는 내게 일부러 편지를 보내왔는데, 그 사연이 하도 간절해서 직접 답장을 쓰지 않고는 배길 도리가 없었다. 글쓴이의 불안과 초조가 필체를 통해 역력히 드러났다. 편지의 사연은 그가 급성 신체 질환과 엄청난 강도로 그를 짓누르는 정신 질환을 함께 앓고 있다는 것, 따라서 그의 가장 친한 친구, 아니 사실상 그의 유일한 친구인 나를 만남으로써 내 쾌활함 덕택에 자신의 병이 조금이라도 나았으면 한다는 간절한 소망을 담고 있었다. 이 모든 사정과 구구절절한 사연을 말하며 간청하는 그의 마음이 하도 절절해서 나는 조금도 주저할 수가 없었다. 그 때문에 지금 생각해 봐도 기이한 그의 간청을 선뜻 수락했던 것이다.

소년 시절의 단짝 친구이긴 했지만 실상 나는 그에 대해 별로 아는 것이 없었다. 그는 언제나 말이 전혀 없는 친구였다. 내가 아는 것이라곤 그가 아득한 옛날부터 독특한 감수성을 가진 집안이라고 알려진 유서 깊은 가문의 출신이라는 사실

정도였다. 그 특이한 감수성으로 인해 그의 집안은 오랜 세월에 걸쳐 훌륭한 예술 작품을 많이 배출해 왔고, 더 최근에 와서는 소리 소문 없이 관대한 자선을 베풀었다고도 하며, 또한 쉽게 알아볼 수 있는 주류 음악의 아름다움과는 구별되는 복합 화성에 대해 강렬한 관심을 표명해 온 것으로도 알려져 있다. 나는 또한 어서 집안의 혈통이 그 오랜 역사에도 불구하고 한 번도 집안 바깥으로 가지를 뻗어 나간 적이 없다는 꽤 독특한 사실에 대해서도 들어 알고 있었다. 다시 말해 그 집안 전체가 한집안 식구만으로 구성되어 있고, 아주 사소한 일시적 예외를 제외하면 언제나 그렇게 어어져 왔다는 것이다. 내 짐작에 아마도 이런 결함으로 인해, 그러니까 바로 이 방계 후손의 결여로 인해, 그리고 그 덕분에 오랜 세월 동안 아버지로부터 아들로 이름과 재산이 함께 전승되어 온 역사로 인해 마침내 저택과 인물이 '어셔가'라는 별나고 애매한 본래의 이름으로 통합된 것이 아닌가 싶다. 거소의 성격이 일반적으로 그곳에 거주하는 사람의 성격으로 인정되는 것과 완벽하게 일치한다는 사실, 그리고 오랜 세월을 거치는 동안 전자가 후자에 미쳤을 영향력을 짐작하기에 하는 말이다. 아무튼 '어셔가'라는 이름은 적어도 그 이름을 언급하는 농부들에게는 그 가문과 저택을 동시에 의미하는 것 같았다.

다소 어린애 같은 내 실험, 그러니까 호수를 내려다본 것의 유일한 느낌은 방금 말한 것처럼 내가 그 집을 보고 받은 첫인상을 더욱 심화시키는 것이었다. 미신 ─ 어떻게 그걸 미신이라 부르지 않을 수 있겠는가? ─ 이 빠르게 자라나고 있다는 걸 내가 의식하면 할수록 그것은 더욱 심해졌다. 공포 때문에 생기는 모든 감정에 그 같은 법칙이 적용된다는 걸 나는 이미 잘 알고 있었다. 어쨌든 바로 그런 이유 때문에 물 위에 어린 그림자에서 눈을 들어 저택을 바라볼 때 내 머릿속에서 기묘한 환상이 솟아났던 게 아닌가 싶다. 그 환상은 사실 무척 우스꽝스러운 것이었다. 그때 나를 짓누르던 감각을 생생하게 전달할 목적이 아니라면 그걸 여기서 언급할 필요는 없을 것이다. 아무튼 그 환상이 워낙 강렬했기 때문에 나는 그 저택과 영지 주위에 아주 독특한 기운이 서려 있다는 것을 사실로 믿을 수밖에 없었다. 예사 공기와는 전혀 다른, 썩어 가는 고목 나무와 잿빛 벽, 고요한 못에서 솟아오르는 해롭고 마력적인 안개, 우중충하고 느릿느릿하며 알아보기 힘든 모습의 납빛 안개라고나 할 만한 기운이었다.

꿈이 틀림없는 환상을 머리를 흔들어 떨구면서 나는 건물의 구체적인 모습을 더 세밀히 살펴보았다. 건물은 무엇보다도 고색창연함의 극치였다. 세월의 흐름에 따른 변색이 엄청났다. 곰팡이가 처마에서부터 얼키설키 거미줄 모양을 그리며 저택의 외관 전체를 뒤덮고 있었다. 그렇다고 집이 완전히 황폐해진 것은 또 아니었다. 벽돌 한 조각도 떨어져 나간 건 없었다. 벽돌들이 완벽하게 맞물려 있는 모습과 곧 바스러질 듯 보이는 벽돌 하나하나 사이의 부조화가 엄청났다. 이런 부조화는 바깥 공기에 노출된 적 없이 다만 오랫동안 돌보지 않아 썩어 내린 오래된 지하실의 겉모습만 그럴듯한 목조 부분을 상기시켰다. 그러나 이런 전반적인 퇴락의 표징을 제외하면 건물의 구조는 전혀 불안정한 구석 없이 탄탄해 보였다. 지극히 세심한 관찰자에게라면 거의 보일 듯 말 듯한 금이 저택의 전면 지붕에서부터 지그재그로 벽을 따라 내려와 호수의 음울한 물속으로 사라지는 것이 눈에 띄었을 수는 있겠다.

나는 이런 것들에 주목하면서 저택을 향한 짧은 포장도로로 말을 몰았다. 기다리던 하인에게 말고삐를 넘겨주고 고딕식으로 꾸며진 아치 아래 넓은 복도로 들어갔다. 발소리도 없이 다가온 시종이 어둡고 꼬불꼬불하고 긴 복도를 통해 말없이 주인의 서재로 나를 인도했는데, 그 길에 마주친 많은 것들로 인해 내가 앞서 언급한 막연한 감정이 은연중 고조되었다. 주변에 있던 사물들, 그러니까 천장에 새겨진 조각이라든가 벽에 걸린 칙칙한 색의 태피스트리, 새까만 복도 바닥, 내가 발을 디딜 때마다 덜컥덜컥 소리를 내는, 문장이 새겨진 환영 같은 트로피들, 이 모든 것은 내가 어렸을 때부터 익숙한 것이거나 그것과 닮아 있었다. 그런 사실을 뻔히 알고 있음에도 나는 여전히 이 평범한 이미지들이 불러일으키는 감정이 너무나 생소함을 깨닫고 어리둥절하지 않을 수 없었다. 계단을 올라가던 중 나는 어셔가의 주치의와 마주쳤는데, 그의 표정에 저질스러운 교활함과 당혹감이 뒤섞여 있다는 느낌을 받았다. 그는 당황한 표정으로 인사를 건넨 뒤 황급히 제 갈 길을 가 버렸다. 그리고 시종이 문을 활짝 열고 나를 주인에게 안내했다.

내가 들어선 방은 아주 널찍하고 천장도 높았다. 길고 좁고 뾰족한 창문은 검은색 떡갈나무로 된 바닥에서 너무 높이 떨어져 있어서 가까이 다가가는 것은 불가능했다. 불그스레하고 희미한 광선이 격자무늬 창문을 통해 어슴푸레 비쳐 들어와 주변 물체들의 윤곽을 식별할 수 있게 해 주었다. 그러나 아무리 눈을 부릅떠도 방의 먼 구석이나 만자 무늬가 세공된 아치형 천장 구석구석까지 알아볼 수는 없었다. 벽에는 어두운 빛깔의 천이 드리워져 있었다. 방 안에는 가구가 많이 놓여 있었는데, 모두 불편해 보였고 낡고 닳아 보였다. 책과 악기가 사방에 흩어져 있었지만, 방에 아무런 생기도 불어넣지 못했다. 마치 슬픔으로 가득 찬 공기를 들이마시는 느낌이었다. 엄숙하고도 심오하며 위로할 길 없는 침울함이 방 전체를 지배하면서 공중을 떠돌고 있었다.

내가 방 안으로 들어서자 어셔는 그때까지 몸을 길게 누이고 있던 소파에서 일어나 쾌활하고 다정하게 나를 맞았다. 그 쾌활함이 지나쳐 처음에는 닳고 닳은 사교계의 인사가 억지로 짜내는 과장된 친밀함처럼 느껴졌다. 그러나 나는 그의 얼굴을 흘낏 살펴본 후 바로 그의 환영이 진심에서 우러나온 것이라고 확신했다. 그가 잠시 말을 멈춘 동안 나는 동정심과 경이감이 반씩 섞인 감정으로 그를 바라보았다. 로더릭 어셔를 빼고는 그렇게 짧은 기간 동안 그렇게 끔찍하게 모습이 변한 사람은 이 세상에 존재한 적이 결코 없었으리라! 소년 시절의 친구 로더릭 어셔와 그때 내 앞에 서 있던 창백한 얼굴의 인물이 동일인이라고는 정말 믿기 어려웠다. 전에도 그의 얼굴 모습이 독특하긴 했다. 송장처럼 마른 얼굴에 창백한 표정, 심하게 번뜩이는 물기 어린 큰 눈, 다소 얇고 창백하지만 뛰어나게 아름다운 곡선을 그리는 입술, 섬세한 히브리인 모델을 연상시키면서도 보통보다 훨씬 넓은 코, 박약한 의지의 상징인 약하고 섬세한 턱, 거미줄보다도 부드럽고 가는 머리카락. 이 모든 특징이 관자놀이 위 지나치게 넓은 이마와 결합해 그의 모습을 쉽게 잊을 수 없게 만들었다. 그런데 그의 얼굴이 가진 본래의 특징과 거기 담길 수밖에 없던 표정이 더 강화된 것에 불과한데도, 그의 얼굴은 너무나 달라 보였다. 그래서 인사를 하면서도 과연 나와 인사를 나누는 이 인물이 누구일까 의문을 품을 수밖에 없었다. 무엇보다도 송장 같아 보이는 창백한 피부와 초자연적으로 보이는 눈의 광채로 인해 놀라서 거의 두려운 마음까지 들 정도였다. 비단결 같은 머리카락 또한 손질하지 않은 채 제멋대로 자라도록 내버려 두어, 얼굴 주변으로 흘러내리기보다는 섬세한 거미줄처럼 둥둥 떠 있는 것 같았다. 아무리 노력해도 그의 아라베스크 같은 표정과 단순하고 평범한 인간이라는 개념이 연결되지 않았다.

나는 친구의 몸가짐에 뭔가 어색하고 모순되어 보이는 점이 있다는 것을 바로 알아차렸다. 그리고 곧 그것이 습관적인 공포와 극단적인 신경의 동요를 극복해 보려는 미약하고도 헛된 노력 때문이라는 것을 깨달았다. 이런 모습은 실상 그의 편지로 미루어, 그리고 내가 기억하고 있던 어린 시절 그가 보였던 특이한 면모로 미루어, 나아가 내가 알고 있던 그의 특이한 신체적 특징과 성정을 보아서도 짐작할 수 있었다. 그의 행동은 활력과 무기력 사이를 오락가락했고, 그의 목소리는 한편으로는 몸에서 생기가 완전히 빠져나가 버린 존재 특유의 우유부단함과 떨림, 그리고 다른 한편으로는 투박하면서도 진중하고 차분하며 울림이 깊고 똑똑한 말투 사이를 황급하게 오락가락했다. 활력에 차 있을 때는 술에 완전히 취했거나 아편에 흠뻑 중독된 사람이 흥분해 있을 때 내는 것과도 같은, 둔중하면서도 균형이 잘 잡히고 완벽하게 음색이 조절된 쉰 목소리를 냈다.

그는 바로 그런 목소리로 나를 초대한 이유를 설명하면서, 얼마나 간절히 나를 보고 싶어 했는지 모르며 내게서 위안을 얻기를 진심으로 기대한다고 말했다. 그는 먼저 다소 장황하게 자기 병의 성격에 대한 의견을 밝혔다. 자신의 병은 체질과 가족력에 기인한 것으로 치료 방법이 없을 것 같다면서도 단순한 신경성 병이니 일시적인 것에 지나지 않으리라는 단서를 덧붙였다. 그러고 나서 그는 자신의 병이 수많은 초자연적인 감각들로 나타난다고 하면서 증상들을 열거했는데, 그중 몇몇은 흥미롭고도 황당했다. 사실 그가 사용한 용어와 말하는 태도 전반에서 진지한 무게감 같은 게 느껴지긴 했던 것 같다. 그는 병적으로 예민한 감각 때문에 큰 고통을 받고 있다면서, 가장 풍미가 없는 음식만 겨우 먹을 만하고 특정한 천으로 만든 의복만 입을 수 있으며 꽃향기를 맡으면 숨이 막히고 아주 약한 빛에도 눈이 아프다고 했다. 그리고 특정한 소리, 그것도 현악기에서 나는 특정한 소리만이 그에게 공포감을 주지 않는다고도 했다.

이어 그는 자신이 각양각색의 비정상적인 공포에 완전히 사로잡혀 있다고 말했다. "이러다가 죽을 거야. 이 통탄할 만한 어리석음 때문에 죽어 버릴 게 틀림없어. 바로 이런 방식으로, 다른 이유도 아니고 바로 이런 이유 때문에 파멸을 맞게 될 거야. 앞으로 다가올 일이 겁이 나. 무슨 일이 생길까 겁이 나는 게 아니라, 그 일이 내게 미칠 결과 때문에 겁이 나는 거지. 어떤 일이든지, 심지어 아주 사소한 일이라도 견디기 힘들 정도로 쉽게 흥분하는 내 영혼에 미칠 영향을 생각하면 몸서리가 쳐져. 신체적 위험에 대해서는 겁이 안 나. 그것이 미치는 절대적 영향력, 그러니까 신체적 위험이 내게 불러일으킬 게 틀림없는 공포심이 겁나는 거지. 바로 이 안절부절못하는 한심한 상태 —— 그러니까 바로 이 무시무시한 유령과도 같은 공포에 생명과 이성의 자리를 내줘야 할 때가 조만간 내게 오리라는 느낌이 들어."

나는 또한 그가 간간이 내비치거나 애매하게 암시하는 말 등을 통해 그의 정신이 처해 있던 또 다른 특이한 점에 대해서도 알게 되었다. 그는 자신이 현재 거주하고 있으며 오랫동안 그 밖으로 나가 본 적이 없는 자신의 집에 대해 미신에 가까운 특이한 생각에 사로잡혀 있었다. 그것은 자신의 집이 그에게 미치는 미신적인 영향력에 관한 것인데, 그가 쓴 표현이 하도 애매해서 여기서 그것을 문자 그대로 옮기는 것은 불가능하다. 아무튼 그에 따르면 집안 대대로 내려온 그 저택에 오래 살아왔다는 단순한 사실로 말미암아 그 저택의 형태와 내용의 고유한 특성이 그의 정신에 영향을 미치고 있다는 것이었다. 다시 말하면 저택의 잿빛 벽과 첨탑들, 그리고 거기서 내려다 보이는 흐릿한 호수의 지세가 결국 그라는 존재의 사기에 영향을 미치고 있다는 것이었다.

　그렇지만 그는 또한 이렇듯 심하게 그를 괴롭히는 특이한 우울증의 상당 부분은 훨씬 덜 신비하고 훨씬 더 구체적인 원인에서 비롯되었다는 사실을 다소 주저하면서 인정했다. 그러니까 그가 지극히 사랑하며 오랜 세월 동안 유일한 반려이기도 했던, 이 세상에 단 하나밖에 없는 가족이자 친척인 여동생의 오랜 중환이 바로 그것이었다. "내 여동생이 죽게 되면." 하고 그는 내가 결코 잊을 수 없는 비통한 목소리로 말을 이었다. "내가 ― 아무런 희망도 없고 병약한 내가 ― 유서 깊은 어셔가의 마지막 생존자가 될 것이라니." 그가 이 말을 하는 동안 매들라인 아가씨(이것이 그녀의 호칭이었다.)가 방의 구석 쪽으로 천천히 걸어 사라졌는데 그녀는 내가 그 방에 있다는 사실을 알아차리지 못한 듯했다. 그녀를 바라볼 때 난 공포와 절대적인 경악이 뒤섞인 감정을 느꼈다. 하지만 왜 그런 느낌이 들었는지 그 이유는 불가사의했다. 사뿐사뿐 사라지는 그녀의 뒷모습을 눈으로 좇을 때 꼭 몸이 마비되는 듯했다. 그리고 마침내 그녀 뒤로 문이 닫힐 때 본능적으로, 그리고 일종의 기대와 함께 시선을 돌려 그녀 오빠의 표정을 살폈다. 그러나 그는 손바닥에 얼굴을 파묻고 있어서 내가 볼 수 있었던 것은 비정상적으로 창백한 비쩍 마른 손가락 사이로 쏟아지던 격렬한 눈물뿐이었다.

　매들라인 아가씨의 병은 오랜 세월 수많은 의사들을 당혹시켰다. 만성 무감각증, 점진적인 쇠약화, 그리고 부분적인 강직 증상의 일시적이지만 잦은 엄습, 이런 것들이 그 특이한 병에 붙여진 진단명들이었다. 그때까지만 해도 그녀는 그 병의 압력에 끈질기게 저항하고 있어서 자리보전을 하고 눕지는 않았다. 그러나 그녀의 오빠가 그날 밤 형언할 길 없는 흥분 상태에서 내게 전해 준 바에 따르면 그녀는 내가 그 집에 도착한 바로 그날 저녁 무렵 마침내 그 파괴자의 강력한 힘에 굴복하고 말았다. 따라서 그날 흘낏 본 그녀의 모습이 아마도 내가 그녀를 볼 마지막 기회였을지도 모른다는 것을, 적어도 그녀 생전에 그녀를 다시 볼 기회는 없을 가능성이 높다는 것을 깨달았다.

이어진 며칠 동안 그녀의 오빠도 나도 다시는 그녀의 이름을 입에 담지 않았다. 그동안 나는 친구의 병을 완화시키기 위해 바쁘게 돌아가며 이런저런 노력을 기울였다. 우리는 함께 그림을 그리고 책을 읽었으며 때로는 공상에 잠겨 그가 기타로 연주하는 즉흥 광시곡에 귀를 기울이기도 했다. 하지만 친구의 정신이 지닌 심연 속으로 더욱 깊숙이 다가갈수록 나는 그의 우울한 정신에 기운을 불어넣으려는 내 모든 노력이 허망하다는 것을 더욱더 씁쓸히 깨닫게 되었다. 그의 정신 속에 존재하던 어둠이 정신과 육체의 세계에 속하는 모든 사물 위로 우울한 심성을 쉴 새 없이, 빛이라도 퍼붓듯 쏟아부었기 때문이다. 마치 우울함이 그의 정신세계 고유의 긍정적 특징이라도 되는 것처럼 말이다.

내가 어셔가 저택의 주인과 단둘이 보냈던 수많은 시간의 엄숙한 기억은 언제까지나 내 곁에 있을 것이다. 그러나 그가 나를 참여시키거나 이끌어서 데려간 그의 연구나 일의 정확한 성격을 전달하려고 시도한다면 그것은 실패로 돌아갈 수밖에 없다. 흥분되고 무척이나 산란한 상상력이 모든 것에 유황 빛을 던졌다. 그가 즉흥으로 연주한 비가들은 영원히 내 귀에 울릴 것이다. 그 곡들 중에서도 베버의 마지막 왈츠에 나오는 격정적 곡조를 그가 특이하게 편곡해 강렬하게 연주한 것이 내 마음에 특히 고통스럽게 각인되어 있다. 그가 정교한 상상력을 동원해 오랜 시간 심사숙고한 뒤 그린 그림, 터치가 더해질 때마다 점점 더 희미해지던 ─ 그때 난 그 희미함을 보면서 이유를 알 수 없는 전율에 몸서리쳤다 ─ 그림, 그것들의 모습이 지금 내 눈앞에 선하다. 그럼에도 불구하고 그중 아주 작은 일부분이라도 단순히 문자에만 국한된 설명으로 끌어내려 한다면 그런 노력은 수포로 돌아갈 수밖에 없다. 그의 그림은 극단적 단순성과 간단한 구도로 보는 이의 눈길을 사로잡았다. 이 세상에 관념을 그림으로 형상화한 사람이 있다면 다름 아닌 로더릭 어셔이다. 우울증 환자인 내 친구가 화폭 위에 공들여 그린 순수한 추상화를 보면 적어도 나는 ─ 당시 나를 둘러싸고 있던 환경 속에서 ─ 견딜 수 없는 정도의 강렬한 경외감을 느꼈다. 나는 푸젤리[26]의 불타는 듯하면서도 너무나 구체적이고 환상적인 그림들을 감상할 때조차도 그렇게 강렬한 경외감을 느끼지는 못했다.

엄격한 의미의 추상화는 아니었던, 친구의 환영 같은 형상의 구상화 중 하나는 어렴풋하게나마 언어로 표현할 수도 있

---

26) 스위스계 영국 화가(1770~1825). 「악몽」 연작으로 유명하다.

을 것 같다. 그 작은 그림에는 엄청나게 긴 직사각형의 지하 회랑 내지는 동굴의 낮고 매끈하며 온통 흰색으로 된 벽이 끊임없이, 그리고 아무런 방해물도 없이 이어져 있었다. 눈에 띄는 몇몇 보조적인 요소들이 이 동굴이 지표면 밑 아주 깊은 곳에 있음을 분명히 보여 주었다. 하지만 그 긴 굴의 어느 부분에서도 출구가 보이지 않았고, 횃불이나 다른 인공 조명도 식별되지 않았다. 그럼에도 강렬한 광선의 홍수가 굴 전체에 반사되어 오싹 소름이 끼치는 괴기스러운 찬란함으로 동굴 전체를 물들였다.

좀 전에 언급했듯이 그는 병적인 청각 신경 장애에 시달리고 있어서 현악기에서 나는 특정한 소리를 제외한 모든 음악을 견디지 못했다. 그가 연주한 곡조들이 상당히 기이해진 건 아마도 그가 기타를 연주할 때 음계를 한정시켜야 했기 때문일 것이다. 하지만 그가 즉흥으로 연주한 곡들에서 느껴지는 열정적 유려함은 그것만으로는 설명되지 않는다. 그보다는 그가 연주한 광시곡의 선율이나 가사(그는 자주 운율을 맞춘 즉흥 가사에 곡을 붙여 불렀다.) 즉 내가 앞서 암시적으로 언급한 것처럼 그가 가장 극단적으로 흥분한 특정 순간에만 보이던 바로 그 강렬한 정신적 침착성과 집중의 결과로 나오던 가사와 상관이 있다고 보아야 할 것이다. 나는 그가 불렀던 광시곡 중 한 곡의 가사를 아직도 기억한다. 아마도 어셔가 그 가사를 읊조릴 때 스스로도 자신의 높은 이성이 왕좌에서 비틀거리고 있음을 충분히 의식하고 있다는 느낌이 문득 들었기 때문에 그 가사가 더 강렬히 내 기억 속에 각인된 게 아닌가 싶다.

다음의 가사는 「귀신 나오는 궁전」이라는 제목의 그 노래 가사와 아주 흡사하거나 꼭 같은 것이다.

I

초록빛 중에서도 가장 진한 초록빛 골짜기,
선한 천사들이 사는 바로 그곳,
그곳에 웅장하고도 멋진 궁전이 있었네,
휘황찬란한 빛을 발하던 궁전이.
제왕인 사고(思考)가 지배하는 영토,
바로 거기에 궁전이 서 있었네!
그 반만큼이라도 아름다운 건물 위에도,
세라핌의 날개가 펼쳐진 적은 없다네.

II

노란빛 깃발, 찬란한 깃발, 금빛 깃발 — 그런 깃발이
그 궁전의 지붕 위에서 휘날리고 펄럭였네.
(이것은 — 이 모든 것은 — 옛날 옛날
아주 옛적의 일이라네.)
그리고 그 달콤한 날
깃털 장식이 달린 창백한 방벽을 따라
장난치던 모든 부드러운 공기,

날개 달린 향기는 사라졌네.

III

그 행복하던 골짜기를 지나치던 방랑자들은
밝은 빛이 새어 나오는 두 개의 창문을 통해 보았네.
조율이 잘된 류트 선율에 따라
규칙적이고 음악적으로
왕좌 주변을 맴도는 정령들을,
그 영토의 지배자가
그의 영광에 걸맞은 자세로 앉아 있던 왕좌 ──
그 보랏빛 왕좌를!

IV

그리고 그 아름다운 왕궁의 문은
진주와 루비로 장식돼 온통 휘황찬란하게 빛나고 있었네.
바로 그 문으로 둥실둥실 떠 더욱더 반짝거리며
한 무리의 메아리들이 들어왔네.
그들의 달콤한 임무는
탁월한 음성으로
왕의 지력과 지혜를

노래하는 것이었네.

V

그러나 악한 것들이 슬픔의 옷을 입고
군주의 존엄한 영토를 공격했네.
아, 우리 모두 애도하세, 다시는 내일이
그분에게 떠오르는 일이 없을 것이니, 적막하도다!
그의 집 주변에서 얼굴을 붉히고
활짝 피어났던 영광은
이제 단지 지하에 매장된 채
어렴풋이 기억되는 옛이야기에 지나지 않네.

VI

그리고 이제 그 골짜기를 지나가는 여행자들은
붉은빛이 새어 나오는 창문을 통해 보네.
불협화음에 맞춰 기괴하게 움직이는
거대한 형체들을.
창백한 문을 통해
소름 끼치는 강의 급류처럼,
끔찍하게 생긴 무리가 영원히 뛰쳐 나오면서

큰 소리로 웃네 — 더 이상 미소짓지 않으며.

　나는 우리의 생각이 이 발라드가 암시하는 바를 따라갔으며, 거기에 어셔의 견해가 분명히 드러났던 것을 잘 기억하고 있다. 내가 여기서 어셔의 견해를 언급하는 것은 물론 그것이 특별해서가 아니고(다른 사람들도 같은 생각을 하고 표현한 적이 있으니까 말이다.) 그가 자신의 견해를 끈질기고 고집스럽게 표현했기 때문이다. 그의 견해는 모든 식물적 존재가 감각에 미치는 영향 일반에 대한 것이었다. 그러나 어셔의 정신 상태가 도착적이다 보니 그의 생각은 훨씬 더 대담해졌고, 따라서 그의 견해는 특정한 조건에 처한 무생물의 영역까지 나아갔다. 그가 가졌던 생각의 전모나 거기 깃든 진정한 자포자기의 상태를 표현할 말이 내겐 부족하다. 아무튼 그의 신념은 (내가 앞서 암시했듯이) 조상 대대로 내려오던 저택의 회색 돌과 관련된 것이었다. 그의 상상에 따르면 그의 의식의 조건은 그 저택의 돌들이 연결된 방식, 즉 그것들이 배열된 순서, 그 위를 뒤덮은 이끼의 배치, 그리고 주변에 서 있는 죽어 가는 나무들의 배치, 그리고 무엇보다도 그런 배치가 오랜 세월 동안 변함없이 유지되어 왔다는 사실과 그것들이 고여 있는 호숫물에 반영되어 있다는 사실에서 완성된다. 그는 또한 물과 벽 주변에 특유의 분위기가 서서히, 그러나 확실히 농축되어 왔다는 사실이 그 의식의 증거를 증명한다고 주장했다.(이것은 그가 한 말을 그대로 옮긴 것이다.) 그것의 결과가 자기 집안의 운명을 수세기 동안 형성해 왔고 그를 현재 내가 보는 것과 같은 사람으로 만들어 온, 조용하면서도 끈질기고 끔찍스러운 영향력에서 드러난다고 그는 덧붙였다. 그런 견해에 대해서는 새삼스러운 평이 필요치 않으니, 나 역시 아무 말도 하지 않겠다.

우리가 읽은 책들, 병약한 내 친구의 정신 가운데 상당 부분을 여러 해에 걸쳐 형성시켜 온 책들이 그 같은 몽환적인 성격과 엄격히 조용한다는 사실을 짐작하기는 어렵지 않다. 우리는 함께 그레세의 시 「베르베르」와 「수도원」, 마키아벨리의 『벨파고』, 스베덴보리의 『천국과 지옥』, 홀베르그의 『니콜라스 클림의 지하 여행』, 로버트 플루드와 장 댕다지네와 드라샹브르가 각각 쓴 『수상술』, 티크의 『푸른 공간으로의 여행』, 그리고 캄파넬라의 『태양의 도시』 등을 읽었다.[27] 우리가 즐겨 읽은 책은 도미니크 교단의 에이머릭 드지론이 쓴 『이단 심문법』이라는 소형 8절판 책이었다. 또한 폼포니우스 멜라[28]가 쓴 책 중에 고대 아프리카 사티로스와 아이지판에 관한 구절이 있는데, 어셔는 그 구절들을 음미하며 백일몽에 잠겨 몇 시간이고 앉아 있었다. 그러나 그가 가장 좋아한 책은 극히 드물고 기이한, 고딕체로 쓰여진 4절판 책으로, 『마인츠 교회의 사자에 대한 촛불 의식』이라는 잊힌 교회의 의례집이었다.

어셔는 어느 날 저녁 갑작스레 매들라인 아가씨가 더 이상 이 세상 사람이 아니라고 내게 알려 주면서 (여동생을 마지막으

---

27) 여기 나열된 책들은 대체로 저세상으로의 여행이나 죽은 자들을 위한 기도 따위를 다루고 있다.
28) 기원 후 1세기에 살았던 로마의 지리학자로 먼 나라에 사는 기이한 동물과 사람에 대한 책을 썼다.

로 매장하기 전에) 그녀의 시체를 저택의 주요 벽 안쪽에 있는 지하 납골당 중 한 곳에 이 주 동안 보관하고 싶다고 덧붙였다. 그때 나는 앞서 언급한 책에 기록된 황당한 의식과 그것이 우울증에 걸린 내 친구에게 미쳤을 영향력을 생각하지 않을 수 없었다. 그러나 이 특이한 절차가 필요한 실질적 이유로 그가 제시한 것은 내가 왈가왈부할 수 있는 성질의 것이 아니었다. 그에 따르면 고인의 병이 워낙 특이했기 때문에 그녀의 치료를 담당했던 의사들이 틀림없이 이러쿵저러쿵 사인을 조사하려 할 것인 데다, 가족 묘지마저 멀고 노출되어 있어서 그 같은 조치가 불가피하다는 것이었다. 어셔가의 저택에 도착한 날 층계참에서 마주쳤던 의사의 음흉한 얼굴을 떠올려 보면 무해하고 결코 부자연스럽다 볼 수 없는 그 예방 조치에 대해 반대하고 싶은 생각은 들지 않았다.

어셔의 요청에 따라 나는 가매장 준비를 직접 도왔다. 시체를 관에다 넣은 뒤 우리 두 사람의 힘만으로 매장했다. 우리가 시체를 매장한 납골당은 작고 음습했으며 빛이 들어갈 틈이라고는 전혀 없었다. 게다가 아주 오랫동안 사용하지 않았기 때문에 우리가 든 횃불이 공기의 압력에 눌려 반쯤 꺼졌고, 그 때문에 방의 상태도 제대로 점검하기가 힘들었다. 그 납골당은 내가 자는 방 바로 아래 아주 깊은 곳에 자리 잡고 있었다. 오래전 중세 시대 지하 골방 중에서도 가장 최악의 용도를 위해 만들어진 방처럼 보였다. 그 방으로 가는 긴 아치형 복도 전체를 동판으로 꼼꼼하게 덧댄 것으로 미루어 보아 나중에는 화약이나 다른 인화성 물질을 보관하는 장소로 사용되었던 것 같다. 육중한 철제 문 또한 구리로 싸여 있어, 문이 열리고 닫힐 때 그 엄청난 무게 때문에 삐익하고 아주 날카로운 금속성 소리가 났다.

이 무시무시한 장소 안의 가대(架臺) 위에 우리의 서글픈 짐을 부리고 나서 우리는 아직 못질하지 않은 관 뚜껑을 살짝 젖힌 뒤 그 안에 누운 이의 얼굴을 찬찬히 들여다보았다. 남매의 얼굴이 놀랍도록 비슷하다는 사실이 처음으로 내 주의를 끌었다. 어셔가 내 생각을 읽었는지 몇 마디 우물거렸는데, 그것을 통해 나는 그 친구와 고인이 쌍둥이 남매였으며 둘 사이에 아주 뚜렷하지는 않아도 항상 정신적 교감이 이루어져 왔다는 사실을 알게 되었다. 그러나 우리의 시선은 고인의 얼굴에 오래 머물지 못했다. 그녀를 바라보면 두려운 감정에 위압당하지 않을 수 없었기 때문이다. 심한 발작 증세를 일으키는 병의 경우가 으레 그렇듯이 그처럼 한창때의 젊은 여인을 무덤으로 인도한 병으로 인해 가슴과 얼굴에는 희미한 홍조가, 그리고 입술 위에는 수상쩍은 미소가 감돌았기 때문이다. 죽은 자의 얼굴 위에 떠오른 그 미소는 정말 보기 끔찍했다. 우리는 이내 관 뚜껑을 다시 덮고 못을 박은 뒤 철문을 잠그고 나서 그 지하실에 비해 조금도 더 밝지 않은, 저택의 위층으로 무겁게 걸음을 옮겼다.

통한의 며칠이 흐르자 친구의 행태가 눈에 띄게 정신병적으로 변하기 시작했다. 평소의 몸가짐이 사라졌다. 일상적인 임무들도 무시되거나 잊혀 버렸다. 그는 균형과 목적을 잃은 황급한 발걸음으로 이 방 저 방 오락가락했다. 창백한 얼굴은 전보다 더 퍼렇게 질려 가는 듯했으나 눈에서 발하던 광채는 사라졌다. 더러 쉰 소리가 나던 그의 목소리는 이제 들리지조차 않게 되었고, 마치 엄청난 공포에 시달리듯 가늘게 떨리는 목소리가 그의 특징이 되었다. 실제로 마음의 동요가 점점 더해지면서 그것을 짓누르는 어떤 비밀을 발설하기 위해 애를 쓰는 듯한 인상을 받는 순간이 더러 있었다. 그렇게 하는 데는 엄청난 용기가 필요한 것처럼 보였다. 또 더러는 그의 행태가 죄다 미친 사람 특유의, 설명하기 힘든 기이한 행동이라고 확신할 수밖에 없는 순간도 있었다. 혼자에게만 들리는 상상의 소리에 귀를 기울이는 것처럼 오랫동안 골똘히 허공을 응시하는 모습이 목격되었으니 말이다. 내가 그의 상태에 겁에 질리고, 또 기분마저 그에 전염된 것은 놀라운 일이 아닐 것이다. 황당하지만 전염성이 강한 그의 미신이 천천히, 그러나 확실히 나에게까지 그 엉뚱한 영향력을 미치는 것이 느껴졌다.

특히 매들라인 아가씨를 지하 납골당에 넣은 뒤 일주일 정도 지난 어느 날 밤 늦게 침대에 누운 나에게 그 같은 감정의 영향력은 너무나 확실했다. 잠은 내 침대 근처로 다가오지 않았다. 시간이 계속 다가왔다 흘러갔다. 나는 나를 지배하던 불안감이 말도 되지 않는 것이라고 생각하면서 그것을 어떻게든 떨쳐 버리려고 안간힘을 썼다. 내가 느끼던 불안감 때문이 아니라면 적어도 상당 부분은 그 방에 놓인 어둠침침한 가구들이 끼치는 혼란스러운 영향력 때문이라고 믿으려고 노력했다. 폭풍 때문에 어두운 색깔의 낡은 커튼이 벽 이쪽저쪽으로 고통스럽게 흔들리는 것이고, 침대 장식 주변에서는 불안하게 부스럭 소리가 들리는 것이라고 말이다. 그러나 아무런 소용도 없었다. 몸이 점점 떨려 오면서 억제할 길 없는 그 떨림이 온몸으로 스며들었다. 그러다가 마침내 내 마음에 원인을 전혀 알 수 없는 끔찍한 몽마가 자리 잡았다. 나는 이 몽마를 떨쳐 내기 위해 가쁜 숨을 몰아쉬며 싸우다가 베개 위로 벌떡 일어나 앉았다. 그 방의 칠흑 같은 어둠 속을 골똘히 응시하는데 폭풍 사이사이로 어디선가 띄엄띄엄 낮고 흐릿한 소리가 들려왔다. 그것은 본능적이라고밖에 달리 설명할 길이 없는 느낌이었다. 나는 견디기 힘들 정도로 강렬한, 형용할 길 없는 공포에 사로잡혀, 그날 밤 그냥 잠들면 안 될 것 같다는 느낌에 급히 옷을 주워 입고 빠른 걸음으로 방 안을 오락가락하면서 어쩌다가 빠져든 한심한 상태에서 스스로를 일깨우려고 안간힘을 썼다.

이렇게 몇 차례 방 안을 오락가락하는데 방 옆 층계에서 가벼운 발걸음 소리가 들려왔다. 나는 즉시 그것이 어셔의 발소리임을 알아차렸다. 이내 어셔가 아주 가볍게 내 방 문을 두드린 뒤 손에 램프를 들고 들어왔다. 그의 안색은 평소와 다름없이 송장처럼 창백했지만, 놀랍게도 그의 눈빛에선 일종의 광기에 찬 희열의 기미가, 그의 몸가짐에선 억누르고 있는 것이 명백한 히스테리의 흔적이 엿보였다. 그 모습에 간담이 다 늘해졌지만, 그때까지 혼자 견디던 공포에 비하면 나았기 때문에, 내 방에 들어선 그의 존재에 반가움과 안도감을 동시에 느꼈다.

"그것 못 보았나?" 그가 잠시 아무 말 없이 주위를 바라보다가 갑자기 말했다. "그러니까 그걸 못 보았단 말이지. 하지만 두고 봐! 너도 보게 될 테니." 그는 그렇게 말하면서 자신이 들고 있던 램프를 손으로 조심스럽게 가리더니, 창문 가까이 다가가 활짝 열어젖혀 바깥의 폭풍을 불러들였다.

창문을 통해 들어오는 광풍의 기세가 어찌나 사납고 맹렬한지 몸이 다 흔들릴 지경이었다. 사실 그날 밤의 폭풍은 거칠게 몰아치지만 황량한 아름다움이 돋보이기도 했던, 공포와 아름다움이 동시에 느껴지던 무척 낯선 폭풍이었다. 회오리바람 한 자락이 어서가 근처에서 힘을 모은 게 틀림없었다. 바람의 방향이 자주 격렬하게 바뀌었으니 말이다. 아주 두꺼운 구름이 저택의 첨탑에 닿을 정도로 낮게 걸려 있었는데, 그 구름 덩어리들이 가까운 곳에서 엄청난 기세로 마구 서로를 향해 날아가고 있다는 것을 알 수 있었다. 두껍게 끼어 있음에도 어렵지 않게 그 속도를 감지할 수 있었다. 하늘에는 달도 별도 떠 있지 않았고, 번개가 번쩍거리지도 않았다. 그러나 엄청난 크기의 동요하는 수증기 덩어리 아래쪽 표면과 우리 바로 곁에 있던 지상의 사물들은 저택 주변에 낮게 퍼져 있는, 희미하게 빛나면서도 분명한 윤곽을 그리는 기체로 인해 초자연적인 빛으로 활활 타올랐다.

"넌 이걸 봐선 안 돼, 보지 마!" 내가 어서를 창가에서 떼어 억지로 의자 쪽으로 조심조심 이끌면서 진저리 치듯 말했다. "이 현상이 널 불안하게 한다는 걸 잘 알지만, 실제로는 단순하고 평범한 전기 현상에 지나지 않아. 아니면 이 소름끼치는 현상은 늪지에 고인 물에서 솟아 나오는 독기에서 비롯된 것일지도 몰라. 창문을 닫도록 해. 찬 공기가 네 건강에 해로울 수 있으니. 여기 네가 좋아하는 소설책이 하나 있군. 내가 읽을 테니 듣고 있어. 그렇게 하다 보면 이 끔찍한 밤을 함께 넘길 수 있겠지."

내가 집어든 고서는 랜슬럿 캐닝 경이 쓴 『광란의 만남』[29]이었다. 그러나 어셔가 좋아하는 작품이라고 한 것은 서글픈 농담이지 진심으로 한 소리는 아니었다. 사실 그 작품은 투박하고 상상력이 결여된 데다 장황하기까지 해서, 품위 있고 영적인 관념의 소유자인 내 친구의 흥미를 끌 만한 점은 별로 없었다. 그러나 가까이에 있던 유일한 책이었다. 그래서 나는 어쩔 수 없이 읽어야 할 어리석기 짝이 없는 그 이야기가 신경이 예민한 친구의 흥분을 가라앉힐 수 있으리라는(정신 질환의 역사에는 유사한 예외가 수도 없이 많으니까 말이다.) 막연한 희망에 매달렸다. 실제로 내 친구가 그 이야기에 귀 기울이던 모습, 광적으로 열렬하게 귀 기울이는 것 같았던 그의 태도로만 보면, 내 계획이 잘 들어맞은 것을 자축할 만했다.

주인공인 에설레드가 평화로운 방법으로 은자의 거처에 들어가려다 실패한 뒤 무력으로 침입을 시도하는, 잘 알려진 대목에 이르렀을 때였다. 기억을 더듬어 그 대목의 내용을 소개한다.

"천성이 용감한 데다 방금 마신 술로 인해 더욱 기운이 세진 에설레드는 더 이상 그 은자와 협상하려 하지 않았다. 완고

---

29) 이 저서는 이 단편에서 언급된 저서 중 유일하게 가공의 것이다.

하고 심술 사나운 성격인 그는 어깨에 빗방울이 떨어지는 것을 보고 폭풍이 다가올 것을 염려하여 철퇴를 번쩍 치켜들었다가 내려쳐서 문의 널빤지에 자신의 장갑 낀 손이 들어갈 정도의 구멍을 냈다. 그리고 그 구멍을 이용해 철퇴를 힘차게 잡아당겨 문을 부수고 나무 판자를 잡아 뜯어 급기야는 문 전체를 산산조각 냈고, 숲 전체에 속이 빈 마른 나무에서 나는 엄청나게 큰 소리가 퍼졌다."

이 문장을 읽고 난 뒤 다음 문장으로 넘어가려던 나는 잠깐 멈칫했다. 왜냐하면(흥분한 내 상상력이 만들어 낸 착각이라고 즉시 결론을 내리긴 했지만) 그 저택의 아주 먼 구석에서 랜슬럿 경이 묘사한 것과 아주 흡사하게(물론 비교적 흐릿하고 작은 소리이긴 했지만) 부서지고 뜯어지는 소리의 메아리인 듯한 소리가 들려왔기 때문이다. 무엇보다도 그 우연의 일치에 주목하지 않을 수 없었다. 창틀이 덜컥거리는 소리와 점점 심해지는 폭풍이 일으키는 여러 소리들 틈에서, 그냥 부서지고 뜯어지는 소리만 들렸다면 새삼스레 주목하거나 불안해할 여지는 분명 없었기 때문이다. 나는 계속해서 책을 읽어 나갔다.

"그러나 이제 안으로 들어선 위대한 투사 에설레드는 악의에 찬 은자의 흔적을 찾을 수 없자 놀라고 분개했다. 대신 비늘로 뒤덮인 엄청난 크기의 용이 입에서 불을 내뿜으며 황금 궁전을 지키기 위해 앉아 있는 모습을 정면에서 맞닥뜨렸다. 그리고 다음과 같은 구절이 새겨진 놋쇠 방패가 벽에 걸린 채 반짝반짝 빛나고 있는 모습도 보였다.

여기 들어서는 자는 정복자로다.

용을 죽이는 자는 방패를 얻으리라.

이어 에설레드가 철퇴를 치켜들어 용의 머리를 향해 내려치자 용이 불을 내뿜으며 앞으로 쓰러지면서 몹시 무시무시하고 사나운, 귀청을 찢을 듯한 날카로운 비명 소리를 내질렀고, 그 바람에 에설레드는 그 전무후무하고 끔찍한 소음을 막기 위해 손으로 귀를 틀어막아야 했다."

그 순간 나는 다시 깜짝 놀라 책 읽기를 멈췄다. 왜냐하면 나직하면서도 멀리서 들려오는 듯한(비록 그 소리가 들려온 방향을 짐작하기는 어려웠지만) 그러면서도 귀에 몹시 거슬리는 너무나 기괴한 절규 혹은 쇳소리가 내 귀에 진짜로 들려왔기 때문이다. 내가 소설을 읽으며 상상한 용의 기괴한 비명 소리와 너무나 흡사한 소리였다.

이 두 번째, 그리고 너무도 신기한 우연의 일치에 경이감과 극단적 공포를 포함한 수천의 모순적 감정에 짓눌리고 있었음에도, 아직은 친구의 예민한 신경을 흥분시키지 않기 위해 그 사실을 지적하지 않을 만큼 충분히 침착함을 유지하고 있었다. 몇 분 동안 친구의 태도가 이상하게 변한 것은 틀림없었지만, 그럼에도 그가 그 소리를 들었다고는 전혀 믿어지지 않았다. 그는 처음에는 나를 바라보고 앉아 있었는데, 점차 의자의 방향을 돌려 내가 책 읽기를 멈췄을 땐 얼굴을 방문으로 향하고 있었다. 그래서 내게는 그 친구의 얼굴 표정이 일부밖에 보이지 않았다. 소리는 들리지 않았지만 뭐라 중얼중얼하는지 입술이 떨리는 모습이 보였다. 머리는 가슴 쪽으로 숙이고 있었지만, 옆모습에서 크게 뜬 눈이 보였으므로 그가 자고 있지 않다는 것을 알 수 있었다. 동작 또한 자고 있다고 보기는 어려운 모습이었으니, 그가 좌우로 가볍게 계속 몸을 움직이고 있었기 때문이다. 이 모든 것을 한눈에 파악한 나는 다시 랜슬럿 경의 작품을 읽기 시작했다.

"그리고 이제 그 위대한 투사는 분기탱천한 용의 무시무시한 영향권에서 빠져나와 놋쇠 방패와 거기 가해진 마술을 풀어야 한다는 사실을 깨닫고 자기 앞에 놓인 용의 시체를 치우고 은으로 도금된 성로(城路) 위를 씩씩하게 걸어 방패가 걸린 벽을 향해 다가갔다. 실제로 방패는 그가 완전히 도착할 때까지 기다리지도 않고 그의 발밑 은빛 바닥으로 떨어지며 끔찍하고 커다란 소리를 내며 울렸다."

위의 문장들이 내 입술을 통과하자마자 내 귀에는 분명하고 공허하며 금속성을 띤, 하지만 숨죽인 듯한 반향 소리가 들려왔다. 바로 그 순간 실제로 놋쇠 방패가 은빛 바닥으로 둔탁하게 떨어지기라도 한 것처럼 말이다. 와락 겁이 난 나는 자리에서 벌떡 일어났다. 그러나 어셔는 여전히 앞뒤로 몸을 흔들고 있었다. 나는 그가 앉아 있는 의자로 급히 다가갔다. 그의 눈은 정면을 멍하니 바라보고 있었고, 표정은 굳어 있었다. 그의 어깨에 손을 내려놓자 강렬한 전율이 그의 몸 전체로 엄습하는 것이 전해졌다. 병적인 미소가 그의 입술 주변에서 경련을 일으켰고, 내가 옆에 있는 것을 전혀 의식하지 못하는 듯한 태도로 낮고 급하게 알아들을 수 없는 말을 중얼거렸다. 나는 몸을 더욱 낮춰 그를 향해 가까이 다가갔고, 마침내 그의 말에 깃든 소름 끼치는 의미를 알아챌 수 있었다.

"안 들리느냐고? 아니, 들려. 그리고 전에도 들렸지. 길고, 길고, 긴, 오랜 시간, 오랜 날들 동안 그 소리가 들려왔어. 그렇지만 난 감히 — 오, 가련하고 비참한 존재인 날 불쌍히 여겨 줘! — 난 감히, 감히 말할 수 없었어! 우리가 그 애를 산 채로 무덤에 넣었다는 걸! 내 감각이 아주 예민하다고 말한 적이 있었지? 이제야 말하지만 그 횡한 관 속에서 그 애가 움직이는 소리가 처음부터 들려왔어. 그 소리가 아주 오래전부터 들려왔어. 그렇지만 감히, 감히 말하지 못했지! 그리고 오늘 밤, 에셜레드라고, 하하! 은자 거처의 문이 부서지는 소리, 용이 죽을 때 내지른 단말마의 비명 소리, 그리고 방패의 울림 소리란 말이지! 차라리 그 애의 관이 부서지는 소리, 그 애를 가둔 감옥에 있는 돌쩌귀가 삐거덕거리는 소리, 그리고 지하 납골당의 구리 아치 밑에서 그 애가 몸부림치는 소리라고 말해! 오, 어디로 도망쳐야 하지? 그 애가 곧 이리로 닥쳐올 게 아닌가? 그 애가 내 성급함을 탓하려고 이리 달려오고 있는 게 아니냐고? 그 애의 발소리가 계단에서 들려오지 않았어? 그 애의 심장이 끔찍한 소리를 내며 무겁게 뛰고 있는 것이 들려오지 않나? 미친놈 같으니라고!" 이 대목에서 그는 맹렬한 기세로 벌떡 일어나 마치 힘겹게 영혼을 포기하는 사람처럼 음절 하나하나를 목청껏 외쳤다. "이 미친놈아! 내 말 잘 들어. 지금 그 애가 지금 저 문밖에 서 있으니까!"

그의 말이 지닌 초인적인 기운에 주문의 효능이 있기라도 했던 듯, 바로 그 순간 그가 가리킨 고풍스럽고 둔중한 문이 마치 검은 아가리가 천천히 벌어지듯 열렸다. 격한 바람 때문에 일어난 일이었다. 그러나 바로 그 문밖에 수의를 입은 매들라인 어셔 양이 우뚝 서 있는 것은 진짜로 일어난 일이었다. 그녀가 입은 하얀 수의는 피로 물들어 있었고 수척한 그녀의 몸 군데군데에는 모진 싸움의 흔적이 엿보였다. 그녀는 잠시 동안 몸을 덜덜 떨면서 문턱에 서 있었는데, 몸이 앞뒤로 흔들거렸다. 그런 뒤 낮게 신음하는 듯한 소리를 내면서 오빠 쪽으로 꽈당 넘어졌고, 다시 격렬한 단말마의 신음과 함께 그를 바닥으로 밀어 시체로, 그가 예견했던 대로 공포의 희생자로 만들어 버렸다.

나는 그 방을, 그리고 그 저택을 피해 혼비백산하여 도망쳤다. 내가 그 저택의 낡은 포장도로를 가로질러 도망칠 때 폭풍우는 사방에서 여전히 무섭게 몰아쳤다. 그 길 위로 갑자기 환한 빛이 사납게 비쳐서 나는 어디서 그렇게 비상한 빛이 나오는가 알아보려고 돌아섰다. 내 뒤에 있는 것은 그 거대한 집과 그 그림자뿐이었기 때문이다. 그 빛은 뉘엿뉘엿 지는 핏빛 보름달에서 나오는 것이었으니, 그 보름달이 빛나는 모습은 이제 벽 사이, 한때는 거의 보일 듯 말 듯했던 갈라진 틈, 앞서 내가 언급했던 건물의 지붕에서부터 지그재그를 그리며 바닥까지 이어진 틈을 통해 생생하게 보였다. 그 틈은 맹렬한 숨을 토하며 닥쳐오는 회오리바람에 내가 바라보는 동안에도 급격히 벌어졌다. 순간 그 회오리바람의 궤도 전체가 내 눈앞에서 흐트러졌고, 거대한 벽이 사나운 기세로 산산조각 나기 시작했으며, 내 머릿속도 별안간 어질어질해졌다. 바다의 파도가 포효하는 듯한 소리가 한동안 들려왔고, 내 발아래 있던 깊고 축축한 호수가 '어셔가'의 잔해를 삼키며 침울하고 조용하게 닫혔다.

윌리엄 윌슨

뭐라고 말할 것인가? 냉혹한 양심이?
내가 가는 길에 떠 있는 저 망령에 대해?
— 챔벌레인, 「패로니다」[30]

당분간 내 이름을 윌리엄 윌슨이라고 불러 두자. 내 앞에 놓인 훌륭한 종잇장을 내 진짜 이름으로 더럽힐 필요가 없으니 말이다. 내 집안은 내 이름으로 인해 이미 너무나 자주 조소와 공포와 혐오의 대상이 되었다. 내 전무후무한 수치스러운 행위에 대해 바람조차 분개해 이 지상의 가장 외딴 고장에까지 소문을 퍼뜨리지 않았던가? 오, 가장 확실하게 버림받은 자들 중에서도 가장 단호하게 추방된 자로다! 이 세상에서 그대는 영원히 죽은 자가 아니던가? 지상의 명예에, 지상의 꽃에, 지상의 황금빛 염원에 대해? 그리고 구름, 자욱하고 음산하고 망막한 구름만이 그대의 희망과 천국 사이에 영원히 가로놓여 있는 것이 아닌가?

---

30) 실제로는 챔벌레인의 「사랑의 승리」에 이와 비슷한 구절이 있다.

그럴 수만 있다면 나는 내가 얼마 전 저지른 입에 담기 어려운 한심한 짓과 용서 못할 범죄를 지금 여기서 구체적으로 기록하지는 않을 것이다. 나는 최근 몇 년 동안 전보다 훨씬 급격하고 심한 타락의 길을 걷게 되었고, 내가 이 글을 쓰는 목적은 단지 그 원인을 밝히기 위해서이다. 인간의 타락은 보통 서서히 일어난다. 하지만 내 경우엔 내가 가진 모든 장점이 마치 망토가 단 한순간에 몸에서 툭 떨어지듯 순식간에 사라졌다. 사소한 장난에서 시작한 일이 한순간에 엘라가발루스[31]의 범죄행위보다 더 끔찍한 짓으로 변했다. 어떤 우연, 어떤 사건으로 인해 이런 사악한 일이 벌어졌는지, 내가 앞으로 적어 내려가는 동안 참을성 있게 들어 주면 감사하겠다. 죽음이 나를 향해 다가오고 있다. 그리고 죽음에 앞서 나를 향해 닥쳐오는 어두운 그림자로 인해 내 마음은 차분하다. 내가 어스레한 골짜기를 통과하는 동안 동료 인간들의 공감 — 하마터면 동정심이라고 쓸 뻔했다 — 을 자아낼 수 있기를 간절히 바란다. 내가 어느 정도는 인간의 통제력을 넘어선 환경의 노예였다는 사실을 사람들이 믿어 주었으면 한다. 내가 이제 나열할 여러 요소들 중에서, 무수한 실수의 사막 안에 있는 아주 조그만 숙명의 오아시스라 할지라도 나를 위해 찾아봐 주기를 바란다. 비록 내게 찾아온 것과 같은 그렇게 큰 유혹이 과거에 존재한 적이 있다 할지라도, 적어도 어느 누구에게도 내가 겪은 것 같은 그렇게 큰 유혹이 찾아온 적은 없으며, 어느 누구도 그

---

31) 극단적인 타락을 상징하는 인물로 알려진 로마의 황제.

런 식으로 굴복한 적은 없었을 거라는 걸 독자들이 인정해 주었으면 하며, 또한 그렇게 인정하지 않을 수 없다고 믿는다. 그렇다면 어느 누구도 나만큼 고통받은 적은 없는 게 아닐까? 난 실상 꿈과도 같은 현실을 살았던 것이 아닐까? 그리고 난 이제 이 세상에 존재하는 환상들 중에서도 가장 황당한 환상에서 비롯된 공포와 신비의 희생물이 되어 죽음을 향하게 된 것이 아닐까?

나는 대대로 유난히 상상력이 풍부하고 흥분을 잘하는 성격으로 알려진 집안의 후손이다. 내 성격은 유년 시절부터 그런 집안 출신다운 티가 역력했다. 게다가 나이를 먹어 가면서 그런 성격이 점점 심해지는 바람에 친구들을 불안하게 만든 적도 여러 번 있었고, 나 스스로에게 실질적인 손해가 가는 일도 많았다. 나는 고집이 지나치게 셌고 변덕을 심하게 부리는 것이 버릇이었으며 일단 열정에 사로잡히면 통제가 불가능했다. 체질이 나와 비슷한 데다 마음까지 약했던 부모님은 내 이런 성마른 성격을 조절하는 데 별 도움이 되지 못했다. 내 성격을 바로잡기 위해 그분들이 몇 번인가 시도한 적이 있긴 하지만, 그런 미온적이고 서투른 시도는 그분들의 완전한 실패, 그러니까 물론 나의 완전한 승리로 귀결되었다. 그리고 그 뒤부터는 오히려 내 목소리가 우리 집안의 법이 되었고, 나는 걸음마를 떼기도 전의 어린 나이에 이미 나 자신의 의지에 완전히 내맡겨졌고, 그렇게 불리지는 않았을지라도 실제로는 모든 면에서 내 행동의 주인이 되었다.

학교생활에 대한 가장 오래된 기억은 잉글랜드 지방의 안개 덮인 마을에 있던 커다랗고 산만한 엘리자베스 양식의 저택에 관한 것이다. 그 마을에는 옹이가 진 거목들이 무척 많았고, 그 마을의 집들도 모두 지독하게 오래된 것들이었다. 그 고색창연한 마을은 꿈처럼 마음을 편하게 해 주는 곳이었다. 지금 이 순간에도 나는 마치 현실인 양, 그 마을에 있던 짙게 그늘진 가로수길의 상쾌한 한기를 느낄 수 있고, 수천의 관목에서 풍겨 나오는 향기를 들이쉴 수 있다. 또한 나는 무늬가 새겨진 고딕 양식의, 잠든 듯한 첨탑을 품어 안은 고요하고 어스레한 공기를 매시간 둔중하고도 갑작스럽게 깨는 교회 종소리의 깊고 그윽한 선율을 회상하며 말로 이루 다 형용할 수 없는 기쁨으로 새삼 전율에 사로잡힌다.

그 학교와 그에 관련된 일들을 하나하나 세세히 기억해 내면서, 나는 현재의 상황에도 불구하고 일종의 즐거움을 느낀다. 서글프게도 지금 너무나 실질적인 의미에서의 비참한 기분에 푹 젖어 있는 만큼, 비록 심약한 짓이지만 두서없는 몇몇 사소한 사실에 탐닉함으로써 미미하고 잠정적인 것일망정 위안을 구하는 걸 독자 여러분이 용서해 주리라 믿는다. 더욱이 그 미미한 사실들은 비록 사소하기 짝이 없고 심지어는 우스꽝스럽기조차 한 것들이지만, 내가 처음으로 훗날 그렇게 완전히 나를 압도해 버릴 내 운명을 어렴풋이나마 감지한 시기 및 장소에 관련된 것이기도 하다. 따라서 그만큼 중요하다는 게 내 생각이다. 지금부터 기억을 더듬어 보려 한다.

나는 앞서 학교 건물이 오래된 동시에 산만한 것이었다고 말했다. 정원은 넓었고, 모르타르를 이용해 깨진 유리를 위에 박은 높고 튼튼한 벽돌담이 저택 전체를 에워싸고 있었는데, 꼭 감옥의 벽 같은 이 벽이 그 영지의 경계였다. 그 경계 너머는 일주일에 세 번만 볼 수 있었다. 선도 교사 두 명과 함께 집단으로 인근의 들판을 잠깐 동안 산보하는 것이 허락된 토요일 오후에 한 번, 그리고 아침과 저녁 예배에 참석하기 위해 마을에 단 하나 있던 교회로 행렬을 지어 갔던 일요일에 두 번 말이다. 교회의 목사는 우리 학교의 교장이었다. 엄숙하고 느린 걸음걸이로 설교단을 올라가는 그를 멀리 떨어진 신도석에 앉아 바라볼 때 얼마나 기이하고 황당한 느낌이 들었던지! 이 거룩한 사람, 점잖고도 인자해 보이는 표정에, 윤기 나고 미끈한 성직자의 옷을 입고, 빈틈없이 분을 바르고, 뻣뻣하면서도 큰 가발을 쓴 이 사람이 과연 바로 엊그제 코담배 냄새 풍기는 옷을 입은 채 손에는 매를 들고 성난 얼굴로 가혹한 드라콘[32] 식의 학교 규칙을 실행에 옮기던 그 사람일 수 있을까? 오, 너무도 엄청난 모순이여, 너무도 기괴해서 풀 길이 없구나!

그 저택의 육중한 담 한구석에는 그 담보다도 더 육중한 대문이 험상궂게 서 있었다. 문은 쇠로 된 나사를 박아 고정시켜 놓았고, 문 위에는 뾰족한 쇠못도 꽂혀 있었다. 그 문이 그것을 바라보는 우리를 얼마나 강렬하게 압도했던지! 그 문은 앞서 언급한 세 번의 출입시 외에는 결코 열리는 일이 없었다. 문이 열리고 그 거대한 경첩에서 삐거덕 소리가 날 때마다, 우

---

32) 기원전 7세기 아테네의 정치가로 최초의 성문법을 제정했으나 너무 가혹한 형벌 제도를 담고 있다는 평을 받았다.

리는 그것이 더할 나위 없이 신기해서, 그 사실을 엄숙한 태도로 언급하거나 혹은 그보다도 더 엄숙한 명상에 빠지곤 했다.

학교를 둘러싼 뜰은 널찍했는데, 그 모양이 불규칙하고 여기저기 널따란 모서리들이 많이 있어서, 그중 가장 넓은 곳 서너 군데를 운동장으로 이용했다. 마당은 평평했고, 곱고 단단한 자갈로 덮여 있었다. 그곳에 나무나 벤치, 혹은 그 비슷한 어떤 것도 없었던 것이 아주 분명히 기억난다. 운동장은 물론 저택의 뒤쪽에 있었다. 저택의 앞쪽으로는 회양목과 다른 관목들이 심어진 화단과 길을 장식적으로 배치한 작은 정원이 있었다. 그러나 이 성스러운 구역은 실로 드문 경우에만, 그러니까 학교에 처음 도착했다든지 마지막으로 학교를 떠날 때, 혹은 부모나 친구가 찾아와 크리스마스나 여름방학을 보내러 집으로 가는 행복한 순간에만 간혹 지나칠 수 있었다.

그 저택! 그 낡은 저택은 참으로 신기한 건물이었다! 그리고 내겐 진정한 마법의 궁전이었다! 그 꾸불꾸불하고 불가해한 구석들에는 정말이지 끝이 없었다. 길을 따라 가다 보면 어느 순간 그 2층 건물의 두 층 중 어느 층으로 나오게 될지 장담하기 힘들었다. 방에서 방으로 건너가기 위해선 언제나 서너 계단을 올라가거나 내려가야 했으니 말이다. 그리고 그 방들은 옆에서 옆으로 헤아릴 수 없을 만큼, 즉 상상할 수 없을 정도로 가지를 쳤기 때문에, 한참 걸어가다 보면 제자리로 돌아오기 일쑤였다. 전체 저택에 관한 인식은 곧 무한대에 관한 인식이라 해도 과언이 아니었다. 거기에 살던 오 년 동안 나는 한 번도 나와 열여덟에서 스무 명에 이르는 다른 학생들에게 할당

된 조그만 침실이 도대체 건물의 어느 구석에 놓여 있었는지 정확하게 말할 수 없었다.

교실은 그 저택에서 가장 넓은 방이었고 당시 내겐 이 세상에서 가장 넓은 방처럼 느껴졌다. 그 방은 아주 길고 좁았으며 뾰족한 고딕식 유리창에 졸참나무로 만들어진 천장은 음울할 정도로 낮았다. 멀고 무시무시한 느낌을 주던 한쪽 구석에는 가로세로 2에서 3미터 정도의 정방형 방이 있었는데, 그곳은 '집무 시간' 동안 우리의 교장 선생님인 브랜스비 박사 겸 목사님의 서재로 쓰였다. 그곳은 열리자마자 닫히는 육중한 문으로 차단된 견고한 방이었는데, 우리 모두 '선생님'만 안 계시다면 그 방을 들여다보기 위해서 강하고 오랜 고통[33]에 의한 죽음이라도 기꺼이 무릅쓸 수 있다는 기분이었다. 다른 구석 두 곳에 칸막이가 된 비슷한 공간이 둘 있었는데, 그것들은 교장 선생님의 방만 한 존경을 받지는 못했어도, 역시 엄청난 경외의 대상이었다. 그중 하나는 '고전 과목' 교사, 즉 '영어와 산수'를 가르치던 교사의 강단이었다. 교실의 사방엔 헤아릴 수 없이 많은, 검고 오래되고 낡은 의자와 책상이 있었는데, 그것들은 방을 이리저리 가로지르며 한없이 불규칙적으로 흩어져 있었다. 그 책걸상들 위로 손때가 수없이 탄 책들이 산더미처럼 아무렇게나 쌓여 있었고, 또한 학생들 이름의 머리글자의 조합이나 이름 전체, 혹은 기괴한 형상 따위가 무수히 새겨져 있었다. 덕분에 그것들은 이미 오래전 사라진 지난날들

---

33) 프랑스에 기원을 둔, 무거운 쇠뭉치로 내리누르는 사형 방법을 가리킨다.

을 거치며 원래 모습을 완전히 잃어버린 상태였다. 방의 한쪽 끝에는 엄청나게 큰 물동이가, 다른 쪽 끝에는 굉장한 크기의 시계가 놓여 있었다.

이 유서 깊은 기숙학교의 육중한 담 안에서 나는 내 십 대의 첫 오 년간을 지루해하거나 혐오감에 사로잡히지 않은 채 보냈다. 어린 시절의 활발한 두뇌에 자극을 주거나 즐겁게 하는 데에는 외부 세계의 사건이 필요하지 않다. 그리고 겉보기에 황량하고 단조로운 학교생활에는 그때보다 더 성장한 뒤인 젊은 시절에 내가 쾌락에서 구했거나, 혹은 완전한 성인이 된 다음에 범죄에서 구했던 것보다 흥미진진한 일들로 가득 차 있었다. 그럼에도 나는 정신 발달의 첫 단계에 내가 남들과는 무척 달랐으며, 심지어는 극단적으로 괴상하기까지 했다고 믿지 않을 수 없다. 대부분의 사람은 성인이 되었을 때 어린 시절에 일어났던 일에 대해 분명하게 기억하지 못한다. 모든 것은 회색 그림자 — 희미하고 불규칙적인 기억, 미미한 즐거움과 어렴풋한 고통 따위가 아련하게 새로이 조합된 것일 뿐이다. 하지만 내게는 그것이 사뭇 다르다. 내 감정들이 카르타고의 동전에 새겨진 글자만큼이나 생생하고 깊고 지속적인 선으로 내 기억에 각인된 것으로 보아, 어린 시절의 내가 어른과 같은 정신력으로 그 감정들을 느꼈던 게 분명하다.

그럼에도 실상 세상의 눈으로 본다면 그중에 기억할 만한 가치가 있는 것이 얼마나 적은지! 하지만 아침에 잠에서 깨어나기와 밤마다 침대로 불려가기, 암기와 암송, 주기적인 반휴일과 답사, 소동과 놀이와 음모로 가득 찬 운동장 — 정신의 요술에 의해 이미 오래전의 과거에 잊힌 이런 것들에는 감각의 미개지와 풍부한 사건의 세계, 다양한 감정과 극도로 열정적이고 영혼을 고양시키는 흥분된 감정의 세계가 포함되어 있었다. "오, 좋았던 옛 시절, 그 철기시대여!"[34]

실제로 나는 정열적이고 집중력이 강하고 오만한 성격 덕분에 곧 학우들 가운데서 두각을 나타냈다. 그리고 서서히 그러나 자연스럽게, 내 또래나 나보다 나이가 아주 많지 않은, 모든 학생들 위로 군림하게 되었다. 단 한 학생만이 거기서 예외였다. 그 예외인 학생은 나와 친척도 아니었는데 이름과 성이 똑같았다. 그것은 실상 별로 특이할 것도 없는 사실이었다. 귀족 집안 출신임에도 불구하고 내 이름은 관례에 따라 옛날 옛적부터 오합지졸 대중의 공동 소유물로 존재해 온 듯한 아주 흔한 이름들 중의 하나였기 때문이다. 이 글에서도 나는 그런 점을 고려해서 내 이름을 윌리엄 윌슨이라고 부르기로 한 것인데, 가명이지만 그런 면에서는 내 실명과 크게 다르지 않기 때문이다. 학교에서 쓰는 용어로 '또래 집단'을 이룬 여러 학생들 가운데에서 나와 동명이인인 그 아이만이 수업 시간이나 체육 시간, 혹은 운동장에서의 다툼에서 감히 나와 경쟁하고, 내 주장을 맹목적으로 믿거나 내 의지에 맹목적으로 복종하기를 거부하며, 요컨대 어떤 일에 대해서든 내가 내 멋대로 호령하지 못하도록 훼방을 놓았다. 이 지상에 궁극적인 형

---

34) 볼테르(1694~1778)의 시 「사교계인」에서 따온 구절로, 원문은 프랑스어이다.

태의 절대적 독재정권이 존재한다면 그것은 바로 소년 시절에 박약한 정신을 가진 친구들 위에 군림하며 대장 노릇을 하는 소년의 독재정권이다.

윌슨의 반역은 내겐 가장 큰 낭패의 원인이었다. 남들 앞에서는 윌슨이나 그의 잘난 체하는 행위가 별것 아니라는 듯 허세를 부렸지만 속으로는 그가 무서웠으며, 그 아이가 아무렇지도 않게 나와 동등하게 군다는 사실이 그가 진정으로 나보다 우월하다는 증거라는 생각이 들었다. 그 아이에게 압도당하지 않기 위해서는 끊임없는 투쟁이 불가피했다. 하지만 실제로는 나를 빼고는 어느 누구도 그가 나보다 우월하다거나 동등하다고조차 생각하지 않았다. 우리 패거리는 설명하기 힘든 맹목성 때문에 그 사실을 의심조차 하지 않는 것 같았다. 실상 그 아이의 경쟁과 저항, 그리고 내 목적에 대한 주제넘고 끈덕진 훼방은 노골적이기보다는 은근한 것이었다. 그 아이에게는 나를 탁월한 존재로 만들어 주는 야망이나 그런 야망을 가능케 하는 정열적인 지력이 모두 결핍된 것처럼 보였다. 그 아이가 나와 경쟁하는 동기는 오로지 나를 좌절시키고 놀래 주며 내게 굴욕감을 주려는 묘한 욕망 때문인 듯했다. 그럼에도 때때로 나는 그 아이의 무례와 모욕과 반대의 행위에 너무나 부적절하면서도 두말할 나위 없이 달갑지 않은 다정한 태도가 섞여 있다는 사실을 목격하고는, 경이감과 굴욕감과 분한 느낌이 뒤섞인 기분을 느꼈다. 나로서는 단지 이 기이한 행태가 야비하게도 후원하고 보호하는 척 자처하는 극단적인 허영심 때문일 것이라고 짐작해 볼 뿐이었다.

아마도 윌슨의 행동이 보인 이런 특징과, 우리 이름이 동일하다는 사실, 그리고 우리가 우연히도 같은 날 입학했다는 사실로 인해 선배들 사이에 우리가 형제라는 소문이 난 것 같았다. 선배들이 후배들에 관한 사항을 알아볼 때 대부분은 정확성에 집착하지 않으니까. 앞서 윌슨이 나와 아주 먼 친척조차 아니라는 사실을 아마 당연히 언급했을 것이다. 그러나 만일 우리가 형제였다면 우린 분명히 쌍둥이였어야 했다. 브랜스비 박사의 학교를 떠나고 나서 한참이 지난 뒤에 나와 동명이인이었던 그 아이가 1813년 1월 19일[35]에 태어났다는 사실을 우연히 알게 되었으니까. 그리고 이것은 다소 놀라운 우연의 일치였다. 그날이 바로 내 생일이었기 때문이다.

다소 묘한 사실은 윌슨과의 경쟁에도 불구하고, 그리고 참을 수 없게 분통이 터지는 그 아이의 반역 행위가 끊임없이 내게 야기한 불안감에도 불구하고, 내가 그 아이를 전적으로 미워할 수는 없었다는 점이다. 그 아이와 나는 분명 하루가 멀다 하고 다퉜고, 그 아이는 그때마다 겉으로는 내게 승리의 월계관을 양보하면서도 다른 한편으로는 교묘한 방법을 써서 나로 하여금 그 아이야말로 진정한 승리자라고 느끼도록 만들었다. 그럼에도 우리는 내 자존심과 그 아이의 진실된 품위 덕분에 항상 '말을 건넬 정도의 사이'에 머물렀다. 우리의 성격은 많은 면에서 비슷했고, 그 때문에 나는 그 아이에 대해 친근감을 느꼈다. 우리의 상반된 입장만이 그런 친근감이 우정

---

35) 포의 생일은 1809년 1월 19일로, 작품 속 윌슨의 생일과 날짜가 같다.

으로 발전하는 것을 방해했다고 볼 수 있을 것이다. 그 아이에 대한 내 진정한 감정을 정의하는 것이나 단순히 묘사하는 것도 사실 쉽지는 않다. 그 감정은 잡다한 요소들, 즉 증오심이라고까지는 볼 수 없는 성급한 적대감과 존중심, 그보다 더 많았던 존경심, 그리고 상당한 양의 공포심에 불안한 호기심의 세계가 뒤범벅된 혼합물이었다. 윤리학자라면 아마도 윌슨과 내가 가장 구분하기 힘든 한 쌍이었다고 지적했으리라.

그 아이에 대한 내 모든 공개적인, 혹은 은밀한 형태의 공격이 진지하고 단호한 적대의 형태를 띠기보다는 농담이나 짓궂은 장난, 즉 단순히 즐기기 위한 것인 양 하면서 고통을 주는 행위의 성격을 띤 것은 의심할 바 없이 기묘했던 우리의 관계와 관련이 있다. 그러나 짓궂은 장난으로 가장한 내 노력은 아주 재치 있게 계획을 꾸민 경우조차도 결코 늘 성공으로 귀결되지는 않았다. 나와 동명이인이었던 그 아이는 주적대지 않고 조용하고 엄숙한 성격이어서 신랄한 농담을 즐기면서도 스스로는 아킬레스건을 가지고 있지 않았고, 스스로 조롱의 대상이 되기를 철저히 거부했기 때문이다. 실상 나는 그 아이한테서 단 한 가지 약점만을 발견할 수 있었으니, 그것은 그의 신체적인 특징으로 아마도 체질적인 병으로 인한 것이었던 듯하다. 그러니까 나처럼 극단적으로 화가 나서 날뛰는 사람이 아니었더라면 아무도 그런 약점까지 건드리지는 않았을 것이다. 내 적수는 발성기관에 문제가 있어서 목소리를 아주 낮은 속삭임 이상으로 내는 것이 불가능했다. 나는 기회가 있으면 언제나 주저하지 않고 비열하게 그 약점을 이용했다.

윌슨 또한 비슷한 여러 가지 방법으로 내게 보복했다. 그리고 나는 이같이 짓궂은 그의 장난으로 인해 엄청나게 화가 나곤 했다. 내가 그렇게 사소한 일에 화를 낸다는 사실을 그 아이가 어떻게 처음 알아차렸는지, 어떻게 그리도 명민할 수 있었는지는 결코 풀지 못한 의문이다. 그러나 일단 내 약점을 알아 버린 그 아이는 틈만 나면 내 약을 올렸다. 나는 우아하지 못한 내 성과 평범하다 못해 서민적이라 할 만한 내 이름에 항상 혐오감을 느꼈다. 내 성과 이름은 내 귀엔 독이었다. 학교에 처음 도착한 날, 난 또 한 명의 윌리엄 윌슨이 나와 같은 날 도착했다는 사실을 발견하고 바로 그 이름 때문에 그에게 화가 났으며, 내 이름에 대한 혐오감도 두 배로 늘어났다. 동명이인이 있다는 것은 그 이름이 두 배로 반복되고 끊임없이 내 앞에 얼쩡거리는 것을 뜻했고, 또한 그 혐오스러운 우연의 일치로 인해 학교의 일상생활에서 그 아이에 관련된 사항이 나에 관한 것과 혼동되는 일이 잦아질 수밖에 없다는 것을 뜻하기도 했다.

그렇게 생겨난 내 울화는 내 적수와 나 사이의 정신적, 신체적인 유사성이 드러날 때마다 더 심해졌다. 그때는 내가 아직 우리가 나이조차 꼭 같다는 비상한 사실을 발견하기 전이었다. 하지만 나는 곧 우리의 키가 똑같다는 사실을 알아차렸고, 나아가 전체적인 체형이나 이목구비까지도 유별나게 비슷하다는 사실을 의식하게 되었다. 나는 또한 선배들 사이에 널리 퍼진, 우리가 친척 관계라는 소문도 불쾌했다. 한마디로 말해, 우리 사이에 존재하는 정신적, 신체적, 혹은 성격의 유사성에 대한 언급보다 더 나를 불쾌하게 하는 것은 이 세상에 존재하지 않았다. 내가 그런 심리적 불쾌감을 아주 조심스럽게 감추기는 했지만 말이다. 사실 학우들이 우리의 유사성에 대해 언급하거나, 혹은 단순히 주목한 적이 있다고 할 만한 근거도 없었다. 친족 관계라는 소문, 그리고 윌슨 스스로 암시한 경우를 제외하면 말이다. 윌슨 자신이 그 유사성을 의식하고 그런 유사성에 따를 수도 있는 의미 모두에 나만큼이나 집착하고 있음은 분명했다. 하지만 그 아이가 그런 사정으로부터 내 화를 북돋울 거리를 그렇게 풍부하게 발견했다는 사실은 내가 앞서 말했던 그의 특별한 통찰력에 기인한다고밖에 할 수 없다.

나를 화나게 하기 위해 그 아이가 한 일은 나를 완벽하게 흉내 내는 것이었다. 말과 행동 둘 다 말이다. 그리고 그 아이의 흉내 내기는 정말 감탄할 만했다. 내 옷차림을 따라하기는 아주 쉬웠다. 내 걸음걸이나 일반적인 행동도 큰 어려움 없이 모방했다. 심지어 그는 자신의 신체적 결함에도 불구하고 내 목소리까지 따라했다. 물론 감히 내 목소리의 크기까지 흉내 낼 수는 없었지만, 음색 자체는 똑같았다. 그리하여 그 아이 특유의 속삭임, 그 속삭임은 다름 아닌 내 목소리의 메아리가 되었다.

이 절묘한 초상화 — 그의 흉내 내기를 풍자화라고 부르는 것은 그 빼어난 정확성에 걸맞지 않으니 말이다 — 가 얼마나 나를 괴롭혔는지 정확히 묘사할 길은 없으리라. 그의 모방을 알아보는 사람이 나뿐이었다는 사실, 그리고 나를 괴롭히던 것이 나와 동명이인인 그 아이의 의미심장하고 기묘한 조소뿐이었다는 사실만이 내 유일한 위안거리였다. 그 아이는 자신이 내게 준 상처에 대해 은밀히 킬킬거리면서 자신이 의도했던 대로 내 마음을 뒤흔든 것에 만족하는 듯했고, 자신의 재치 있는 노력이 성공한 것을 보고 대중들이 보냈을 수도 있는 갈채에 대해서는 별반 개의치 않았다. 사실 어째서 다른 학생들이 그 아이의 계획을 알아차리지 못하고 그 계획의 성공을 감지하지 못하며 그 아이와 함께 조소를 보내지 않을까 하는 것은 내가 전전긍긍하며 여러 달을 보내면서도 풀지 못한 의문이었다. 아마도 그의 흉내 내기가 서서히 이루어졌기 때문에 다른 아이들이 그것을 쉽게 알아차릴 수 없었는지도 모르겠다. 혹은 모방자의 거장다운 솜씨 덕분에 다른 아이들이 그것을 알아차리지 못했다고 보는 것이 더 타당할지도 모르겠다. 모방자가 원본을 경멸하다 보니 겉으로 드러난 원본의 모습을 넘어 ─ 이것이 둔한 사람이 그림에서 볼 수 있는 전부인데 ─ 그 정신까지 그대로 그려 줌으로써 나 스스로 찬찬히 속상하라고 하는 것 같았으니 말이다.

앞에서 이미 여러 번 언급했듯이 그 아이는 불쾌하기 짝이 없게도 마치 나의 보호자라도 되는 양 행동하며 자주 내 의지에 반대해 주제넘게 참견했다. 그 아이의 참견은 종종 무례한 조언의 성격을 띠었는데, 그것도 공개적인 조언이 아니라 은근히 암시하거나 빗대어 말하는 식이었다. 나는 그런 조언이 끔찍하게 싫었고, 그 같은 혐오감은 시간이 흐를수록 더욱 심해졌다. 하지만 오랜 세월이 흐른 지금 그 일을 냉정히 돌이켜 보면서 그 아이를 정당하게 평가한다면, 그 아이의 조언에서 미성숙한 그 시기에 종종 범할 수 있는 오류나 어리석음이 보이지 않았다는 사실을 인정하지 않을 수 없다. 일반적인 재능이나 세속적 지혜는 몰라도 적어도 도덕적인 감각에 대해서만큼은 그 아이가 나보다 훨씬 더 예리했다. 그리고 만일 내가 그 당시에 그의 의미심장한 속삭임에 담긴 충고를 그렇게 진심으로 증오하고 지독하게 경멸하는 대신 조금이라도 받아들였더라면, 오늘날 내가 더 나은, 그리하여 더 행복한 사람이 되었을지도 모른다.

그러나 잘난 체하며 조언하는 그 아이에 대한 불쾌감이 극단적인 반감으로 발전하는 바람에, 나는 그의 오만한 행위를 용납하지 않겠다는 의지를 나날이 더욱 공개적으로 표현하며 화를 내게 되었다. 앞서도 말했듯이 첫해의 우리 관계로 볼 때는 그에 관한 내 감정이 우정으로 발전할 가능성도 꽤 있었다. 그러나 학교생활이 계속되면서 그 아이의 참견이 어떤 면에선 분명히 예전보다 줄어들었는데도 내 감정은 오히려 그런 변화에 반비례하듯 더욱 명백한 증오로 발전했다. 그러다 보니 어느 시점에선가 그 아이가 그런 사실을 알아차린 것 같다. 그 후론 나를 피하거나, 적어도 피하는 시늉이라도 했으니 말이다.

내 기억이 맞다면 그런 일이 있었던 때와 거의 같은 시기에 나는 그 아이와 격렬한 논쟁을 벌였다. 그때 그 아이는 경계 태세를 누그러뜨린 듯 평소 그의 성격과는 다소 어긋나게도 솔직하게 나왔다. 처음에는 그 아이의 언동과 태도에 놀랐지만, 곧이어 그 아이에 대해 깊은 관심을 갖게 되었다. 아니, 어떤 느낌에 사로잡혔다고 해야 옳을 것이다. 그가 내 먼 과거 유년 시절의 장면들, 아직 기억이라는 것이 생기기 이전 시절에 대한 모호하고 혼동스러운 기억들을 상기시켰기 때문이다. 그때 나를 압도한 느낌을 기술하자면 아마도 언젠가 아주 오래전, 무한히 먼 과거의 어떤 시점에 내 앞에 서 있던 그 아이와 내가 아주 잘 아는 사이였다는 믿음을 떨쳐 버리기가 어려웠다고 하는 것이 가장 적확한 표현일 것 같다. 하지만 그렇게 순간적으로 떠오른 착각은 곧 떠오를 때만큼 빠른 속도로 사라졌다. 내가 그때의 그 느낌을 언급하는 이유는 단지 내가 나의 유별난 동명이인과 그 학교에서 마지막으로 대화를 나눈 날에 그런 느낌이 들었기 때문이다.

그 유서 깊은 대저택에는 헤아릴 수 없이 많은 구획들 외에도 아주 많은 방들이 있어 그 방들을 서로 연결해 학생 기숙사로 사용했다. 서투르게 지어진 건물답게 그곳에는 후미진 작은 방과 구석진 모서리, 자투리 부분 들도 있었다. 브랜스비 박사는 그런 곳들마저 기숙사 방으로 활용함으로써 투철한 절약 정신을 드러냈다. 그런 곳들은 아주 단순한 벽장에 지나지 않아 단 한 사람이 지내기에도 빠듯했지만, 윌슨은 그같이 작은 방들 중 하나에 기거하고 있었다.

내가 그 학교에서 지낸 지 오 년째 되던 해의 어느 날 밤, 나는 앞서 언급한 언쟁 후에 모든 사람들이 깊이 잠든 것을 확인한 뒤 침대에서 일어나 등불을 손에 들고 좁다란 통로를 지나 내가 자던 방에서 내 적수의 방으로 살금살금 다가갔다. 그에게 짓궂은 장난을 치려고 오랫동안 별러 왔지만, 그때까지 한 번도 실행에 옮기지 못했던 터였다. 내 의도는 마침내 그 계획을 실행에 옮기는 것이었고, 나는 내가 느낀 만큼의 악의를 그가 고스란히 느끼도록 만들겠다고 단단히 작심하고 있었다. 벽장 같은 그의 방에 도착한 나는 등불 위에 갓을 씌워 방 밖에 놔둔 채 소리 없이 방 안으로 들어갔다. 발 하나를 안으로 들이민 나는 그의 평온한 숨소리에 귀를 기울였다. 그가 잠든 것을 확인한 나는 되돌아 나와 등불을 집어 들고 다시 방으로 들어가 침대를 향해 다가갔다. 내 계획을 실행에 옮기기 위해 나는 침대에 쳐진 휘장을 천천히 걷었다. 그러자 환한 불빛이 잠자는 그의 모습을 밝게 비추었고, 동시에 그의 얼굴이 내 눈에 확 들어왔다. 나는 그 얼굴을 바라보았다. 그러자 즉시 무감각한 느낌, 아주 냉담한 감정이 나를 온통 사로잡았다. 가슴이 뛰고 무릎이 떨렸으며 온정신이 무엇 때문인지는 알 수 없지만 도저히 견디기 힘든 공포에 사로잡혔다. 나는 가쁜 숨을 내쉬며 그의 얼굴에 등불을 바짝 갖다 댔다. 이것이, 바로 이것들이 윌리엄 윌슨 얼굴의 면면이었던가? 나는 실제로 그 면면을 보면서도, 그것이 그의 것이 아니라는 착각 속에서 학질 병자처럼 오한으로 덜덜 떨었다. 그의 얼굴 중 어떤 면이 이렇게 나를 혼란에 빠지게 한 것일까? 나는 그의 얼굴을 뚫어져라 응시했고, 그러는 동안 여러 가지 모순된 생각으로 머리가 팽팽 도는 느낌이었다. 깨어 활동하는 동안의 그의 모습은 이와는 달랐다. 결단코 그런 모습이 아니었다. 이름도 똑같았다! 몸집도 똑같았다! 학교에 도착한 날까지 똑같았다! 그리고 그는 내 걸음걸이와 목소리와 버릇과 태도마저 끈덕지고도 무의미하게 모방했다! 과연 지금 내가 목격하는 이 모습을 단순히 그가 나를 습관적이고 조소적으로 모방한 결과라고만 볼 수 있는 것일까? 그런 일이 정말 가능한 것일까? 나는 공포심에 사로잡혀 몸서리를 치면서 등불을 끄고 살그머니 그 방에서 나온 뒤 즉시 그 유서 깊은 학교를 빠져나와 다시는 그곳으로 돌아가지 않았다.

집에서 빈둥빈둥 몇 개월을 보낸 후 나는 이튼에 입학했다. 그 얼마 되지 않는 기간 동안 브랜스비 박사의 학교에서 있었던 일에 대한 기억은 충분히 희미해졌다. 그 일들을 기억한다 하더라도 적어도 내 감정은 전과는 아주 달라졌다고 할 수 있다. 그 드라마는 더 이상 현실적인 드라마도 비극도 아니었다. 이제 내가 거기서 느꼈던 감정이 사실인지 아닌지를 의심할 여유마저 생겼다. 그리고 그 기억을 떠올릴 때마다 인간이라는 존재가 자신의 감각을 쉽게 믿어 버릴 만큼 단순하다는 사실에 경이감을 느꼈고, 우리 집안이 대대로 상상력이 범상치 않다는 사실을 떠올리며 미소를 지었다. 그런 나의 회의가 이튼에서 내가 영위하던 생활 방식에 의해 줄어들 가능성도 별로 없었다. 나는 그곳에 도착하자마자 곧장, 그리고 너무나도 무모하게 지각 없고 어리석은 짓거리의 소용돌이 속으로 뛰어들었는데, 그 덕분에 나의 과거에서 모든 것이 꺼져 버리고 거품만이 남았으며, 모든 견고하고 진지한 기억이 사라지고 과거의 경험 중에서도 가장 경솔한 것들만이 기억에 남아 버렸다.

그러나 나는 여기서 한심하기 짝이 없게 방탕했던 내 생활, 학교의 경계망은 피했지만 법을 무시한 것이었던 그 생활의 궤적을 추적할 생각은 없다. 삼 년이라는 시간이 아무런 소득도 없이 어리석게 지나갔으니, 그동안 일어난 일이라곤 내가 습득한 나쁜 습관이 깊이 뿌리를 내린 것뿐이었다. 다소 예외적인 소득이 있다면 그사이 키가 자랐다는 사실뿐이었다. 그런 생활을 영위하던 나는 마침내 일주일이나 영혼을 저버린 난봉을 부린 끝에 타락한 학생들 중에서도 가장 타락한 축들 몇몇으로 구성된 무리를 내 방에 초대해 비밀스러운 술잔치를 벌였다. 우리는 밤이 깊은 시간에 만났다. 아침이 밝을 때까지 충실하게 난봉을 부릴 예정이었다. 술은 한없이 넘쳐 났고, 술보다 위험한 다른 유혹거리도 충분했다. 미치광이 같던 우리의 망나니짓이 최고조에 달했을 때는 이미 희미한 여명이 동쪽 하늘을 물들이고 있었다. 내가 카드와 술로 인해 미치광이처럼 붉어진 얼굴로 평소보다 더 심하게 불경스러운 건배를 들자고 고집을 부릴 때 방문이 벌컥 하면서 빠끔 열리더니 바깥에서 하인의 간절한 목소리가 들려왔고, 그 때문에 난 갑작스레 주의를 빼앗겼다. 하인은 어떤 사람이 내게 아주 긴급하게 할 말이 있다고, 나더러 현관으로 나와 달라고 한다고 전했다.

이미 포도주에 만취해 있던 나는 그 불의의 방해에 놀라기보다는 오히려 흥겨워졌다. 나는 비틀거리며 방 밖으로 걸어 나갔고 몇 발짝 가지 않아 현관에 다다랐다. 천장이 낮고 비좁은 그 현관에는 등이 달려 있지 않았다. 그리고 그 순간 반원형 창문을 통해 비쳐 들어오던 희미한 여명을 제외하면 어떤 빛도 그곳을 비춰 주지 않았다. 문턱에 발을 올려놓는 순간 나는 키가 나와 비슷하고, 그때 내가 입고 있던 것과 똑같이 요즘 유행하는 방식으로 재단된 흰색 캐시미어 프록코트를 입은 젊은 청년을 발견했다. 하지만 그 사람의 모습을 그 정도라도 분간할 수 있었던 건 희미한 여명 덕분이었고, 그 사람의 얼굴 생김새는 분간하기가 어려웠다. 그 젊은이는 내가 현관에 들어서자마자 황급히 다가와 급히 서두르는 태도로 내 팔을 잡으면서 "윌리엄 윌슨!"이라고 내 귀에 속삭였다.

나는 즉시 정신이 번쩍 들었다.

어떤 면에서는 그 낯선 이의 태도가, 그리고 그가 박명을 뒤로한 채 내 눈앞으로 번쩍 들어 올린, 가늘게 떨리던 손가락이 나를 순수한 경이감으로 채워 주었다고 해도 과언이 아니다. 그러나 내가 그렇게도 강렬하게 동요한 것은 그 때문만은 아니었다. 그보다는 독특하게 낮은 쉿소리에 실린 엄숙하고도 의미심장한 경고, 그리고 무엇보다도 그 짤막하고도 단순하며 낯익은 속삭임, 그 음색과 음조 때문이었다. 그런 요소들로 인해 수천의 기억이 물밀 듯 몰려와서 내 영혼에 일격을 가해 직류전기의 배터리에서 나오는 것 같은 충격을 주었다. 그러고는 내가 미처 정신을 차리기도 전에 사라졌다.

이 사건으로 인해 제멋대로인 내 상상력이 생기를 얻은 것은 사실이었지만, 그 생기는 생생한 만큼이나 순간적이었다. 실로 몇 주 동안 나는 열심히, 그리고 바쁘게 그 사건에 대해 알아보았고, 그러지 않을 때는 병적인 추측의 구름에 휩싸여 지냈다. 내가 내 일에 그렇듯 끈질기게 참견하고 넌지시 충고하며 나를 괴롭히는 그 독특한 인간의 정체를 모른다고는 할 수 없었다. 그러나 이 윌슨이라는 작자는 도대체 누구이며 어떤 인간인가? 그리고 도대체 어디서 왔는가? 그가 달성하고자 하는 목적은 과연 무엇인가? 이런 질문들 중 어느 것에 대해서도 나는 만족할 만한 해답을 찾을 수 없었다. 내가 유일하게 확인할 수 있었던 것은 내가 학교를 떠난 바로 그날 오후에 윌슨의 집안에 갑작스러운 사고가 있어 그 또한 브랜스비 박사의 학교를 떠났다는 사실뿐이었다. 그러나 나는 이내 그 문제에 대해 생각하지 않게 되었다. 옥스퍼드에 진학할 준비에 온통 정신이 팔려 있었기 때문이었다. 나는 곧 옥스퍼드에 입학했다. 부모님은 허영심에 차서 이것저것 심사숙고하지 않고 내게 의복들과 정기적인 연 수입을 마련해 주었다. 그 수입으로 나는 이미 내 삶의 소중한 요소를 이룬 사치에 마음껏 탐닉했고, 헤프게 낭비하는 일에 있어서라면 대영제국에서 가장 부유한 백작의 가장 오만한 상속자와도 겨룰 수 있을 정도였다.

그렇게 타락을 즐기기에 알맞은 환경에 고무되어 그러지 않아도 타락을 즐기는 체질이던 나는 더욱더 정열적으로 타락에 휩쓸렸고 최소한의 품위를 지키기 위한 평범한 근신조차도 헌신짝처럼 내던진 채 미친 듯이 방탕한 삶에 빠져들었다. 그러나 여기서 내 방종한 언행을 시시콜콜 묘사하는 것은 쓸데없는 지면 낭비일 것이다. 내 방탕이 헤롯 왕조차 능가했고, 당시 유럽의 대학 중에서도 가장 타락한 대학에서 성행하던 악습들의 긴 목록에 내 이름을 딴 악습들의 짧지 않은 목록이 추가되었다고 말하는 것으로 족하리라.

하지만 내가 전문 도박꾼이 사용하는 방식 중에서도 가장 사악한 방식을 익혀 그 경멸할 만한 기술에 정통한 뒤, 동료 대학생들 중에서도 가장 어리석은 족속들을 속여서 이미 엄청난 양에 달했던 내 수입을 더욱 늘리는 데 습관적으로 활용할 정도로 저열하고 비신사적인 경지로 떨어졌다고까지는 아무도 짐작하지 못했다. 그러나 내가 그런 짓을 한 것은 사실이었다. 그리고 다름 아닌 바로 그 행위가 인간적이고 명예로운 모든 정서에 반한 극악무도한 짓이라는 사실이 내 행위가 발각되지 않고 지속될 수 있었던 유일한 혹은 주된 이유였다. 내 친구들 가운데 가장 방탕한 치들이라 하더라도, 실로 이 쾌활하고 솔직하며 너그러운 친구인 윌리엄 윌슨이 그런 짓을 했으리라고 의심하느니 차라리 자기가 직접 보고 들은 명명백백한 증거를 의심하지 않겠는가? 주변에서 나를 따르던 한심한 친구들이 보기에 나는 옥스퍼드에 다니는 자비생(自費生) 중에서 가장 존귀하고 도량이 넓은 친구였고, 내 어리석은 행위들은 젊음과 발랄한 상상력의 소산일 뿐이었다. 그리고 내 잘못이라면 타의 추종을 불허하는 변덕 정도이고, 내 가장 나쁜 단점이라면 경솔하고 기세 좋은 무절제를 꼽을 수 있었다.

내가 이런 식으로 분주하게 두 해를 성공적으로 보내고 난 뒤, 우리 학교에 글렌디닝이라는 벼락부자 출신의 젊은 귀족이 입학했다. 소문에 의하면 그는 헤로데스 아티쿠스[36]만큼이나 큰 부자였고, 또한 그 부를 헤로데스 아티쿠스처럼 쉽게

---

36) 대부호 집안에서 태어난 고대 그리스의 웅변가.

축적했다고들 했다. 나는 이내 그가 그리 똑똑하지 못하다는 것을 알아차렸고, 따라서 내 솜씨를 발휘할 손쉬운 대상으로 당연히 그를 지목했다. 나는 그와 자주 도박판을 벌여 그를 상대로 도박꾼들이 흔히 쓰는 기술을 활용했다. 즉, 그에게 먼저 상당한 돈을 따도록 해 줌으로써 그가 더욱 효과적으로 내 덫에 걸려들도록 만들었다. 그러다 마침내 내 계획이 무르익었다고 판단한 나는 그와 결정적인 한판 시합을 벌이기로 마음먹고서 역시 자비생인 프레스턴의 방에서 그를 만났다. 프레스턴은 우리 두 사람과 똑같이 친했지만 내 계획에 대해서는 꿈에도 몰랐으니 그의 잘못은 없는 셈이다. 나는 게임을 더 다채롭게 만들기 위해서 친구들을 여덟에서 열 명 정도 불러 모았는데, 우리가 어쩌다가 우연히 카드놀이를 하게 된 것이고 그것도 내가 속이려고 마음먹은 그 친구가 제안한 것처럼 만들려고 주의 깊게 신경을 썼다. 내 사악한 속임수에 대해 간단히 언급하자면, 나는 저열한 술책이란 술책은 모두 동원해서 아예 습관적으로 사용했는데, 그가 얼마나 술에 취했으면 그처럼 뻔한 속임수의 희생자가 되었을까 하는 의문이 들 정도였다.

카드놀이는 밤이 깊도록 계속되었고, 마침내 내 계획대로 나와 글렌디닝 단둘이서만 게임을 하게 되었다. 마침 내가 가장 좋아하는 에카르테 게임이었다. 다른 친구들은 우리 게임의 전개를 궁금해하며 쥐고 있던 카드를 던져 버리고 우리 주변에 서서 게임을 관전했다. 그 벼락부자 친구는 그날 저녁 일찍부터 내 책략에 넘어가 술을 많이 마신 탓인지 카드를 섞고 나누고 게임하는 태도가 눈에 띄게 불안정했다. 그러다가 그는 아주 순식간에 엄청난 액수의 돈을 잃었는데, 그러자 큰 잔에 포트와인을 따라 단숨에 마신 뒤 내가 이미 침착하게 예상했던 대로 그렇지 않아도 터무니없이 큰 액수였던 판돈을 두 배로 올리자고 제안했다. 나는 계속 그의 제안을 거절해서 그가 화를 내도록 부추긴 뒤 마치 내가 홧김에 그의 제안을 받아들이는 것처럼 꾸며 마침내 마지못한 척 그 제안에 동의했다. 결과는 물론 내 제물이 얼마나 완벽하게 내 올가미에 걸려들었는지를 증명하는 것뿐이었다. 그의 빚은 한 시간도 되지 않아 네 배로 늘어났다. 그동안 그의 안색은 점점 술기운으로 인한 붉은빛을 잃어 갔다. 하지만 그의 빚이 네 배로 늘어난 순간 나는 그의 안색이 겁이 날 정도로 창백하게 변한 것을 알아차리고 깜짝 놀랐다. 내가 열심히 알아본 바로는 글렌디닝은 측정이 불가능할 정도의 부자였다. 따라서 그가 그때까지 잃은 총액은 액수로 치면 엄청난 것이긴 했어도 아주 심각하게 그의 화를 돋우거나, 그의 재정에 그리 심한 영향을 미칠 정도는 아니라고 생각했다. 따라서 나는 그가 방금 마신 포도주 때문에 맥을 추지 못하는 게 틀림없다고 여기는 것으로 손쉽게 나 자신을 납득시켰다. 그리고 친구들 앞에서 내 이미지를 유지하기 위해서, 그러니까 단순히 이타적이지만은 않은 이유로 그에게 게임을 그만하자고 단호하게 주장해야겠다고 생각했다. 하지만 바로 그 순간 그 자리에 모인 친구들 중 내 주변에 있던 친구들의 표정을 보고, 또 글렌디닝이 절망에 빠져 탄식을 내지르는 바람에, 그 친구가 나 때문에 완전히 파산했다는 사실을 깨달았다. 모든 사람들이 그를 동정하고 악마의 악행으로부터 보호하려고 나설 만한 상황이었다.

그런 상황에서 다음에 언급할 사건이 일어나지 않았더라면 내가 어떻게 처신했을지 짐작도 할 수 없다. 내가 봉으로 여긴 자의 처량해진 신세가 거기 있던 모든 사람들에게 당혹스러운 그림자를 드리우던 참이었다. 한동안 깊은 침묵이 흘렀는데, 그런 침묵 속에서도 그 자리에 있던 친구들 중 좀 덜 파렴치한 부류가 내게 던지는 타는 듯한 조소와 비난의 눈길 때문에 뺨이 화끈화끈 달아올랐다. 바로 그때 난데없는 방해자가 나타나는 바람에 나는 견딜 수 없을 정도로 나를 압박해 오던 불안감에서 잠깐이나마 벗어날 수 있었다. 넓고 육중한 접이식 문들이 느닷없이 모두 한꺼번에 활짝 열렸는데, 그 기운과 기세에 마치 요술이라도 걸린 듯 방 안의 촛불이 모두 꺼졌다. 그 바로 직전 나와 비슷한 키에 외투를 단단히 여민 낯선 사람이 얼핏 우리 눈에 띄었다. 하지만 곧 완벽한 어둠이 엄습해서 우리는 그 사람이 우리들 가운데 서 있다는 것을 느낌으로만 알 수 있었다. 이 무례한 행동에 놀라고 황당한 마음이 채 가시기도 전에 그 침입자의 목소리가 들려왔다.

"여러분." 그가 낮고 또박또박한 말씨로, 그리고 내 골수에 사무치는, 내가 결코 잊을 수 없었던 속삭이는 소리로 말했다. "여러분, 저는 방금 제 처신에 대해 사과를 드리지 않겠습니다. 사과를 드린다면 제 의무를 다하는 것이 아니기 때문입니다. 오늘 밤 에카르테 게임에서 글렌디닝 경을 상대로 큰돈을 딴 저자의 진짜 정체에 대해서 여러분은 분명 모르고 계실 겁니다. 따라서 저는 그 중요한 정보를 얻을 수 있는 빠르고 결정적인 방법을 여러분께 알려 드리려고 합니다. 저자가 입은 실내복의 왼쪽 소매 끝 안단과 수놓아진 큼지막한 주머니를 보시면 작은 꾸러미가 몇 개 있을 겁니다. 그것들을 조사해 보시기를 권합니다."

그가 이렇게 말하는 동안 그 방은 바늘이 마룻바닥에 떨어지는 소리마저 들릴 정도로 고요했다. 말을 마친 즉시 그는 들어올 때와 마찬가지로 갑작스럽게 떠났다. 그때의 내 기분을 묘사할 수 있을까? 그럴 필요가 있을까? 저주받은 자가 느낄 만한 공포란 공포가 모두 한꺼번에 내게 밀려왔다고 굳이 말할 필요가 있을까? 분명한 사실은 이런저런 생각을 할 시간도 별로 없었다는 점이다. 친구들의 거친 손길이 당장 나를 움켜잡았고, 불도 즉시 켜졌다. 그런 후 몸수색이 뒤따라서 내 옷소매의 안단에서 에카르테 게임에 이기기 위해 꼭 필요한 카드인 킹, 퀸, 잭 등의 카드를, 그리고 내 실내복 주머니에서 우리의 카드놀이에서 사용한 것과 똑같이 생긴, 기술적인 용어로 둥글린 카드라 부르는 몇 벌의 카드를 찾아냈다. 이 카드들은 높은 패는 끝이 약간, 낮은 패는 옆이 약간 볼록하게 되어 있기 때문에 둥글린 카드라 불린다. 이런 카드는 카드놀이의 결과에 영향을 미칠 수밖에 없는데, 속임을 당하는 사람은 카드놀이를 하는 사람들이 흔히 그렇듯이 세로 길이에 맞춰 패를 떼기 때문에 어김없이 상대방에게 높은 패를 주게 되고, 반면 노름꾼은 가로 길이로 패를 떼어 그의 희생자에게 낮은 패를 주게 된다.

이렇게 내 속임수가 탄로 났을 때, 친구들은 아무 말 없이 침착하게 행동함으로써 자신들의 조소를 표현했는데, 차라리 고래고래 소리를 지르며 분개심을 표현했더라면 나의 괴로운 심정이 조금 덜했을 것이다.

"윌슨 씨." 자기 방에서 카드놀이를 벌이도록 해 준 친구가 몸을 굽혀 진귀한 모피로 된 아주 값비싼 외투를 방바닥에서 집어 들면서 말했다. "윌슨 씨, 당신 외투는 여기 있습니다." (날씨가 추웠기 때문에, 난 집에서 나올 때 실내복 위에 외투를 걸쳤다가 이곳에 도착한 뒤 벗었다.) "여기서(그는 쓰디쓴 미소를 지은 채 내 옷의 주름을 바라보면서 이렇게 말했다.) 당신이 속임수를 썼다는 증거를 더 찾아볼 필요는 없겠지요. 지금까지 발견한 증거만으로도 충분하고도 남습니다. 당신이 옥스퍼드를 떠나시기를, 적어도 지금 당장 내 방만큼은 떠나시기를 바란다는 말씀을 제가 드릴 필요도 없기를 바랍니다."

그때 만일 내가 그렇게까지 완전히 놀란 상태가 아니었더라면 나는 이처럼 나를 터럭만도 못하게 굴욕적으로 취급하는 그의 따가운 언사에 분개해서 즉시 그에게 덤벼들었을 것이다. 내가 입고 간 그 코트는 아주 진귀한 모피로 만든 것이었는데, 그것이 얼마나 희귀하고 값비싼 것이었는지에 대해서는 이 자리에서 감히 말하지 않겠다. 게다가 내가 스스로 디자인까지 한 정말 색다른 것이었다. 나는 이처럼 피상적인 것을 가지고 멋을 부리는 데 도가 지나칠 정도로 까다로웠으니까. 따라서 프레스턴이 접이문 근처 마룻바닥에서 외투를 주워 내게 건네주었을 때, 나는 이미 팔에 나도 모르게 집어 들었던 게 분명한 내 외투를 걸고 있었으며, 프레스턴이 건네준 외투의 모든 부분이 내 외투와 정확히 일치한다는 사실을 발견하고 공포에 가까운 놀라움을 느꼈다. 나는 나의 술책을 폭로해 내게 그렇게 막심한 창피를 준 그 이상한 사람이 외투를 꼭 여미고 있었다는 사실을 기억해 냈다. 더욱이 나를 제외하면 거기 모인 사람들 중 아무도 외투를 입지 않았었다는 사실도 기억났다. 나는 가까스로 침착을 유지한 채 프레스턴이 건넨 외투를 남들이 눈치채지 않게 내 외투 위에 올려놓았다. 그리고 단호하고도 도전적으로 성난 표정을 지으며 그 방을 빠져나와, 공포와 수치로 인한 크나큰 심적 고통에 시달리며 다음 날 아침 날이 밝기 전에 옥스퍼드를 떠나 황급히 대륙을 향해 떠났다.

내 도망은 헛되었다. 내 사악한 운명은 의기양양한 태도로 나를 추격해 와서 그의 신비로운 지배력이 실은 이제 겨우 시작 단계였을 뿐이라는 것을 증명해 보여 주었다. 파리에 도착한 즉시 나는 그 윌슨이라는 작자가 가증스럽게도 여전히 내 일에 참견하고 있다는 사실을 증명하는 새로운 증거를 발견했다. 그 뒤 여러 해 동안 그의 행태는 같은 방식으로 계속되었다. 천하에 나쁜 놈 같으니! 로마에선 그가 나와 내 야망 사이에 가능한 최악의 시점에 얼마나 터무니없고 주제넘게 개입했던가! 동일한 일이 비엔나와 베를린과 모스크바에서도 반복되었다! 내가 가는 곳이라면 어디에서나 그는 나로 하여금 가슴속 깊은 곳으로부터 쓰디쓰게 그를 저주할 수밖에 없는 이유들을 제공했다! 그의 불가해한 횡포로부터 나는 역병을 피해 도망치듯 공포에 질려 계속 도망쳤다. 지구 끝까지 이어진 내 도망은 헛되었다.

그리하여 난 다시, 또다시, 나 자신의 정신과 은밀하게 교감하며 자문했다. "이 윌슨이라는 작자는 도대체 누구인가? 어디서 왔는가? 그리고 도대체 그의 목적은 무엇인가?" 그러나 대답을 발견할 수는 없었다. 그래서 나는 그의 주제넘은 감시의 형태와 방법과 주된 특징을 꼼꼼히 살펴보았다. 그러나 그렇게 따져 보아도 가설로 세울 만한 것은 별로 없었다. 하긴 그가 최근 내 앞길을 가로막은 여러 예들을 따져 보자면, 그 모두의 목적이, 만일 내가 내 계획을 그대로 밀고 나갔다면 남들에게 끔찍한 해를 끼칠 수도 있는 행동을 좌절시키는 것일 뿐 다른 목적은 없었다는 사실이 주목할 만하긴 하다. 하지만 그런 목적이 그렇게 남의 권리를 침범하고 권위를 가로채는 걸 정당화할 순 없다! 그런 목적이 있다고 해서 자결권이라는 천부적 권리를 그렇게 끈질기고 모욕적으로 부인해도 좋다는 면책권을 획득할 수는 없는 것이다!

또한 나는 내 고문자가 내 일에 오랫동안 주제넘게 참견하던 내내 아주 용의주도하고 기적적인 솜씨로 나와 똑같은 옷을 입고 나타났지만, 그러면서도 무슨 이유에서인지 자신의 얼굴 생김새만은 드러내지 않으려 했다는 사실을 눈치챘다. 윌슨이 어떤 인간이든, 적어도 위의 사실만은 그가 지닌 가장 극단적인 허식이거나 우행의 산물임에 틀림없었다. 이튼에서 나를 훈계한 자, 옥스퍼드에서 내 명예를 실추시킨 자, 로마에서 내 야망을, 파리에서 내 복수를, 나폴리에서 내 열정적인 사랑을, 그리고 이집트에선 그가 탐욕적이라고 착각한 내 행위를 좌절시킨 자 ─ 그 인간, 내 가장 큰 적이자 천재적인 악한인 그의 모습에서 학창 시절의 동명이인인 친우이자 경쟁자 ─ 브랜스비 박사의 학교에서 내가 증오하고 무서워했던 경쟁자인 윌리엄 윌슨을 알아보지 못하리라고 그가 단 한순간이라도 생각할 수 있었을까? 말도 안 된다! 하지만 이 드라마의 주요 장면들 중 마지막 장면으로 서둘러 가 보자.

그때까지 나는 윌슨의 막강한 지배력에 무기력하게 굴복해 왔다. 윌슨의 고상한 성격과 지엄한 지혜와 전지전능한 것이 명백한 그의 능력에 대한 깊은 외경심에다, 그의 성정과 주제넘은 행위들의 특징에 대한 극심한 공포심이 더해져 나는 완전히 무력감에 사로잡혀 있었고, 비록 몹시 내키지 않기는 했지만 윌슨의 자의적인 의지에 굴복할 수밖에 없다고 암암리에 자포자기하고 있었다. 그러나 그 시점에 포도주에 완전히 절어 살다시피 한 나는 유전으로 물려받은 성격에 포도주가 끼치는 영향이 워낙 걷잡을 수 없이 격렬해져서 점점 더 어떤 통제도 참지 못하게 되었다. 그리하여 나는 중얼중얼거리면서 망설이고 저항하기 시작했다. 그런데 내 태도가 확고해지는 것에 비례해 내 고문자의 자신감이 점점 줄어들고 있다는 확신이 들기 시작했으니, 이런 나의 믿음은 단순한 상상력의 소산이었을까? 그렇든 어떻든 나는 이제 강한 희망이 싹트는 것을 느끼기 시작했으며, 급기야는 더 이상 그에게 굴복하여 그의 노예로 전락하지 않겠노라고, 비밀리에 단호하고도 필사적인 결심을 키워 나갔다.

18○○년 로마의 카니발 기간 동안 나는 나폴리 출신의 디브롤리오 공작의 궁전에서 개최된 가면무도회에 참석하게 되었다. 보통 때보다 더 부어라 마셔라 하며 포도주에 극단적으로 탐닉하던 나는 사람들로 들끓는 방들의 질식할 듯한 분위기에 견딜 수 없을 정도로 짜증이 났다. 모인 사람들 사이를 미로처럼 뚫고 지나가야 한다는 사실에 화가 머리끝까지 치솟았다. 내가 늙은 디브롤리오 공작의 맹목적인 사랑을 받고 있는 그의 젊고 명랑하며 아름다운 부인을 초조하게 찾고 있었기 때문에 더욱 그러했다.(내 비열한 목적에 대해서는 이 자리에서 언급하지 않기로 하겠다.) 자신감에 넘쳐 경솔해진 그녀가 자신이 무슨 옷을 입을지 내게 미리 귀띔해 주었는데, 그때 막 그녀처럼 보이는 사람이 얼핏 눈에 띄었기 때문에, 나는 그녀에게 다가가기 위해 서둘렀다. 바로 그 순간 어깨에 가벼운 손길이 느껴졌고, 결코 잊을 수 없는 낮고도 지긋지긋한 속삭임 소리가 귀에 들려왔다.

　　그 순간 나는 화가 머리끝까지 치밀어 올라 즉시 내 방해자를 향해 돌아서서 목덜미를 움켜쥐었다. 짐작대로 그는 내 옷과 기막히게 흡사한 옷을 입고 있었다. 푸른색 벨벳으로 된 스페인식 외투를 걸치고 단도가 달린 진홍빛 혁대를 두르고 있었다. 얼굴은 검은색 비단 가면으로 완전히 가려져 있었다.

　　"예이, 불한당 같은 놈!" 나는 분노로 인해 탁해진 목소리로 말했는데, 한마디 한마디 내뱉을 때마다 화가 더욱더 치솟는 느낌이었다. "불한당! 협잡꾼! 저주받아 마땅한 악당! 네놈이 죽을 때까지 끈질기게 나를 쫓아다니지 못하게, 결코 그러지 못하게 만들고 말 테다! 쫓아만 다녀 봐라. 서 있는 그 자리에서 네놈을 찔러 죽이고 말 테니!" 그러고 나서 나는 저항하지 못하는 그를 질질 끌면서 사람들 사이를 마구 헤쳐 무도회장을 나와 그 옆의 작은 곁방으로 데리고 갔다.

일단 방에 들어간 뒤 나는 그를 바닥에 확 내동댕이쳤다. 곧바로 문을 닫고 그에게 욕설을 퍼부으며 칼을 뽑으라고 명령하는 사이 그는 비틀비틀 일어나서 벽에 기대어 섰다. 그리고 아주 잠깐 동안 망설인 뒤, 이윽고 하는 수 없다는 듯 얕은 한숨과 함께 말없이 단도를 꺼내 들고 방어 자세를 취했다.

막상 결투는 아주 짧았다. 나는 온갖 종류의 격렬한 흥분으로 날뛰는 광란 상태에 있었고, 내 팔에서 일당백의 에너지와 힘을 느꼈다. 결투가 시작된 지 몇 초도 되지 않아 나는 그를 힘 하나만으로 벽으로 밀어붙여 굴복시킨 후 그의 가슴에 칼을 난폭하고 잔인하게 여러 번 내리꽂았다.

바로 그 순간 밖에서 누군가가 문의 빗장을 흔들었다. 나는 서둘러 문으로 다가가서 그 사람이 들어오지 못하게 막은 다음 죽어 가는 적을 향해 다가갔다. 하지만 그때 내 앞에 펼쳐진 모습을 보고 내가 느낀 경악과 공포의 감정을 인간의 언어로 어떻게 다 제대로 묘사할 수 있단 말인가? 내가 눈을 돌린 짧은 순간 동안 방의 위쪽, 혹은 반대쪽의 배치가 완전히 달라진 것이 분명했다. 정신이 혼미한 내겐 그 순간 바로 전까지도 아무것도 없던 자리에 커다란 거울이 걸려 있는 것처럼 보였다. 완전히 공포에 질린 내가 거울을 향해 한 발짝 두 발짝 다가가자, 창백하게 질리고 피로 얼룩진 내 모습이 나를 만나기 위해 힘없이 비틀거리며 한 걸음 두 걸음 다가왔다.

하지만 그것은 내 느낌이었을 뿐 실제는 물론 달랐다. 그때 내 앞에 서서 죽음의 고통을 견디던 사람은 내 적인 윌슨이었다. 그의 가면과 외투는 그가 벗어 던진 그대로 마룻바닥 위에 놓여 있었다. 그의 복장 중에서 단 하나의 실오라기도, 그의 얼굴 전체에 독특하게 두드러진 윤곽 중에서 단 하나의 선도 나 자신의 것과 다른 것은 없었다. 그것들은 나의 것과 절대적으로 동일했다!

그 사람은 윌슨이었다. 하지만 그는 더 이상 속삭이는 목소리로 말하지 않았으니, 그가 다음과 같이 말하는 동안 나는 마치 나 스스로 말하고 있는 것 같은 느낌을 받았다.

"네가 이겼고, 내가 졌다는 것을 인정한다. 하지만 지금부터는 너 또한 죽은 거나 마찬가지다. 넌 세상과 천국과 희망에 대해 죽은 존재니까! 넌 여태까지 내 안에서 존재해 왔으니까. 너의 모습과 똑같은 내 모습을 보면서, 나를 죽임으로써 네가 얼마나 철저하게 너 스스로를 살해한 것인지 똑똑히 보라고."

군중 속의 사람

혼자일 수 없는 이 엄청난 불행.
— 라 브뤼예르[37]

어떤 독일 책을 두고 "에어 라스트 지히 니히트 레젠.", 즉 "그것은 읽히기를 거부한다."라고 한 것은 참 적확한 표현이다. 이 세상에는 정체를 밝히기를 거부하는 비밀들이 있는 법이다. 매일 밤 침대 위에서는 수많은 사람들이 유령 같은 고해 신부의 손을 꽉 쥐고 그의 눈을 안쓰럽다는 듯 들여다보면서 죽어 간다. 밝혀지기를 거부하는 흉측한 비밀 때문에 마음속 깊은 곳에 절망을 품고 목에 경련을 일으키며. 참으로 슬픈 일이지만, 인간의 양심은 이따금씩 너무나도 무시무시한 짐, 오로지 무덤 속에서만 부릴 수 있는 짐을 지게 된다. 그렇기 때문에 모든 범죄는 본질을 드러내지 않은 상태로 남게 되는 것이다.

---

37) 프랑스의 문필가 라 브뤼예르(1645~1696)의 「인간에 대하여」에서 따온 구절로, 원문은 프랑스어이다.

그리 오래지 않은 어느 가을날 저녁 해가 뉘엿뉘엿 질 무렵 나는 런던의 D×× 커피숍의 커다란 궁형 여닫이 창가 쪽 자리에 앉아 있었다. 난 몇 달째 건강이 좋지 않았다가 마침내 회복기에 접어들고 있었고, 그 덕분에 몸에 기운이 돌아오면서 따분한 기분과는 정반대인 행복감에 가득 차고 욕구가 가장 예민한 상태였다. "그때까지 드리워져 있던 안개."[38], 즉 우리의 상상력을 덮고 있던 얇은 막이 걷히면서, 새롭게 충전된 지적 감각이 일상적인 조건을 뛰어넘어 라이프니츠의 발랄하고 솔직한 이성이나 고르기아스의 광적이고 피상적인 웅변술의 경지에 도달하는 것 같은 상태 말이다. 단지 숨을 쉬는 것만도 즐거움이었다. 나는 또한 보통은 고통을 주는 원천이라고 보아 마땅할 많은 것들로부터도 긍정적인 쾌감을 얻었다. 주변의 것에 대해 차분한 흥미와 호기심을 느꼈다. 입에는 시가를 물고 무릎에는 신문을 올려놓은 채, 오후의 대부분을 신문광고를 골똘히 읽다가 커피숍에 모인 각양각색의 남녀를 관찰하거나 담배 연기 자욱한 창문 밖 거리를 내다보면서 즐겁게 보냈다.

창밖의 거리는 런던 시의 간선도로 중 하나로 하루 종일 사람들로 넘쳐 났다. 어둠이 깔리면서 군중은 시시각각 더 늘어 났다. 가로등 불이 모두 켜졌을 무렵엔 두 갈래의 빽빽하고 끊임없는 군중의 흐름이 커피숍 문 앞에서 서둘러 교차하며 지나는 형국이었다. 나로서는 바로 그런 저녁 시간에 그 같은 사람들의 무리를 목격하는 일 자체가 처음이었다. 따라서 나는

---

38) 『일리아스』 5권 127행에 나오는 구절로, 원문은 그리스어이다.

이 소용돌이치는 바다를 연상시키는 인간 두상의 움직임이 너무나 신기했고, 그 상쾌감에 흠뻑 빠져들었다. 그리고 마침내 실내에 있던 모든 것에 대한 관심을 완전히 잃어버리고 바깥 풍경을 관조하는 일에 빠져 들어갔다.

나의 관찰은 처음엔 추상적이고 일반적이었다. 내 눈에 띈 것은 행인들의 무리였고, 그들은 이런저런 집단의 모습으로 내게 다가왔다. 그러나 곧 자잘한 것들이 눈에 띄기 시작해서, 나는 개개인들의 헤아릴 수 없이 다양한 모습과 옷차림과 태도, 걸음걸이, 얼굴 모습 그리고 표정까지 아주 세심한 흥미를 가지고 바라보게 되었다.

지나가는 행인들 중 다수는 용무가 있어 바쁜 듯 확신에 찬 태도로 군중 사이를 뚫고 목적지까지 가는 일에만 몰두하는 것처럼 보였다. 그들은 이마를 찌푸렸고 눈동자도 재빨리 굴렸다. 다른 행인들에게 떠밀렸을 때는 짜증스러운 태도를 보이지 않고 매무새만 가다듬은 뒤 계속해서 바삐 걸어갔다. 꽤 수가 많은 다른 한 무리의 사람들은 얼굴을 붉힌 채 안절부절 못하면서 혼자 중얼거리거나 손짓 발짓을 했다. 그들은 주변에 사람이 많다는 사실로 인해 오히려 고독을 느끼는 것처럼 보였다. 가던 길을 다른 사람이 가로막으면 중얼거림은 그쳤지만 손짓 발짓은 두 배로 늘어났다. 그리고 입가에 멍하니 과장된 미소를 띤 채, 앞길을 가로막은 사람들이 지나가기를 기다렸다. 남들한테 떠밀릴 땐 자신들을 떠민 사람들에게 수없이 고개를 숙이고 당황해서 어쩔 줄 몰라 했다. 이 두 부류의 사람들 중 대부분은 내가 지금까지 언급한 것 외에 딱히 눈에 띄는 점이 별로 없었다. 그들의 복장은 나무랄 데 없이 단정하다고 부를 만한 것이었다. 그들이 귀족과 상인과 변호사와 장인과 주식 매매업자, 그러니까 귀족계급과 사교계, 혹은 유한계급과 열성적인 자영업자, 즉 개인 사업을 경영하는 사람들이라는 점에는 의심의 여지가 없었다. 난 그들에게는 별 관심이 가지 않았다.

서기의 부류는 알아보기가 쉬웠는데, 그들 가운데 분명하게 구별되는 두 부류가 있다는 사실을 알 수 있었다. 그중 한 부류는 신종 투기성 사업을 전문으로 하는 회사에 근무하는 젊은 서기들로, 딱 맞는 코트에 번쩍이는 구두, 기름이 반지르르한 머리, 그리고 오만한 입매를 갖춘 젊은 신사들이었다. 더 좋은 표현이 없으니 책상물림답다고나 부를 그들의 민첩한 몸가짐만을 제외한다면, 그 사람들의 태도는 열두 달이나 열여덟 달 전의 최신 유행을 완벽하게 구현한 복사판처럼 보였다. 그들은 상류층이 쓰고 버린 우아함을 입고 있었다. 그리고 내가 보기에 이 구절이야말로 그 계층에 대한 가장 안성맞춤의 정의라 할 만했다.

안정된 회사의 상급 사무원들, 혹은 '착실한 중견들'의 부류는 쉽게 눈에 띄었다. 그들이 어김없이 입고 신고 있던, 앉아서 일하기 편하게 디자인된 검은색이나 밤색의 외투와 바지, 흰색 넥타이와 양복 조끼, 넉넉하고 튼튼해 보이는 구두, 그리고 두꺼운 양말이나 각반 덕분이다. 그들은 모두 이마가 약간 벗어졌고, 오른쪽 귀는 오랫동안 펜을 끼워 온 결과로 귓바퀴가 벌어지는 기이한 습성이 있었다. 내가 목격한 바로는 그들은 모자를 벗거나 쓸 때 언제나 양손을 이용하며, 손목에는 전통적 문양의 짧고 튼튼한 금줄이 달린 시계를 차고 있었다. 그들의 허세는 체통의 허세였다. 그렇게 명예로운 허세라는 게 존재한다면 말이다.

모습이 지나치게 화려한 사람들도 눈에 많이 띄었는데, 그들이 대도시 어디서나 극성을 부리는 일류 소매치기라는 것은 한눈에도 분명했다. 이 신사들을 주의 깊게 찬찬히 관찰한 결론은, 진짜 신사들이 그들을 자신과 같은 부류라고 착각하는 것은 상상하기 힘들다는 것이었다. 그들이 입은 옷의 소맷부리가 엄청나게 큰 데다 태도도 과장되게 정직해 보였기 때문에, 그들의 정체가 쉽게 드러날 수밖에 없어 보였다.

도박꾼들도 상당수 눈에 띄었는데, 그들 역시 알아보기 아주 쉬웠다. 그들은 벨벳 조끼에 멋진 목도리, 금박 줄과 줄 세공 단추까지 갖춘, 절박한 야바위꾼의 복장에서부터, 의심의 여지가 없도록 정성껏 간소하게 꾸민 성직자의 복장에 이르기까지, 온갖 다양한 복장을 하고 있었다. 하지만 그들의 안색은 모두 술에 절은 사람 특유의 거무스레한 빛을 띠고 있었고, 눈은 게슴츠레했으며, 꽉 다문 입술은 창백했다. 그 외에도 그들에게는 두 가지 특징이 더 있어 그들을 알아보는 데 어려움이 없었다. 대화할 때 목소리가 신중하고 낮으며, 엄지손가락을 다른 손가락과 직각이 되도록 벌리는 정도가 지나치다는 것이다. 이런 전문 사기꾼과 함께 옷차림새는 좀 달라도 본질은 비슷한 또 한 부류의 사람들도 눈에 띄었다. 그들은 신사는 신사이되 요령으로 먹고사는 신사라고 부르는 것이 알맞을 것 같다. 대중을 공격하는 데 그들이 사용하는 전략은 두 가지이다. 하나는 멋쟁이 남자라는 전략이고 또 하나는 군인이라는 전략이다. 첫 번째 부류의 주요 특징은 긴 머리칼과 미소이고, 두 번째 부류의 특징은 늑골 모양의 장식이 달린 코트와 험상궂은 표정이다.

신사라고 불리는 부류의 등급을 매기는 저울눈의 밑으로 내려가면서 내 성찰의 대상은 앞의 사람들보다 어둡고 난해한 종류의 사람들이 되었다. 비굴함과 자기 비하가 가득한 얼굴에 사나운 매의 눈을 번득이던 유대인 행상들이나, 진짜 거지들, 즉 오로지 절망 때문에 자비를 구걸하기 위해 밤의 거리로 내몰린 사람들을 흘겨보는 건장한 전문 걸인들도 눈에 띄었다. 그리고 우연히 주어질지도 모르는 위로나 잃어버린 희망을 구하기라도 하듯, 애원하는 표정으로 이 사람 저 사람의 얼굴을 바라보면서 군중 사이를 가만가만 옆걸음으로 걷거나 뒤뚱뒤뚱 걸어가는, 이미 죽음의 손아귀에 붙잡혀 있는 것이 명백한 송장 같은 얼굴의 허약한 환자들도 있었다. 또한 장시간의 노동을 마친 뒤 음울한 집을 향해 늦은 귀갓길에 오른 어린 소녀들이 몸에 부딪혀 오는 깡패들의 눈길을 피하는 모습도 보였는데, 그들의 얼굴에서 눈에 띄는 것은 분개의 표정이라기보다 눈물이었다. 다양한 연령층과 각양각색의 밤거리의 여인들도 눈에 띄었으니, 그중에는 내면은 오물로 가득 찼어도 겉모습만큼은 파로스의 대리석[39] 같은 피부를 하고 있

---

39) 파로스는 눈부시게 흰 빛깔의 대리석으로 유명하다.

어 루시안의 석상[40]을 연상시키는, 한창때의 여성다움으로 더할 나위 없이 아름다운 미인도 있었고, 넝마 조각을 걸친 혐오스러운 행색을 한 오갈 데 없는 문둥병 환자나, 젊어 보이려고 마지막 안간힘을 쓰고 있는, 주름진 얼굴을 짙은 화장으로 가리고 보석을 주렁주렁 걸친 나이 든 여자들도 있었다. 그리고 아직 소녀 티를 못 벗었으면서도 민망한 직업적 애교에 길들여져 성숙한 여자들처럼 매춘 행위를 하려는 야망으로 불타는 아이들이나, 이루 다 말로 표현할 길 없는 모습의 술주정뱅이들도 헤아릴 수 없이 많았다. 주정뱅이들 중 몇몇은 여기저기 꿰맨 너덜너덜한 옷을 입고 비틀비틀 걸으면서 알아들을 수 없는 소리를 중얼댔는데, 얼굴에는 멍이 들었고 눈은 퀭했다. 더럽긴 해도 제대로 된 옷을 입고서 약간 비틀거리며 갈지자 걸음으로 걷는 주정뱅이들도 있었는데, 입술은 두껍고 감각적이며 얼굴은 원기 왕성하고 혈색이 좋아 보였다. 주정뱅이들 중 또 다른 무리는 한때는 훌륭했을 게 분명하고 지금도 세심하게 잘 손질된 옷감으로 지은 옷을 입고 있었는데, 다소 부자연스럽지만 자신 있고 탄력 있게 걷되, 얼굴은 지나치게 창백했고 눈은 끔찍할 정도로 사나운 붉은빛이었으며, 군중 사이를 걸어가면서 손에 닿는 것이면 무엇이나 떨리는 손으로 움켜쥐었다. 그들 외에도 파이 만드는 사람, 짐꾼, 석탄 운반부, 굴뚝 청소부, 거리의 풍각쟁이, 원숭이를 보여 주고 돈

---

40) 고대 그리스의 저술가인 루시안(125~180?)은 『꿈』에서 그리스 석상의 아름다움에 대해 언급했다.

을 받는 사람, 그리고 서투른 음유시인, 가수를 데리고 다니며 장사하는 행상, 누더기를 걸친 장인과 각양각색의 지친 노동자 들이 있었다. 그들 모두가 어찌나 소란스럽고 무질서한 활기로 가득 차 있었던지 그들이 내는 불협화음으로 귀가 따가웠고 그들의 모습 때문에 눈이 피로할 지경이었다.

밤이 깊어 가면서 거리의 광경은 더욱 깊은 흥미를 자아냈다. 군중 속에서 단정한 모습의 사람들이 사라지면서 덜 점잖은 사람들로 바뀌었고, 시간이 늦어질수록 온갖 종류의 파렴치한이 이런저런 소굴에서 기어 나오면서 분위기가 더 거칠어지는 등 군중의 성격이 실질적으로 변했기 때문이다. 뿐만 아니라 처음 켜졌을 때는 사라져 가는 햇빛과 싸우느라 희미하던 가스등 불빛이 점점 더 환해지면서 모든 사물 위로 번쩍이는 화려한 빛을 던졌다. 모든 것이 어둡고 화려했다. 테르툴리아누스[41]의 문체에 비견된 흑단처럼.

빛이 하도 번득거리는 바람에 나는 개개인의 얼굴을 자세히 뜯어보는 것 외에 다른 일에는 주의를 돌릴 수 없었다. 그리고 빛의 세계가 창밖으로 워낙 급히 지나가고 있었기 때문에 지나가는 사람들의 얼굴에 아주 잠깐씩 눈을 돌릴 수 있을 뿐이었다. 하지만 그럼에도 그날 저녁의 내 정신 상태가 워낙 특이했던 덕분인지 그런 일별을 통해서도 사람들의 얼굴에 오랜 세월에 걸쳐 아로새겨진 역사를 잘 읽을 수 있었다.

그렇게 이마를 창문에 바짝 대고 군중의 모습을 자세히 뜯

---

41) 초기 기독교 저술가로 세속적인 가치를 강력히 비판했다.

어보고 있을 때, 갑자기 한 얼굴, 예순다섯이나 일흔 정도 되어 보이는 한 노인의 얼굴이 눈에 확 들어왔다. 그의 표정이 워낙 특이했던 탓인지 그 얼굴이 곧바로 내 마음을 완전히 사로잡았다. 그 표정과 아주 미미하게라도 비슷한 표정은 한 번도 본 적이 없으니까 말이다. 레치[42]가 그 표정을 보았다면 자신이 그린 마귀보다도 그의 표정을 훨씬 더 마음에 들어 하리라는 것이 그 표정을 처음 보았을 때 내게 든 생각이었다는 걸 난 아직도 잘 기억한다. 처음에 나는 그 얼굴이 전달하는 의미를 다소나마 분석해 보려는 의도로 그의 얼굴을 살펴보았다. 그러자 내 마음속에서는 상반되고 혼란스러운 인상이 서로 교차했으니, 나는 그 얼굴에서 뛰어난 지력과 조심성, 궁핍과 탐욕, 냉혹, 악의, 피에 굶주림, 의기양양, 희희낙락, 극단적 공포, 그리고 너무도 강렬한 절망, 절망 중에서도 최악의 절망을 읽을 수 있었다. 난 독특한 호기심과 소스라칠 듯한 경이감, 그리고 매력을 동시에 느꼈다. "얼마나 사나운 역사가 저 사람의 가슴속에 기록되어 있을 것인가!"라는 혼잣말이 저절로 나왔다. 이어 그 사람을 계속 시야에 넣어 두고 싶다는 욕망, 즉 그에 대해 더 알고 싶다는 간절한 욕망이 나를 사로잡았다. 따라서 나는 황급히 외투를 걸친 뒤, 모자와 지팡이를 집어 들고 거리로 나가 군중 사이를 헤치면서 그 사람이 가는 쪽으로 걸어갔다. 그가 이미 사라져 보이지 않았기 때문이다. 그리 쉽진 않았지만 마침내 그 사람이 내 시야에 다시

---

42) 독일의 화가이자 동판화가.

들어왔다. 나는 그의 주의를 끌지 않으려고 조심하면서 그의 뒤로 다가가 그를 바짝 따랐다.

그러자 그의 모습을 관찰할 좋은 기회가 찾아왔다. 그는 키가 작고 바짝 말라서 기운이라곤 하나도 없어 보였다. 옷은 전체적으로 더럽고 남루해 보였다. 그러나 그가 이따금씩 가로등의 강렬한 불빛에 비칠 때마다 나는 그가 입은 셔츠의 리넨 천이 더럽기는 해도 훌륭한 품질임을 알 수 있었다. 그리고 내 시력이 잘못된 게 아니라면, 단추가 꼭 채워져 노인의 몸을 감싸고 있던, 중고품이 분명한 짧은 외투의 해어진 곳을 통해 다이아몬드와 단도가 흘깃 엿보인 것도 사실이었다. 이런 관찰은 내 호기심을 더욱 자극해서 나는 그 낯모를 사람이 어디로 가는지 계속 따라가 보기로 작정했다.

이제 밤기운이 완연해졌는데 축축한 안개가 자욱하게 껴 도시 위를 맴돌다가 곧 폭우가 되어 쏟아졌다. 이러한 날씨 변화는 군중에게 기이한 효과를 자아냈다. 사람들 모두가 즉시 새로운 소란 속으로 빠져드는가 했더니 이내 모두 우산의 세계에 의해 가려졌다. 흔들리고 밀어젖히는 가운데 윙윙대는 소리가 열 배는 더 커졌다. 나는 비가 별로 신경 쓰이지 않았다. 오랫동안 내 몸에 잠복해 체질이 되어 버린 열병으로 인해 내게는 그 빗물이 다소 위험하다 싶을 정도로 유쾌하게 느껴졌기 때문이다. 나는 입 주위에 손수건을 둘러 묶어 맨 다음 계속해서 걸어 나갔다. 그 노인은 사람들 사이를 힘겹게 헤치며 대로를 따라 약 반 시간 동안 계속 전진했다. 그러는 동안 난 그를 놓치지 않기 위해 그의 팔꿈치 곁을 바짝 따라 붙으며 걸어갔다. 그는 단 한 번도 뒤를 돌아보지 않았고, 따라서 내가 자신의 뒤를 따르고 있다는 것도 알아차리지 못했다. 그러다 그는 가던 길과 교차하는 다른 길로 들어섰는데, 그 길에도 사람들이 적은 건 아니었지만 방금 지나온 큰길만큼 붐비지는 않았다. 그의 태도는 여기서 확연하게 달라졌다. 그때까지보다 느리게, 그리고 목적지가 분명치 않아 망설이는 듯한 걸음으로 걷기 시작한 것이다. 뚜렷한 지향점이 없는 듯, 그는 같은 길을 건너고 또 건넜다. 인파는 여전해서 나는 노인이 방향을 돌릴 때마다 그의 뒤를 바짝 쫓아가야 했다. 그는 거의 한 시간가량이나 그 좁고 긴 길에 머물렀다. 그러는 동안 행인의 수가 점점 줄어들어 평일날 정오 무렵, 공원[43] 근처 브로드웨이에서 볼 수 있는 정도가 되었다. 런던의 주민과 인구가 가장 밀집한 미국 도시의 주민 사이에 엄청난 차이가 있으니까 말이다. 방향을 다시 꺾으니 가로등 불빛이 휘황찬란하고 생기가 넘치는 광장이 눈앞에 펼쳐졌다. 그러자 노인은 이전의 기세를 회복했다. 턱은 가슴께를 향한 채, 찌푸린 눈썹 아래 눈을 이리저리 바삐 굴리면서 주변 사람들을 바라보았다. 그는 끈기 있고 한결같은 걸음으로 서둘러 걸어갔다. 그러나 놀랍게도 그는 광장을 한 바퀴 돌고 난 뒤 몸을 돌려 오던 길을 되짚어 갔다. 그리고 이어서 동일한 진로를 몇 번씩이나 더 반복함으로써 나로 하여금 더욱 기겁하게 만들었다. 한번은 그가 너무나 갑자기 몸을 돌려서 내가 그를 뒤따르고 있다는 사

---

43) 뉴욕 맨해튼에 있는 센트럴 파크를 가리키는 듯하다.

실이 발각될 지경이었다.

그는 이렇게 같은 길로 오락가락하며 한 시간을 더 보냈는데, 그때쯤엔 처음에 비해 우리의 갈 길을 방해하는 행인들의 숫자가 훨씬 적어졌다. 비가 사나운 기세로 쏟아지자 공기가 차가워졌고 사람들은 귀갓길을 서둘렀다. 그 방랑자는 참을 수 없다는 듯한 태도로 비교적 사람이 적은 골목길로 들어섰다. 약 400미터가량 되는 이 거리를 그는 그 나이의 노인답지 않게 꿈에도 상상할 수 없을 만큼 빠르게 달려갔으며, 그 바람에 나 또한 아주 허덕거리며 그의 뒤를 쫓아가야 했다. 몇 분후 우리는 사람들이 북적대는 큰 시장에 도착했는데, 노인은 그 시장의 지리를 잘 아는 것처럼 보였다. 그리고 이곳에선 본래의 태도를 되찾아, 사방에 무리를 이룬 상인과 고객들 사이를 이리저리 뚫고 밀며 어슬렁거렸다.

우리는 그 시장에서 약 한 시간 반 정도를 보냈는데 그러는 동안 나는 그를 놓치지 않되 그의 주의도 끌지 않으려고 온갖 애를 써야 했다. 고무 덧신을 신고 있어서 걸을 때 소리가 나지 않는 게 천만다행이었다. 그 노인은 단 한순간도 내가 자신을 주목하고 있다는 사실을 알아차리지 못했다. 그는 이 가게저 가게로 들어갔지만, 물건 값을 묻지도 않았고 물건 모두를 사납고 멍한 시선으로 아무 말 없이 바라보기만 했다. 이런 그의 행위가 더할 나위 없이 신기해서, 나는 그에 관해 어느 정도 만족할 만한 지식을 얻게 될 때까지 계속 그의 뒤를 따라다녀야겠다고 단단히 작심했다.

시계 종이 시끄럽게 11시를 알렸고, 사람들의 무리가 재빨리 시장을 빠져나가기 시작했다. 한 가게 주인이 덧문을 내리다가 우연히 노인을 밀쳤는데, 그 순간 나는 노인의 몸이 심하게 부르르 떨리는 것을 보았다. 그는 허둥지둥 거리로 나서서 잠시 동안 주변을 불안하게 둘러보다가 꾸불꾸불하고 인적이 드문 골목을 믿을 수 없을 정도로 빠르게 달려갔다. 그리하여 우리는 결국 우리의 원래 출발 지점이었던 D×× 호텔 앞 큰길로 다시 나오게 되었다. 하지만 그 거리는 아까와 똑같은 모습이 아니었다. 가스등 불빛을 받아 밝게 빛나는 것은 여전했지만, 비가 맹렬한 기세로 쏟아지고 있었고 인적이 거의 끊겨 있었다. 노인의 안색은 더욱 창백해졌다. 그는 한때 인파로 넘쳐 났던 그 거리를 침울한 태도로 걸어가다가 무거운 한숨과 함께 강 쪽 길로 접어들었다. 거기서 다시 다양한 우회로를 지나쳐 마침내 한 일류 극장이 보이는 곳으로 나왔다. 극장은 문을 닫기 직전이었고, 관객들이 문에서 쏟아져 나오고 있었다. 그 인파 한가운데에 놓이자 노인은 숨이 찬 듯 헐떡거렸다. 하지만 그때까지 그의 표정에서 두드러져 보이던 강렬한 고뇌는 어느 정도 가신 것처럼 보였다. 그는 머리를 다시 가슴 쪽으로 숙였고 내가 처음 보았을 때와 똑같은 모습이 되었다. 그가 관객들 대부분이 가는 방향으로 갈 것이라는 게 이제 확실해 보였는데, 나로서는 그의 이 변덕스러운 행동에 대체 어떤 통일성이 있는지 전혀 짐작할 길이 없었다.

한참 걸어 나가다 보니 사람들이 뿔뿔이 흩어지기 시작했는데, 그러자 노인도 좀 전에 그랬던 것처럼 또다시 불안하고 우유부단한 태도를 보이기 시작했다. 노인은 한동안 열 명에서 열두 명 정도의 떠들썩한 무리의 뒤를 바짝 따라갔는데, 그 무리에서 사람들이 하나둘씩 떨어져 나가 인적이 거의 없는 좁고 음울한 뒷골목에 이르렀을 때는 세 사람만이 남았다. 그러자 노인은 멈칫하더니 한순간 망연자실한 모습이 되었다. 하지만 이내 잔뜩 흥분한 것이 분명한 태도로 재빨리 걸어가다가 도시의 변두리, 즉 우리가 그때까지 걷던 지역과는 전혀 다른 동네의 한복판에 이르렀다. 그 동네는 런던에서도 악취가 가장 심한 지역으로, 모든 것에서 극히 통탄할 만한 빈곤과 극단적으로 절박한 범죄의 냄새가 풍겼다. 간혹가다 띄엄띄엄 놓인 가로등의 희미한 불빛 아래 높다랗고 벌레 먹은 낡은 목조 가옥들이 금방이라도 무너져 내릴 듯 기우뚱 서 있었는데, 집들이 워낙 아무렇게나 제멋대로 지어져 있어서 그 사이로 그나마 길이라고 나 있는 것조차 제대로 눈에 들어오지 않았다. 포석은 무성한 잡초에 밀려 제자리를 벗어난 채 아무렇게나 널려 있었고, 끔찍한 오물이 도랑의 고인 물 속에서 썩고 있었다. 주변 환경이 온통 황폐했다. 그러나 계속해서 앞으로 나아가다 보니 사람 사는 소리가 어느 정도 되살아났고, 마침내는 런던 주민 중에서도 가장 버림받은 사람들의 무리가 이리 비틀 저리 비틀 하는 모습이 눈에 띄었다. 노인의 기운은 꺼지기 직전의 등잔불처럼 되살아났다. 그는 또다시 탄력 있는 걸음걸이로 걸어 나갔다. 그러다 모서리를 돌아드니 갑자기 강렬한 불빛이 눈앞에 마구 쏟아졌다. 도시의 변두리에 자리 잡은 거대한 무절제의 사원들 중 하나, 즉 진(Gin)이라는 마귀의 궁전 중 한 곳 앞에 우리가 서 있었던 것이다.

그사이 시간이 많이 흘러 거의 동이 틀 무렵이 되었다. 그러나 주정뱅이 한 무리가 여전히 현란하게 불이 켜 있는 술집 입구를 사람들에 떠밀려 들락거리고 있었다. 노인은 가볍게 기쁨의 탄성을 내지르더니 사람들 사이를 밀치고 술집 안으로 들어갔고, 즉시 내가 처음에 목격했던 것 같은 활발한 기운을 되찾아 사람들 사이를 목적 없이 오락가락하기 시작했다. 그러나 그것도 잠시, 사람들이 문 쪽으로 몰려가는 것을 보니 곧 문 닫을 시간이 다가온 듯했다. 그때까지 내가 그렇게 끈기 있게 관찰해 오던 그 특이한 사람의 표정에서 그 순간 목격한 것은 절망보다도 더 강렬한 어떤 감정이었다. 그러나 그는 이내 조금도 주저하지 않고 단호하고 힘찬 걸음으로 오던 길을 되짚어 거대한 도시 런던의 심장부를 향해 걸어갔다. 그는 길게 난 거리를 빠르게 걸어갔고, 나는 내 흥미를 완벽하게 사로잡아 버린 이 관찰을 중도에 포기하지 않겠다는 결심으로 강렬한 경이감에 휩싸여 그를 따라갔다. 우리가 걸어가는 동안 동이 터 왔는데, 우리가 그 번잡한 도시에서도 가장 번화한 중심가인 D×× 호텔이 있는 거리에 다시 도착했을 때는 거리가 전날 저녁 내가 보았던 것 못지않은 인간적 활기로 들떠 있었다. 그곳에서 나는 다시 노인을 한참 동안이나 끈질기게 뒤쫓아 다녔지만, 그럴수록 점점 더 어리둥절한 기분에 사로잡혔다. 그는 그때까지와 마찬가지로 계속 이리저리 왔다 갔다 할 뿐이었고, 낮 동안 내내 그 거리의 소란을 벗어나지 않았다. 한편 나는 둘째 날 저녁의 그림자가 드리워지면서 점차 기진맥진해 죽을 지경이 되었다. 나는 더 참지 못하고 노인의 바로 앞으로 다가가 발걸음을 멈추고 그의 얼굴을 뚫어지게 바라보았다. 하지만 그는 나를 전혀 알아보지 못한 채 다시 엄숙하게 발걸음을 옮겼고, 나는 결국 노인 뒤를 쫓아가기를 멈춘 채 생각에 잠겼다. "이 노인은." 나는 마침내 말했다. "지능이 뛰어난 흉악범 같은 사람이다. 그는 혼자이기를 거부한다. 그는 군중 속의 사람이다. 그를 쫓아가 보았자 소용없는 일이다. 그에 대해서나 그의 행위에 대해서 알 수 있는 사실은 더 이상 없다. 이 세상에서 가장 사악한 마음은 『호르툴루스 아니마에』[44]보다도 더 모호한 책이다. 그리고 '그것은 읽히기를 거부한다.'는 사실이야말로 아마도 신이 내려 주시는 가장 거대한 자비 중 하나라고 봐야 할 것이다."

----

44) 16세기의 기도서.

소용돌이 속으로의 추락

> 자연 안에 현현하는 신의 길은
> 섭리와 마찬가지로 우리의 길이 아니다.
> 우리가 짜는 모형들도 신의 역사가 지니는
> 광활함과 심오함과 불가해함과는 견줄 바가 못 된다.
> 신의 역사에는 데모크리토스의 심연보다
> 더 깊은 심오함이 있으므로.
> ── 조지프 글랜빌[45]

　우리는 막 가장 높고 험한 바위산의 정상에 도달했다. 노인은 몇 분 동안 너무 지쳐서 말할 기운도 없는 듯했다.

　"얼마 전이었더라면." 마침내 그가 말했다. "내 막내아들과 보조를 맞춰 이 길로 손님을 안내할 수도 있었어요. 그렇지만 삼 년 전쯤 이 세상 그 누구도 겪어 본 적이 없는 일이 내게 일어났답니다. 아니, 적어도 그런 사건을 겪고 난 후 살아나 보고를 한 사람은 없다고 봐야겠지요. 그때 나는 방금이라도 죽을 것 같은 공포를 장장 여섯 시간이나 견뎌 내야 했거든요. 그 바람에 내 몸과 마음이 산산조각 난 겁니다. 손님 생각엔 내가 아주 늙은 노인네처럼 보이실 겁니다. 하지만 그건 사

---

45) 조지프 글랜빌의 수필집인 『철학과 종교의 몇 가지 주요 주제에 관한 수필집』에 나오는 구절을 약간 변형해 인용한 것이다.

실과는 다릅니다. 머리가 칠흑빛에서 흰색으로 바뀌고, 팔다리에서 힘이 빠져나가고, 신경이 약해져서 조금만 힘을 쓰려고 해도 몸이 덜덜 떨리고 그림자만 봐도 겁에 질리게 되기까지 단 하루도 걸리지 않았답니다. 눈치채셨는지 모르지만 난 이 작디작은 벼랑 아래만 내려다봐도 어질어질해지지요."

그는 그 '작디작은 벼랑'의 끄트머리에 아무렇게나 몸을 내던진 채 쉬고 있었다. 몸의 무게중심을 끄트머리 바로 위에 싣고 있었는데, 몸이 벼랑 아래로 떨어지는 것을 막기 위해 바로 그 미끄러운 끄트머리에 팔꿈치를 괴고 있었다. 바로 이 '작디작은 벼랑', 즉 번뜩이는 검은색 바위로 된 깎아지른 듯한 낭떠러지는 우리가 있던 곳 밑에 있던, 험한 바위들의 세계로부터 약 500미터 정도의 높이로 솟아올라 있었다. 나라면 이 세상 그 무엇을 준다 해도 그 절벽의 가장자리에서 5미터 안으로 접근하지 않았을 것이다. 사실 나는 길잡이가 그처럼 위태로운 곳에 자리 잡는 것을 보고 너무나 겁에 질린 나머지 땅바닥에 납작 엎드려서 주변에 있는 작은 관목을 꼭 붙잡고 매달린 채 감히 하늘을 우러러볼 엄두조차 내지 못하고 있는 형편이었다. 그러는 한편 나는 바람의 노여움을 사면 그 산의 지반조차 위태로워질지 모른다는 걱정을 떨쳐 버리려고 헛되이 애썼다. 내가 정신을 차리고 몸을 세워서 똑바로 앉은 뒤 먼 곳의 광경을 바라볼 수 있기까지 한참이 걸렸다.

"헛된 공상을 이겨 내는 게 가장 중요해요." 그 안내인이 말했다. "여기가 내가 방금 말씀드린 사건이 일어난 장소가 가장 잘 보이는 곳이기 때문에, 그곳을 직접 바라보면서 그때 일어났던 사건의 전모를 말씀드리려고 이리로 당신을 모시고 온 것이니까요."

"지금 우리가 있는 곳은." 그가 특유의 자상한 태도로 말을 계속했다. "지금 우리가 바짝 접근해 있는 곳은 저 엄청난 노를란 지방 황량한 로포텐 열도[46]의 위도 68도에 위치한 노르웨이 해변입니다. 현재 우리는 헬세겐, 즉 '흐린 산'의 정상에 올라와 앉아 있습니다. 이제 몸을 조금 세워서 — 어지러우면 풀을 붙잡고 서요 — 그렇게 — 우리 발아래 놓인 안개 띠 너머 바다를 바라보세요."

나는 어지럼증을 느끼며 발아래를 내려다보았는데, 광막한 바다가 눈앞에 한없이 펼쳐져 있었다. 그 바다의 빛깔이 너무나 짙은 잉크빛이어서 그것을 보는 즉시 "마레 테네브라룸(어둠의 바다)"에 대한 누비아인 지리학자의 묘사가 떠올랐다.[47] 인간의 상상력으로는 그보다 더 황량한 풍경을 포착할 수 없을 것이다. 양쪽 눈길이 미치는 곳 전체에 무시무시한 검은빛 벼랑들이 울퉁불퉁 튀어나와 있어서 그것이 펼쳐져 이루는 선들이 마치 이 세상 전체를 에워싼 성벽처럼 보였다. 무시무시하게 높은 흰 파도가 끊임없이 울부짖고 비명을 지르면서

---

46) 노르웨이 북서부 해안지역 근방 열도. 이들이 자리 잡은 벼랑의 높이는 실제로 600미터 정도이다.

47) 이어지는 묘사는 영국의 고고학자 제이컵 브라이언트의 『고대 신화』에서 따온 것이다. 이 저술에서 브라이언트는 『누비아의 지리학』을 저술한 누비아인 지리학자 알 이드리시를 참조하고 있다. 알 이드리시는 대서양을 "마레 테네브라룸(어둠의 바다)"이라고 불렀다.

그 벼랑들로 와 부서져서 벼랑은 더욱더 음울해 보였다. 또한 우리가 서 있던 벼랑 바로 맞은편, 8, 9킬로미터 정도 떨어진 바다에서는 작고 황량한 섬이 눈에 띄었다. 아니, 그 섬을 둘러싼 사나운 파도 사이로 그 섬이 있는 자리가 눈에 띄었다고 하는 편이 더 정확할 것이다. 우리가 있던 벼랑에서 그 섬보다 3킬로미터 정도 앞쪽에 그 섬보다 더 작은 섬이 하나 솟아 있는 것이 보였는데, 그 섬은 울퉁불퉁하고 흉측한 모양이었으며, 그 위에는 풀 한 포기도 눈에 띄지 않았고, 다만 그것을 둘러싸고 일군의 짙은 색 바위가 띄엄띄엄 떨어져 있는 것이 보일 뿐이었다.

멀리 떨어져 있는 섬과 해변 사이로 보이는 바다의 모습에는 뭔가 아주 특이한 데가 있었다. 먼바다에 쌍돛대 범선이 떠 있었는데, 비록 그 순간 육지를 향해 불던 몹시 사나운 바람 때문에 작은 세로돛을 반으로 줄였고 선체는 계속 물살에 휩쓸리고 있어서 배가 제대로 보이지도 않는 상황이었지만, 그럼에도 그곳에서 보통의 파도는 눈에 띄지 않았다. 다만 작고 사나운 물살이 사방팔방으로 ── 바람의 차가운 이빨 사이에서, 그리고 다른 여러 방향으로 ── 빠른 속도로 밀려 들어갔다 나왔다 할 뿐이었다. 그리고 거품으로 말하자면, 바위의 바로 곁을 제외하면 다른 곳에서는 거의 눈에 띄지 않았다.

노인이 다시 입을 열었다. "멀리 떨어져 있는 저 섬은 노르웨이인들이 부르그라고 부릅니다. 중간에 있는 저 섬은 모스코에이고 저기 북쪽으로 2킬로미터 정도 떨어진 곳에 있는 섬은 암보렌이지요. 저기 저 섬들은 이슬레센, 호톨름, 케일헬름, 수아르벤 그리고 부크홀름입니다. 모스코에와 부르그 사이, 그보다 더 먼 곳에 있는 저 섬들은 오테르홀름, 플리멘, 산플레센 그리고 스톡홀름입니다.[48] 그게 다 그 섬들의 진짜 이름이에요. 하지만 사람들이 도대체 뭣 때문에 그 섬들 하나하나에 일일이 이름을 붙였는지는 우리로서는 이해할 수 없는 일이지요. 무슨 소리가 들리십니까? 바다에서 일어나는 변화가 눈에 보이세요?"

그때는 우리가 헬세겐 벼랑의 꼭대기에 머문 지 십 분가량 지난 뒤였다. 우리가 벼랑 위로 올라갈 때 로포텐의 안쪽을 타고 올랐기 때문에 오르는 동안에는 바다가 전혀 안 보이다가 정상에 도달한 뒤에야 갑자기 바다가 우리 눈앞에 펼쳐진 것이었다. 노인이 말을 이어가는 동안 나는 엄청난 소음을, 점점 더 커지는 소음을 의식하게 되었다. 마치 엄청난 숫자의 물소 떼가 미국의 대초원에서 울부짖을 때 나는 소리 같았다. 동시에 나는 바로 아래에서 뱃사람들이 삼각파라고 부르는 파도가 동쪽을 향한 조류로 재빠르게 변하는 것을 알 수 있었다. 이 조류는 내가 바라보는 동안에도 엄청나게 속도가 붙으면서 아주 끔찍하게 빨라졌다. 속도가 시시각각으로 빨라지면서 곧 맹렬하게 곤두박질칠 기세였다. 그렇게 단 오 분 만에 내가 내려다보던 곳에서 부르그 섬에 이르는 바다 전체가 걷잡을 수 없이 사납게 몰아치게 되었다. 그러나 진짜 소용돌이는 모스코에 섬과 우리 쪽 해변 사이에서 벌어지고

---

48) 여기 언급된 섬은 모두 로포텐 열도의 일부이다.

있었다. 엄청난 바닷물이 수천의 물살이 되어 솔기가 터지고 상처를 내면서 서로 충돌하다가 갑자기 부풀어 터지면서 광란하고 경련했다. 그것들은 부풀어 오르고 끓어오르고 쉿소리를 내며 이루 헤아릴 수 없는 거대한 소용돌이를 만들었고, 그 소용돌이는 절벽의 폭포에서나 볼 수 있을 정도로 빠른 속도로 동쪽을 향해 돌며 고꾸라졌다.

그러다가 몇 분이 지난 후 바다에는 또 다른 급격한 변화가 나타났다. 수면이 조금씩 부드러워졌고, 소용돌이가 하나둘씩 사라졌으며, 엄청난 크기의 거품 띠가 이전까지 없던 곳 여러 군데에서 나타났다. 이 띠들은 조금씩 길어지면서 서로 합쳐지다가, 마침내 나선형을 그리면서 중앙이 푹 꺼진 소용돌이를 여럿 형성하더니, 이내 더 큰 또 하나의 소용돌이를 만들기 시작하는 것처럼 보였다. 그러다가 갑자기 — 너무나 갑자기 — 그 소용돌이가 직경 2킬로미터도 넘는 원을 그리면서 분명하고 독자적인 소용돌이로 변했다. 이 소용돌이의 가장자리는 넓은 띠를 그리면서 번뜩이는 물보라였다. 그러나 이 물보라의 띠를 이루던 물방울 중 어느 하나도 그 무시무시한 소용돌이의 아가리로 빠져 들어가지는 않았다. 소용돌이의 내부는 매끄럽게 반짝거리는 칠흑빛의, 수평선과 약 45도 각도를 이루는 벽 형태였고, 이 벽이 물방울을 뚝뚝 떨어뜨리면서 크게 흔들거리며 현기증 나는 속도로 빙글빙글 돌고 있었다. 적어도 그것이 인간의 눈에 보이는 모습이었다. 그 벽은 또한 바람을 향해 반은 비명이고 반은 고함인 듯한 무시무시한 소리를 냈는데, 저 강대한 나이아가라 폭포조차도 하늘을 향해 그처럼 무시무시한 소리를 지른 적은 없을 것이있다. 단말마의 고통 속에서라도 말이다.

산은 지반까지 흔들렸고 바위도 요란한 소리를 내며 흔들거렸다. 나는 신경의 동요가 극에 달한 나머지 땅에 얼굴을 대고 바짝 엎드린 채 몇 안 되는 풀포기를 붙잡고 매달렸다.

나는 마침내 노인에게 말했다. "이것, 바로 이것이 그 유명한 말스트룀이라는 소용돌이인가 보군요."

"맞습니다." 그가 대답했다. "우리 노르웨이 사람들은 그 소용돌이의 한가운데 있는 모스코에 섬의 이름을 따서 모스코에스트룀이라고 부른답니다."

나는 이 소용돌이에 대한 일반적인 설명을 읽은 적이 있지만, 그것만으로는 내가 그때 목격한 소용돌이에 전혀 대비할 수 없었다. 요나스 라무스의 설명[49]이 그중 아마 가장 자세한 것이라고 생각되는데, 그마저도 이 소용돌이의 장려함이나 그 광경이 야기하는 전율감 ─ 혹은 그것을 보는 사람의 기를 질리게 하는, 황당할 정도로 얼떨떨하고 기이한 느낌 ─ 을 조금도 전달하지 못한다. 그가 어떤 곳에 서서, 그리고 어느 순간에 그 소용돌이를 살펴보았는지는 분명치 않다. 하지만 그가 그것을 헬세겐의 꼭대기에서 본 것도, 폭풍우가 칠 때 본 것도 아님은 분명하다. 그럼에도 그의 묘사 중 일부분은 그 상세함 때문에라도 인용할 만한 가치가 있다고 생각한다. 그의

---

49) 요나스 라무스(1649~1718)는 1702년 발표한 저작에서 실라와 커리브디스(거대한 소용돌이와 험한 바위섬) 사이를 헤쳐 나가던 율리시스의 모험이 노르웨이 해안가 말스트룀에서 일어났을 가능성을 주장했다.

묘사가 그 광경이 주는 강렬한 인상을 전달하는 데 절대적으로 미흡하긴 하지만 말이다.

"로포텐 섬과 모스코에 섬 사이." 그는 말한다. "물의 깊이는 36에서 40길에 이른다. 그러나 베르(부르그)를 향한 쪽에서는 이 깊이가 얕아져, 그곳을 지나가는 배는 바위에 부딪혀 산산조각이 나기 십상이다. 이런 사태는 날씨가 맑고 고요할 때도 마찬가지이다. 밀물 때면 파도들이 요란한 소리를 내며 로포텐 섬과 모스코에 섬 사이의 땅을 급격한 속도로 넘어간다. 격렬한 썰물이 내는 우르릉 소리는 가장 무시무시한 폭포가 내는 가장 요란한 소리도 따라가기 힘들 정도이다. 그 소음은 17킬로미터 정도 떨어진 곳에서도 들을 수 있으며, 만일 어떤 배가 넓고도 깊은 그 소용돌이, 혹은 심연의 영향권 안으로 들어선다면, 단숨에 바닥으로 빨려 들어가 거기 있는 바위에 부딪혀 산산조각이 나는 것을 피할 길은 없다. 그러다 파도가 가라앉으면 물보라가 다시 하늘을 향해 치솟는다. 그러나 이렇게 잠잠해지는 것은 썰물과 밀물이 교차하는 잠깐 동안일 뿐이고, 그것도 날씨가 좋은 날에 국한되며, 오직 삼십 분가량 지속될 뿐으로, 그 삼십 분이 지나면 파도는 이내 다시 격렬해진다. 물결이 가장 사나울 때, 그리고 폭풍우로 인해 물결이 더 광포해졌을 때는, 직경 1노르웨이 마일[50] 안으로 들어가는 것은 위험천만하다. 보트와 요트와 배 등이 그 같은 파도에 대비하지 못해 그 영향권 안으로 휩쓸려 들어간 사례는 과거에

---

50) 7.24 킬로미터에 해당한다.

많이 있었다. 고래가 그 물결에 너무 가까이 다가갔다가 그 격렬함을 이기지 못하고 빨려 들어간 일도 자주 발생했다. 그럴 때 고래가 거기서 빠져나오기 위해 버둥대면서 울부짖고 우르릉대는 소리는 묘사가 불가능할 정도다. 한번은 곰 한 마리가 로포텐 섬에서 모스코에 섬으로 헤엄쳐 가는 도중에 파도에 휩말려 떠내려가면서 끔찍한 비명 소리를 지른 것이 육지에까지 들려온 적도 있다. 전나무나 소나무의 커다란 기둥이 그 조류에 휩쓸려 들어가면 산산조각이 나기 때문에, 그것들이 다시 떠오를 때는 너덜너덜해져 마치 가지에 센 털이 자란 것처럼 보일 정도이다. 이 사실은 나뭇가지들이 빨려 들어갔을 때 이리저리 휩쓸리게 되는 자리가 울퉁불퉁한 바위로 이루어져 있다는 사실을 명백히 알려 준다. 조류는 바다의 밀물과 썰물에 의해 조절되며, 여섯 시간마다 물이 주기적으로 높아졌다 낮아진다. 1645년에는 사순절 전 두 번째 일요일 아침 일찍 격렬한 조류가 아주 큰 굉음과 함께 몰려와 해변에 있던 집들의 주춧돌까지 그 깊은 나락으로 떨어진 일도 있다."

물의 깊이로 말하자면, 나는 그 소용돌이의 바로 근처에서 직접 그것을 목격한 사람이 어떻게 그 깊이를 안다고 단언할 수 있는지 이해가 가지 않았다. '40길'이라는 주장은 모스코에 섬이나 로포텐 섬의 해변에 아주 가까운 부분의 해협에만 해당되는 사실이라고 판단된다. 모스코에스트룀의 중심은 깊이가 워낙 깊어 측정이 불가능한 것으로 보인다. 그리고 그 증거를 구하기 위해서라면 헬세겐 섬 꼭대기의 험준한 바위에서서 소용돌이 속 심연을 슬쩍 보는 것 이상으로 더 좋은 방법도 없을 것이다. 나는 그 절벽 꼭대기에 서서 발아래에서 울부짖는 플레게톤[51]을 내려다보면서 그 정직한 요나스 라무스가 고래와 곰의 일화를 믿기 어려운 일이라고 기록한 데서 보이는 단순성에 미소 짓지 않을 수 없었다. 실상 내가 보기에는 이 세상에 존재하는 가장 큰 선박이라 할지라도 그 소용돌이의 치명적인 흡인력의 자장 속으로 일단 들어서면 폭풍 앞의 깃털처럼 아무런 저항도 못하고 통째로 곧장 사라져 버릴 것이 너무도 자명했기 때문이다.

그 현상에 대해 설명하기를 시도한 글 몇 편을 숙독한 뒤에 나는 그 설명들이 참 그럴듯하다고 생각했는데, 그 소용돌이를 직접 목격하고 난 지금은 전혀 다른 생각이다. 즉 내겐 그것들이 아주 불충분하다고 느껴진다. 일반적으로 받아들여지는 견해는, 이 소용돌이와 페로에 섬들 가운데에서 발생하는 세 개의 더 작은 소용돌이에는 "밀물과 썰물 때 파도가 바위와 암초의 마루에 부딪혀 솟아오르고 떨어져 내리는 것 외에 다른 원인은 없다. 바위와 암초의 마루가 물길을 막아 물이 폭포처럼 곤두박질치게 되는 것이다. 그리하여 밀물이 높이 오르면 오를수록 물은 더욱 깊이 떨어질 것이고, 이 모든 과정의 자연적인 결과가 소용돌이나 회오리로 나타나는 것으로서, 그것들의 경이로운 흡인력은 실제보다 작은 규모의 실험들에 의해 충분히 잘 알려져 있다."라는 것으로, 대영 백과사전에

---

51) 그리스 신화에서 지옥에 있는 다섯 개의 강 중 하나로, 불타는 강이라는 뜻이다.

쓰여 있는 것이다. 키르허를 비롯한 저자들은 말스트룀 해협의 중앙에 심연이 있어, 그 심연이 지구를 관통하여 아주 머나먼 곳에서 분출한다고 상상했다. 보스니아 만이라고 다소 단정적인 이름이 붙여진 경우가 그 예이다.[52] 이 견해는 현실적으로는 근거가 없는 것이지만, 말스트룀을 바라보는 동안 내 상상력으로 가장 쉽게 동의할 수 있는 것이기도 했다. 그런 생각을 안내인에게 말했더니 그는 놀랍게도 그 같은 견해가 노르웨이 사람들에게 가장 널리 받아들여진 것이긴 하지만 자신은 그에 동의하지 않는다고 했다. 앞서 언급한 백과사전의 견해에 대해서도 자신으로서는 받아들이기 어렵다고 말했고, 나도 그의 견해에 동의했다. 그것이 이론상으론 아무리 결정적인 것처럼 보인다 할지라도, 그 심연으로부터 울려오는 굉음 한가운데에선 도저히 이해가 되지 않았고, 심지어 전혀 말도 안 되는 소리 같았기 때문이다.

"이제 그 소용돌이를 충분히 잘 살펴보셨지요." 노인이 말했다. "그러니까 이제 살금살금 기어서 바위 저쪽, 바람이 불지 않아 바다의 포효가 잠잠해지는 곳으로 가십시다. 거기서 내 경험담을 말씀드리겠습니다. 그 이야기를 듣고 나면 손님

---

52) 포 전문가인 토머스 올리브 매보트 교수에 의하면, 덴마크의 작가이자 성직자였던 에리크 폰토피단(1698~1764)의 저술에, 독일의 신학자인 아타나시우스 키르허(1602~1680)가 말스트룀이 "노르웨이의 해안 아래로 밀물을 끌어당기는 바다의 소용돌이인데, 그곳에서 물이 또 다른 심연을 통해 보스니아 만으로 내보내진다."고 주장했다는 기록이 나온다고 한다. 보스니아 만은 스웨덴과 핀란드 사이에 자리 잡고 있으며 발틱 해를 향하고 있다.

께선 내가 모스코에스트룀에 대해 얼마나 잘 알고 있는지에 대해 추호도 의심하지 않으실 겁니다."

나는 그의 말에 따라 자리를 옮겼고, 그가 이야기를 시작했다.

"나와 형과 동생은 한때 70톤급 범선을 갖고 있었습니다. 우리는 그 배로 모스코에 섬 너머 부르그 섬 근처에서 고기를 잡곤 했지요. 크게 소용돌이치는 바다에서는 어느 곳에서나 고기가 잘 잡힌답니다. 기회를 잘 포착해야 하고, 또 그런 곳으로 고기잡이를 갈 용기가 필요하긴 하지만 말입니다. 로포텐 해변에 살던 주민들 중에서 내가 언급했던 그 섬들로 정기적으로 고기잡이를 간 것은 오로지 우리 셋뿐이었답니다. 사람들이 보통 고기잡이를 가는 곳은 여기서 남쪽으로 한참 더 내려가야 해요. 그곳에서는 언제 가더라도 고기가 잡히고 또 큰 위험도 따르지 않습니다. 그래서 다들 그곳을 선호하지요. 그렇지만 이 지점의 몇 군데에서는 가장 좋은 고기가 잡힐 뿐 아니라, 그곳에서보다 훨씬 더 많은 고기를 잡을 수가 있어요. 그래서 우리는 소심한 어부들이 일주일 동안 긁어모을 수 있는 것보다 더 많은 양의 고기를 단 하루 만에 잡곤 했어요. 사실 우리한테는 그것이 목숨을 건 투기의 문제였습니다. 고역을 선택하는 대신 생명을 걸고, 용기의 대가로 큰 수확을 거두는 일 말입니다.

우리는 우리의 배를 여기서 8킬로미터 정도 더 올라간 곳에 있는 후미진 해변에 보관했습니다. 그리고 보통 날씨가 좋은 날 물결이 잔잔한 약 십오 분 정도를 이용해서 모스코에스트룀의 주 해협을 재빨리 통과해 소용돌이의 훨씬 위쪽으로 건너간 다음 오테르홀름 섬, 혹은 산플레센 섬 근처의, 소용돌이가 다른 곳만큼 격렬하지 않은 지점에 닻을 내렸지요. 거기서 우리는 조수의 흐름이 또다시 멈출 때까지 기다렸다가 다시 닻을 올려 집으로 향했습니다. 우리가 그 같은 원정에 나갔다 돌아오는 동안 언제나 안정적인 옆바람, 우리가 되돌아올 때까지 절대 잦아들지 않는 바람을 끼고 있었지요. 그리고 우리가 그 바람을 잘못 계산한 적은 거의 없었습니다. 드물게 무풍 현상이 일어나기도 합니다. 하지만 육 년 동안 고기잡이를 하면서 무풍 현상을 만나 밤새도록 기다려야 했던 것은 딱 두 번뿐이었습니다. 그리고 우리가 그 지점에 도착한 뒤 곧바로 해협을 건넌다는 것은 상상조차 할 수 없게 광풍이 거칠게 몰아쳐서 거의 일주일이나 굶어 죽을 지경이 되어 얕은 바다에 머물러야 했던 적이 딱 한 번 있지요. 그땐 정말 죽음을 무릅쓰고 먼바다로 쫓겨 가는 것 외에 다른 선택이 없을 뻔했습니다. 주변의 소용돌이가 너무나 광폭하게 휘몰아쳐 댔기 때문에 급기야는 우리 배의 닻이 망가져서 그걸 질질 끌며 항행해야 했거든요. 다행히 오늘 여기 왔다가 내일이면 사라지곤 하던 수많은 역류 중 하나를 타고 떠내려 가다가, 플리멘 섬의 바람이 닿지 않는 곳에 다다라 운 좋게도 배를 멈출 수 있었지요.

우리가 '얕은 바다에 머물러 있었을 때' 겪었던 어려움의 이십분의 일도 다 말할 수 없습니다. 그곳은 날씨가 좋을 때라도 머물러 있기에는 나쁜 곳입니다. 그러나 우리는 언제나 아무런 사고 없이 모스코에스트룀 자체가 주는 호된 시련을 그

럭저럭 견디며 꾸려 나갔습니다. 어쩌다가 한 번씩 간만이 교차하는 짧은 시간의 일 분 전후에 그곳을 겨우 빠져나가는 바람에 섬뜩했던 경험은 있지만 말입니다. 때때로 바람이 우리가 기대했던 것만큼 강하지 않기도 했고, 그러면 우리 배도 예상보다 더디게 전진했지요. 그럴 때 우리가 탄 소형 어선은 조류 때문에 걷잡을 수 없는 상태에 빠졌습니다. 형에게는 열여덟 살 된 아들이 있었고, 내게도 건장한 아들이 둘 있었어요. 그 아이들이 그런 때 큰 노를 사용해 도움을 줄 수도 있었을 테고 나중에 고기를 잡는 데도 큰 도움이 될 수도 있었겠지만, 우리가 위험을 무릅쓰는 것과 달리 자식들까지 그렇게 위험한 곳으로 데리고 갈 용기는 없었던 것 같습니다. 뭐니뭐니 해도 그건 정말 끔찍할 정도로 위험한 일이었으니까, 그게 사실이니까 말입니다.

삼 년 전쯤 이제 말씀드릴 사건이 발생했습니다. 18○○년 7월 10일. 이 지역에 사는 주민이라면 결코 잊을 수 없는 날입니다. 그날 불어온 폭풍보다 더 무시무시한 폭풍은 일찍이 없었기 때문이지요. 하지만 그날 따라 오전 내내, 그리고 사실 늦은 오후까지도 남서쪽에서 부드럽고 안정된 미풍이 불어왔고, 태양도 밝게 빛나고 있었어요. 그랬기 때문에 우리 어부들 중에서 가장 경력이 오래된 노장 어부라 할지라도 곧 다가올 일을 예견할 수는 없었을 겁니다.

우리 셋 ― 나와 형과 동생 ― 은 오후 2시경 그 섬들로 건너갔습니다. 그리고 순식간에 배를 질 좋은 생선으로 가득 채웠답니다. 그 어느 날보다도 생선이 더 많이 잡힌다고 모두들 생각했어요. 우리가 닻을 올리고 귀갓길에 올랐을 때는 내 시계로 정각 7시였습니다. 그때 출발한 뒤 게조 때쯤 최악의 스트룀을 만났는데 그때가 바로 8시였어요.

우리는 우현 쪽으로 맑은 바람을 받으면서 항행해 나갔는데, 얼마 동안은 아주 빠른 속도로 질주했어요. 그러는 동안 우리는 우리에게 위험이 닥칠 거라고는 꿈에도 생각지 못했지요. 정말로 그때까지는 다가올 위험을 걱정해야 할 어떤 이유도 발견하지 못했으니까요. 그러다가 갑자기 헬세겐 섬 쪽으로부터 바람이 불어오는 것을 깨닫고 놀랐지요. 그건 정말 이상한 일이었어요. 전엔 한 번도 그런 적이 없었으니까요. 나는 정확한 이유도 모른 채 조금 불안해지기 시작했어요. 우리는 이물을 바람이 부는 쪽으로 돌렸지만, 회오리바람 때문에 조금도 앞으로 전진할 수가 없었어요. 원래 정박지로 도로 돌아가자고 말하려고 고물 쪽으로 눈을 돌리다가 나는 문득 수평선에서 특이한 구릿빛의 구름이 경이로울 정도로 빠르게 피어올라 수평선 전체를 뒤덮는 것을 발견했어요.

그러는 동안 우리 배의 출발을 도왔던 바람이 잦아들었고, 우리 배는 물살에 따라 이리저리 떠밀리기만 할 뿐, 제자리에 선 채 꼼짝도 못하고 있었습니다. 하지만 이런 상태조차도 오래 지속된 것이 아니라서, 도대체 어떤 방식으로 그 사태에 대처해야 할지 생각할 여유조차도 없었어요. 일 분도 되지 않아 우리를 향해 폭풍우가 몰아닥쳤거든요. 그리고 이 분도 되기 전에 하늘이 완전히 컴컴한 먹구름으로 뒤덮여 버렸답니다. 그리고 이 구름과 물보라로 인해 갑자기 사방이 온통 깜깜해지는 바람에 우리의 소형 어선 안에서조차 서로를 분간할 수 없게 되어 버렸습니다.

그때 불어닥친 폭풍을 묘사하려고 하는 것은 정말로 어리석은 일일 것입니다. 노르웨이 전체에서 연륜이 가장 오래된 어부조차도 그런 폭풍 비슷한 것조차 겪어 본 적이 없었을 겁니다. 돛이 우리를 덮치기 전에 황급히 내렸지만 폭풍이 한번 획 불자 우리 배의 돛대 두 개 모두 마치 톱으로 자른 듯 동강이 나 배 밖 물속으로 빠져 버렸습니다. 그리고 그 두 돛대들 중 큰 돛대와 함께, 파도에 휩쓸리지 않으려고 돛대 기둥에 몸을 동여매고 있던 내 동생도 함께 물속으로 내동댕이쳐졌고요.

우리 배는 바닷물 위에 떠 있던 깃털 중에서도 가장 가벼운 깃털에 지나지 않았습니다. 배의 갑판은 이물 근처에 조그만 창구만 하나 나 있는 완전한 평갑판이었습니다. 우리는 스트룀을 건널 때면 언제나 변덕스러운 바다에 대비해 그 창구에 좁은 널을 붙이고 다녔지요. 그렇게 하지 않았더라면 우리 배는 그 자리에서 침수해 침몰해 버렸을 것입니다. 배가 한동안 완전히 물속에 잠겨 있었으니까요. 그때 형이 어떻게 죽음을 모면할 수 있었는지는 나도 모르니 설명이 불가능합니다. 그걸 확인할 기회가 끝내 주어지지 않았으니 말이지요. 나로 말하자면 앞 돛을 내리자마자 갑판에 몸을 던진 채 납작 엎드려 발은 이물의 좁은 가장자리에 대고 손으로는 앞 돛 하단 근처에 있던 고리 달린 볼트를 꼭 잡고 매달렸습니다. 그렇게 한 것은 순전히 본능적인 것이었어요. 혼비백산해서 생각이고 나발이고 할 겨를이라곤 없었으니까요. 그런데 그런 내 자세가 내가 취할 수 있었던 최상의 자세였다는 게 나중에 판명되었습니다.

우리는 한동안 앞서 말씀드린 것처럼 물속에 완전히 잠겨 있었어요. 나는 그동안 내내 숨을 꾹꾹 참으면서 고리 달린 볼트만 꼭 붙잡고 매달려 있었어요. 더 이상 숨을 참을 수 없게 되었을 때 손에서 볼트를 놓지 않은 채 무릎을 딛고 몸을 들어 올려 머리를 물 밖으로 내밀었습니다. 이어서 우리의 조그만 배가 선체를 부르르 한 차례 떠는 것이 느껴졌습니다. 개가 물 밖으로 나와 물을 터는 것처럼 말이지요. 그동안 내게 엄습했던 무감각 상태를 이겨내 보려고, 정신을 차려 다음 단계의 행동을 생각해 보려던 참에 누군가가 내 팔을 잡았습니다. 형이었어요. 기쁨으로 가슴이 마구 뛰었습니다. 형도 물속에 빠져 버린 게 틀림없다고 생각하고 있었으니까요. 그러나 이 기쁨은 다음 순간 극단적인 공포로 송두리째 변했습니다. 형이 내 귀 가까이에 입을 대고 '모스코에스트룀'이라는 단어를 외쳤거든요.

그 순간의 내 기분은 아무도 짐작하지 못할 것입니다. 내 몸은 지독한 학질 발작에라도 걸린 사람처럼 머리끝에서 발끝까지 덜덜 떨려 왔습니다. 그 말 한마디만으로 형이 무슨 말을 하려는 것인지 알아들을 수 있었기 때문입니다. 형의 메시지가 너무나 분명했던 거지요. 우리를 향해 몰아닥치던 바람에 떠밀려 스트룀의 소용돌이를 향해 떠내려가고 있으며, 이 세상 그 어떤 것도 우리를 구해 줄 수 없다는 그 메시지가!

우리가 스트룀 해협을 건널 때면 항상, 날씨가 아주 좋은 날이라도 그 소용돌이를 멀리 피해 가곤 했으며, 뿐만 아니라 반드시 게조 때까지 조심스럽고 참을성 있게 기다렸다고 말씀드린 것을 기억하시지요. 그런데 우리는 그 순간 그 소용돌이 바로 위를 지나가고 있었단 말이에요. 더욱이 그처럼 강력한 폭풍의 한가운데를! 그 순간 나는 '우리가 그곳을 통과할 땐 게조 무렵이 될 게 틀림없어. 그러니 희망이 아주 없는 것도 아니야.' 하고 생각했습니다. 그러나 다음 순간 나는 그렇게 터무니없는 희망을 가질 정도로 말도 안 되게 어리석었던 나 자신을 저주할 수밖에 없었습니다. 우리가 대포 90개를 실을 수 있는 커다란 포함의 열 배만큼 큰 배를 타고 있다 하더라도 침몰할 수밖에 없으리라는 것을 깨달았기 때문입니다.

이 무렵 폭풍우의 첫 격랑이 잦아들었습니다. 아니, 아마도 우리가 그 바람을 고물 쪽으로 받고 달리고 있어 그걸 별로 느끼지 못한 것일지도 모릅니다. 여하튼 처음에는 바람의 기운에 눌려 평평해진 상태로 거품을 뿜던 바다가 이제 산더미 같은 기세로 일어섰습니다. 하늘에도 특이한 변화가 찾아왔습니다. 사방은 여전히 칠흑같이 어두웠지만, 갑자기 우리 머리 바로 위로 맑은 하늘 조각 하나가 동그랗게 나타났습니다. 내가 본 그 어느 하늘보다도 맑고 밝고 짙은 청색이었어요. 그리고 그런 달빛이 있을 수 있다고는 한 번도 생각해 본 적이 없을 만큼 밝은 광채를 띤 보름달이 하늘을 뚫고 섬광을 번뜩이며 나타났습니다. 이 밝은 보름달 덕분에 주변의 모든 것이 아주 똑똑히 보였습니다. 그렇지만, 오 신이시여, 그렇게 밝게 비춰져 눈앞에 펼쳐진 장면이 정녕 어떤 것이었던지!

그때 나는 한두 번 형에게 말을 건네려고 시도했습니다. 그러나 영문을 알 수는 없어도 하여튼 주위의 소음이 너무 심해서 형은 내 말을 단 한마디도 알아듣지 못했습니다. 형의 귀에다 입을 대고 목청을 있는 대로 높여, 내가 낼 수 있는 가장 큰 목소리로 고함을 쳤는데도 말이지요. 이윽고 형은 시체처럼 창백한 모습으로 고개를 흔들더니 손가락 하나를 치켜들었습니다. '내 말을 잘 들어!'라고 말하는 것처럼 말이지요.

　처음에는 형이 무슨 말을 하려는지 도무지 이해할 수가 없었습니다. 그러다 곧 끔찍한 생각이 번쩍 고개를 들었습니다. 나는 시계 주머니에 손을 넣어서 가까스로 내 시계를 끄집어내었습니다. 시계가 가지 않고 있었습니다. 달빛의 도움을 받아 그것을 흘낏 본 나는 눈물을 흘리며 바다 저 멀리 그것을 내던졌습니다. 시곗바늘이 7시에 멈춰 있었던 거예요! 계조 시간은 이미 지나가 버렸고, 스트룀의 소용돌이는 한창 격노한 상태에 있었던 겁니다!

　잘 건조되어 균형이 잘 잡혀 있고 짐이 바닥 깊이 실려 있지 않은 선박의 경우, 강한 질풍 속의 파도는 아무리 심해도 항상 그 배의 밑바닥으로 미끄러져 떨어지는 것처럼 보입니다. 이는 육지인들이 보기에는 아주 신기한 현상인데, 뱃사람들은 그걸 '파도타기'라고 합니다. 그때까지 우리는 부풀어 오른 파도를 아주 기술적으로 타고 있었습니다. 그러나 곧 거대한 바다가 우리를 휩쓸어, 치솟아 오르던 파도 꼭대기의 바로 밑까지 데리고 올라갔는데, 파도가 계속 올라가면서 우리도 마치 하늘로 날아갈 듯 파도와 함께 위로 계속 올라갔습니다. 파도가 그렇게 높이 올라갈 수 있다는 사실이 믿기지 않을 정도였습니다. 그런 다음 단 한 번만에 활강하면서 곤두박질치듯 떨어졌는데, 그 바람에 나는 마치 꿈속에서 높디높은 산꼭대기에서 떨어질 때같이 속이 메슥메슥하고 어지러웠습니다. 하지만 나는 파도의 정점에 있는 동안 재빠르게 주변을 둘러볼수가 있었습니다. 그리고 그 한 번으로 충분했습니다. 그 즉시우리의 정확한 위치를 알아챘으니까요. 모스코에스트룀 소용돌이는 우리 바로 앞 약 400미터 떨어진 곳에 있었습니다. 그러나 그 소용돌이는 당신이 지금 보는 것과 같은 평소의 모스코에스트룀이 아니라 물방아를 돌리는 용수로의 물과도 같은상태였습니다. 우리가 있는 곳이 어디라는 것을, 그리고 우리에게 무슨 일이 닥쳐오리라는 것을 모르고 있었다면, 나는 그게 무언지조차 전혀 알아보지 못했을 것입니다. 상황이 상황이었던지라 나는 공포에 질린 나머지 나도 모르게 눈을 꼭 감았습니다. 마치 경련이라도 일으키듯 눈꺼풀을 꼭 감고 있었던 거지요.

그로부터 채 이 분을 넘기기 전에 순식간에 파도가 내려앉았고, 우리 주변이 거품으로 둘러싸여 있다는 것을 알 수 있었습니다. 배가 왼쪽으로 급격하게 반 바퀴를 돌았는데, 그런다음 다시 벼락 같은 속도로 새로운 방향을 향해 튕겨져 나갔습니다. 동시에 물이 울부짖는 소리가 일종의 날카로운 비명 소리 ─ 증기선 수천 척의 배기관이 증기를 한꺼번에 내보낼 때 남 직한 그런 소리 ─ 에 완전히 잠겨 버렸습니다. 우리는 이제 소용돌이를 에워싸고 있던, 밀려오는 파도의 띠 한

가운데에 자리 잡았습니다. 물론 나는 다음 순간 우리가 심연으로, 우리를 싣고 가던 소용돌이의 엄청난 속도로 인해 희미하게 보일 뿐이던 그 심연으로 내동댕이쳐질 거라고 생각했습니다. 그런데 배는 물속으로 가라앉는 기색이라고는 전혀 없이, 오히려 밀려드는 파도의 표면 위를 공기 방울마냥 스쳐 지나가는 것처럼 보였습니다. 배의 우현은 소용돌이 바로 옆쪽에 있었는데, 우현 쪽에서 우리가 방금 전까지 있었던 대양의 세계가 우뚝 솟아오르고 있었습니다. 우리와 수평선 사이에서 몸부림치는 엄청난 크기의 벽처럼, 그렇게 서 있었던 것입니다.

이상하게 들릴지 모르지만 바로 그 순간, 즉 우리가 심연의 아가리 바로 앞에 선 바로 그 순간, 나는 심연을 향해 다가갈 때보다 훨씬 더 침착해졌습니다. 더 이상 아무런 희망도 없다는 사실을 받아들이고 난 뒤인지라, 처음에 내 용기를 꺾었던 공포심이 어느 정도 없어진 거지요. 절망이 내 신경을 꿰매 버린 거라고 봐야 되겠군요.

허풍을 떠는 것처럼 들릴 수도 있겠지만, 지금 내가 말하는 것은 진실입니다. 바로 그 순간 내게는 그렇게 죽음을 맞이한다는 것이 얼마나 찬란한 일이냐는, 그리고 경탄할 만한 신의 권능 앞에서 나 한 개인의 생명처럼 하찮것없는 것을 염려한다는 게 얼마나 어리석은 일이냐는 생각이 들기 시작했습니다. 이런 생각이 내 마음을 스치고 지나갈 때 수치심이 들면서 얼굴까지 붉어졌던 것으로 기억합니다. 이어 나는 소용돌이 그 자체에 대해 예리한 호기심에 사로잡혔습니다. 내가 이제 바칠 수밖에 없는 희생을 대가로 하더라도 그 속 깊숙이 탐험하고 싶다는 소망을 분명히 느꼈습니다. 육지에 있는 오랜 친우들에게 내가 그때부터 목격할 신비에 대해 말해 줄 기회가 결코 오지 않을 거라는 사실만이 참으로 안타까웠을 따름입니다. 그런 생각이 그와 같은 극한 상황에 처한 인간의 마음을 사로잡는다고 하는 특이한 상상력의 소산이었다는 사실에는 의심의 여지가 없습니다. 배가 소용돌이 주변을 빙빙 돌았기 때문에 다소 어질어질해진 탓이 아니었을까 하는 생각이 나중에 더러 들곤 했지요.

냉정을 되찾게 해 준 사정이 또 하나 있었습니다. 바람이 수그러들면서 그때 우리가 있던 곳까지 불어오지 못했던 겁니다. 당신이 직접 목격했다시피 밀려오는 파도의 띠는 바다의 평소 높이보다 상당히 낮은데, 그때 바다는 우리 머리 위로 높고 검은 산맥의 분수령이 되어 솟아 있었습니다. 만일 당신이 질풍노도 속의 바다에 가 보신 적이 없다면, 바람과 물보라가 우리 마음속에 어떤 혼동을 일으킬 수 있는지 짐작도 할 수 없으실 것입니다. 그것들은 눈과 귀를 멀게 하고 숨을 쉬지 못하게 하며, 행동력과 사고력을 죄다 빼앗아 갑니다. 그러나 우리에게는 그때 그런 골칫거리들이 웬만큼 사라진 상태였습니다. 수인들이 사형선고를 받고 나면, 선고를 받을 때까지는 금지되었던 사소한 도락이 허용되는 것과 마찬가지로 말이지요.

우리 배가 그 띠를 따라 얼마나 많이 돌았는지를 정확히 말하기는 불가능합니다. 아마 한 시간가량 엄청나게 빠른 속도로 돌고 또 돌았던 것 같습니다. 물 위에 떠 있다기보다는 날아가고 있었고, 큰 파도의 중앙을 향해 점점 더 가까이 다가갔으며, 특히 무시무시하기 짝이 없는 가장 안쪽 근처를 향해 가고 있었습니다. 그러는 동안 내내 난 고리 달린 볼트에서 결단코 손을 놓지 않으리라 결심하고 그것을 꽉 움켜잡고 있었어요. 선미 쪽에 있던 형은 고물 밑 좁은 공간에 단단히 동여매져 있던 조그만 빈 물통을 꼭 껴안고 있었고요. 물통은 처음 우리에게 광풍이 몰아닥쳤을 때 갑판 위에 있던 물건들 중에서 휩쓸려 가지 않은 유일한 것이었어요. 우리가 심연의 가장자리를 향해 다가가자 형은 물통에서 손을 떼고 볼트의 고리를 향해 몸을 내던졌습니다. 그러면서 공포에 질린 나머지 그 고리에서 내 손을 떼어 내려고 했어요. 그 고리가 우리 두 사람이 함께 잡고 매달릴 만큼 크지가 않았기 때문이었지요. 그 순간처럼 큰 슬픔을 느낀 적은 또 없었습니다. 당시 형이 미친 사람이나 다름없었다는 것, 순수한 공포로 인해 미쳐 날뛰는 미치광이였을 뿐이라는 사실을 알면서도 말이지요. 하지만 난 그 고리를 두고 형과 다툴 생각은 없었습니다. 우리 둘 중 누가 거기 매달려 있어도 결과에 차이는 없다는 걸 잘 알고 있었으니까요. 그래서 형에게 고리를 양보하고 고물 쪽의 물통을 향해 다가갔습니다. 그렇게 하는 데 별 어려움은 없었어요. 배가 빙빙 돌기는 했지만 수평과 안정을 유지하고 있었고, 엄청나게 휘몰아 가며 거품을 뿜어 대던 소용돌이를 따라 앞뒤로만 흔들렸으니까요. 내가 물통 곁에 자리를 잡자마자 배가 갑자기 우현으로 기울면서 심연을 향해 곤두박질치기 시작했습니다. 나는 황급히 신에게 기도했고, 이제 모든 것이 끝났다고 생각했습니다.

배가 곤두박질치는 것과 동시에 현기증을 느끼며 본능적으로 물통을 꽉 껴안은 채 눈을 꼭 감았습니다. 몇 초 동안은 감히 눈을 뜰 엄두도 내지 못했지요. 그러면서 이제 곧 죽는구나 생각했는데, 그 순간에도 내가 아직까지 물과 필사적인 싸움을 하고 있지는 않다는 사실이 좀 의아하게 느껴졌습니다. 일초, 이 초가 흘러갔고, 나는 여전히 살아 있었습니다. 추락의 느낌이 멈추었습니다. 그리고 배의 움직임은 이전 거품 띠에 있을 때와 거의 비슷한 느낌이었습니다. 유일하게 다른 점은 이제 옆바람을 받은 배가 전보다 더 옆으로 기울어져 있다는 것뿐이었습니다. 나는 용기를 내서 다시 한 번 눈을 뜨고 주위 광경을 둘러보았습니다.

그때 주변을 둘러보면서 느꼈던 경이감과 공포와 찬탄의 느낌을 결코 잊지 못할 것입니다. 배는 마치 요술에라도 걸린 것처럼, 깔대기 모양의 소용돌이 중간의 안쪽 면에 매달려 있었습니다. 깔때기의 둘레는 까마득했고 깊이는 아득했으며, 완벽하게 매끄러워 보이는 측면은 흑단이라고 착각할 만큼 어두운 빛이었습니다. 그것이 어질어질한 속도로 돌지 않고 거기에서 무시무시한 광채가 뻗쳐 나오고 있지 않았다면 실제로 흑단이라고 생각했을 것입니다. 내가 앞서 묘사했던, 구름들 사이로 동그랗게 갈라진 하늘의 틈을 통해 보름달이 내뿜는 광채가 소용돌이 안쪽 검은 벽을 따라 멀리 심연의 가장 깊은 구석까지 금빛 광휘의 홍수를 흘려 보내고 있었으니까 말입니다.

처음엔 정신이 너무나 산란해서 주변을 제대로 관찰할 수가 없었습니다. 눈앞에 펼쳐진 경이로운 위관만이 내가 볼 수 있는 전부였습니다. 그러나 조금 정신을 차리고 났을 때 내 눈길은 본능적으로 아래쪽을 향했습니다. 배가 심연의 표면에 매달려 있었기 때문에 나는 아무런 방해도 받지 않은 채 배 아래를 내려다볼 수 있었습니다. 배는 평형을 유지하고 있었고, 배의 갑판은 물의 표면과 평행을 이루고 있었습니다. 그러나 물의 표면이 45도 이상으로 기울어져 있었기 때문에 우리는 갑판의 끝에 기대 누워 있는 형국이었습니다. 그럼에도 불구하고, 서서 물통을 끌어안고 있는 일이 수평을 유지하고 있을 때보다 더 어렵지는 않았던 것 같습니다. 아마도 배가 워낙 빨리 돌아가고 있었기 때문이 아닌가 싶군요.

달빛은 가없는 심연의 바닥을 더듬는 듯했습니다. 그러나 나는 그곳에 있던 모든 것을 감싸고 있던 짙은 물안개 때문에 여전히 아무것도 분명하게 식별할 수는 없었어요. 그 안개 위로 회교도들이 시간과 영원 사이의 유일한 통로라고 부르는 기우뚱거리는 좁은 다리 같은 휘황찬란한 무지개가 걸려 있었습니다. 이 안개, 혹은 물안개가 깔때기처럼 생긴 어마어마한 크기의 벽 같은 소용돌이가 이 심연의 바닥에서 서로 만나 부딪히면서 생긴 것이라는 점에는 의심의 여지가 없었습니다. 하지만 그 물안개로부터 하늘로 치솟아 오른 고함 소리에 대해서는 감히 묘사하려는 시도도 하지 않으렵니다.

우리의 배가 처음 물거품의 맨 위 띠로부터 나락을 향해 미끄러져 내려갈 때는, 파도를 따라 아주 멀리 하강해 내려갔습니다. 그러나 그 이후에는 결코 첫 번째에 비례하는 만큼 급작스럽게 하강하지는 않았습니다. 배가 빙글빙글 휘몰아 돌긴 했지만, 그 움직임이 고르지 않아 어찔어찔한 요동과 반작용을 수반했지요. 그런 요동과 반작용으로 인해 고작 몇백 미터를 내려간 적도 있었고, 그냥 소용돌이 전체를 순회하는 데 머무르다시피 한 적도 있었습니다. 그 결과 배가 한 바퀴씩 돌 때마다 매번 아래로 아래로 아주 서서히, 그렇지만 명백히 눈에 띄게 전진해 가고 있었던 것입니다.

그렇듯 우리를 싣고 가는 망막한 검은 바다를 둘러보다가 나는 우리의 배가 소용돌이의 품에 안긴 유일한 물체가 아님을 깨달았습니다. 우리 배의 위아래 모두에서 배의 조각들, 커다란 건축용 재목과 나무 기둥, 그리고 가정용 가구나 부서진 상자, 물통, 통널 등 많은 물건이 눈에 띄었습니다. 내가 그때 공포심 대신 부자연스럽다 할 만한 호기심에 사로잡혀 있었다는 것은 이미 앞서 얘기했죠. 그 호기심은 생각만으로도 끔찍한 종말을 향해 한 발 한 발 다가가면서 오히려 점점 더 커지는 듯했습니다. 그리하여 나는 이제 우리 배 주변에서 떠다니는 수많은 물체들을 기묘한 호기심을 가지고 바라보기 시작했습니다. 내가 환각 상태에 사로잡혀 있었던 게 틀림없어요. 그 물체들이 아래쪽 물거품을 향해 떨어지는 속도를 비교, 추측하는 데 재미까지 느꼈으니까요. 한번은 '다음에는 저 전나무가 무시무시한 속도로 떨어져서 심연의 바닥으로 사라질 게 틀림없어.'라고 혼잣말을 했는데, 그러고 나서 네덜란드

상선의 잔해가 순서를 어기고 전나무보다 먼저 추락하는 것을 보고 실망하기까지 했으니 말입니다. 그런데 이런 식의 추측이 몇 차례에 걸쳐 모두 틀린 것으로 판명되고 나서, 마침내 그 사실, 즉 내 추측이 어김없이 빗나갔다는 사실이 다른 생각으로 이어지면서, 나는 다시 한 번 손발이 떨려 왔고, 심장도 다시 한 번 무겁게 뛰었습니다.

내 손발이 떨리고 심장이 뛰게 된 것은 새로운 공포 때문이 아니고 희망의 서광 때문이었습니다. 그 희망 덕분에 나는 더욱 흥분하기 시작했습니다. 그 희망의 일부는 내가 기억하던 것과 관련된 것이었고, 다른 일부는 그 순간의 관찰에서 비롯된 것이었습니다. 그 순간 내게는 모스코에스트룀에 빨려 들어갔다가 다시 내던져지는 바람에 로포텐 해안에 점점이 흩어져서 떠다니던 다양한 부유물이 생각났습니다. 대부분의 물체들은 산산조각 나 있었는데, 그 모양이 정말 괴상했습니다. 쓸려 벗어지고 거칠어져 있는 것이 꼭 가시 같은 데에 끼었다 빠져나온 것 같았습니다. 그렇지만 부유물 중에는 그렇게 많이 부서지지 않은 것들도 더러 있었다는 사실이 분명하게 기억났습니다. 그리고 그 차이는 오직 한 가지로만 설명할 수 있었습니다. 그러니까 파편들 중에서 너덜너덜해진 것들만이 소용돌이에 완전히 흡수되었다가 나온 것들이며, 나머지 것들은 조수의 흐름이 이미 완만해진 뒤에 소용돌이에 빨려 들어갔거나, 아니면 어떤 이유에서였든지 일단 소용돌이에 흡수된 뒤의 하강 속도가 아주 느렸기 때문에 밀물이나 썰물이 오기 전에 바닥까지 내려가지 않았을 거라는 겁니다. 이 두

가지 경우 중 어느 쪽이든, 이 나중 것들은 소용돌이에 더 먼저 빨려 들어갔거나 더 급하게 흡수되었던 물체들이 겪었던 것과 같은 운명을 피한 채 다시 바다의 수면에 떠올랐다는 거지요. 그 외에도 나는 세 가지 중요한 규칙을 관찰할 수 있었습니다. 첫 번째는 일반적으로 적용될 수 있는 규칙으로, 물체의 크기가 크면 클수록 추락 속도가 빠르다는 것입니다. 두 번째는, 똑같은 크기의 물체 중에서, 하나는 구형이고 다른 하나는 각진 것이라면, 그 둘 중 둥근 물체의 하강 속도가 더 빠르다는 것입니다. 세 번째는 두 물체의 질량이 같다면, 그중 원통형인 것이 다른 어떤 형태의 것보다도 더 천천히 빨려 들어간다는 것입니다. 소용돌이를 빠져나온 뒤, 나는 이 관찰에 대해서 지역의 연로한 학교 선생님과 몇 차례 대화를 나눈 적이 있습니다. 바로 그분이 내게 '원통형'이니 '구형'이니 하는 용어를 가르쳐 주셨지요. 내가 관찰한 것이 실제로 부유물의 형태에 따른 자연스러운 결과라는 것을 — 비록 지금 그 설명은 잊었지만 — 그분이 설명해 주셨습니다. 그리고 소용돌이 속을 부유하는 원통이 어떻게 그 흡인력에 더 잘 저항하는지, 그리고 부피가 같지만 형태는 다른 물체보다 흡수되기가 더 어려운지를 직접 보여 주셨지요.

더욱이 아주 깜짝 놀랄 만큼 특이한 정황이 하나 있어서 내가 앞서 말씀드린 것 같은 관찰을 실행에 옮겨 보려고 조바심 칠 수밖에 없게 만들었어요. 우리 배가 소용돌이를 돌 때마다 물통이라든가 배의 활대나 돛대 따위를 지나치곤 했잖습니까? 그런데 내가 처음 눈을 떠 그 경이로운 소용돌이를 목격했을 때 우리 배와 동일한 높이에 떠 있던 것 중 대부분은 나중에 우리 배보다 훨씬 높은 곳에 떠 있다는 사실, 그러니까 그것들이 원래 위치에서 오히려 약간씩 위로 올라간 것처럼 보인다는 사실이 눈에 띄었던 겁니다.

나는 더 이상 망설이지 않았습니다. 나는 그때까지 내가 꼭 붙잡고 매달려 있던 물통에 몸을 꼭 붙들어 맨 다음, 그것을 고물에서 분리해 내서 물통과 함께 바닷속에 빠지기로 결심했습니다. 나는 몸짓으로 형의 주의를 끌어 우리 주변에서 떠다니던 물통들을 가리키면서, 내가 그때 실행에 옮기려고 하던 계획을 형이 이해하게 하려고 최선을 다해 노력했습니다. 마침내 형이 내 의도를 알아차린 것처럼 보이긴 했는데, 이해를 제대로 했는지는 모르겠지만 아무튼 형은 절망적인 태도로 고개를 가로저으면서 고리 옆에서 다른 곳으로 움직이기를 거부했습니다. 내가 형의 곁으로 가는 것은 불가능했습니다. 그리고 상황이 워낙 위급했던지라 나도 더 이상 지체할 수는 없었습니다. 그리하여 나는 마음의 갈등을 느끼며 비통한 심정으로 형을 그 자신의 운명에 맡겨 놓기로 결심하고, 고물과 물통을 연결한 밧줄을 풀어 내 몸을 물통에 묶은 뒤 조금도 지체하지 않고 물통과 함께 바닷물 속으로 뛰어들었습니다.

결과는 내 예상과 딱 맞아떨어졌습니다. 지금 당신에게 이 이야기를 하고 있는 사람이 바로 나이니 내가 거기서 빠져나왔다는 사실을 당신이 직접 목격한 셈인 데다 이미 내가 어떻게 탈출했는지도 알고 있고, 따라서 내가 앞으로 말할 내용을 이미 짐작하실 테니 이야기를 빨리 마치도록 하지요. 내가 탈출하고 나서 한 시간가량 지난 후 배는 멀리 아래로 뚝 떨어진 뒤 곧이어 연달아 서너 차례 거칠게 선회했고, 그에 이어 사랑하는 형을 실은 채 혼란스러운 소용돌이를 이룬 물거품의 나락을 향해 곤두박질쳐 영원히 사라졌습니다. 내 몸에 묶어 매고 있던 물통은 내가 배에서 뛰어내렸던 지점과 심연의 바닥 사이의 중간보다 약간 더 아래쪽으로 떨어졌는데, 곧이어 소용돌이의 모양이 크게 변했습니다. 거대한 깔때기 같은 소용돌이의 측면 비탈의 경사가 시시각각 완만해진 겁니다. 그리고 소용돌이가 도는 기세도 점차 덜 사나워지기 시작했습니다. 물거품과 무지개도 차츰 사라졌고 심연의 바다도 서서히 부상하는 듯했습니다. 하늘이 맑아지고 바람이 잦아들었으며 밝은 보름달이 서쪽으로 질 즈음, 나는 내가 모스코에스트룀의 소용돌이가 있었던 바다의 표면에 떠서 로포텐 섬 쪽을 바라보고 있다는 사실을 깨달았습니다. 조류는 완만했지만 폭풍의 영향으로 바다는 여전히 산더미 같은 파도로 부풀어 있었습니다. 나는 스트룀의 해협을 향해 세차게 떠밀려 갔고, 해안을 따라 빠르게 떠내려 가다가, 이내 어부들의 '어장' 안으로 흘러 들어가게 되었습니다. 기진맥진한 데다 (위험에서 벗어나긴 했지만) 너무나 끔찍한 경험에 대한 기억으로 말문조차 막힌 나를 배 하나가 발견해 끌어 올렸습니다. 나를 뱃전으로 끌어 올린 건 오랜 친구들이자 평소의 동지들이었지만, 그들은 나를 전혀 알아보지 못했습니다. 영혼의 세계에서 돌아온 여행자를 알아보기가 불가능한 거나 마찬가지였지요. 단 하루 전엔 칠흑빛이었던 내 머리카락이 지금 당신이 보는 것처럼 하얗게 세어 버렸으니까요. 친구들은 또한 내 얼굴의 표정도 완전히 변해 버렸다고들 했습니다. 그들에게 내 경험담을 이야기해 주었는데 그들은 물론 믿지 않았어요. 지금 당신께 같은 이야기를 해 드린 것입니다. 물론 당신이라고 해서 그 이야기를 로포텐의 명랑한 어부들 이상으로 믿어 주리라곤 거의 기대하지 않고 있습니다만."

타원형 초상화

내가 심한 상처를 입고 사경을 헤맬 때 내 시종이 한뎃잠만
은 피하게 하려고 무단으로 열고 들어간 성은 아펜니노 산맥[53]
에 자리 잡은 음울하면서도 웅장한 저택들 중 하나로, 실제 현
실 속에서도 아주 오랫동안 앤 래드클리프[54]의 상상 못지않
은 위압적인 자태를 자랑하는 곳으로 보였다. 겉모습을 찬찬
히 뜯어보건대, 그 저택은 그저 잠깐 버려진 곳, 그것도 아주
최근에 버려진 곳인 듯했다. 우리는 그 저택 중에서도 가장 조
그맣고 장식이 소박한 방에 자리 잡았다. 그 방은 주 건물에서
멀리 떨어진 부속 건물인 작은 탑에 있는 방이었다. 방의 벽에
는 태피스트리가 걸려 있었고, 금빛 찬란한 아라베스크 무늬

---

53) 이탈리아를 남북으로 가로지르는 산맥.
54) 18세기에 인기를 누린 고딕소설 작가로, 깊은 산중의 황량한 성에서 온갖
악한 세력과 싸우는 감수성이 예민한 여주인공을 주로 등장시켰다.

액자에 넣은 엄청나게 많은 수의 생동감 넘치는 현대화와 함께, 각양각색의 문장이 달린 트로피가 걸려 있었다. 그림들은 주요 벽면뿐 아니라, 성의 특이한 구조로 인해 생긴 여러 구석에 죽 걸려 있었는데, 아마도 일시적인 환각 상태 때문이었는지, 이 그림들이 내 관심을 깊이 자극했다. 그리하여 나는 페드로에게 벌써 밤이 되었으니 창문 밖 무거운 덧문을 닫고, 침대 옆에 놓인 크고 높다란 초에 불을 붙인 다음 침대를 둘러싼, 끝에 장식이 달린 검은 벨벳 천으로 된 커튼을 활짝 열어젖히라고 지시했다. 잠이 오지 않더라도 최소한 그 그림들을 찬찬히 감상하든지, 아니면 베개 머리맡에서 발견한, 그림들에 대해 묘사하고 비평한 작은 책자라도 읽기 위해서였다.

나는 아주 오래 그 책을 읽었고, 아주 경건하고 열렬한 태도로 그림들을 바라보았다. 시간은 쏜살같이, 그리고 장려하게 흘러가 마침내 깊은 밤이 닥쳐왔다. 촛대의 위치가 거슬린 나는 잠자는 시종을 깨우는 대신 가까스로 손을 뻗어 불빛이 책을 더 잘 비추도록 촛대를 옮겼다.

그런데 그러한 내 행위는 전혀 예상치 못한 효과를 가져왔다. 촛대 위 여러 자루의 초(초의 숫자가 아주 많았다.)에서 발하던 불빛이 그때까지 침대 기둥 중 하나에 가려 어두컴컴했던 구석을 비춘 것이다. 그때까지 내가 전혀 주목하지 못했던 그림 하나가 환한 불빛 속에 떠올랐다. 이제 막 성숙한 티가 나기 시작한 어린 처녀의 초상화였다. 나는 그 초상을 얼핏 훑어보고 난 뒤 황급히 눈을 감았다. 왜 그랬는지 처음에는 나 스스로도 분명히 알 수 없었다. 그러나 그렇게 눈을 감은 상태에서 마음속으로 내가 왜 눈을 감았는지 스스로에게 따져 물어보았다. 생각할 시간을 벌기 위한, 즉 시력이 나를 기만한 것이 아님을 확인하기 위한, 그리고 상상력을 자제하고 좀 더 또렷한 정신으로 그림을 다시 바라보려는 본능에서 나온 충동적 행위였다. 나는 잠시 후 다시 그 그림을 뚫어져라 골똘히 바라보았다.

그러고 있노라니 내가 상상이 아닌 실제 그림을 보고 있다는 사실을 의심할 수도 없었고, 또 사실 의심할 생각도 없어졌다. 그 화폭에 촛불이 비치면서 내 감각에 스며들었던 몽롱한 몽환의 상태가 싹 가셔 버린 듯했으니까 말이다. 마치 내가 그 촛불로 인해 화들짝 놀라 정신을 차리게 된 것 같았다.

이미 언급했듯이 그 초상은 어린 처녀의 것이었다. 어깨와 머리 부분만을 전문용어로 비네트[55]라고 부르는 방식으로 그렸는데, 설리가 두상을 그릴 때 즐겨 사용하던 스타일과 아주 흡사했다.[56] 팔과 가슴과 빛나는 머리카락의 *끄트머리*조차도 그림 전체의 배경을 형성하던, 희미하되 짙은 색깔의 그림자 속으로 눈에 띄지 않게 녹아들었다. 액자는 타원형으로 짙은 황금색 도금이 되어 있었고 모레스크 스타일[57]의 선조 세공으로 장식되어 있었다. 예술 작품으로서의 가치라는 면에서 그

---

55) 배경을 흐릿하게 그려 그림과 액자 사이가 불분명한 상반신 초상.
56) 여기서 설리란 화가인 토머스 설리(1783~1872)를 가리키는지, 그의 아들이며 포의 친구인 로버트 설리를 가리키는지 분명치 않다. 로버트 설리는 손녀인 줄리아의 실물 크기 초상화를 그렸다.
57) 8세기에 스페인을 정복했던 무어 족 특유의 아라베스크 스타일.

그림보다 더 탁월한 작품은 있을 수 없었다. 그러나 그 그림이 그리도 갑작스럽고 강렬하게 내 마음을 사로잡은 까닭은 단순히 작품이 훌륭해서만도, 인물이 속세의 사람이 아닌 것처럼 아름다웠기 때문만도 아니었다. 반쯤 몽롱한 상태에 있다가 깨어난 직후였던 내 상상력이 그림 속의 얼굴을 진짜인 것으로 오해했을 가능성은 더더욱 없을 것 같다. 구성과 비네트 방식 그리고 특별한 액자로 인해 만일 그런 생각이 들었더라도 드는 즉시 사라졌으리라는 것, 그리고 순간적으로라도 그런 생각을 할 수는 결코 없었으리라는 것을 나는 즉시 깨달았다. 이런 생각에 곰곰이 잠겨 나는 아마 한 시간 정도를 반쯤은 앉아서, 그리고 반쯤은 비스듬히 누운 채 시선을 그 초상화에 고정시키고 있었다. 그러다 마침내 그 초상화가 내게 미친 효과의 진정한 비밀이 어디에 있는지를 알아채고 만족해서 침대 깊숙이 벌러덩 누웠다. 그 초상화의 마력은 거기 그려진 표정의 절대적인 사실성에 있었다. 처음엔 초상화가 너무나 진짜 같아서 놀랐고, 궁극적으로는 그 그림에 압도당해 혼란스럽고 오싹한 느낌까지 들었던 것이다. 나는 진지하고 경건한 태도로 촛대를 제자리에 되돌려 놓았다. 그렇게 내게 심각한 심리적 동요의 원인을 제공한 그림을 시야에서 차단한 뒤, 나는 그 방에 있는 그림들과 그 역사를 논하는 책을 호기심에 가득 차서 집어 들었다. 타원형 초상화에 대한 묘사가 있는 쪽을 편 나는 다음과 같은 애매하고도 기이한 묘사를 발견했다.

"그녀는 탁월하게 아름다운 처녀로 아름다운 모습만큼이나 성격도 밝고 활달했다. 그녀가 한 화가를 만나 사랑에 빠져 그와 결혼하기까지 기다리던 시간은 그녀에겐 재앙의 시간이었다. 화가는 열정적이고 부지런하며 엄격한 성격인 데다 이미 미술(美術)이라는 신부가 있었다. 너무나 아름다운 데다 미모만큼 성격도 밝고 활달한 그녀, 온통 밝은 미소로 넘치며 어린 사슴처럼 까불거리며 뛰놀기를 좋아하는 그녀, 세상 모든 것을 사랑하고 소중히 여기는 그녀, 그녀가 유일하게 미워한 대상은 자신의 경쟁자인 미술이었다. 그리고 사랑하는 사람의 눈길을 그녀로부터 앗아간 팔레트와 붓과 다른 심술궂은 화구들이 그녀가 무서워한 유일한 대상이었다. 따라서 화가가 어린 신부인 그녀의 초상을 그리고 싶다고 말했을 때, 그녀는 그 말만 듣고도 소름이 끼쳤다. 그러나 그녀는 워낙 성격이 겸손하고 순종적이었기 때문에, 높은 첨탑 위 어두운 다락방에 얌전히 앉아 몇 주일 동안 그의 모델 노릇을 했다. 그 방은 빛이 머리 바로 위에서만 조금씩 창백한 화폭 위로 내리비치도록 설계되어 있었다. 득의양양한 기분으로 작업에 임한 화가는 매일같이 단 한순간도 쉬지 않고 꾸준히 일했다. 그러다 보니 열정적이면서도 광적이며 침울한 성격이었던 그는 몽상에 빠져 현실을 완전히 잊었다. 따라서 그는 그 외딴 첨탑 방에 비치는 소름 끼치는 빛으로 인해 새색시인 아내의 건강과 활력이 시들어 가고 있다는 사실을 제대로 보지 못했다. 그녀가 하루가 다르게 수척해지는 모습이 그를 제외한 다른 모든 사람의 눈에 분명히 보였는데도 말이다. 그러나 그녀는 조금도 불평하지 않고 그저 미소를 지을 뿐이었다. 그녀가 보기에 그 화가, 그 저명한 화가가 이 작업을 통해 정열적이며 타오르는 듯한 기쁨을 얻고 있다는 것, 그리고 그를 너무나도 사랑하는 그녀, 하지만 하루가 다르게 기운을 잃고 쇠약해지는 그녀를 그리기 위해 밤낮을 가리지 않고 열심히 일하고 있다는 것이 분명했기 때문이다. 그리고 실제로 그 초상화를 본 몇몇 사람들은 그림이 실물과 꼭 닮은 것을 보고 참으로 경이로운 일이라면서, 화가의 실력뿐 아니라 그가 그리도 탁월하게 묘사한 그녀에 대한 그의 깊은 사랑을 보여 주는 증거라고들 속삭였다. 마침내 그의 작업이 막바지에 이르렀을 즈음엔 사람들이 첨탑 방에 들어가는 것이 금지되었다. 작품에 대한 화가의 열정이 걷잡을 수 없이 격해졌고, 화가가 화폭에서 눈을 떼는 일도 드물어졌기 때문이다. 심지어는 눈을 들어 아내의 표정을 보려고도 하지 않았다. 그리고 자신이 화폭에 바른 빛깔이 바로 자신을 마주 보고 앉아 있는 그녀의 뺨에서 빼앗아 온 것이라는 사실도 보려고 하지 않았다. 그렇게 몇 주가 지난 뒤, 이제 입술 위로 한 번만 붓질을 더 하고, 눈 위로 물감을 엷게 한 번 더 칠하는 일만이 남았을 때, 아내의 영혼은 등불의 심지 위에서 간당거리는 불꽃처럼 다시 한 번 잠시 펄럭였다. 붓질과 엷은 색칠이 이어졌다. 그러고 나서 화가는 자신이 열심히 일해 얻은 결과물인 자신의 작품 앞에 잠시 넋을 놓고 서 있었다. 한시도 작품에서 눈을 떼지 않던 그가 점점 몸을 떨다가 얼굴이 창백해지며 아연실색하여 큰 소리로 외쳤다. '이 그림은 정말로 생명 그 자체로구나!' 그리고 곧바로 몸을 돌려 아내를 바라보았는데 ─ 그녀는 죽어 있었다."

붉은 죽음의 가면극

'붉은 죽음'은 꽤 오랫동안 그 나라를 철저히 파괴했다. 이 세상 어떤 역병도 그 병처럼 치명적이거나 끔찍할 순 없었다. 피가 ─ 피의 새빨간 빛과 그것이 불러일으키는 공포가 그 병의 상징이자 봉인이었다. 일단 그 병에 걸리면 날카로운 고통과 현기증이 갑작스레 엄습하는 데 이어 엄청난 양의 피가 모공에서 흘러나오면서 피부가 썩어 들어갔다. 몸에 생기는 얼룩, 그중에서도 특히 얼굴에 생기는 진홍색 얼룩 때문에 환자들은 다른 사람들의 도움이나 동정을 받지 못했고, 오히려 마치 역병 환자라도 되는 듯 기피의 대상이 되었다. 더욱이 그 병은 발병에서 종식까지의 진행 과정이 단 삼십 분밖에 걸리지 않았다.

그러나 프로스페로 왕은 낙천적이고 겁이 없었으며 꾀가 많았다. 백성이 반으로 줄어들자 그는 궁정의 기사들과 귀부인 친구들 중 원기 왕성하고 쾌활한 천 명을 불러내어 그들과 함께 성곽같이 지은 자신의 대사원으로 은둔했다. 사원은 넓고도 웅장한 건물로서, 왕 자신의 괴팍스러우면서도 위엄 있는 취향을 반영한 것이었다. 튼튼한 담장이 사원 건물을 에워싼 채 우뚝 서 있었다. 그 담장의 군데군데에는 쇠 문이 나 있었다. 왕과 조신들은 일단 성안으로 들어간 뒤에, 육중한 망치와 용접 도구를 사용해 문의 자물쇠를 녹여 봉해 버렸다. 초대자들이 발작적인 절망이나 광포한 충동에 이끌려 밖으로 뛰쳐 나가거나 누군가 성안으로 뛰어 들어올 가능성을 완벽히 차단할 목적에서였다. 사원에는 식량이 충분히 비축되어 있었다. 그처럼 철통같이 방비했기 때문에 그들은 당연히 자신들이 전염병에서 완벽하게 격리되었다고 생각했다. 바깥 세상 사람들은 스스로 알아서 자신을 돌보면 될 일이었다. 당분간은 바깥에서 일어나는 일에 대해 슬퍼하거나 생각하는 것조차 어리석은 일이라고 보아 마땅했다. 왕은 사람들에게 온갖 오락거리를 제공했다. 어릿광대, 즉흥시인, 발레 무희, 연주자 들이 대기하고 있었고, 미녀와 포도주도 있었다. 사원 안엔 이 모든 것과 안전이, 그리고 사원 밖엔 '붉은 죽음'이 있었다.

이 같은 은둔 생활을 시작한 지 대여섯 달이 된 어느 날, 사원 밖에서는 역병이 무시무시하게 기승을 부리고 있었지만 사원 안에서는 프로스페로 왕이 친구들을 즐겁게 해 주기 위해 성대한 규모의 가장무도회를 벌이고 있었다.

가장무도회는 호사스러운 잔치였다. 그러나 먼저 그 무도회가 개최된 방들에 대해 묘사하기로 하자. 무도회는 일곱 개의 방으로 된 웅장한 홀에서 열렸다. 보통 궁전에서는 그 같은 방들이 길게 이어져 있고 방 사이에 접이식 문이 있어, 그 문들만 모두 열면 무도회장이 전부 한눈에 들어오도록 되어 있다. 그러나 마땅히 기이한 것을 좋아하는 왕의 취미를 반영한 이 무도회장은 모양이 전혀 달랐다. 방을 아주 불규칙적으로 배치해서 한 번에 한 방 이상 보는 것이 거의 불가능했다. 20, 30미터마다 날카로운 모서리가 있었고, 각 모서리를 돌 때마다 방의 모습이 전혀 달라졌다. 모서리 좌우에 있는 벽의 중앙에는 길고 좁은 고딕식 창문이 복도 쪽으로 나 있었는데, 일곱 개의 방을 따라가며 구불구불 이어진 이 복도에는 건물 바깥으로 통하는 출구가 전혀 나 있지 않았다. 각 방의 장식은 대개 한 가지 색깔로 통일했고, 창문의 색깔도 실내장식의 색깔과 같았다. 예를 들어 동쪽 맨끝 방의 장식은 푸른색이었는데, 그 방의 창문들도 선명한 푸른빛이었다. 그 옆 방의 장식과 태피스트리는 자주색이었으며, 따라서 그 방의 창문들도 자줏빛이었다. 세 번째 방은 초록색으로만 장식되어 있었고, 그 방의 창문들도 초록빛이었다. 네 번째 방의 가구와 조명은 주황색, 다섯 번째는 흰색, 여섯 번째는 보라색이었다. 일곱 번째 방에는 검은색 태피스트리가 천장과 벽을 완전히 가리면서 내려뜨려져, 같은 색의 천으로 만든 양탄자 위로 무거운 주름을 드리웠다. 그러나 이 방만큼은 창의 빛깔이 실내장식의 색깔과 일치하지 않았다. 그 방의 창문은 진홍빛, 즉 진한 핏빛이었다. 이 일곱 개의 방 어느 곳에서도 램프나 샹들리에는 눈에 띄지 않았다. 그 대신 황금으로 된 장식물이 곳곳에 놓여 있었고, 천장에 매달려 있기도 했다. 방 안 어디에도 등잔이나 촛불은 없었다. 방과 나란히 이어져 있는 복도에는 금속 화로가 올려진 육중한 삼각 받침대들이 놓여 있었고, 그 모습이 방과 복도 사이에 난 창문 너머로 보였다. 그 화로에서 불이 활활 타오르고 있었는데, 그 불빛이 색유리를 통해 각 방 안으로 강렬한 빛을 쏟아 부어 그 불빛으로 인해 방 안에 온갖 화려하고 별난 모습이 생겨났다. 그중에서도 맨 서쪽 끝에 있는 칠흑빛 방의 경우에는 핏빛 유리를 통해 검은색 태피스트리로 쏟아져 들어오는 불빛이 만들어 내는 효과로 인해 소름이 오싹 끼칠 정도였다. 더욱이 그 방으로 들어서는 사람들의 표정이 너무나 포악해 보였기 때문에, 감히 그 빛의 영향권 안으로 발을 들여놓으려는 사람이 드물었다.

바로 그 검은색 방의 서쪽 벽에 엄청나게 커다란 칠흑빛 벽시계가 있었고, 벽시계의 추는 둔탁하고 단조롭게 철커덕거리며 좌우로 흔들렸다. 그리고 분침이 시계를 한 바퀴 돈 뒤 시침이 울릴 때가 되면, 놋쇠로 된 시계의 폐부로부터 명징하고도 깊은, 그러면서도 매우 크고 음악적인 소리가 울려 나왔다. 그러나 이 울림 소리의 곡조와 강세가 워낙 특이했기 때문에 매 시각 시계가 울릴 때마다 오케스트라 연주자들은 잠시나마 연주를 멈추고 그 소리에 귀를 기울일 정도였다. 그러면 춤을 추던 사람들도 춤사위를 멈춰야만 했고, 그들 사이를 부유하는 쾌활한 분위기도 잠시 흐뜨러질 수밖에 없었다. 시계의 울림이 길게 이어지는 동안, 극도로 들떠 있던 사람들의 표정이 창백해졌고, 나이 지긋하고 점잖은 축들은 마치 혼란스러운 몽상이나 명상에 빠지기라도 하는 양 이마를 손으로 쓸어내렸다. 그러다 어느 순간 시계 소리가 완전히 멈췄고, 그러면 즉시 거기 모인 사람들 모두에게서 경쾌한 웃음소리가 터져 나왔다. 연주자들도 자신들의 신경과민과 어리석음을 자조하는 듯 미소를 지으며 서로 얼굴을 마주 보았고, 다시 시계 소리가 울릴 땐 절대로 그 같은 과민 반응을 보이지 말자고 서로 속삭였다. 그런 뒤 육십 분이 지나면(즉 삼천육백 초의 시간이 흐르면) 또다시 시계가 울리기 시작했고, 그러면 똑같은 혼란과 동요, 몽상이 반복되었다.

그러나 이런 사소한 에피소드들에도 불구하고 연회 자체는 화려하고 성대했다. 왕은 취향이 유별났다. 그는 색채와 그 효과에 대한 감식안이 탁월했다. 단순히 유행에 따른 격식 같은 건 무시했다. 그의 계획은 대담하고 정열적이었고, 그의 구상은 야성적인 광채로 빛났다. 왕이 미쳐 버린 게 아닐까 생각한 사람들도 있을 정도였다. 그의 측근들은 그렇지 않다고 생각했지만 말이다. 왕이 미치지 않았다는 사실을 확인하려면 그를 직접 대면해 대화를 나눠 봐야 했다.

왕은 이 성대한 축제를 맞이하여 일곱 군데 방의 장식을 대부분 직접 진두지휘했다. 그리고 가장무도회의 참석자들도 그의 취향을 고려해 가장할 인물의 성격을 정해야 했다. 반드시 괴상한 모습으로 가장하라는 지침이 하달되었고, 참석자들은 휘황찬란하고 번쩍번쩍하는, 그리고 자극적이면서도 비현실적인, 훗날 「에르나니」[58])에서나 볼 수 있을 것 같은 모습으로 나타났다. 팔다리가 짝이 안 맞거나 옷과 장신구가 따로 노는 듯한 괴상한 모습의 인물들이 눈에 띄었다. 미친 사람이 열에 들떠 제멋대로 상상해 낸 듯한 모습도 많았다. 아름다운 모습, 음란한 모습, 괴상한 모습도 많았고, 끔찍한 모습도 여럿 있었으며, 혐오스러운 모습도 적지 않았다. 무도회장은 마치 수많은 환영들이 일곱 군데 방의 안팎을 둥둥 떠서 오가는 것 같은 모습이었다. 그리고 바로 이들, 이 환영들이 각 방의 안팎을 비틀비틀 오가는 동안, 그들의 모습은 각 방의 색깔을 반사했고, 교향악단이 연주하는 환상적인 음악은 그들이 내딛는 발소리의 반향처럼 들렸다. 그러다 불현듯 검은빛 벨벳으로 장식된 방에 서 있던 칠흑빛 시계가 울리면, 잠시 모든 것이 정지했고, 시계 종소리가 울리는 사이사이로 사방에 괴괴한 정적이 감돌았다. 환영들은 마치 선 자리에서 얼어붙어 버린 듯 동작을 멈추었다. 그러나 시계 소리의 반향은 잠시 머물렀다 잦아들었고, 그러면 경쾌하면서도 반쯤 숨을 죽인 듯한 웃음소리가 뒤따라 떠올랐다. 그런 뒤 곧이어 다시 음악 소리가 크게 터져 나왔고, 환영들도 다시 움직이기 시작했다. 그들은 삼각대 위 횃불이 색유리를 통과해 내뿜는 빛을 받으며 몸을 전보다 더 경쾌하게 비틀었다. 그러나 가장 무도자들 중에서 그 누구도 일곱 군데의 방 중에서 맨 서쪽 끝 방으로는

---

58) 1830년 빅토르 위고가 발표한 비극으로, 고전극의 격식을 무시하고 희극의 요소와 비극의 요소, 유머와 공포 등을 한 작품에 결합시켰다.

감히 들어가려고 하지 않았다. 밤이 다가오면서 핏빛 창문을 통해 더욱 강렬한 붉은빛이 쏟아져 들어왔기 때문에 태피스트리의 검은빛이 더욱 무시무시하게 느껴졌던 것이다. 그리고 검은색 양탄자 위로 발을 디딘 사람들에게는 칠흑빛 벽시계 부근에서 울리는 반향 소리가 멀리 있는 다른 방에서 향락에 탐닉하는 사람들의 귀에 들리는 그 어떤 소리보다도 더 장엄하게 들렸다.

그러나 다른 방에서는 사람들이 이리 밀리고 저리 밀리는 가운데 자신들의 생명인 심장에 열병이라도 걸린 듯 미쳐 날뛰었다. 향연이 소용돌이치듯 계속되었고, 어느 순간 마침내 자정을 알리는 종소리가 시계에서 울려 퍼지기 시작했다. 그 순간 또다시 음악이 멈추었고, 왈츠를 추던 사람들의 동작도 그쳤다. 이전과 마찬가지로 모든 것이 일순간에 멈추면서 공기 중에 불안한 분위기가 감돌았다. 더욱이 이번에는 시계 종소리가 열두 번이나 울리도록 기다려야 했다. 그래서인지, 즉 종소리가 더 오래 지속되자 향연 참석자들 중 생각이 깊은 축들은 전보다 더 깊은 명상 속으로 빠져 들어가는 듯했다. 또한 모여 있던 많은 사람들이 열두 번째 종소리의 메아리가 침묵 속으로 완전히 가라앉기 전에 불현듯 그때까지 어느 누구도 주목하지 않았던 한 가장 무도자의 존재를 의식하게 된 것도 같은 이유 때문인 듯하다. 그리고 이 새로운 존재에 관한 소문이 귀에서 귀로 속삭여지며 번져 나가, 마침내 모인 사람들 모두가 비난과 놀라움, 나아가 공포와 경악과 혐오를 표하며 웅성대기 시작했다.

앞서 묘사한 것과 같은 환상적 형상들로 이루어진 향연에서 그 같은 반응을 이끌어 낸 것으로 보아, 그 인물의 가면이 예사로운 모양은 아니었으리라는 것을 짐작하기는 어렵지 않을 것이다. 실제로 그날 밤의 가장무도회에서는 가면의 모양에 거의 아무런 제약도 없었다. 그러나 문제의 인물이 쓴 가면은 헤롯보다도 훨씬 더 헤롯적이었으니, 왕이 허용한 무제한적인 격식의 범위조차도 넘어서는 경지라 할 만했다. 아무리 방종한 인간이라도 심장 안에는 심금을 울리는 감정이 존재하는 법이다. 생사가 모두 놀이에 지나지 않는 완전히 타락한 사람에게도 농담거리로 삼을 수 없는 일이 있는 법이다. 실제로 그 순간 거기 모인 사람들은 모두 그 낯선 사람의 의상과 태도가 법도에 어긋날 뿐만 아니라 재치 있는 것도 아니라고 진심으로 생각하는 듯했다. 그 사람은 키가 크고 홀쭉했는데, 머리끝에서 발끝까지 온몸을 수의로 칭칭 동여매고 있었다. 얼굴을 가린 가면은 딱딱하게 굳은 시체의 표정과 너무나 똑같아서 아무리 꼼꼼히 뜯어봐도 그것이 가면임을 알아차리기 어려울 정도였다. 그럼에도 불구하고 거기 모인 향연 참석자들 모두가 지금까지 묘사한 그 모든 것을 용인까지는 아니더라도 참아 줄 수는 있었을지 모른다. 그 가장 무도자가 감히 붉은 죽음의 역병에 걸린 환자의 모습을 하고 있지만 않았더라면 말이다. 그의 옷 여기저기에 피가 묻어 있었고, 넓은 이마를 비롯한 그의 얼굴 전체에 끔찍한 진홍색 반점이 가득했다.

프로스페로 왕은 이렇게 끔찍한 형상을 한 인물 — 그 인물은 마치 자신의 역할에 충실하려는 듯 왈츠를 추는 사람들 사이를 느릿느릿하면서도 엄숙한 몸짓으로 오락가락했다 — 을 처음 본 순간 경악과 혐오로 크게 몸서리친 듯했다. 그러나 다음 순간, 왕의 얼굴은 분노로 붉으락푸르락해졌다.

"어떤 놈이 감히?" 왕은 곁에 서 있던 조신들에게 쉰 목소리로 물었다. "어떤 놈이 감히 이렇게 신을 욕보이고 우리를 조롱한단 말이냐? 저놈을 당장 붙잡아 가면을 벗기도록 해라. 어떤 놈인지 정체나 알자. 그리고 내일 아침 동이 트자마자 흉벽에 끌고 가 교수형에 처하도록 해라!"

프로스페로 왕은 동쪽 끝 방인 푸른 방에서 이렇게 명령했다. 건장하고 당당한 체구의 왕이 손짓으로 음악까지 중지시킨 터라 왕의 목소리는 일곱 개의 방 전체에 쩌렁쩌렁 낭랑하게 울려 퍼졌다.

푸른 방에 있던 왕의 곁에는 창백한 표정을 한 여러 명의 조신들이 함께 서 있었다. 왕의 명령이 떨어진 후 어느새 그들 가까이 다가와 침착하면서도 당당한 걸음걸이로 왕을 향해 접근하는 침입자를 보고, 조신들은 당장이라도 그를 덮칠 듯 나섰다. 그러나 그 침입자의 모습이 너무나 끔찍해서 모인 사람들 모두가 형언키 어려운 경외의 감정에 사로잡혔다. 결국 아무도 감히 그를 잡으려고 나서지 못했다. 그 결과 침입자는 아무런 방해도 받지 않은 채 성큼성큼 다가와 왕의 바로 코앞을 지나쳐 갔다. 그리고 모든 사람들이 방의 중심으로부터 벽을 향해 일제히 움츠리며 물러서는 동안, 그는 처음부터 예사롭지 않았던 그 엄숙하고 당당한 걸음걸이로 푸른색 방에서 자주색 방으로, 자주색 방에서 초록색 방으로, 초록색 방에서 주황색 방으로, 그리고 주황색 방에서 다시 흰색 방으로, 그리고 거기서 다시 보라색 방으로 아무런 제지도 받지 않은 채 걸어갔다. 그를 체포하기 위해 결연히 나설 이도 사실 없었다. 그가 보라색 방에 도착한 바로 그 순간 프로스페로 왕이 분노에 차서 그리고 자신이 순간적으로 겁을 먹었다는 사실에 수치심을 느끼며 여섯 개의 방을 한달음에 건너뛰어 그를 향해 달려갔지만, 나머지 사람들은 모두 너무나 겁에 질려 아무도 왕의 뒤를 따르지 못했다. 단검을 꺼내 높이 치켜든 왕이 자기 앞의 인물과 1미터 정도 떨어진 거리까지 바짝 추격해 갔을 때, 검은 벨벳 방의 벽에 도달한 그 침입자는 막다른 골목에 몰린 자 특유의 태도로 순간적으로 몸을 돌려 자신을 추격하던 왕을 정면으로 마주 보았다. 이내 날카로운 고함 소리가 들리는 듯하더니 이어 칠흑빛 양탄자 위로 단도가 번뜩이며 떨어졌고, 곧 그 위로 프로스페로 왕이 축 늘어진 채 죽어 쓰러졌다. 그러자 연회 참석자들이 역시 막다른 골목에 다다른 자 특유의 광적인 용기를 발휘하여 검은색 방으로 한달음에 달려가 그 가장 무도자를 사로잡았다. 하지만 그들은 곧 이루 형언할 수 없는 경악에 사로잡혀 흠칫 숨을 멈출 수밖에 없었다. 칠흑빛 시계의 그림자 안에 미동도 없이 꼿꼿이 서 있던 그의 커다란 몸을 거칠게 붙잡은 순간, 그가 쓴 시체 같은 가면과 무덤에 바르는 회반죽 덩어리 같은 그의 몸 안에 아무런 실체도 들어 있지 않다는 사실을 발견했기 때문이다.

그리고 이제 붉은 죽음의 역병이 그들 사이에도 존재한다는 사실이 분명해졌다. 그가 밤의 도둑처럼 그들을 찾아온 것이었다. 그리하여 향연에 참석한 사람들은 한 사람 두 사람씩 이 방 저 방을 피로 장식하며 쓰러졌고, 각자 특유의 절망적인 자세로 죽어 갔다. 칠흑빛 시계의 생명도 마지막 향연자의 생명과 함께 사라졌다. 삼각 받침대 위의 불꽃들도 결국 사그라들었으며, 어둠과 멸망과 붉은 죽음이 모든 것 위로 군림했다.

구덩이와 추

이곳은 불만에 가득 차 죄 없는 피에 대한
증오심으로 굶주렸던 성난 무리의 자리로다.
나라는 위기를 벗어나고 죽음의 동굴은 파괴되었나니,
냉혹한 죽음이 있던 그 자리에 건강한 삶이 들어섰도다.
— 파리 자코뱅파의 회관 자리에 세워진 시장 정문에 쓰여 있는 4행시[59]

나는 고통스러웠다 — 오랜 고통으로 인해 죽을 것만 같았
다. 그들이 마침내 나를 풀어 주면서 앉아도 좋다고 했을 땐
몸에서 모든 감각이 사라진 것 같은 느낌이었다. 그 선고, 겁
에 질린 내가 기다리고 있던 바로 그 사형선고는 내 귀에 들
려온 소리들 중에서 억양이 분명한 마지막 소리였다. 사형선
고 이후 귀에 들려온 종교재판 심문자들의 목소리는 한 덩어
리의 웅웅거리는 소리로 합쳐지면서 꿈속에서 들려오듯 불분
명했다.[60] 그 소리로 인해 나는 혁명이란 단어를 머릿속에 떠

---

59) 원문은 라틴어. 프랑스 혁명 이후 파리에 있던 자코뱅파의 회관을 무너뜨
리고 그 자리에 생토노레 시장을 세웠다. 로베스피에르가 이끈 자코뱅파는
1793년에서 1794년까지 이어졌던 공포정치의 주역으로 그 기간 동안 수천 명
의 사람들이 참수형을 당했다.
60) 스페인의 종교재판은 유대인이나 회교도 등 이교도들을 처벌하기 위해 스

올렸다. 아마도 내 상상력 속에서 그 소리가 물레방아가 돌 때 나는 윙윙 소리를 연상시켰기 때문인 듯하다.[61] 하지만 그것도 잠깐, 곧이어 더 이상 아무 소리도 들리지 않았다. 잠시 동안 볼 수는 있었다 ── 하지만 얼마나 끔찍하게 과장된 모습들이었던지! 검은 법복을 입은 판관들의 입술이 보였다. 아주 새하앴다. 내가 지금 이 글을 적어 내려가고 있는 종이보다도 더. 입술은 기괴할 정도로 얇아 보였다. 그들의 표정에는 단호함, 결의, 인간의 고통에 대한 가차 없는 경멸이 드러나 있었다. 나의 운명이 될 판결문이 그들의 입술에서 연달아 튀어나오는 모습이 보였다. 그 입술들이 뒤틀리면서 그들의 입매가 살기를 띠는 모습도 볼 수 있었다. 그들이 내 이름을 한 음절한 음절 발음하는 모습도 보였다. 그러고 나선 더 이상 아무런 소리도 이어지지 않는 걸 보고 몸서리가 쳐졌다. 또한 공포로 정신이 산란했던 몇 초 동안 법정의 벽을 감싸고 있는 검은 천이 아주 부드럽고 미세하게 흔들리는 모습도 보였다. 그런 뒤 나의 시선은 탁자 위에 우뚝 솟은 일곱 개의 초에 머물렀다. 처음에는 그것들이 자비로워 보였다. 나를 구원할 천사들의 하얗고 날씬한 모습인 것처럼 보일 정도였으니까. 그러나 다음 순간 너무나 지독한 구토증이 엄습해 왔다. 그리고 마치 갈

페인 왕실이 도입한 제도로 1483년 한 해 동안만도 약 2,000명이 넘는 사람들이 이 작품에 묘사된 것 이상으로 끔찍한 고문을 당하고 화형에 처해진 것으로 알려져 있다.

61) 혁명을 의미하는 revolution은 원래 회전이나 선회를 뜻하는 단어이다.

바니 전지[62]의 철사 줄이라도 만진 것처럼, 내 몸 전체에 전율이 느껴졌다. 그러는 동안 천사 같던 모습은 불꽃 같은 머리를 한 무의미한 유령의 모습이 되었고, 그들에게서 아무런 도움도 받을 수 없다는 깨달음으로 변했다. 그러고 나자 무덤 속에 들어간다면 얼마나 달콤한 안식이 나를 기다리고 있을 것인가 하는 생각이 화려한 선율처럼 내 상상력 속으로 스며 들어왔다. 그 생각은 나도 모르는 사이에 조금씩조금씩 번져 왔고 그 생각이 내 머릿속에서 확실한 형체를 띠는 동안 시간이 어느 정도 흐른 듯했다. 그러나 내 정신이 마침내 그 생각을 제대로 음미하면서 받아들이려는 순간, 판관들의 모습이 요술처럼 내 눈앞에서 사라졌다. 높다랗게 우뚝 서 있던 초들이 순식간에 무너져 내렸고, 불꽃이 사그라지면서 컴컴해졌다. 이어 칠흑 같은 어둠이 내려앉았다. 영혼이 황천으로 떨어지듯 모든 감각이 숨 가쁘게 하강하면서 그 속으로 삼켜지는 듯했다. 그런 뒤 침묵과 고요와 밤이 우주가 되었다.

난 기절했다. 그러나 의식을 완전히 잃은 것은 아니었다. 내 의식 중 어렴풋이 남은 작은 부분에 대해 규정하거나, 혹은 묘사하려는 시도는 하지 않으련다. 아무튼 의식을 다 잃은 건 아니었다. 가장 깊은 잠 속에서도 — 아니! 섬망 상태에서도 — 아니! 혼절 상태에서도 — 아니! 죽은 상태에서도 — 아니! 심지어는 무덤 속에서도 우리는 모든 것을 다 잃지는 않는다. 그렇지 않다면 인간이 불멸할 수 없으니까 말이

---

62) 직류전기 발전기.

다. 아주 깊은 잠에서 깨어날 때 가끔 우리는 꿈의 얇고 섬세한 거미줄을 뚫곤 한다. 그러나 다음 순간 우리는 꿈을 꿨다는 사실조차도 잊게 된다. 그 거미줄이 아무리 얇은 것이었다 해도 말이다. 기절했다가 깨어날 때, 우리는 두 단계를 거친다. 첫 번째 단계는 정신적, 지적 감각의 단계이고, 두 번째 단계는 육체적 감각의 단계이다. 우리가 두 번째 단계에 도달했을 때 첫 번째 단계에서 받았던 느낌을 기억할 수만 있다면, 그 느낌이 심연 너머 저세상의 기억을 잘 보여 줄 거라는 가정이 성립된다. 그렇다면 그 심연은 무엇인가? 최소한 어떻게 우리가 그러한 환영과 무덤의 환영을 구별할 수 있을 것인가? 그러나 만일 내가 첫 번째 단계라고 부른 것의 느낌이 우리가 마음먹는다고 해서 기억되지는 않는다 해도, 오랜 시간이 지난 후 우리가 부르지도 않았는데 나타나서 우리로 하여금 그것들이 도대체 어디서 왔을까, 경이롭게 생각하게 한다면? 기절한 사람은 타오르는 석탄 덩어리에서 기묘한 궁궐과 신기할 정도로 낯익은 얼굴들을 발견하는 사람이 아니다. 또한 그는 다른 사람들의 눈에는 보이지 않는 슬픈 환영이 공중에 떠 있는 것을 보는 사람도 아니다. 그리고 신비로운 꽃향기를 늘상 음미하는 사람도, 전에는 주목을 끈 적 없는 어떤 음조의 의미가 궁금해 어리둥절해하는 사람도 아니다.

이따금씩 기억해 보려고 안간힘을 썼고, 내 영혼이 어쩌다가 빠져든, 얼핏 보기에는 아무것도 없어 보이던 상태의 정체를 드러내 주는 징표를 조금이라도 찾아 보려고 끙끙거리는 순간들이, 마침내 성공을 꿈꾸던 순간들이 있었다. 짧은, 아주 짧은 순간이나마 나중에 명징한 이성을 가지고 생각해 볼 때, 겉보기엔 무의식적인 것처럼 보였던 상태와 관련이 있음 직한 기억의 편린을 떠올릴 수 있었던 것이다. 이 기억의 그림자를 좇다 보니 키가 큰 사람들이 나를 들어 올렸다가 고요히 아래로, 아래로, 또 아래로 내려놓는 장면이 어렴풋이 떠올랐다. 그 하강은 그것이 한없이 이어질 것이라는 생각 때문에 끔찍한 현기증에 짓눌릴 때까지 계속 이어졌다. 그 기억의 그림자에 따르면 또한 그 순간의 내 심장이 부자연스러울 정도로 고요했던 것으로 미루어 내가 엄청난 공포를 느끼고 있었던 것 같다. 그런 뒤 모든 것이 갑자기 정지했다는 느낌이 왔다. 마치 나를 내려놓던 사람들, 일렬로 늘어서 있던 그 소름 끼치는 사람들(!)이 무한의 한계를 넘어섰기 때문에 자신들이 맡은 고역의 따분함에서 잠시 벗어나기라도 한 것처럼. 그다음에는 뭔가 평평하고 축축한 느낌이 들었던 게 기억난다. 그러고 나서는 모든 것이 착란 상태였다. 금지된 것들로 분주한 기억의 착란 상태 말이다.

그러다가 다시 아주 갑작스럽게 움직임과 소리가 내 영혼을 찾아왔다. 심장의 소란스러운 움직임, 그리고 그 박동 소리가. 그리고 모든 것이 멈춘 공백 상태. 그런 뒤 다시 소리와 움직임과 무언가 몸에 닿는 느낌 — 몸 전체를 관통하던 아린 느낌. 그리고 단지 존재에 대한 의식만이 지배하던 무념무상의 상태 — 그 상태는 오래 지속되었다. 그런 다음 아주 갑작스레 상념이 찾아왔고, 그런 뒤 다시 몸이 오싹해지는 공포가 이어졌으며, 난 도대체 내가 어떤 상태에 있는지를 파악해 보려고 안간힘을 썼다. 그러자 도로 무감각 상태로 되돌아갔으면 하는 강렬한 욕망이 느껴졌다. 또다시 영혼이 급격하게 되살아났고, 몸을 움직이는 데 성공했다. 그리고 재판과 판관들과 검은 휘장과 선고와 고통과 기절에 대한 모든 기억이 엄습해 왔다. 다시 그다음에 일어났던 모든 일에 대한 완벽한 망각이 찾아왔다. 나는 이 모든 것을 나중에 갖은 애를 써서 노력한 결과 희미하게나마 기억할 수 있었다.

그때까지 난 눈을 감고 있었다. 그런데 결박이 풀린 채 똑바로 누워 있다는 느낌이 들었다. 손을 더듬었더니 뭔가 축축하고 딱딱한 것을 향해 툭 떨어져 내리는 듯한 느낌이 들었다. 손을 그 상태로 그냥 몇 분 동안 놔둔 채, 내가 도대체 어디에 어떤 상태로 있는 건지 상상해 보기로 했다. 눈을 떠서 주변을 둘러보고 싶은 생각도 간절했지만, 감히 그렇게 할 엄두가 나지 않았다. 주변에 있는 물체들을 보기가 겁이 났던 것이다. 무시무시한 물체들을 보게 될까 봐서가 아니라, 볼 것이 아무것도 없으면 어쩌나 싶은 게 오히려 더 무서웠기 때문이다. 그러다 마침내 필사적으로 용기를 내어 얼른 눈을 떠 보았다. 눈을 떠 보니 가장 두려워하던 일이 현실로 나타나 있었다. 영원한 밤의 어둠이 나를 둘러싸고 있었던 것이다. 나는 숨이 가빠지면서 헐떡거리기 시작했다. 강렬한 어둠이 나를 압박하면서 내 숨통을 조이는 것 같았다. 공기가 너무나 텁텁해 견디기 힘들었다. 나는 꼼짝도 하지 않고 계속 누워 있으면서 어떻게 하면 이 상황에 이성적으로 대처할지 곰곰 생각해 보았다. 심문의 과정을 기억 속에 떠올리면서, 그 시점으로 거슬러 올라가 내가 현재 처한 상황의 진상을 추론하려고 노력해 보았다. 선고가 내려진 게 기억났으며, 그로부터 아주 오랜 시간이 흐른 것처럼 느껴졌다. 하지만 그렇게 생각을 더듬는 동안 내가 진짜로 죽었다는 느낌은 전혀 들지 않았다. 그런 추정은 소설과는 다르게 우리 존재의 실상과 전혀 부합하지 않는다. 하지만 난 도대체 어디에, 어떤 상태로 있는 것일까? 나는 사형선고를 받은 사람들은 보통 이교도 화형식을 통해 처형당한다는 사실을 알고 있었다. 그리고 그런 화형식 중 하나가 내 재판 날 밤에 거행됐다는 사실도. 그럼 다음 화형식을 거행할 때까지 나를 다시 지하 감옥에 가둬 놓은 걸까? 다음 화형식이 열릴 때까지 몇 달이 걸릴지 모르는데? 이런 생각이 떠올랐지만 나는 그럴 가망성은 전혀 없다고 판단했다. 희생자는 그때그때 필요했기 때문이다. 더욱이 내가 재판 전까지 감금되어 있던 지하 감옥은 톨레도에 있는 다른 감옥과 마찬가지로 바닥이 돌로 되어 있었고 빛도 약간 들어왔다.

그러자 갑자기 무시무시한 느낌에 사로잡히면서 피가 심장 속으로 폭포수처럼 콸콸 쏟아져 들어가는 듯한 느낌이 들었고, 다시 한 번 잠시 동안 무감각 상태에 빠져들었다. 정신이 들면서 나는 즉시 발작적으로 일어서려고 시도했다. 팔을 사방팔방으로 마구 뻗쳤다. 하지만 아무것도 만져지지 않았다. 그럼에도 나는 무덤의 벽이 내 앞을 가로막고 있을까 봐 겁이 나 한 발짝도 뗄 수 없었다. 몸의 땀샘 하나하나에서 땀이 솟아 나왔고, 이마엔 커다란 식은땀이 송글송글 맺혔다. 계속해서 긴장한 탓에 점점 고통이 심해져 참을 수 없어진 나는 팔을 앞으로 뻗은 채 한 발 한 발 조심스럽게 앞으로 내딛었다. 희미한 빛이라도 찾아보려는 긴장된 희망 때문에 눈알이 당장이라도 툭 튀어나올 것만 같았다. 이미 몇 발을 내디뎠지만 여전히 칠흑 같은 어둠과 텅 빈 공간만이 있을 뿐이었다. 그러자 나는 전보다는 좀 더 여유롭게 숨을 쉬게 되었다. 적어도 내게 최악의 운명이 닥친 것은 아닌 듯했기 때문이다.

내가 이렇듯 계속 조심조심 앞으로 나아가는 동안 톨레도에서 일어나고 있다는 온갖 끔찍한 일들에 대한 수천 가지의 막연한 소문이 내 기억 속으로 밀려 들어왔다. 지하 감옥에 대해서는 온갖 기기묘묘한 이야기가 나돌았다. 나는 언제나 그것들이 꾸며 낸 얘기일 것이라고 생각했는데, 어쨌든 참으로 괴상망측했고 예사롭게 전달하기에는 너무나 끔찍했던지 속삭임으로만 나돌았다. 이 어둠 속 지하 세계에서 나는 그냥 굶어 죽으라고 버려진 것일까? 아니면 어떤 운명 — 아마 굶어 죽는 것보다 훨씬 더 끔찍한 어떤 운명 — 이 날 기다리고 있는 것일까? 종착지는 결국 죽음이리라는 것, 죽음 중에서도 남다르게 고통스러운 죽음일 것이라는 사실을 의심하기에는 나는 판관들의 성격을 아주 잘 알고 있었다. 따라서 나는 죽는 것보다 언제 어떻게 죽느냐에 신경이 쓰였다.

앞으로 뻗은 내 손에 마침내 뭔가 단단한 것이 닿았다. 그것은 벽이었는데, 돌 벽돌로 쌓은 듯했다. 아주 매끄럽고 미끈미끈하고 차가웠다. 나는 그 벽을 따라 계속 걸어갔다. 옛날부터 전해져 내려오던 이야기들을 상기하며 한껏 조심하고 경계하면서 걸었다. 그러나 그렇게 해도 내가 갇힌 지하 감옥의 크기를 확인할 수는 없었다. 감옥 안을 빙빙 돌면서 원래 출발 지점으로 돌아오게 되더라도 그 사실을 인지하지 못할 가능성이 많았으니까 말이다. 벽은 그만큼 완벽하게 균질적이었다. 그래서 나는 종교재판소로 끌려올 때 주머니 속에 넣어 두었던 단도를 꺼내려고 옷을 더듬었다. 그러나 단도는 사라지고 없었다. 내 원래 옷은 없어지고, 거친 능직 모직물로 된 옷으로 바뀌어 있었다. 단도의 날을 벽의 틈에 꽂아 넣어 내 출발 지점을 표시할 수 있으리라는 희망이 사라졌다. 하지만 이런 난관은 사소한 것에 지나지 않았다. 처음에는 물론 정신이 하나도 없어 그 난관을 극복할 수 있다고 생각하지도 못했지만. 나는 입고 있던 옷의 밑단 일부를 찢어 내어 그것을 벽 바로 옆 바닥에 놓았다. 감옥의 벽을 따라 더듬어 가다가 한 바퀴를 다 돌게 되면 그 천 조각을 다시 밟을 수밖에 없을 것이었다. 적어도 그게 내 생각이었다. 하지만 그것은 그 지하 감옥의 크기가 얼마나 되는지도, 또 내게 기력이 별로 남아 있지 않다는 사실도 고려하지 않은 생각이었다. 감옥의 바닥은 축축했고 미끌미끌했다. 한동안 비틀거리며 앞으로 나아갔지만, 그러다가 곧 뭔가에 걸려 넘어지고 말았다. 극도로 피로했던 나는 넘어진 그대로 꼼짝도 못한 채 누워 있었다. 그렇게 누워 있는 동안 나는 곧 잠 속으로 빠져 들어갔다.

잠에서 깨어나 팔을 옆으로 뻗었는데, 옆에 빵 한 덩어리와 물 주전자가 놓여 있었다. 이 정황에 대해 곰곰이 따져 보기에는 나는 너무나 지쳐 있었다. 그래서 일단 정신없이 먹고 마셨다. 그렇게 한 뒤 나는 곧 다시 감옥의 벽을 따라 걷기 시작했고, 한참을 그렇게 가다가 마침내 내가 천 조각을 내려놓았던 곳에 다다랐다. 넘어질 때까지 쉰두 발짝을 내딛었고, 다시 걷기 시작한 뒤로부터 천 조각에 다다를 때까지는 마흔여덟 발짝이었다. 그렇다면 다 합해서 백 발짝을 걸은 것이다. 그리고 두 발짝을 1미터로 계산하면 그 지하 감옥의 둘레는 50미터일 것이라고 짐작할 수 있었다. 하지만 벽이 꺾인 곳이 많이 있어서 그 지하 회랑 — 지하 회랑임은 분명했다 — 의 모양에 대해서 짐작하기는 불가능했다.

　이런 식으로 탐색하는 것에 무슨 목적이 있었던 것은 아니었고, 더욱이 희망 따위란 있을 수 없었다. 하지만 나는 막연한 호기심에 탐색을 계속해 보기로 했다. 그래서 벽을 떠나 내부 공간을 가로질러 가 보기로 했다. 처음에는 한 발짝 한 발짝을 뗄 때 극도로 조심해서 걸었다. 바닥이 탄탄해 보이기는 했지만 미끌거려서 마음을 놓을 수 없었기 때문이다. 하지만 마침내 용기를 내 주저하지 않고 성큼성큼 걸어 나갔다. 가능한 한 직선으로 가로지르려고 애쓰면서 말이다. 이런 식으로 열 발짝에서 열두 발짝쯤 걸어갔을 때, 찢어져 너덜거리던 옷자락이 다리 사이에서 엉켰다. 그 엉킨 부분 위로 발을 내디디는 바람에 나는 쿵하고 넘어지면서 얼굴을 바닥에 부딪쳤다.

　중심을 잃고 넘어져 정신이 혼미해진 나는 내가 맞닥뜨린 다소 놀라운 정황에 대해 그 즉시 이해하지는 못했다. 그렇게 꼼짝도 못하고 누워 몇 초가 흘렀고, 그러다 다음과 같은 사실을 깨달았다. 내 턱은 감옥의 바닥에 닿아 있었지만, 입술과 그 윗부분의 얼굴은 턱보다도 더 낮은 곳에 있었음에도 아무

곳에도 닿아 있지 않다는 사실 말이다. 동시에 이마 주위를 차고 끈적끈적한 증기가 감싸는 느낌이 들었고, 썩은 곰팡이 특유의 고약한 냄새가 코를 찔렀다. 팔을 앞으로 내밀어 본 나는 내가 넘어진 곳이 둥그런 구덩이의 가장자리임을 깨닫고 몸서리를 쳤다. 그 구덩이의 크기가 얼마나 되는지 당장 알 길은 없었다. 잠시 후 나는 구덩이 가장자리 바로 밑의 벽돌 벽을 더듬다가 그 벽의 작은 조각 하나를 떼어 내는 데 성공해서, 그 조각을 일부러 구덩이 속으로 떨어뜨렸다. 벽돌 조각이 떨어지면서 그 깊은 수렁의 벽 여기저기에 부딪히며 내는 울림 소리가 한참 동안 들려왔다. 마침내 그 벽돌 조각이 물속으로 떨어지면서 둔탁한 소리가 들려왔고, 그에 이어 요란한 공명 소리도 들려왔다. 동시에 급하게 문이 열리는 듯한 소리가 났고, 머리 위에서 한 줄기 희미한 빛이 번쩍하고 비치자마자 사라졌는데, 그와 동시에 문이 황급히 닫히는 소리가 머리 위에서 들려왔다.

나를 위해 준비된 재난의 운명을 똑똑히 인식하게 된 나는 때맞춰 넘어져 그 같은 운명을 피할 수 있었다는 사실에 기뻐했다. 넘어지기 전에 한 발짝만 더 내딛었더라도 나는 더 이상 이 세상 사람이 아니었을 것이다. 그리고 내가 방금 피한 죽음은 종교재판에 대한 소문을 들을 때 말도 안 되는 헛소리라고 생각했던 바로 그런 종류의 것이었다. 종교재판의 전횡에 희생되는 사람들에게는 직접적으로 육체에 가해지는 극심한 고통을 겪으며 죽는 것과 극단적인 정신적 공포를 겪으며 죽는 것, 그 두 죽음 사이의 선택만이 있다고들 했다. 나한테는 그

중 후자가 대기하고 있었던 셈이다. 고통에 오래 시달리다 보니 신경이 극도로 쇠약해져서 마침내는 스스로의 목소리에도 깜짝 놀랄 정도가 되었으니, 나는 나를 위해 마련된 고문에 안성맞춤의 존재였다.

나는 온몸을 벌벌 떨면서 엉금엉금 벽을 향해 기어갔다. 그때 난 그 지하 감옥 군데군데 자리 잡고 있을지도 모르는 수많은 상상 속의 구덩이 속으로 떨어질지도 모른다는 공포를 무릅쓰느니 차라리 내가 원래 있던 자리에서 죽어 버리겠다고 결심했다. 정황이 달랐다면 바로 그 구덩이들 중 하나에 몸을 내던져 비참한 상태에 종지부를 찍으려는 용기를 냈을지도 모르겠다. 그러나 그 순간의 나는 비겁한 사람 중에서도 가장 비겁한 사람이었다. 그리고 그 구덩이들에 대해 전에 읽었던 내용도 잊을 수가 없었다. 그 기록들에 따르면 떨어지자마자 죽는 것은 그들의 끔찍한 계획과는 거리가 멀었기 때문이다.

워낙 흥분한 상태였기 때문인지 나는 오랫동안 깨어 있었다. 하지만 마침내 다시 잠에 빠져들었다. 다시 깨어났을 때는 이전처럼 내 곁에 빵 한 덩어리와 물 주전자가 놓여 있었다. 타는 듯한 갈증을 느낀 나는 단숨에 주전자의 물을 비웠다. 약을 탄 물임에 틀림없었다. 그 물을 마시자마자 다시 걷잡을 수 없이 잠이 쏟아졌으니까. 죽음과도 같은 아주 깊은 잠이 나를 엄습했다. 얼마 동안 잠을 잔 것인지는 물론 알 수 없다. 그러나 다시 한 번 눈을 떴을 때는 주변의 물체를 식별할 수 있었다. 어디서 나오는지는 알 수 없었지만 타는 듯한 격렬한 불빛이 비쳐 감옥의 크기와 생김새가 눈에 들어왔던 것이다.

감옥의 크기에 대한 내 짐작은 완전히 잘못된 것이었다. 감옥의 둘레는 다 해서 25미터를 넘지 않았다. 이 사실을 확인한 나는 허영심에 큰 상처를 입고 몇 분 동안 속이 상했다. 참으로 터무니없는 허영심! 나를 둘러싼 이 무시무시한 상황에서 내가 갇힌 지하 감옥의 크기보다 더 하잘것없는 것이 무엇이었겠는가! 그러나 내 영혼은 사소한 것에 터무니없이 집착했으니, 나는 아까 감옥의 크기를 측정할 때 도대체 어느 지점에서 오류를 범했는지 알아내려고 바빴다. 마침내 진실의 섬광이 번쩍하고 비쳐 왔다. 처음 감옥의 크기를 탐색할 때 나는 쉰두 발자국을 디딘 다음 넘어졌다. 나는 그때 천 조각으로부터 한두 발자국 떨어진 곳에 도달한 상태였을 것이다. 그러니까 실은 나는 이미 그 지하 회랑을 한 바퀴 거의 다 돈 상태였던 것이다. 그러고서 잠이 들었다가 깨어난 뒤 오던 방향으로 되짚어 걸어갔던 것이다. 그랬기 때문에 벽의 둘레를 실제보다 두 배 가까이나 더 큰 것으로 짐작한 것이다. 다름 아닌 내 정신이 혼미했던 탓에 내가 처음 벽을 돌 때는 왼쪽 방향으로 돌았다가 넘어진 다음에는 방향을 바꿔 오른쪽으로 돌았다는 사실을 의식하지 못했던 것이다.

　감옥의 형태에 대해서도 나는 잘못 짐작하고 있었다. 손으로 더듬더듬 짚어 가며 주변을 돌 때 각진 곳이 많았고 따라서 그 형태가 아주 불규칙적이리라고 추측했다. 무력증과 잠에서 깨어났을 때 칠흑 같은 어둠이 내게 미친 효과는 그렇게 강력했다! 각진 곳들은 사실 벽이 약간 들쑥날쑥할 뿐이었다. 감옥의 전체적인 형태는 정사각형이었다. 내가 벽돌이라고 생각했던 것은 이제 보니 무쇠나 다른 금속으로 된 커다란 판이었으며, 그것들을 봉합하거나 연결하면서 함몰된 부분이 생겨난 것이었다. 이 금속 벽의 표면에 수도사들의 기분 나쁜 미신이 만들어 낸 모든 흉측하고 혐오스러운 장치들이 온통 제멋대로 붙어 있었다. 온갖 마귀들의 형체가 뼈만 남은 위협적인 모습을 하고 있었고, 벽을 온통 뒤덮은, 무시무시하기 짝이 없는 다른 이미지들도 벽을 한층 흉측하게 만들었다. 이 기괴한 형상들은, 윤곽은 대체로 분명하게 남아 있었지만 색깔은 습기 때문인 듯 퇴색해 마구 뒤섞여 있었다. 또한 바닥이 돌로 되어 있다는 사실도 눈에 띄었다. 바닥 한가운데에는 내가 가까스로 피했던, 아가리를 크게 벌린 둥그런 구덩이가 있었다. 그러나 구덩이는 그것 하나뿐이었다.

이 모든 것은 아주 흐릿하게 보였고, 그 정도라도 보기 위해서는 엄청난 노력을 기울여야 했다. 잠을 자는 동안 내 자세가 크게 바뀌어 있었기 때문이다. 이제 나는 낮은 나무 틀처럼 생긴 것 위에 등을 댄 채 길게 누워 있었는데, 그 위에 몸이 뱃대끈 같은 긴 끈으로 단단히 묶여 있었다. 누군가 그 끈으로 온몸과 손발을 여러 차례 감아 칭칭 동여맨 채, 오로지 머리와 왼팔의 일부만을 자유롭게 놓아 두어서 내 곁 바닥 위에 놓인 사기 접시에 담긴 음식을 간신히 집어 먹을 수 있도록 한 것이다. 이어서 주전자가 사라지고 없는 것이 눈에 띄었고, 나는 등골이 서늘해졌다. 그때쯤 나는 견딜 수 없는 갈증으로 기진맥진한 상태였기 때문이다. 내 이 갈증을 더욱 부추기는 것이 박해자들의 계획인 것 같았다. 양념을 맵게 한 고기가 접시에 놓여 있었으니 말이다.

나는 고개를 들어 감옥의 천장을 자세히 살펴보았다. 높이는 10미터 정도였고, 벽과 비슷하게 철판으로 되어 있었는데, 그중 한 철판에 그려진 특이한 형상이 내 주의를 완전히 사로잡았다. 그것은 보통 시간을 의미하는 형상을 그린 그림 같았는데, 흔히 그렇듯 낫을 들고 서 있는 대신, 옛날의 시계에서 흔히 볼 수 있는, 얼핏 보기에 시계 추처럼 생긴 엄청나게 큰 물체를 들고 서 있었다. 그런데 이 형상에 뭔가 특이한 점이 있는 듯해 나는 더욱 자세히 살펴보았다. 바로 밑에 누워 그것을 올려다보는 동안 그 물체가 움직이고 있다는 느낌이 들었던 것이다. 그리고 그런 느낌이 든 바로 다음 순간 나는 그 느낌이 사실임을 확인했다. 물체가 움직이는 진동 폭은 짧았고, 움직이는 속도도 물론 느렸다. 나는 몇 분 동안 더 그 움직임을 지켜보았는데, 그러는 동안 다소 공포감을 느끼긴 했지만 전반적인 감정은 공포보다는 경이에 가까웠다. 그렇게 한참을 지켜보다가 그 지루한 움직임에 지친 나는 다시 감옥 안 다른 물체들을 향해 시선을 돌렸다.

바로 그때 아주 작은 소음이 들려와 내 주의를 끌었는데, 그 바람에 감옥 바닥을 내려다보다가 몸집이 엄청나게 큰 쥐 몇 마리가 감옥 바닥을 가로지르는 것을 목격했다. 그놈들은 내가 오른쪽으로 고개를 돌렸을 때 가까스로 바라볼 수 있는 곳에 있는 우물에서 나왔는데, 내가 바라보는 동안 고기 냄새에 끌린 듯 게걸스러운 눈빛으로 잽싸게 무리 지어 올라왔다. 그놈들이 내 고기에 달려들지 않도록 겁주어 쫓아내는 데는 엄청난 노력과 주의가 요구되었다.

반 시간이나 혹은 한 시간쯤(시간을 정확히 측정하는 것은 불가능했다.) 지난 후 나는 다시 머리 위로 눈길을 돌렸다. 그리고 황당하기도 하고 경악스럽기도 한 느낌에 사로잡혔다. 그사이에 추의 진동 폭이 거의 1미터가량이나 늘어났던 것이다. 당연한 결과로 추의 속도도 훨씬 더 빨라져 있었다. 그러나 내가 당황한 주된 이유는 그것이 눈에 띄게 아래로 내려와 있었다는 사실 때문이었다. 이제 나는 길이가 30센티미터 정도 되는 초승달 모양의 추 하단이 번뜩이는 강철로 만들어져 있다는 것을 알 수 있었다. 그 사실을 확인한 순간 얼마나 큰 공포에 사로잡혔는지는 말할 필요도 없으리라. 초승달 모양의 양끝이 위를 향한 상태로, 아래쪽 가장자리는 면도날처럼 날카롭다는 사실을 육안으로 명백히 확인할 수 있었다. 그것은 육중하고 무거워 보인다는 점에서도 면도날과 같았다. 아래쪽의 가장자리는 날카로웠는데, 위쪽은 점점 더 단단해지고 넓어졌다. 그것은 무거워 보이는 놋쇠 봉에 매달려 있었고, 그 구조물 전체가 공중을 뚫고 진동할 때 쉿 하는 소리가 났다.

내게 준비된 운명이 수도사들이 독창적으로 고안해 낸 고문이라는 사실에 더 이상 의심의 여지가 없었다. 종교재판관들은 내가 그 구덩이의 존재에 대해 인식하게 되었다는 사실을 알게 되었다. 나처럼 대담한 반역자를 위해 마련된 공포의 구덩이, 지옥의 전형이자 그들이 고안한 처벌 중에서도 이 지상에서 상상이 가능한 가장 궁극적인 처벌인 바로 그 구덩이 말이다. 이 구덩이에 바로 내동댕이쳐지는 운명을 나는 단순한 우연 덕분에 피한 것인데, 이 같은 지하 감옥에서 우리를 기다리고 있던 끔찍한 죽음의 중요한 요소가 그 기습성, 그러니까 함정에 갑작스럽게 빠뜨리는 행위에 깃든 고문적 성격임을 나는 알고 있었다. 내가 구덩이에 빠지는 것을 피한 상태에서 나를 그냥 그 심연으로 떨어뜨리는 것은 그 악마적인 계획과는 달랐다. 그러니까(즉 다른 대안이 없으니까) 다른, 더 가벼운 종류의 파괴가 나를 기다리게 된 것이다. 더 가벼운! 그 형용사를 그렇게 사용하다니 하고 생각하니까 고통 속에서도 슬그머니 미소가 나왔다.

그 쇳덩어리가 빠르게 진동하는 소리를 헤아리던, 길고도 긴, 죽음보다도 더 무시무시한 공포의 시간에 대해 이야기한들 지금 와서 무슨 소용이 있겠는가! 1센티미터 2센티미터, 조금씩조금씩, 한 순간 한 순간이 너무도 긴 세월처럼 여겨질 정도로 미세한 간격을 두고 내려오면서, 그것은 아래로, 아래로, 더 아래로 내려왔다! 여러 날 — 아주 여러 날일지도 모른다 — 이 지난 뒤 그것은 그 사나운 숨결로 나를 부채질하면서 내 몸 위 아주 가까운 곳을 지나기에 이르렀다. 날카로운 강철 냄새가 내 코를 찔렀다. 나는 기도를 올렸다. 그것이 한시라도 더 빨리 내려오기를 비는 내 기도는 하늘을 지치게 할 정도였다. 나는 점점 더 흥분한 나머지 급기야 내 몸을 들어 올려 그 무시무시한 언월도가 지나가는 궤도로 나를 밀어 넣으려고까지 해 보았다. 그러다가 나는 순식간에 고요 속으로 빠져들었고, 그 반짝거리는 죽음을 향해, 어릿광대의 신기한 지팡이를 보고 방실거리는 아이와도 같은 미소를 지은 채 가만히 누워 있었다.

완전히 아무것도 느끼지 못하는 시간이 뒤따랐다. 그 시간은 짧았다. 다시 정신을 차렸을 때 그동안 추가 거의 하강하지 않은 것 같았기 때문이다. 그러나 오랜 시간이 흘렀을 수도 있었다. 내가 알기로 그 악마 같은 놈들이 내가 기절한 것을 보고 장난삼아 추의 진동을 멈추었을 수도 있으니까. 정신을 차린 뒤 나는 또한 아주 — 오, 표현할 길이 없을 정도로 — 속이 메슥거리고 기운이 없었다. 오랜 기아를 겪은 후이기나 한 것처럼 말이다. 그 극심한 고통의 시간에도 인간의 본성은 식욕을 느꼈던 것이다. 나는 고통을 참으며 결박이 허락하는 한에서 최대한 왼팔을 뻗쳐 쥐들이 먹고 남은 소량의 음식을 집어 들었다. 내가 그것의 일부를 입에 넣으려는 찰나 내 마음속으로 기쁨 혹은 희망이라 할 만한 느낌이 반쯤 밀려 들어왔다. 그렇지만 희망이 나와 무슨 상관이란 말인가? 그것은 이미 말했듯 반쯤만 형성된 느낌에 지나지 않았다. 인간에게는 그런 느낌을 가지면서도 결코 그 느낌을 완성시키지는 못하는 경우가 많은 법이다. 그것이 기쁨과 희망의 느낌이었던 건 사실이지만, 그러나 그것은 또한 생성과 동시에 소멸된 느낌이기도 했다. 그 느낌을 완성해 보려고, 다시 한 번 가져 보려고 노력했지만 허사였다. 오랜 시련이 내 평소의 정신력을 모두 말살시켜 버리다시피 했던 것이다. 나는 백치이자 바보가 되어 있었다.

추의 진동 경로는 내가 누운 방향과 직각을 이루고 있었다. 추가 그리는 초승달 모양의 경로가 내 심장 부근을 지나치도록 고안되어 있다는 사실을 알 수 있었다. 그것은 내 옷의 천을 스쳐 지나가면서 마모시키도록 되어 있었다. 그런 뒤 다시 돌아와 똑같은 동작을 다시, 또다시 반복할 것이었다. 그 경로가 10미터가 넘을 정도로 엄청나게 폭이 넓음에도 불구하고, 그리고 그것이 바로 이 감방의 철벽을 가르기에 충분할 정도로 무시무시한 쇳소리를 동반하고 내려오고 있음에도 불구하고, 몇 분 동안 그것이 완수한 결과는 내 옷의 천을 스쳐 마모시키는 것 정도였다. 그리고 바로 이런 생각이 떠오르자 나는 생각을 멈추었다. 생각을 그 이상으로 더 진전시킬 용기가 나지 않았다. 끈기 있게 그 생각만 했다. 내 생각이 그곳에 머물러 있게 함으로써 그 강철의 하강도 거기서 멈추게 할 수 있을 것처럼 말이다. 추가 진자 운동을 하며 옷을 스칠 때 거기서 나는 소리, 추가 천에 닿는 순간 내 신경이 감지하게 될 독특한 전율의 느낌 따위에 대해 생각해 보려고 안간힘을 썼다. 이 사소한 것 모두에 대해 골똘히 생각하다가 나는 마침내 공포로 이를 악물게 되었다.

아래로 — 추는 표 나지 않게, 그러나 계속해서 아래를 향해 내려왔다. 나는 부랴부랴 추가 아래로 내려오는 속도와 좌우로 흔들리는 속도 사이의 대조를 즐겨야겠다고 생각했다. 오른쪽으로 — 왼쪽으로 — 멀리, 그리고 넓게 — 저주받은 정신의 외마디 소리와 더불어서, 내 심장을 향해 호랑이와도 같은 은밀한 속도로! 이 생각 저 생각이 교대로 떠오르는 데 따라 나도 교대로 웃었다 울부짖었다 했다.

아래로 — 확실하게, 가차 없이 아래로! 추의 진동 경로는 이제 내 가슴 위 10센티미터 정도 떨어진 곳까지 내려와 있었다! 나는 왼팔을 결박에서 빼내 보려고 미친 듯 격렬하게 몸부림쳤다. 왼팔은 팔꿈치에서 손까지만 자유로운 상태였다. 그 팔로 몸 옆에 놓인 접시에서 음식을 집어 입으로 가져가는 동작까지만 간신히 할 수 있었고, 그 이상으로는 전혀 움직일 수 없었다. 팔꿈치에서 어깨 사이의 결박을 푸는 것이 가능했더라면 나는 그 추를 손으로 잡아 멈추려고 시도했을 것이다. 산사태를 손으로 막으려고 시도하는 편이 오히려 나았으리라!

아래로 — 멈추지 않고 여전히 — 필연적인 힘으로 여전히! 추가 진자 운동을 할 때마다 나는 숨을 헐떡이며 몸부림쳤다. 추가 한 번 두 번 지나갈 때마다 몸을 떨면서 몸을 움츠렸다. 더할 나위 없이 부질없는 절망을 느끼며 추가 바깥쪽, 혹은 위쪽을 향해 흔들리는 모습을 열심히 눈으로 좇았다. 눈은 추가 한 발 두 발 내려오는 것에 맞춰 이따금씩 감겼다. 그 상황에서 죽음은 구원이었을 테지만 말이다 — 아! 어찌 말로 할 수 있으랴! 여하튼 그 장치가 아주 조금만 밑으로 내려와도, 날카롭게 번뜩거리던 그 도끼가 내 가슴을 후려칠 거라는 기대에 신경 마디마디가 다 떨려 왔다. 내 신경을 떨게 한 요인, 내 몸을 움츠리게 한 요인은 희망이었다. 사형선고를 받아 종교재판소의 지하 감옥에 갇힌 자에게 속삭이던 것은 희망 — 고문대 위에서조차 개가를 올리는 바로 그 희망 — 이었다.

진자가 열 번이나 열두 번 정도 더 움직인 다음에 추의 날이 진짜로 내 겉옷에 닿게 되리라는 걸 깨달은 순간이 왔다. 그리고 그런 깨달음과 함께, 절망에서 비롯된 아주 강력하고도 침착한 평화가 불현듯 내 정신을 찾아왔다. 몇 시간 — 혹은 며칠이었을지도 모른다 — 만에 처음으로 나는 생각이란 것을 할 수 있었다. 그 순간, 내 몸 전체를 묶고 있는 가리개, 혹은 끈이 단 하나뿐이라는 사실에 생각이 미쳤다. 나를 묶고 있는 것은 여러 개의 끈이 아니었다. 면도날처럼 날카로운 언월도가 그 끈의 어느 부분이든 한 번 가로지르기만 하면 그것이 끊어질 것이고, 그러면 자유로운 왼손으로 내 몸에서 그 끈을 벗겨 낼 수 있을지도 모른다. 하지만 그 강철이 내 몸에 그렇게 가까이 다가온다는 건 또 얼마나 무서운 일인가! 몸을 조금이라도 잘못 꿈틀거렸다가 내게 닥칠지도 모르는 결과는 또 얼마나 치명적인가! 더욱이 그 고문자의 앞잡이들이 그럴 가능성을 미리 예견하고 다른 준비를 해 놓지 않았다는 것이 가당키나 한 일인가! 내 가슴에 묶인 끈을 그 추가 가는 길목에 놓이게 하는 것이 가능할까? 희미한 — 그리고 아마도 마지막일 — 희망이 좌절될지도 모른다는 두려움에 사로잡혀 나는 머리를 치켜들어 가슴께를 똑똑히 보려고 했다. 끈은 나의 손발과 몸의 모든 방향으로 묶여 있었지만, 그 파괴적인 언월도가 지나가는 길목만은 예외였다.

내가 머리를 원래대로 눕히자마자 방금 언급했던 그 탈출 방법, 타는 듯한 입술로 음식을 가져가는 동안 반쯤만 떠올랐던 그 생각의 나머지 절반이 내 마음속을 번뜩이며 지나갔다. 생각은 이제 완성되었다. 그 생각은 희미하고 거의 무모하며 불명확했지만, 또한 온전한 것임이 분명했다. 나는 절망 때문에 과민해진 신경을 집중시켜 즉시 그 생각을 실천에 옮기기 위해 나섰다.

내가 누운 낮은 구조물의 바로 주변은 여러 시간 동안 문자 그대로 쥐로 들끓었다. 쥐들은 거칠고 대담하고 게걸스러웠다. 나를 먹이로 삼기 위해 내가 꼼짝도 않을 때까지 기다리는 듯, 붉은 눈을 번뜩이며 나를 노려보았다. '이 쥐들은 구덩이 속에서 어떤 먹이에 길들여졌을 것인가.' 하는 생각이 들었다.

아무리 애를 써도 쥐들이 내 접시에 놓인 음식 중 아주 조금만을 남겨 놓고 나머지를 모조리 먹어치우는 것을 막을 도리가 없었다. 접시 주변에서 손을 습관적으로 들었다 내렸다 하며 흔들었지만, 무의식 중에 그 동작이 규칙적으로 되어 버리는 바람에 결국 아무 효과도 없게 되었다. 그 해충 같은 놈들이 게걸스럽게 음식을 향해 덤벼들다가 날카로운 송곳니를 내 손가락에 박곤 했던 것이다. 나는 남아 있던 기름과 양념이 묻은 음식 조각들을 집어 들어 나를 묶은 끈 위, 내 손이 미치는 곳이면 어디나 주의 깊게 문질렀다. 그런 후 손을 마루 위로 들어 올린 채 가만히 누워 숨을 죽인 채 기다렸다.

그 게걸스러운 짐승들은 처음엔 내 행동의 변화에, 즉 내가 동작을 멈춘 것에 놀라고 겁을 먹은 것 같았다. 그놈들은 경계하는 듯한 태도로 슬금슬금 물러나 우물 쪽을 향했다. 그러나 그건 단 한순간뿐이었다. 그놈들의 게걸스러움을 계산에 넣은 내 생각이 딱 맞아떨어졌던 것이다. 내가 움직이지 않는 것을 보고 그중 과감한 놈 한둘이 먼저 구조물로 뛰어올라 와 끈의 냄새를 맡았다. 이것이 총공격의 신호였던 듯하다. 그 짐승의 떼가 구덩이에서 몰려나와 새롭게 무리를 지으며 내게 덤벼들었다. 나무틀에 매달리고 그 위로 달려가는 등 수백 마리가 하나가 되어 내 몸 위로 덤벼들었다. 추의 규칙적인 진자 운동은 그놈들에겐 하등의 방해도 되지 않았다. 그것들은 추의 움직임을 재빠르게 피하면서 기름이 발라진 결박끈 주변을 바삐 돌아다녔다. 점점 더 많은 쥐들이 나를 내리누르고 무리를 지으면서 내 몸 위로 몰려들었다. 그 짐승들은 내 목 위에서 몸을 비틀었다. 그것들의 차가운 입술이 내 입술을 더듬었다. 그 짐승들이 무리를 지어 내리누르는 바람에 나는 반쯤 숨이 막혀 헉헉댔다. 내 가슴은 이 세상에 그 이름이 존재하지 않을 종류의 혐오감으로 터질 듯했고, 차고 끈적끈적한 느낌이 내 심장을 식혔다. 이제 일 분만 더 기다리면 몸부림이 끝나리라는 느낌이 왔다. 결박이 느슨해지는 것을 분명하게 느낄 수 있었으니까 말이다. 결박이 끊어진 곳이 한두 군데가 아닌 것 같았다. 난 초인간적인 의지를 발휘해 미동도 하지 않은 채 가만히 누워 있었다.

내 계산은 틀리지 않았고 내 인내도 헛되지 않았다. 마침내 내가 자유로워졌다는 느낌이 왔다. 끈은 갈기갈기 끊어져 너덜너덜 내 몸에 매달려 있었다. 그러나 추의 타격이 이미 내 가슴을 압박하기 시작했다. 그것은 이미 겉옷의 천을 찢었다. 겉옷 속의 리넨 천을 찢고 들어왔다. 추가 두 번 더 왕복운동을 하자, 그와 더불어 날카로운 통증이 내 신경을 속속들이 찔러 왔다. 하지만 탈출의 순간 또한 도래했다. 내가 손을 흔들자 나의 해방자들은 앞다투며 요란스레 도망쳐 내려갔다. 아주 침착하게, 그러니까 아주 조심조심 좌우로 몸을 틀고 움츠리며 천천히 움직이면서 나는 결박의 포옹으로부터 빠져나와 언월도가 닿지 않는 곳으로 나갔다. 적어도 그 순간만큼은 나는 자유로웠다.

자유! 종교재판 심문자의 손아귀 안에서의 자유! 내가 공포의 나무 침대에서 감옥의 돌바닥으로 발을 내디디자마자 그 지옥 같은 기계의 움직임이 멈추었다. 그리고 무언가 보이지 않는 힘에 의해 천장 가운데로 끌어 올려졌다. 난 자포자기하는 심정이 되어 다음과 같은 교훈을 마음에 새겼다. 의심할 여지 없이 내 일거수일투족이 관찰되고 있다는 것을. 자유! 한 형태의 고문으로 죽는 일을 피했다고는 해도, 결과적으로는 또 다른 고문, 죽음보다도 더 심한 상태로 옮겨졌을 뿐이었다. 그런 생각을 하자마자 나는 주변의 쇠 벽들이 나를 향해 간격을 좁혀 오고 있다는 느낌이 들어 불안한 눈초리로 그 벽들을 둘러보았다. 뭔가 예사롭지 않은 일 — 처음에는 확실히 파악되지 않았던 어떤 변화 — 이 그 장소에 일어난 것이 분명했다. 나는 몇 분 동안 덜덜 떨면서 꿈꾸는 듯 멍한 상태로 부질없이 머리를 굴리고 분주하게 앞뒤가 안 맞는 추측만 하고 있었다. 그러다가 그 감방을 밝히던 유황색 불빛이 어디서 나오는 것인지를 처음으로 깨달았다. 그것은 벽 아래쪽을 따라 감방 전체를 에둘러 이어져 있던, 폭이 1센티미터 정도 되는 틈새에서 나오고 있었다. 그러니까 감방의 벽이 바닥과 전적으로 분리되어 있는 것처럼 보였는데, 실제로도 그러했다. 나는 그 틈 사이를 들여다보려고 애써 봤지만 그것은 물론 불가능했다.

그렇게 애를 쓰다가 몸을 일으켰을 때 그 방에 일어난 변화에 대한 수수께끼가 즉시 풀렸다. 벽에 있던 형상들의 윤곽은 웬만큼 분명했지만 색깔은 서로 뒤섞여 불분명해 보였다고 앞서 말했다. 이 색깔들이 이제는 깜짝 놀랄 만큼 밝아졌고 잠깐 동안이었지만 계속 그렇게 밝게 보였다. 그 밝은 빛깔로 인해 그 형상들은 아무리 신경이 강한 사람도 전율시킬 만큼 끔찍한 유령이나 악마의 모습이 되었다. 그때까지 아무것도 보이지 않던 수천의 방향에서 사납고 소름 끼치는 마귀의 눈들이 내게 흉포한 눈길을 던졌으며, 내가 아무리 상상력을 동원한다 한들 현실이 아니라고 부인할 수 없었던 으스스한 불빛을 반사하며 빛났다.

현실이 아니라고! — 내가 숨을 쉬는 동안에도 과열된 쇠에서 나오는 증기의 숨결이 내 콧속을 계속 침범하고 있었는데! 질식할 듯한 냄새가 감옥을 가득 메우고 있었는데! 내 극심한 고통을 향해 험상궂은 눈길을 보내는 수많은 형상의 눈들은 시시각각 더 밝아졌다! 보기에도 끔찍한 핏빛 그림 위로 그보다 더 진한 선홍빛이 번져 나갔다. 숨이 가빠 왔다! 숨이 저절로 헐떡거려졌다! 고문자의 계획에는 의심의 여지가 없었다. 오! 너무나도 무자비한 인간들! 오! 너무나도 악마 같은 인간들! 나는 작열하는 쇠 벽을 피해 몸을 움츠리며 감방의 중앙으로 옮겨 갔다. 내 쪽으로 서서히 다가와 결국 나를 파괴하고야 말 불을 생각하다 보니, 구덩이가 차갑다는 생각이 향유라도 되듯 내 영혼 위로 떠올랐다. 그래서 난 내 생명을 삼켜 버리려고 기다리고 있는 구덩이의 가장자리를 향해 달려갔다. 거기서 발아래를 내려다보기 위해 눈을 가늘게 떴다. 불타오르는 천장에서 나오는 강렬한 빛이 우물의 구석구석을 훤히 비췄다. 그러나 미친 듯한 공포에 사로잡힌 잠깐 동안 나의 정신은 내가 목격한 것의 의미를 이해하기를 거부했다. 마침내 그것이 강제력을 발동했다. 저항하는 내 정신과 싸우며 내 영혼을 뚫고 들어갔다. 몸서리치는 내 이성에 덤벼들어 낙인을 찍었다. 아! 소리를 내어 말할 수조차 없구나! 아! 정말 끔찍하구나! 아! 이것만 아니라면 어떤 공포라도 좋으리! 외마디 소리와 함께 나는 구덩이의 가장자리에서 뛰쳐나와 격하게 울부짖으며 얼굴을 손으로 가렸다.

열기는 급격하게 증가했다. 나는 다시 학질에 걸려 오한에 떠는 사람처럼 몸을 덜덜 떨면서 고개를 들어 머리 위를 올려다보았다. 그사이에 또 무언가가 달라져 있었다. 그리고 이번에는 방의 형태에 변화가 일어났음이 명백했다. 처음에 그랬듯 무슨 일이 일어났는지 알아보거나 이해하려는 내 노력은 아무 소용이 없었다. 그러나 내가 미심쩍어한 시간은 길지 않았다. 내가 두 차례나 위기를 모면했기 때문에 종교재판 심문관들이 복수를 서두르는 것 같았다. 더 이상 공포의 제왕과 희롱하느라 시간을 허비하지 않을 작정인 것처럼 보였다. 내가 다시 보기 전까지 방은 정사각형이었다. 그런데 이제는 방의 강철로 된 모서리 중 둘은 예각이, 나머지 둘은 둔각이 되어 있었다. 이런 변화를 보고 공포심에 사로잡힌 찰나 낮게 우르릉대는 소리와 사람들이 투덜대는 듯한 소리가 함께 들려와 나는 더욱 겁에 질렸다. 그 순간 방이 순식간에 마름모꼴로 변했다. 그러나 변화는 거기서 그치지 않았다. 나 또한 그 변화가 거기서 멈추리라고 기대하지도 바라지도 않았다. 그 붉은 벽이 영원한 평화의 의상이라도 되는 듯 그것을 내 가슴속에 꽉 껴안을 수도 있을 것 같은 심정이었다. "죽음." 나는 말했다. "저 구덩이 속에 빠져 죽는 게 아니라면 어떤 죽음이라도 상관없다!" 바보 같은 생각이었다! 바로 그 구덩이 속에 나를 밀어 넣는 게 그 활활 타오르는 강철의 목적임을 내가 모르고 있었단 말인가? 내가 어떻게 그처럼 뜨거운 열에 저항할 수 있단 말인가? 혹은, 내가 일단 그 열에는 저항한다고 해도, 어떻게 그것이 밀어 대는 압력에 저항할 수 있단 말인가? 이제 그 마름모꼴은 더욱더 납작한 모양이 되었는데, 그런 변화의 속도가 내게 생각할 여유를 주지 않았다. 그 마름모꼴의 중앙 부분, 그러니까 물론 가장 폭이 넓은 부분이 하품하듯 커다란 입을 벌리고 있는 구덩이 바로 위까지 다가왔다. 나는 몸을 움츠렸다. 그러나 좁혀져 오는 벽이 저항할 틈을 주지 않고 계속해서 나를 밀어 댔다. 마침내 열에 달궈지고 비틀려진 내 몸이 감옥의 단단한 바닥에 한 발도 올려놓을 수 없는 순간이 왔다. 나는 더 이상 저항하지 않았다. 하지만 내 영혼은 크고 긴 단말마의 외마디 외침으로 그 격심한 고통을 표현했다. 내 몸이 구덩이의 가장자리에서 기우뚱하고 기울자마자 난 시선을 거두었다.

많은 사람들의 목소리가 이루는 불협화음이 들려왔다! 수많은 트럼펫의 고동 소리가 한꺼번에 터져 나왔다! 수천의 천둥소리와도 같은 거친 쇳소리가 나고 있었다! 불에 달궈진 벽이 순식간에 물러났다! 내가 혼절해 심연을 향해 떨어지려던 찰나 팔 하나가 뻗쳐와 내 팔을 잡았다. 그것은 라살 장군[63]의 팔이었다. 프랑스군이 톨레도로 진격해 들어왔던 것이다. 종교재판소의 심문관들은 적의 손아귀에 떨어졌다.

---

63) 나폴레옹 전쟁 당시 스페인의 톨레도를 점령한 장군.

배반의 심장

그렇습니다! 불안했습니다. 전 너무나도 끔찍한 불안과 초조에 시달려 왔고, 그건 지금도 마찬가지입니다. 그렇지만 왜 제가 미쳤다고 하시는 겁니까? 병으로 인해 제 감각이 날카로워진 것이지, 파괴되거나 무뎌진 건 아니니까 드리는 말씀입니다. 무엇보다도 청력이 유난히 날카로워졌습니다. 천지의 소리를 모조리 들을 수 있지요. 지옥의 소리도 많이 들리고 말입니다. 그런데 어떻게 그런 저를 미친 사람이라고 하실 수 있단 말입니까? 제 말씀을 주의 깊게 잘 들어 보세요! 그리고 제가 얼마나 건강하고 얼마나 침착하게 사건의 전모를 전달하는지 잘 관찰해 보십시오.

저한테 언제 어떻게 그런 생각이 떠오르게 되었는지는 알 수 없습니다. 그러나 일단 그 생각이 들고 나자 저는 밤낮 없이 그 생각에 시달리게 되었습니다. 그 행위엔 아무런 목적도 열정도 없었습니다. 저는 그 노인을 사랑했고, 그분이 제게 잘못한 적도 전혀 없었으니까 말입니다. 그분이 저를 모욕한 일도 전혀 없었습니다. 그분이 소유한 황금에 눈이 먼 것도 아니었습니다. 굳이 이유를 대자면 그건 그 노인의 눈 때문이 아니었던가 싶습니다! 그렇습니다. 바로 그 눈 때문이었습니다! 그 노인의 눈은 독수리의 눈처럼 엷은 막으로 덮인 연한 푸른색이었습니다. 그분의 눈길이 제게 닿을 때면 제 피는 언제나 차갑게 얼어붙는 것 같았습니다. 바로 그 때문에 저는 그 노인의 생명을 빼앗기로, 그리하여 영원히 그 눈으로부터 자유를 쟁취하기로 차츰, 아주 서서히 결심을 굳혀 갔던 것입니다.

그러니까 제 논점은 이것입니다. 여러분은 제가 미쳤다고 생각하십니다. 그런데 미친 사람은 자기가 무슨 짓을 하는지 모르는 법입니다. 그러나 여러분이 그때 저를 보셨더라면 결코 제가 모르고 그런 짓을 했다고는 하실 수 없을 겁니다. 제가 얼마나 현명하게, 얼마나 조심스럽게, 얼마나 신중하게, 얼마나 철저히 위장하면서 그 일을 실행했는지 분명히 목격하셨을 테니까 말입니다! 그 노인을 살해하기 전 일주일 동안 내내 저는 전보다 훨씬 더 친절하게 그 노인을 대했습니다. 그리고 매일 밤 자정 무렵 그 노인이 주무시는 방 문의 빗장을 조용히 —— 오, 더할 나위 없이! —— 풀어 열었습니다. 그런 뒤 제 머리가 들어갈 정도로 문이 열리자 불빛이 새어 나오지 않도록 단단히 뚜껑을 덮은 어두운 등불을 문 안으로 먼저 집어넣고, 그에 이어 제 머리를 들이밀었습니다. 머리를 들이미는 제 노련한 솜씨를 보셨다면 아마 웃으셨을 겁니다. 노인이 잠에서 깨지 않도록 천천히, 아주 천천히 제 머리를 움직였으니까요. 제 머리를 완전히 들이밀어 침대에 누운 그분을 볼 수 있기까지 한 시간이나 걸렸다면 말 다했지요. 하! 그렇게 사려 깊게 행동하는 사람을 과연 미쳤다고 할 수 있을까요? 그런 다음, 그러니까 머리를 방 안으로 완전히 들여놓은 다음 저는 조심스럽게 등불의 뚜껑을 열었습니다. 오, 아주 조심스럽게, 아주아주 조심스럽게 ― 문쩌귀에서 삐거덕 소리가 나지 않도록 ― 열어 그 독수리눈에 단 한 줄기의 빛만 비치도록 했습니다. 저는 무려 일주일 밤 동안, 그것도 꼭 자정 무렵에 계속 이처럼 조심스럽게 접근을 시도했는데, 그때마다 공교롭게도 그분의 눈이 꼭 감겨 있었습니다. 바로 그 때문에 제 계획을 실행에 옮길 수 없었습니다. 저를 괴롭힌 건 그 노인이 아니라 그분의 흉안(凶眼)이었기 때문이지요. 매일 아침 동이 터 올 무렵이면 저는 대담하게 그분의 방으로 건너가 그분에게 과감히 인사말을 건넸습니다. 애정 어린 어조로 그분의 성함을 부르며 밤새 잘 주무셨는지 여쭤 보는 등 말이지요. 그러니까 통찰력이 남다르게 비상한 사람이 아니라면 그 누구도 매일 밤 자정 무렵 당신이 깊이 잠들어 있을 때 제가 그렇게 당신을 들여다보았으리라고 의심할 수는 없었을 것입니다.

그렇게 노인의 방을 들여다보기 시작한 지 꼭 팔 일째 되던 날 밤, 평소보다도 훨씬 더 조심스럽게 방문을 열어 보았을 때였습니다. 그때 저는 시계의 분침보다도 더 느리게 손을 움직였지요. 사실 제가 제 정신의 능력이 그렇게 막강하고 탁월하다는 사실을 그날 밤만큼 그렇게 확실하게 실감한 적은 일찍이 없었습니다. 우쭐하고 의기양양해지는 기분을 억누르기 힘들 정도였지요. 제가 바로 거기 서서 살금살금 당신이 자고 있는 방 문을 열고 있는데 막상 그 노인은 이 은밀한 행동과 계획을 꿈에도 짐작하지 못하신다는 생각! 그 생각 때문에 저는 한참을 혼자서 킬킬댔습니다. 아마 그분이 제 웃음소리를 들으셨던 건지도 모르겠습니다. 뭔가에 놀란 듯 흠칫하고 몸을 움직이는 것이 보였으니까요. 이렇게 말씀드리니 여러분께서는 아마도 제가 당연히 움찔 물러섰을 거라고 생각하실지도 모르겠군요. 하지만 그건 사실과 다릅니다. 강도의 침입을 막기 위해 그 방에 있는 창의 덧문을 꼭 닫아 놓았기 때문에 그분의 방에는 칠흑빛 어둠이 짙게 드리워져 있었고, 그 덕분에 노인이 당신 방의 문이 열렸다는 사실을 알아보실 가능성은 전혀 없었기 때문입니다. 저는 아주 느린 동작으로 천천히, 아주 천천히 계속 그 문을 밀었습니다.

그런데 제 머리를 문으로 들여 넣고 막 등불을 켜려는 찰나에 제 엄지손가락이 미끄러지면서 주석으로 된 걸쇠와 부딪쳤습니다. 그러자 노인이 침대에서 벌떡 일어나 "거기 누구냐?" 하고 큰 소리로 외치셨죠.

저는 침묵을 지킨 채 꼼짝도 하지 않고 서 있었습니다. 근육 하나도 움직이지 않으면서 장장 한 시간 동안이나 노인이 도로 눕는 소리를 기다렸습니다. 노인이 계속 침대에 앉아 귀를 기울이고 계셨던 탓입니다. 살짝수염벌레가 벽에 머리를 부딪히는 소리가 들려올까 하고, 제가 밤이면 밤마다 벽에 대고 귀 기울였던 것처럼 말입니다.

이윽고 가벼운 신음 소리가 들려왔는데, 그 소리에는 죽음의 공포가 담긴 것이 분명했습니다. 아픔이나 슬픔에서 나오는 신음 소리가 아니라 ── 아, 결코 아니었습니다! ── 극심한 공포에 질려 영혼의 깊은 곳으로부터 솟아오르는 낮고 숨죽인 듯한 신음 소리였습니다. 저는 그 소리에 대해 익히 잘 알고 있었습니다. 깊은 밤 온 세상이 잠들어 있던 자정 무렵 그 같은 신음 소리가 무시무시한 울림과 함께 가슴속 깊은 곳으로부터 솟아나 이미 공포에 사로잡혀 있던 저를 더욱더 무시무시한 공포로 몰아넣은 경험이 무수히 있기 때문입니다. 방금 말씀드렸듯이 저는 그 소리에 대해 아주 잘 알고 있었습니다. 노인이 경험하는 감정에 대해 잘 알고 있었기 때문에, 전 마음속 깊이 킬킬거리면서도 다른 한편으론 그분에 대한 동정심도 느꼈습니다. 전 노인이 처음 들려온 희미한 소리 때문에 침대에서 몸을 뒤척이셨을 무렵부터 잠에서 완전히 깨어난 채 맨정신으로 누워 계셨다는 사실을 알고 있었습니다. 그 뒤로 노인의 공포심은 줄곧 커지기만 한 것입니다. 공포를 느낄 이유가 없다고 생각하려고 애써 보았지만 뜻대로 되지 않으셨을 겁니다. 노인은 "굴뚝 안을 지나가는 바람 소리일 뿐이야."라거나 "쥐가 마루를 건너가는 소리야.", 혹은 "귀뚜라미 한 마리가 '귀뚤' 하고 딱 한 번 울었을 뿐이야."라고 혼잣말을 하셨을 것입니다. 그렇습니다. 그분은 이런 추측을 통해 스스로를 위로하려고 노력하셨습니다. 하지만 그분은 깨달으셨습니다. 그 모든 노력이 헛되다는 것을. 전적으로 헛될 뿐이라는 것을. 죽음이 그분께 다가와 그분 위로 검은 그림자를 드리운 채 그분을 감싸 안고 있었기 때문입니다. 그리고 바로 이 정체불명의 그림자가 드리우는 암울함으로 인해 그 노인은 비록 보거나 듣지 못하시면서도 문 사이에 제가 머리를 들이밀고 있다는 것을 느낌으로 알 수 있었던 것입니다.

오랫동안 꽤 참을성 있게 기다린 저는 그분이 다시 눕는 소리를 듣지는 못했지만 등불을 아주 조금 — 아주아주 조금 — 열기로 작정했습니다. 이윽고 등불이 열렸습니다. 제가 얼마나 살금살금, 얼마나 조심스럽게 등불을 열었는지 여러분은 상상도 못하실 것입니다. 그리하여 마침내 거미줄처럼 가는 한 줄기 흐린 광선이 열린 등불의 조그만 틈새를 빠져나와 바로 그 독수리눈을 정면으로 비췄습니다.

눈은 떠져 있었습니다. 그것도 아주 크게. 그 눈을 바라보자 분노가 머리끝까지 치솟았습니다. 눈의 형태가 완벽하게 드러나 있었습니다. 눈 전체가 바랜 푸른색이었으며, 거기에 흉측한 막까지 씌워져 있어 골수까지 오싹해졌습니다. 하지만 그 눈을 제외하면 노인의 얼굴이나 신체의 다른 부분은 전혀 보이지 않았습니다. 아마도 본능적으로 제가 등잔 불빛을 바로 그 저주받은 지점을 향해 정확히 비췄기 때문일 것입니다.

여러분께 이미 말씀드리지 않았던가요? 여러분이 광기라고 오해하시는 것이 실은 제 지나치게 예민한 감각에 지나지 않는다는 것을. 이제 말씀드릴 내용이 바로 그 증거입니다. 바로 그 순간 제 귀에 나지막하면서도 희미하고 재빠른 소리가 들려왔습니다. 그것은 마치 천으로 감싼 손목시계에서나 날 법한 소리였습니다. 저는 그 소리에 대해서도 익숙히 잘 알고 있었습니다. 그것은 노인의 심장박동 소리였습니다. 그 소리는 더욱더 제 화를 부채질했습니다. 마치 군인의 용기를 북돋우는 북소리와도 같았던 거지요.

그렇지만 바로 그 순간에도 저는 미동도 하지 않고 숨을 죽인 채 가만히 서 있었습니다. 제가 든 등불마저도 꼼짝하지 않았습니다. 노인의 눈을 향해 등불 빛을 얼마나 오랫동안 비출 수 있는지 시험하고 있었기 때문입니다. 그러고 있자니 몸서리가 쳐지면서 그 노인의 심장박동 소리가 점점 더 크게 들렸습니다. 그 소리는 시시각각 더욱 빨라지고 커졌습니다. 노인의 공포가 극에 달했음에 틀림없었습니다! 소리는 점점 커졌습니다. 정말이지 시시각각 커졌습니다. 제 말씀을 주의 깊게 듣고 계십니까, 여러분? 앞서 제 신경이 예민하다고 말씀드렸지요. 그렇습니다. 전 신경이 예민합니다. 그렇기 때문에 무시무시한 정적이 감도는 한밤중의 고택에서 그처럼 기묘한 소리가 들려오자 제어할 수 없는 공포에 사로잡혔습니다. 그런데도 전 꼼짝도 하지 않으면서 몇 분 동안이나 더 가만히 서 있었습니다. 하지만 그 심장박동 소리는 커지고 또 커졌습니다! 그분의 심장이 터지려는 게 틀림없다는 생각이 들었습니다. 그리고 이제 새로운 걱정이 엄습했습니다. 그 심장박동 소리가 이웃의 귀에도 들릴 게 아닌가! 노인을 처치해야 할 시간이 마침내 왔구나! 전 등잔을 활짝 열어젖히고 고함 소리를 크게 내지르며 그분의 방으로 뛰어 들어갔습니다. 그분은 한 번, 딱 한 번 단말마의 비명 소리를 냈습니다. 저는 즉시 그분을 바닥으로 끌어 내리고 무거운 침대를 끌어다 그분의 몸을 감쳤습니다. 그러고 나서 저는 제가 달성한 결과에 대해 만족해 활짝 미소를 지었지요. 그러나 노인의 심장에서는 희미한 고동 소리가 계속 들려왔습니다. 하지만 전 그 소리 때문에 당황하지는 않았습니다. 그 정도 소리라면 벽 너머까지 들리지는 않을 테니까요. 마침내 소리가 그쳤습니다. 노인이 죽은 것입니다. 저는 침대를 다시 치우고 노인의 시체를 자세히 살펴보았습니다. 그렇습니다, 노인은 확실하게, 아주 확실하게 죽어 있었습니다. 저는 그분의 심장 부위에 손을 대고 한참 동안 기다렸습니다. 박동은 없었습니다. 죽은 것이 분명했습니다. 제가 그분의 눈 때문에 시달리는 일은 이제 일어나지 않을 것이었습니다.

만일 여러분이 아직도 저를 미친 사람이라고 생각하신다면, 제가 그 시체를 감추기 위해 어떤 현명한 예방 조치를 취했는지 들으시면 생각이 달라질 것입니다. 새벽이 다가오고 있었으므로 저는 조용히, 하지만 서둘러 움직였습니다. 저는 우선 시체를 토막 냈습니다. 머리와 팔과 다리를 차례차례 잘라 냈습니다.

그런 후 저는 마룻바닥에 깔린 마룻장 세 개를 들어 올려 시체 토막을 모두 그 아래 각재들 사이에 내려놓았습니다. 그렇게 한 후 저는 마룻장을 아주 감쪽같이 제자리에 되돌려 놓았습니다. 인간의 눈으로는 — 비록 그 노인의 눈이라 할지라도 말이지요 — 거기서 어떤 이상한 점도 발견할 순 없었을 것입니다. 씻어 낼 것도 전혀 없었고요. 얼룩이나 핏자국도 없었으니까 말입니다. 그런 것을 남기기엔 전 너무도 조심스러웠지요. 큰 통에 그것을 모두 받아냈으니까요. 하! 하!

제가 이런 작업을 끝냈을 때는 새벽 4시였습니다. 아직 자정처럼 깜깜했지요. 시계가 4시를 알릴 때 누군가 바깥 문을 두들기는 소리가 들려왔습니다. 문을 열러 내려가는 제 마음은 가벼웠습니다. 그 순간 제가 뭘 두려워할 필요가 있었단 말입니까? 남자 셋이 들어서면서 경찰관이라며 예의 바르게 소개했습니다. 한밤중에 비명 소리를 들은 이웃들이 혹시 살인이라도 난 게 아닌가 걱정된다며 신고를 했으며, 이 정보가 경찰서의 장부에 기록되었기 때문에 가택수색을 하러 나왔다는 것이었습니다.

저는 미소를 지었습니다. 제게 무슨 두려워할 이유가 있었단 말입니까? 저는 경찰관들에게 환영한다고 말했습니다. 비명 소리는 제가 꿈속에서 지른 거였다고 했지요. 그리고 노인은 해외여행을 가고 안 계시다고 덧붙였습니다. 그런 뒤 저는 손님들을 집 안으로 안내했습니다. 그리고 수색을 하시라고 — 아주 샅샅이 수색해 주십사고 — 부탁했습니다. 그러다가 마침내 노인의 방으로 그들을 안내하게 되었습니다. 저는 그들에게 노인 소유의 귀중품들을 보여 주면서 그것들이 없어지거나 흐트러져 있지 않다는 사실을 알려 주었습니다. 그리고 자신감에 도취한 나머지 방에 의자를 가지고 와 경찰관들에게 피곤하실 텐데 좀 쉬시라고 권했습니다. 그러면서 완벽한 성공을 이룬 사람 특유의 의기양양함으로 걷잡을 수 없이 대담해져서 피살자의 시체가 숨겨진 바로 그 지점에 의자를 가져다 놓고 앉았습니다.

경찰관들은 만족한다고 말했습니다. 제 태도가 그분들의 의심을 깨끗이 없애 드렸다는 거였습니다. 제 태도는 정말 여유로웠습니다. 그분들도 의자에 앉았습니다. 저는 그분들의 질문에 명랑하게 대답했으며, 그분들은 곧 일상적인 잡담을 나누기 시작했습니다. 하지만 오래지 않아 저는 얼굴이 창백해지면서 이제 그만 경찰관들이 돌아가 주었으면 하고 바라게 되었습니다. 머리가 아프고 귀에서 윙윙거리는 소리가 났기 때문입니다. 하지만 그분들은 앉아서 잡담을 계속했습니다. 이명은 더 심해졌고 끈질겼으며 더욱더 분명해졌습니다. 이명으로 인한 불편한 기분을 없애기 위해 저는 더욱 허물없이 지껄여 댔습니다. 그러나 이명은 계속되었고 자꾸만 더 분명해졌습니다. 마침내 전 그 소리가 제 귓속에서 울리는 것이 아니라는 사실을 알게 되었습니다.

제 얼굴은 물론 극도로 창백해졌습니다. 그러나 그러면 그럴수록 더욱 활기차게, 더욱 높은 목소리로 대화를 계속했습니다. 하지만 그에 비례해 소리도 점점 커졌습니다. 그렇다고 제가 할 수 있는 일이 도대체 무엇이 있었겠습니까? 그것은 천으로 감싼 손목시계에서나 날 법한, 낮고 단조로우면서도 빠른 소리였습니다. 저는 점점 더 숨이 가빠 왔습니다. 그렇지만 경찰관들은 그 소리를 듣지 못하는 듯했습니다. 저는 더욱 빠른 말씨로, 더욱 격렬하게 대화를 이어 갔고, 목소리는 점점 커졌습니다. 저는 이제 자리에서 벌떡 일어나, 별것도 아닌 일에 목청을 높이고 격렬하게 손짓을 하며 논쟁을 벌였습니다. 그렇지만 소음은 여전히 커졌습니다. 이 사람들은 도대체 왜 안 가려는 것일까? 저는 그들의 말 때문에 화가 난 것처럼 마루 위를 뚜벅뚜벅 서성댔습니다. 하지만 그러는 와중에도 소음은 커졌습니다. 오, 신이시여! 제가 도대체 무슨 일을 할 수 있었단 말입니까? 저는 입에 거품을 물고 장광설을 늘어놓으며 욕까지 했습니다! 의자를 앞뒤로 흔들기도 하고 그것을 마루판에 문질러 삐걱거리는 소리가 나게도 만들었습니다. 그러나 소음은 그 모든 소리에도 불구하고 자꾸만 커졌습니다. 그 소리는 커지고 커지고 또 커졌습니다! 그런데도 경찰관들은 기분 좋게 잡담을 즐기며 미소를 지었습니다. 그분들이 그 소리를 듣지 못하는 게 과연 가능하단 말입니까? 전지전능하신 하느님이시여! 그럴 수는 없다! 그들한테도 그 소리가 들린다! 그들은 의심하고 있다! 알고 있다! 다만 내 공포를 비웃으며 즐기는 거다! 저는 그렇게 생각했고 지금도 그 생각에는 변함이 없습니다. 이 같은 고통의 몸부림에 비하면 그 어떤 상황이라도 나을 거야! 이 같은 조롱에 비하면 그 어떤 것도 참을 수 있을 거야! 더 이상 이 위선적인 미소를 참을 수 없어! 저는 비명을 지르든지 죽든지 둘 중의 하나라고 느꼈습니다! 그리고 그 순간 또다시! 들어 보라! 커진다! 커진다! 커진다! 커진다!

"나쁜 놈들 같으니!" 저는 쇳소리를 내며 외쳤습니다. "더 이상 시치미 떼지 마! 내가 한 짓을 자백할 테니! 이 마룻장을 뜯어 보라고! 여기, 바로 여기! 이 소린 바로 그 노인네의 흉측하기 짝이 없는 심장박동 소리야!"

검은 고양이

내가 이제 써 나갈 이야기는 너무나도 괴이하면서 동시에 너무나도 평범한 이야기인데, 나는 독자들이 그 이야기를 믿어 줄 거라고 기대하지도 않고, 믿어 달라고 부탁하지도 않는다. 나 자신의 감각들조차 내가 직접 보고 들은 증거를 거부하는데, 남들이 그것을 믿어 주리라고 기대하는 것은 실로 정신 나간 일이리라. 하지만 난 분명 미친 것도 꿈을 꾸고 있는 것도 아니다. 다만 죽음을 목전에 앞두고 있으니, 오늘 내 영혼의 짐을 덜고자 하는 것뿐이다. 내 일차적인 목적은 한갓 집안일에 지나지 않는 아주 평범한 일련의 사건을 분명하고 간결한 언어로, 아무런 설명이나 덧붙임 없이 세상 사람들에게 제시하는 것이다. 그 사건들로 인해 나는 공포에 떨었으며 고통에 시달렸고 파괴되었다. 그러니 그 사건에 대해 상세히 설명하는 일은 자제하겠다. 내게 그 사건들은 공포 그 자체였다.

221

하지만 다른 많은 사람들에겐 그 사건이 바로크[64]보다 덜 끔찍하게 느껴질지도 모르겠다. 또한 지금 내겐 환상적으로 느껴지는 사건이 사실은 평범한 사건임을 뒷받침할 만한 지식이 훗날 발견될지도 모르는 일이기도 하다. 그런 지식으로 인해 이 사건을 더 침착하고 더 논리적으로, 더 차분하게 이해할 수 있을지도 모르겠다. 그리고 그 지식 덕분에 지금 내가 경외심을 갖고 묘사할 수밖에 없는 상황이 그때에는 자연스러운 인과관계로 인한 평범한 연쇄 사건에 지나지 않는다고 여겨질지도 모른다.

사람들은 어릴 때부터 내가 성격이 온순하고 사려 깊다고들 했다. 마음이 남다르게 여려서 친구들의 놀림감이 되기도 했다. 동물들을 특히 사랑하는 나를 위해 부모님은 애완동물을 이것저것 구해 주셨다. 나는 대부분 애완동물들과 시간을 보냈고, 그 동물들에게 먹이를 주고 그것들을 쓰다듬어 줄 때가 가장 행복했다. 이런 성격은 나이를 먹어 어른이 된 뒤까지도 유지되었다. 바로 그런 것들이 내 큰 즐거움이었다. 충성심과 총기가 넘치는 개의 주인으로서 그 개를 극진히 사랑하는 사람들에게는, 내가 느꼈던 그런 만족감의 성격이나 정도에 대해 설명하기 위해 애를 쓰지 않아도 될 것이다. 무지한 짐승의 헌신적이고 자기 희생적인 사랑에는, 인간 따위의 보잘것없는 우정과 덧없는 충성심을 시험해 볼 기회가 많은 사람들의 가슴에 직접적으로 호소하는 무언가가 있는 것이다.

---

64) 기괴함과 과도함을 특징으로 하는 양식.

나는 결혼을 일찍 한 편인데, 결혼 후 아내도 나와 성정이 비슷하다는 것을 알고 행복했다. 내가 애완동물을 좋아한다는 것을 안 아내는 귀엽고 사랑스러운 애완동물이 눈에 띌 때마다 놓치지 않고 바로바로 구해 왔다. 그래서 우리는 새와 금붕어와 훌륭한 개, 토끼와 작은 원숭이 그리고 고양이 한 마리를 키우게 되었다.

그중 고양이는 몸집이 아주 크고 멋지게 생겼으며, 몸은 칠흑같이 까맸고 놀랍도록 영리했다. 녀석이 워낙 똑똑하다 보니 은근히 미신을 믿어 왔던 아내는 검은 고양이는 모두 마녀가 변신한 것이라는 옛부터 내려오던 미신 이야기를 넌지시 꺼내곤 했다. 물론 아내가 그 미신을 진짜로 믿은 것은 아니었고, 내가 그것을 언급하는 이유는 단지 지금 우연히 그게 생각났기 때문이다.

플루토 ─ 이게 바로 그 고양이의 이름이었다 ─ 는 내가 가장 사랑하던 애완동물이자 놀이 친구였다. 오직 나만이 그 녀석에게 밥을 주었고, 내가 집 안의 어디로 가든지 그 녀석이 나를 졸졸 따라다녔다. 심지어 밖에 나갈 때까지 따라 나오려고 하는 바람에 애를 먹기도 했다.

그 녀석과 나 사이의 우정은 그렇게 몇 해 동안 이어졌다. 그런데 그 몇 해 동안 내 성격과 심리는 악마 같은 폭음 때문에 ─ 이 사실을 고백하자니 얼굴이 붉어진다 ─ 급격히 악화되었다. 나는 하루가 다르게 더 침울하고 쉽게 화를 내며 다른 사람의 감정에 전혀 아랑곳하지 않는 성격으로 변했다. 나는 나쁜 줄 알면서도 아내에게 심한 말을 퍼부어 대기를 서슴지 않았고, 종국에는 손찌검까지 하게 되었다. 애완동물들은 물론 내 성격의 변화를 본능적으로 감지했다. 나는 그들을 돌보지 않았을 뿐 아니라 학대하기까지 했다. 하지만 플루토에 대해서만큼은 여전히 존중심을 유지했기 때문에 그 녀석까지 학대하지는 않았다. 토끼나 원숭이, 심지어는 개까지도 우연히 혹은 나에 대한 애정으로 내 앞을 얼쩡거리면 전혀 주저치 않고 그 녀석들을 학대했지만, 플루토에게만큼은 달리 대했다. 그러나 내 병 ─ 술만 한 병이 또 어디 있을 것인가! ─ 은 점차 깊어졌고, 마침내 플루토도 내 사나운 심사에 시달리기 시작했다. 당시 노년에 접어들기 시작한 플루토의 성격도 다소 까다로워졌기 때문이다.

어느 날 밤 늘 가던 시내 술집 중 한 곳에서 만취한 채로 집에 돌아왔는데, 얼핏 고양이가 나를 피하는 것 같은 느낌이 들었다. 홧김에 그 녀석을 확 낚아챘더니 내 난폭한 행위에 놀란 녀석이 이빨로 내 손을 물어 상처가 약간 났다. 갑자기 악귀와도 같은 격노가 나를 사로잡았다. 나는 더 이상 제정신이 아니었다. 본래의 영혼이 순간적으로 육체를 벗어난 것 같았다. 몸의 모든 섬유조직 하나하나가 술이 부추긴 극악한 증오심으로 전율했다. 나는 조끼 주머니에서 주머니칼을 꺼내 펼쳐 들고, 그 불쌍한 짐승의 목을 손으로 꽉 눌러 잡은 뒤 한쪽 눈을 천천히 도려냈다! 저주받아 마땅한 그 잔혹 행위를 이렇게 적어 나가자니, 얼굴이 붉어지고 화끈거리며 몸서리가 쳐진다.

아침에 잠이 깨어 이성을 되찾고 전날 밤의 방탕함에서 비롯된 흥분이 사라지자, 내가 지난밤 저지른 범죄행위에 대해 공포와 후회의 감정이 솟아났다. 그러나 그래 봤자 그런 감정은 희미하고 애매한 것에 지나지 않았으며, 영혼 깊숙한 곳까지 미치지는 못했다. 나는 이내 다시 극단적인 타락으로 빠져들었고, 내 잔혹한 행위에 대한 기억은 모두 술 속에 잠겨 버렸다.

그사이 고양이는 상처를 서서히 회복했다. 눈을 잃은 자리에 생긴 텅 빈 구멍은 보기에 참으로 흉측했다. 그러나 녀석은 더 이상 고통을 느끼지는 않는 것 같았다. 이전처럼 집 안을 어슬렁거리기는 했지만, 내가 가까이 다가가기라도 하면, 당연한 일이었겠지만, 극도로 겁에 질려 도망쳤다. 나에게도 옛날의 심장이 조금은 남아 있어서 그 녀석이 처음에 그런 모습을 보일 때는 한때 그리도 나를 사랑했던 짐승이 이젠 이렇게 대놓고 나를 혐오하게 되었다는 생각에 서글퍼졌다. 그러나 이 서글픈 감정이 짜증으로 변하는 것은 시간문제였다. 그리고 나를 회복 불가능한 파멸에 결정적으로 몰아넣기 위해서이기라도 하듯 도착적인 심리가 나를 찾아왔다. 이 도착적인 심리에 대해 철학은 아무런 설명도 제공하지 않는다. 그러나 나는 도착적인 심리란 인간 감정의 원초적 충동 중 하나, 즉 인간을 인간으로 만들어 주는, 인간으로부터 결코 분리해 낼 수 없는 본질적 기능 내지 감정 중의 하나라는 사실을, 내 영혼이 살아 있다는 사실을 확신하는 것만큼이나 분명히 믿고 있다. 해서는 안 된다는 단순한 이유 때문에 사악하거나 어리석은 행위를 저질러 보지 않은 사람이 과연 존재할까? 법에 어긋나는 짓임을 알면서도 바로 그 이유 때문에 최상의 판단력을 무시하고 그 법을 위반하려는 충동에 끊임없이 사로잡히는 존재가 바로 인간 아니던가? 이 도착적인 마음이 마침내 나를 결정적인 파멸로 몰고 간 것이다. 바로 이 갈망, 스스로의 본성을 거슬러 혼동시키고, 오로지 잘못을 저지르기 위해 잘못을 저지르게 만드는 인간 영혼의 불가해한 갈망 때문에, 나는 아무 잘못도 없는 짐승에게 내가 준 상처를 아물게 하기는커녕 그 녀석을 아예 죽여 버리고 싶다는 충동에 사로잡혔다. 그래서 어느 날 아침 나는 너무도 냉정하고 침착하게 그 녀석의 목에 올가미를 씌운 다음 나뭇가지에 매달았다. 그렇게 매달 때 내 눈에서는 하염없는 눈물이 흘러 나왔고, 마음은 회한으로 가득 차서 비통하기가 그지없었다. 그 짐승이 나를 끔찍이 사랑해 왔음을 알고 있었기 때문에, 그 짐승이 내게 아무 잘못도 저지르지 않았기 때문에 녀석을 목매달았던 것이다. 그런 행위를 함으로써 내가 범죄를 저지르고 있음을, 가장 자비롭고도 가장 무서운 신의 가없는 자비심이 도달할 수 없는 곳으로 내 불멸의 영혼을 쫓아낼 — 만일 그런 일이 가능하다면 말이다 — 치명적인 범죄행위를 저지르고 있음을 알았기 때문에 그 녀석의 목을 매단 것이다.

그런 잔인한 행위를 저지른 그날 밤 나는 갑자기 불이야, 하고 외치는 소리를 듣고 잠에서 깨어났다. 침대 곁의 커튼이 화염에 휩싸여 있었다. 집 전체가 활활 타오르고 있었다. 아내와 하인과 나는 이 대화재에서 몸만 간신히 빠져나왔다. 파괴는 완벽했다. 화재는 나의 전 재산을 완전히 삼켜 버렸고 그 이후로 나는 완전히 절망에 빠져 버렸다.

나는 물론 그 재난과 내 잔혹 행위 사이에 인과관계가 있다고 생각할 만큼 어리석지는 않다. 그러나 나는 연쇄적으로 일어난 일련의 사건을 상세히 기록함으로써 가능한 고리 중 어느 하나도 불완전하게 남겨 놓지 않으려 한다. 그 화재 다음 날 나는 폐허가 된 집터를 찾아갔다. 무너진 다른 벽들 사이로 단 하나의 벽이 성하게 남아 있었다. 집의 정중앙 부분에서 방과 방 사이를 나누던 그리 두껍지 않은 벽이었는데, 내 침대가 바로 그 벽 쪽으로 머리를 두고 있었다. 그 벽은 화재의 피해를 거의 입지 않았는데, 아마도 얼마 전에 회반죽을 새로 두껍게 발랐기 때문인 듯했다. 벽의 주변에 많은 사람들이 무리를 이루어 웅성거리고 있었는데, 그중에서도 여러 사람들이 벽의 한 부분을 유난히 주의 깊게 살펴보고 있는 것 같았다. "이상도 하다!", "참 희한하군!" 따위의 말들이 내 호기심을 자극했다. 가까이 다가가자 엄청나게 큰 고양이의 모습이 하얀 벽에 엷은 부조처럼 조각된 모습이 눈에 띄었다. 그 부조는 실로 경이롭다 할 만큼 또렷했다. 그리고 그 짐승의 목에는 밧줄이 둘러져 있었다.

내가 처음 이 유령 ─ 이걸 유령이 아닌 다른 것이라고 생각하기는 힘들었으니까 말이다 ─ 을 보았을 때, 나는 물론 극단적인 경악과 공포에 사로잡혔다. 그러나 좀 더 곰곰 생각해 본 뒤 나는 결국 그 같은 경악과 공포에서 놓여날 수 있었다. 고양이가 집에 딸린 정원에 매달려 있었다는 사실이 기억났던 것이다. 화재 경보가 울리자 정원에 사람들이 가득 모여들었으니까, 그중 한 사람이 나무에 매달린 줄을 자른 다음 열린 창문을 통해 그 짐승을 내 방으로 던져 넣었던 게 틀림없다. 자고 있던 나를 깨우려고 그랬을 것이다. 다른 벽들이 무너지면서 내 잔혹 행위의 희생자인 고양이의 몸을 짓눌렀고, 고양이는 얼마 전에 바른 회반죽 벽 속으로 깊이 파고 들어갔을 것이다. 그렇게 해서 화염과 고양이의 시체에서 나온 암모니아가 결합해 그때 내 눈앞에 있던 바로 그 초상을 석회 위에 새겨 놓은 것이다.

방금 묘사한 놀라운 사실을 비록 양심적으로까지는 아니더라도 이성적으로는 납득할 수 있도록 쉽게 설명해 넘겼지만, 그렇다고 해서 그 사실이 내 마음에 남긴 깊은 인상까지 쉽사리 지울 수는 없었다. 그 후 여러 달 동안 고양이의 환영이 내 눈앞을 떠나지 않았다. 그러는 동안 회한 자체는 아니었을지 몰라도, 반쯤은 회한을 닮은 감정이 내 마음속으로 들어왔다. 나는 고양이를 잃은 걸 안타까워 하면서, 내가 자주 드나들던 그 사악한 장소들에서 혹시 내 고양이를 대신할 같은 종이나 비슷한 외모의 다른 애완동물이 없을까 하고 둘러볼 정도까지 되었다.

어느 날 밤 내가 반쯤 멍한 상태로 악행 중의 악행들이 벌어지는 한 소굴에 있을 때였는데, 그곳의 주된 가구 역할을 하는, 진이나 럼주를 담는 커다란 술통 위에 턱 하니 앉아 있는 검은 물체가 갑자기 내 주의를 끌었다. 그러기 전 몇 분 동안이나 그 술통 위를 계속 바라보고 있었는데 그제야 그 물체가 눈에 띈 것이 놀라울 정도였다. 나는 그 물체를 향해 다가가 손을 내밀어 만져 보았다. 그것은 몸집이 꽤 커서 크기가 플루토만 하다고 봐도 좋을 정도의 검은 고양이로서, 단 한 가지 점을 제외하면 생김새도 플루토와 아주 흡사했다. 플루토는 몸에 하얀 털이 하나도 없었는데, 이 고양이에게는 형태가 불분명한 아주 큰 하얀 반점이 있어서, 그것이 고양이의 가슴 전체를 거의 다 가리다시피 했다.

그 녀석은 내가 만지자 즉시 몸을 일으켜 큰 소리로 그르렁대면서 내 손에 몸을 비벼 댔는데, 마치 내가 관심을 가져 주는 걸 기뻐하는 것처럼 보였다. 나는 이 녀석이야말로 바로 내가 찾던 고양이라고 생각했다. 그래서 술집 주인에게 그 녀석을 사겠다고 제안했더니, 그의 대답이 그 고양이는 자기 소유가 아니며, 자신은 그 고양이에 대해서 전혀 알지 못하고, 전에 본 적도 없다는 것이었다.

내가 계속해서 그 고양이를 쓰다듬어 주다가 집에 돌아가려 하자 그 녀석이 나를 따라가고 싶어 하는 것처럼 보였다. 집으로 돌아가는 길에 나는 가끔씩 몸을 숙여 그 고양이를 쓰다듬어 주면서 나를 따라오도록 가만히 놔 두었다. 집에 도착하자 고양이는 마치 자기 집에 귀가한 양 행동했고, 이내 내 아내의 사랑을 듬뿍 차지하게 되었다.

하지만 내 경우엔 이내 그 고양이에 대한 혐오감이 내부에서 용솟음치는 것을 느낄 수 있었다. 내 기대와는 정반대로 말이다. 도대체 어떻게 그리고 왜 그러는지는 알 수 없었지만, 그 고양이가 나를 따르는 것이 분명해지자 나는 점점 더 녀석이 싫어지고 녀석에 대해 짜증스러운 감정만 늘어나게 되었다. 그리고 그 같은 혐오감과 짜증은 점차 더욱더 강렬한 증오로 발전했다. 따라서 나는 그 고양이를 피했다. 그래도 일종의 수치심 때문에, 즉 이전에 내가 저질렀던 잔혹 행위에 대한 기억 때문에, 녀석을 신체적으로 학대하는 일만은 피했다. 녀석을 때리거나 다른 식으로 학대하지는 않는 가운데 몇 주가 흘러갔다. 그러나 녀석을 바라볼 때 점차, 아주 서서히, 말로 표현할 길 없는 혐오감을 느꼈고, 그 짐승의 존재가 너무나 가증스러워 녀석으로부터 역병의 숨결을 피하기라도 하듯 말없이 도망을 치게 되었다.

그런데 그 짐승에 대한 나의 증오심은 내가 녀석을 집으로 데려온 다음 날 아침 내가 발견한 사실, 즉 그 녀석도 플루토처럼 눈을 하나 잃고 없다는 사실 때문에 더 심해진 것이 분명했다. 그러나 그 사실은 녀석에 대한 아내의 사랑을 더욱 공고히 했다. 앞에서도 언급했듯이 아내는 인도주의적 감수성이 풍부한 사람이었기 때문이다. 그러한 인도주의적 감수성은 한때는 내 특징이기도 했고, 그 시절엔 나도 그런 감수성 덕분에 참으로 단순하고도 순수한 즐거움을 누리기도 했다.

그런데 내가 그 녀석을 싫어하면 싫어할수록, 그 고양이란 녀석은 나를 더욱더 좋아하고 따르는 것 같았다. 그 녀석이 내 발뒤꿈치를 어찌나 끈질기게 졸졸 따라다녔던지, 아마 독자들로서는 이해하기 힘들 것이다. 내가 의자에 앉아 있으면 녀석은 언제나 의자 밑으로 들어가 웅크리고 앉아 있거나, 아니면 내 무릎 위로 날렵하게 뛰어올라 나한테 애무를 퍼부어 나를 소름 끼치게 했다. 내가 일어나 걸으려고 하면 내 두 발 사이로 끼어들어 나를 넘어질 뻔하게 만들었고, 아니면 길고 날카로운 발톱으로 내 옷을 짓밟으며 가슴께로 기어 올라갔다. 그럴 때 나는 주먹질로 그 짐승을 작살내 버리고 싶은 마음이 간절했지만 꾹 참았다. 이는 부분적으로는 이전의 범죄행위에 대한 기억 때문이기도 했고, 그보다 더 중요하게는 — 이 자리에서 고백하거니와 — 그 짐승에 대해 느끼던 절대적인 공포심 때문이기도 했다.

이 공포가 육체적인 위해에 대한 공포라고 말한다면 그것은 정확한 표현이 아니다. 그러나 육체적인 위해에 대한 공포가 아니라면, 다른 어떤 종류의 공포라고 정의하는 게 좋을지 나는 알지 못한다. 그 짐승이 내게 불러일으킨 공포와 전율이 가공의 괴물에 대해 상상함으로써 더 커졌다는 사실을 부끄럽지만 인정하지 않을 수 없다. 그렇다. 중죄인 감방에 앉아 있는 지금까지도 그걸 생각하면 창피하다. 아내는 내가 앞서 언급했던 그 흰 털 반점에 대해 여러 번 언급해 내 주의를 환기시켰다. 내가 죽였던 고양이와 이 희한한 고양이 사이의 유일한 가시적 차이인 그 반점 말이다. 독자들은 그 반점이 비록 큰 것이긴 해도 윤곽은 아주 희미한 것이었다는 사실을 기억할 것이다. 그러나 그 윤곽은 아주 서서히, 거의 느낄 수 없을 정도로 변하다가 마침내 분명한 형태를 띠게 되었다. 윤곽의 색이 너무나 서서히 변했기 때문에, 내 이성은 오랫동안 그건 나의 상상의 산물일 뿐이라며 내가 목격했던 걸 애써 부인할 정도였다. 하지만 그 반점은 그즈음 이름을 말하면 몸서리가 쳐지는 바로 그 물체의 형태를 띠게 되었다. 그리고 무엇보다도 바로 그 형태 때문에 나는 그 짐승을 더욱더 혐오하고 두려위하게 되었으며, 감히 그럴 용기만 있었다면 그 괴물 같은 짐승을 내 손으로 죽여 버렸을 것이다. 그 반점은 그때 아주 무시무시하고 소름 끼치는 것의 모양, 즉 교수대의 모양을 띠었던 것이다! 교수대, 오, 서글프고 끔찍한 공포와 범죄의 기계, 고뇌와 죽음의 기계여!

나는 정말 비참한 기분이었다. 그 비참함은 단순한 인간적 비참함의 경지를 넘어서는 것이었다. 한갓 야수에 지나지 않는 그 존재가 지고하신 신의 모습을 본떠 만들어진 인간인 나에게 그렇게 견딜 수 없을 정도로 많은 괴로움을 주다니! 그 녀석의 동료인 또 다른 야수를 아무렇지도 않게 죽여 버린 내게 말이다. 오호, 슬프도다! 나는 더 이상 낮에도 밤에도 휴식이라는 축복을 알지 못했다! 낮 동안에는 그 짐승이 나를 한시도 가만히 놔두지 않았다. 그리고 밤에는 매시간 형용할 길 없이 무시무시한 꿈에서 놀라 깨어나 보면, 그 존재의 뜨거운 숨결이 내 얼굴에 느껴졌으며, 떨쳐 버릴 수 없는 악몽의 현신인 그 존재의 엄청난 무게가 내 심장을 영원히 압박하고 있었다!

이 같은 격통의 무게로 인해 내 안에 조금이나마 남아 있던 선한 마음이 항복을 선언했다. 사악한 생각, 더없이 어둡고 사악한 생각들이 내 유일한 친구가 되었다. 평소에도 늘 우울했지만 이제는 모든 사물과 인간을 증오하게 되었다. 따라서 나는 이제 느닷없이 자주, 그리고 걷잡을 길 없이 분출하는 격노의 감정에 나 자신을 완전히 내맡기게 되었으며, 그 결과 ─ 참, 불쌍하기도 하지! ─ 온순한 아내가 늘 묵묵히 그것을 받아 낼 수밖에 없게 되었다.

빈곤해진 형편 때문에 선택의 여지 없이 한 낡은 건물에 살림을 내어 지내던 어느 날, 필요한 물건을 가지러 아내와 내가 지하실 계단을 내려가고 있을 때였다. 고양이가 가파른 계단을 바짝 뒤따라오는 바람에 나는 거꾸로 넘어질 뻔했고, 그때문에 미칠 듯이 화가 치솟았다. 나는 너무나 화가 난 나머지 그때까지 내 손을 묶어 두었던 유치한 공포조차 잊고 도끼를 번쩍 쳐들어 고양이를 향해 내리쳤다. 도끼가 내가 원한 곳으로 떨어졌다면 고양이는 당장 즉사했을 것이다. 그러나 아내가 손을 들어 가격을 막았다. 방해를 받자 더욱 미칠 듯 화가 난 나는 그녀의 손에서 내 팔을 빼낸 뒤 그녀의 머리를 향해 도끼를 내리쳤다. 그녀는 신음 소리 한번 못 내고 그 자리에서 즉사했다.

이 끔찍한 살인 사건이 벌어지자마자 나는 즉시 온 정력을 기울여 시체를 감추는 작업에 착수했다. 시체를 집 밖으로 내간다면, 밤이든 낮이든 이웃들이 그 사실을 알아챌 가능성이 많다는 사실을 잘 알고 있었다. 머릿속으로 여러 가지 방법을 궁리해 보았다. 잠시 동안은 시체를 아주 잘게 토막내 불에 태워 버릴까 하는 생각을 하기도 했다. 이어서 지하실 바닥에 무덤을 파서 묻어 버려야겠다고 결심했다. 그런 뒤 다시 시체를 마당에 있는 우물에 빠뜨려 버릴까, 아니면 상품이라도 되는 양 상자에 담아서 짐꾼더러 가져가라고 하면 어떨까 등등 한참 이렇게 저렇게 머리를 굴려 보았다. 그러다 마침내 다른 어떤 방법보다도 그럴싸한 방법이 머리에 떠올랐다. 시체를 지하실 벽 속에 넣고 발라 버리는 방법이었다. 중세의 수도사들이 희생자들을 처리했다고 전해지는 방법 그대로 말이다.

지하실은 그 같은 목적을 달성하기엔 안성맞춤이었다. 벽이 대충 세워져 있던 데다 최근에 거친 회반죽으로 벽 전체를 새로 발랐는데, 공기가 습해 이 반죽이 아직 채 다 마르기 전이었다. 더욱이 한쪽 벽에 예전에 굴뚝 겸 벽난로 구실을 하던 바깥으로 돌출된 부분이 있었는데, 그것을 다른 벽들과 똑같이 만들기 위해 그 앞에 벽돌을 쌓고 거기에 회칠을 해 막아 놓은 상태였다. 이 벽에서 벽돌들을 빼내고 시체를 집어넣은 뒤 다시 전처럼 회칠을 해 의심스러운 구석이 없도록 감쪽같이 되돌려 놓기란 식은 죽 먹기였다.

계산은 딱 맞아떨어졌다. 쇠지레를 사용했더니 벽돌들이 쉽게 빠져나왔고, 그 벽 안쪽에다 조심스레 시체를 기대 놓은 뒤 벽돌을 원래 모양대로 다시 쌓아 올렸다. 그러고 나서 석회와 모래와 섬유재를 조심조심 구해서 회반죽을 원래의 것과 구별이 안 될 만큼 똑같이 쑨 뒤 새로 쌓은 벽돌 위에 조심스레 발랐다. 일이 끝났을 때, 나는 모든 작업을 완벽하게 끝낸 것에 아주 흡족한 기분이었다. 벽에서는 누가 손을 댄 흔적이 조금도 눈에 띄지 않았다. 바닥에 있던 쓰레기도 아주 세심하게 주의를 기울여 치웠다. 나는 의기양양하게 주위를 둘러보면서 혼잣말을 했다. "그러니까 적어도 이 일에서만큼은 내 수고가 헛되지 않았군."

작업의 다음 단계는 나를 이렇게 고생시킨 원인인 그 짐승을 찾는 것이었다. 녀석을 죽일 수밖에 없겠다고 굳게 결심했기 때문이다. 그 순간 녀석이 내 눈앞에 나타났더라면 그 녀석이 맞았을 운명에는 아무런 의심의 여지도 없었다. 그러나 그 교활한 짐승은 내가 바로 얼마 전에 보인 폭발적인 분노에 크게 놀란 나머지 내 기분이 그런 상태에 있을 때 내 앞에 나타나서는 안 되겠다고 결심한 듯했다. 그 가증스러운 짐승이 사라지고 나서 내가 맛본 더할 나위 없이 깊고도 행복한 안도감을 묘사하거나 상상하기란 불가능할 것이다. 그 고양이는 그날 저녁 내내 내 눈앞에 얼씬거리지 않았고, 덕분에 나는 그날 밤 그 짐승을 집에 데리고 온 이후 처음으로 편안하고도 깊은 숙면을 취할 수 있었다. 그렇다, 난 잠을 잘 수 있었다. 내 영혼에 살인의 짐을 지고서도 말이다!

하루가 지나고 이틀이 지났지만 내 고문자는 여전히 눈앞에 나타나지 않았다. 나는 다시 한 번 해방된 인간이 되어 숨을 쉴 수 있었다. 그 괴물 같은 녀석이 공포에 질린 나머지 영원히 내 집을 떠났구나! 더 이상 그 녀석을 보지 않아도 되는구나! 난 너무나 행복했다! 내 흉악한 행위에 대한 죄의식에 시달리지도 않았다. 주위에서 더러 질문을 하기도 했지만 대답을 꾸며 대기는 쉬웠다. 가택 수색까지 있었지만, 그들은 물론 아무것도 발견할 수 없었다. 나는 이제 행복한 미래가 보장되어 있다고 굳게 믿었다.

아내를 죽인 지 나흘째 되던 날, 경찰관 몇 명이 예고 없이 들이닥쳐 집 안팎을 또다시 샅샅이 수색했다. 그러나 나는 그들이 아무리 철저히 수색한다고 해도 시체를 은닉한 장소가 발각될 염려는 없다고 굳게 믿었기 때문에, 조금도 당황하지 않았다. 경찰관들은 수색을 진행하는 동안 나에게 입회해 달라고 요청했다. 그들은 집 안 구석구석을 한 군데도 빠지지 않고 살펴보았다. 지하실에도 서너 번 내려갔다. 내 근육 중 어느 한 곳도 떨리지 않았다. 심장박동도 순진무구하게 잠든 사람처럼 고요했다. 나는 지하실의 끝과 끝을 가로지르며 어슬렁거렸다. 가슴께에 팔짱을 끼고 편안하게 오락가락했다. 결국 경찰은 수색의 결과에 완전히 만족해 떠나려 했다. 내 가슴속에서는 기쁜 감정이 억제하기 힘들 정도로 날뛰고 있었다. 나는 내 의기양양한 감정을 드러내는 동시에 나의 무죄를 재차 확인시키는 말을 한마디라도 하고 싶어 안달이 났다.

"여러분." 경찰관들이 지하실 계단을 올라가고 있을 때 마침내 내가 말했다. "여러분의 의심을 누그러뜨릴 수 있어서 기쁩니다. 여러분 모두 더욱 건강하시고 안녕하시기를 빕니다. 참, 그런데 여러분, 이 집, 이 집은 아주 튼튼하게 지어진 건물입니다."(편하게 아무 말이나 하고자 하는 강렬한 욕망 때문에 나는 내가 무슨 말을 하고 있는지조차 거의 의식하지 못했다.) "아주 탁월하게 잘 지어진 건물이지요. 이 벽들 — 가시려고요, 여러분? — 이 벽들은 아주 단단하게 발라져 있습니다." 이렇게 말하면서 나는 순수한 과시욕에 사로잡혀, 손에 들고 있던 지팡이를 들어 지하실의 벽 중에서도 내 소중한 아내의 시체를 넣어 놓은 바로 그 지점을 탕탕 두들겼다.

그러나, 신이시여, 사탄의 송곳니로부터 저를 보호해 주소서! 내가 두들기는 소리에 대한 반향이 고요 속으로 잦아들자마자 갑자기 그 소리에 화답이라도 하듯 그 무덤 속으로부터 어떤 목소리가 들려왔다. 그 소리는 처음에는 어린아이가 홀쩍홀쩍 우는 소리처럼 낮고 단속적이다가, 이내 길고 요란하며 지속적이면서도 괴이하기 짝이 없는, 인간의 소리 같지 않은 큰 고함 소리로 변했다. 그것은 공포와 의기양양함이 반반 섞인 듯한 통곡 소리, 울부짖는 듯한 비명 소리로, 고통에 사로잡힌 저주받은 자들과 그들에게 의기양양하게 고통을 가하는 악마들의 목구멍에서 나오는 소리가 합쳐진 듯한, 오로지 지옥에서나 들릴 것 같은 소리였다.

내가 그때 무슨 생각을 했는지 말하는 것은 부질없는 짓이리라. 나는 정신을 잃고 비틀비틀 반대편 벽으로 쓰러졌다. 계단에 서 있던 경찰관들은 극단적인 공포와 경악에 사로잡혀 순간 멈칫했다. 그러나 다음 순간 열두 개의 건장한 팔이 벽을 부수기 시작했다. 벽이 송두리째 무너져 내렸다. 이미 엄청나게 썩어 들어간, 굳은 피가 여기저기 얼룩진 시체가 똑바로 선 채 목격자들의 눈앞에 모습을 드러냈다. 시체의 머리 위에는 붉은 입을 활짝 벌리고 이글거리는 외눈을 한 그 가증스러운 짐승이 앉아 있었다. 바로 그 교활한 짐승 때문에 내가 살인을 저질렀고, 또한 바로 그 짐승의 고자질 소리 때문에 내가 교수형 집행인의 손아귀로 떨어진 것이다. 내가 그 괴물을 무덤 속에 넣고 벽을 발라 버렸던 것이다!

도둑맞은 편지

지성의 눈으로 본다면 지나친 교활함만큼
가증스러운 것도 없다.
— 세네카[65]

파리, 18○○년 가을 어느 바람 거센 날 저녁 어둠이 깔린 직후 나는 친구인 C. 오귀스트 뒤팽과 함께 포부르생제르맹 구역의 뒤노 거리 33번지 4층의 그의 작은 서재, 혹은 책으로 가득 찬 벽장에서, 해포석 파이프 담배와 명상이라는 이중의 사치를 즐기고 있었다. 적어도 한 시간 정도 깊은 침묵에 잠겨 있을 때였다. 모르는 사람이 얼핏 보았다면 우리가 방의 공기를 짓누르는 담배 연기만 골똘히 들여다보고 있는 것 같았으리라. 하지만 내 경우는 그날 초저녁에 나눈 대화의 주제들, 그러니까 모르그 거리의 사건과 마리 로제 살인 사건을 둘러싼 미스터리 등을 마음속으로 생각하던 참이었다. 따라서 방

---

65) 로마의 스토아 학파 철학자이자 극작가이며 정치가. 여기 인용된 구절은 『도덕에 관한 서한집』에 나오는 것으로, 원문은 라틴어이다.

문이 열리고 우리와 친분이 있는 파리 경시청의 총감 G가 들어섰을 때, 내게 그 일은 다소 신기한 우연의 일치처럼 느껴졌다.

우리는 그를 반갑게 맞이했다. 경멸스럽지만 또 그만큼 재미있는 인물인 그를 지난 몇 년간 만나지 못했기 때문이다. 아직 불을 켜기 전이라 방 안이 어두웠기 때문에 램프에 불을 붙이려고 일어선 뒤팽은 G가 아주 큰 골칫거리인 공적 사안 때문에 우리와 상의하러, 아니 뒤팽의 의견을 들으러 왔다고 말하자 불을 켜지 않고 도로 자리에 앉았다.

"심사숙고가 필요한 사안이라면." 램프 심지에 불을 붙이려다 말고 뒤팽이 말했다. "주변이 어두운 편이 나을 테니까."

"자네의 그 많은 기묘한 견해 중엔 그런 것도 있었군." 총감이 말했다. 그는 자기 이해력의 범위를 벗어난 것이면 무엇이든 '기묘하다.'고 부르는 경향이 있었는데, 그 덕분에 그는 너무나 많은 '기묘한 것들'에 둘러싸여 사는 꼴이었다.

"맞아." 뒤팽이 그에게 파이프 담배를 권하고, 그를 향해 안락의자를 밀면서 말했다.

"그런데 그 골칫거리 사안이라는 게 뭔가? 또 다른 암살 사건은 아니겠지?" 내가 물었다.

"아, 아니. 전혀 성격이 다른 사건일세. 사실, 사안은 정말로 더할 나위 없이 단순한 거야. 그리고 우리 스스로 충분히 해결할 수 있다고 자신하네. 하지만 뒤팽 자네도 그 내막에 흥미를 느낄 거라고 생각했어. 정말 너무도 기묘하니까."

"단순하면서도 기묘하다." 뒤팽이 말했다.

"그러니까 말일세. 그런데 꼭 그런 것만도 아니지. 사실, 사건은 그렇게도 단순한데, 전혀 해결의 실마리를 못 찾고 있어서 모두들 상당히 난처한 지경에 처해 있거든."

 "사안이 너무 단순하다 보니까 오히려 오류를 범하나 보구먼." 내 친구가 말했다.

 "자네, 정말 말도 안 되는 소리를 하는군!" 총감이 호방하게 웃어 젖히며 대답했다.

 "수수께끼가 너무 단순한 게 아닐까." 뒤팽이 말했다.

 "아 참, 점입가경이군그래! 그런 말도 안 되는 소리는 내 처음 들어 보네."

 "좀 지나치게 자명하다거나."

 "하, 하, 하! 하, 하, 하! 허, 허, 허!" 우리의 손님은 너무나 우스꽝스럽다는 듯 홍소를 터뜨렸다. "오, 뒤팽, 자네에겐 못 당해 내겠구먼!"

 "아무튼 사안이 도대체 어떤 건데?" 내가 물었다.

 "이제 들어 보게." 총감이 숙고하듯 길고 찬찬하게 파이프 담배를 내뿜으며, 그리고 의자에 깊숙이 앉으며 대답했다. "간단히 몇 마디로 요약해 말하지. 하지만 이야기에 들어가기 전에 한 가지, 이 사안은 절대 비밀이라는 것, 그러니까 내가 이걸 다른 사람한테 말한 게 알려지면 내 목이 달아날 수도 있다는 사실을 명심해 주게."

 "계속하게나." 내가 말했다.

 "아니면 말거나." 뒤팽이 말했다.

 "그럼, 이야기하겠네. 내가 아주 높으신 분에게 개인적으로 연락을 받았거든. 왕실의 방 안에서, 너무도 절대적으로 중요한 어떤 서류가 도난당했다는 것이었네. 그것을 훔친 자가 누군지도 알고 계시는데, 그 점에는 결단코 전혀 의심의 여지가 없다는 거야. 그가 서류를 훔치는 것을 보았으니까. 그리고 그가 아직 그 서류를 소유하고 있다는 사실에도 의심의 여지가 없고."

"그걸 어떻게 알고 있지?" 뒤팽이 물었다.

"서류의 성격상, 그러니까 훔친 사람이 그걸 더 이상 소유하고 있지 않다면, 다시 말해서 그 사람이 궁극적으로 그걸 훔친 목적대로 사용한다면 즉시 일어날 수 있는 결과가 아직 나타나지 않는 것으로 봐서 분명하게 추측할 수 있네."

"좀 더 알아들을 수 있는 말로 설명해 보게나." 내가 말했다.

"글쎄, 그 서류를 가진 사람은 그 서류 덕분에 일정한 영향력을 갖게 된다. 즉 그런 영향력이 엄청난 힘을 발휘할 수 있는 대상인 어떤 사람한테 말일세. 그 정도까지는 말할 수 있겠지." 총감은 외교적인 말투를 좋아하는 사람이었다.

"아직도 이해가 잘 안 가는데." 뒤팽이 말했다.

"그래? 그렇다면, 그 서류가 이름을 밝힐 수 없는 제3의 인물의 손아귀에 들어가게 되면, 너무도 존귀하신 어떤 분의 명예에 금이 갈 수도 있다는 걸세. 그리고 그런 가능성으로 말미암아 그 서류를 소유한 사람은 그 존귀하신 분에 대한 지배권을 갖게 되는 거지. 그 존귀하신 분의 명예와 평화가 현재 엄청난 위협을 받고 있는 걸세."

"하지만 그 지배권은 서류를 잃은 사람이 누가 그 서류를 훔쳤는지 알고 있다는 사실을 그 훔친 사람이 알고 있어야만 가능한 것일 텐데. 누가 감히⋯⋯." 내가 끼어들었다.

"도둑은 D 대신이네. 신사다운 일뿐 아니라, 신사답지 않은 일도 서슴지 않는 그 사람 말일세. 도둑질의 방법도 대담했을 뿐 아니라, 그에 못지않게 교묘하기도 했어. 이 서류 — 솔직히 말하면, 편지인데 — 는 그 존귀하신 분께서 왕실의 규방에 혼자 계실 때 받으신 것이라네. 그 귀부인께서 편지를 읽고 계실 때 갑자기 다른 존귀하신 분께서 그 방으로 들어오셨다는군. 그 귀부인께서는 다른 누구보다도 그 존귀하신 분께 그 편지를 보이고 싶지 않으셨다지. 그래서 편지를 급히 서랍 속에 넣으려고 했지만 실패해서 탁자 위에 그대로 펼쳐 놓을 수밖에 없으셨다는군. 하지만 주소만 겉으로 드러나 있었고 내용물은 보이지 않았던지라, 그 편지는 존귀하신 분의 주의를 끌지 않고 넘어갔다네. 그런데 바로 그 순간 D 대신이 들어섰다는 거야. 그의 스라소니 같은 눈이 즉시 주소의 필적을 알아보았고, 그에 수신인이 당황해하는 것을 눈치챘으며, 그로부터 그녀의 비밀을 짐작해 냈다는 거네. 그래서 평소처럼 급한 태도로 용건을 다룬 다음, 그는 문제의 편지와 다소 유사하게 생긴 편지를 꺼내 그것을 펼쳐 들고 읽는 척하다가 문제의 편지와 아주 가까운 곳에 나란히 내려놓았다네. 그런 다음 그는 다시 공적인 사안에 대해 십오 분가량 대화를 나눈 뒤 마침내 자리를 뜨려고 인사를 하면서 탁자 위에서 자기 것이 아닌 편지를 집어 든 거야. 그 편지의 주인은 그것을 목격했지만 물론 당신 바로 곁에 서 계신 제3의 인물의 주의를 끌까 봐 감히 그것을 지적하지 못했던 거지. 그래서 대신은 중요하지 않은 자신의 편지를 탁자 위에 남겨 놓고 떠났다는 거네."

"그렇다면 지배권을 완성시키는 데 필요하다고 자네가 지적한 바로 그 조건, 그러니까 잃어버린 사람이 훔친 사람이 누구인지 알고 있다는 사실을 훔친 사람이 알고 있어야 한다는 그 조건을 정확히 충족시킨 셈이구면." 뒤팽이 내게 말했다.

"그렇다네. 그리고 그 사람은 그렇게 획득한 권력을 지난 몇 달 동안 정치적인 목적을 위해 아주 위험할 정도까지 휘둘러 왔다네. 편지를 도둑맞은 분께서는 그 편지를 되찾아야 할 필요성을 나날이 절감하고 계신 거지. 그러나 물론 그 일이 공공연히 이뤄질 수는 없지. 결국 너무나 절망한 그 귀부인께서 내게 그 임무를 위임하게 된 거네." 총감이 대답했다.

"자네보다 더 현명한 대리인이 필요하지도 않거니와, 그런 사람을 상상하는 것조차 불가능하니까 그런 거겠지?" 뒤팽이 담배 연기의 소용돌이에 완전히 휩싸인 채 말했다.

"과찬이네." 총감이 대답했다. "하지만 그 비슷한 견해를 가지고 내게 위임하신 것이라고 볼 수는 있겠지."

"자네가 말한 대로 아직 그 대신이 편지를 수중에 가지고 있다는 것은 분명하겠군. 편지를 어떤 방식으로 사용하는 것보다 편지를 그렇게 소유하고 있다는 사실 때문에 권력을 행사할 수 있으니까. 편지를 공개하는 즉시 그 권력은 그의 손을 떠나 버리는 거고." 내가 말했다.

"맞네. 그래서 나도 확신을 갖고 임무에 착수했지. 우선 나는 그 대신의 저택을 완벽하게 수색했네. 내게 가장 어려운 과제는 그의 저택을 그가 모르게 수색해야 한다는 것이었지. 무엇보다도 그가 우리의 계획을 의심하게 될 경우 닥칠 수 있는 위험에 대해 의뢰인께서 주의를 주셨으니까." G가 말을 이었다.

"하지만 자네는 그런 식의 수사에 있어서는 일급 전문가이지 않은가. 파리 경시청이 그런 수색을 한 게 어디 한두 번뿐인가." 내가 말했다.

"아, 물론 그렇지. 그리고 바로 그 때문에 나도 크게 걱정하지 않았네. 대신의 습관도 내겐 아주 도움이 되었고. 밤새도록 집을 비우는 일이 잦았으니까 말이네. 하인도 많지 않고. 그들이 주인의 방에서 멀리 떨어져 자는 데다, 대개 나폴리 출신이라 자주 술에 취해 곯아떨어졌거든. 자네들도 알다시피 나한테는 파리 시내의 어떤 방이나 캐비닛도 열 수 있는 열쇠가 있지 않은가. 지난 석 달 동안 난 매일 밤 상당 시간을 투자해서 D의 저택을 직접 뒤지는 일에 골몰했지. 내 명예가 걸린 문제인 데다 큰 비밀을 한 가지 얘기해 주자면 걸린 상금도 대단하거든. 그런데 나는 결국 그 도둑이 나보다 훨씬 더 교활한 사람이라는 결론에 도달한 채, 수색을 포기할 수밖에 없었네. 저택에서 그 편지를 숨길 수 있는 장소라면 어느 구석이든 샅샅이 수색했다고 자부하니까 말일세."

"하지만 그 편지가 그 대신의 손아귀에 있는 것은 사실일지라도, 그가 편지를 자신의 저택이 아닌 다른 곳에 감추어 두었을 수도 있지 않을까?" 내가 의견을 제시했다.

"그건 거의 불가능에 가깝지. 현재 궁정의 특이한 정황, 그리고 특히 D가 관련된 것으로 알려진 음모와 관련해서 볼 때, 필요에 따라서는 그가 그 편지를 곧바로 내놓을 가능성 또한 그것을 소유하고 있다는 사실만큼 중요하니까 말일세." 뒤팽이 대꾸했다.

"그 편지를 곧바로 내놓을 가능성이라?" 내가 물었다.

"그러니까, 그 편지를 파괴할 가능성 말이지." 뒤팽이 말했다.

"맞는 말일세. 편지가 그 저택에 있는 것이 틀림없겠네. 그 대신이 그 편지를 몸에 지니고 있을 가능성에 대해선 젖혀 놓아도 될 테지." 내가 말했다.

"물론 내가 두 번이나 노상강도인 척하면서 길가에 숨어 있다가 그 사람을 급습해서 직접 그의 몸을 샅샅이 뒤졌으니까 말일세." 총감이 말했다.

"그런 수고까지는 안 해도 되었을 텐데. 내 생각에 D가 아주 바보 멍청이는 아니고, 그렇다면 그런 식의 습격이 있을 거라고 응당 예상했을 것 같네만." 뒤팽이 말했다.

"아주 바보 멍청이는 아니지. 그렇지만 시인이거든. 그리고 내 보기엔 시인이라면 바보보다 한 단계 정도밖에 나을 게 없을 것이네." G가 말했다.

"맞는 말이네." 뒤팽이 생각에 잠겨 파이프를 길게 내뿜으며 말했다. "나도 사실 엉터리 시를 지은 적이 좀 있지."

"자네가 쓴 수색 방법을 자세히 얘기해 보면 어떨까?" 내가 말했다.

"사실인즉슨, 시간을 충분히 들여서 그 집의 구석이란 구석은 모두 다 수색했다네. 그런 일에는 백전노장 아닌가. 저택 건물 전체를 방별로 수색했지. 방 하나에 일주일씩 걸려서 말이야. 처음에는 각 방의 가구를 수색했어. 서랍이란 서랍은 다 열어 보았지. 잘 알고 있으리라 믿네만, 제대로 훈련받은 경찰에게 '비밀'의 서랍이란 존재할 수 없지. 이런 종류의 수색 도중에 '비밀'의 서랍을 놓치는 사람이 있다면 얼뜨기라고밖에 할 수 없지. 그런 건 너무나 간단하니까. 모든 캐비닛은 일정한 크기 — 일정한 공간 — 가 채워져야 하네. 그리고 우리한텐 정확한 자가 있고. 어느 선의 오십분의 일이라도 놓칠 수가 없지. 캐비닛 다음에는 의자를 수색했네. 내가 전에 사용하는 걸 본 적이 있을걸. 바로 그 가늘고 긴 바늘로 방석이란 방석은 다 찔러 보았지. 탁자는 상판을 떼어 내 보았고."

"그건 왠가?"

"뭔가를 숨기기 위해 경우에 따라 탁자의 상판, 혹은 다른 가구에서 그에 해당하는 부분을 떼어 낸 다음 탁자의 다리나 다리의 기둥에 구멍을 뚫어 그 빈 공간에 물건을 넣고 윗 널판을 제자리에 올려놓는 경우가 있거든. 침대 기둥의 바닥이나 윗부분도 같은 방식으로 사용되는 경우가 있지."

"하지만 그런 빈 공간이라면 바깥에서 탁탁 쳐 봐서 어떤 소리가 나는지만 봐도 알 수 있지 않은가?" 내가 물었다.

"그렇게 간단하지가 않네. 만일 물건을 넣은 뒤 그 주변에 솜을 충분히 넣어 놓으면 단순히 치는 것으로는 알 수가 없지. 더욱이 이 사건의 경우 소리를 내지 않고 조용히 작업해야 했잖나."

"하지만 그런 방법으로 물건을 넣을 가능성이 있는 가구를 전부 다 그런 식으로 분리, 분해를 할 수는 없었을 것 같은데. 편지를 아주 좁은 원통형으로 말면 모양이나 크기가 굵은 뜨개바늘 정도가 될 테고, 그런 형태라면 예를 들어 의자의 가로대 같은 곳의 빈 속에다 넣을 수도 있을 것 아닌가. 의자를 다 분해하지는 않았을 것 아닌가?"

"물론 그러지는 않았지. 하지만 그보다 더 나은 방법을 사용했네. 그 저택에 있는 모든 의자의 가로대와, 그리고 실은 모든 가구의 이음매를 아주 성능 좋은 현미경을 사용해서 조사했지. 만일 최근에 떼었다 도로 붙인 흔적이 있는 것이 있었다면 당장 그 사실을 알아내는 데 실패가 있을 수 없었지. 예를 들어서, 구멍을 뚫다가 생긴 가느다란 부스러기라도 사과만큼이나 크고 분명하게 보였을 거네. 접착제에 약간의 변화가 있거나 이음매에 부자연스러운 틈이 보이는 경우에도 쉽게 알아차릴 수 있었고."

"거울이라든가 그릇과 선반 사이도 살펴보았을 테고, 침대와 침대보, 커튼과 양탄자도 세심히 조사했겠지."

"물론이지. 가구란 가구는 티끌 하나도 놓치지 않고 그런 식으로 이 잡듯이 조사를 끝낸 다음 우리는 집 자체를 조사하기 시작했네. 집 전체의 표면을 각 부분으로 나누어서 번호를 매겼어. 어느 한 부분이라도 놓치지 않으려고 말일세. 그런 다음 6제곱센티미터 단위로 저택의 전 공간을 샅샅이 뒤졌네. 전처럼 현미경을 사용해서, 그리고 그 저택에 연결된 다른 두 건물까지 포함해서 말일세."

"연결된 두 건물까지! 정말 고생했군." 내가 탄성을 질렀다.

"그랬네. 보상금이 워낙 엄청나니 말일세."

"그 집들 주변의 땅도 포함했겠지?"

"땅에는 모두 벽돌이 깔려 있었네. 검사가 비교적 쉬웠지. 벽돌 사이의 이끼를 조사했는데, 그것들이 움직인 흔적도 없더군."

"D의 서류들도 물론 살펴봤겠지. 서가에 있는 책들도?"

"물론이지. 꾸러미란 꾸러미, 포장이란 포장은 다 열어 보았네. 책이란 책은 다 펼쳐 보았을 뿐만 아니라, 우리 경찰들이 보통 하는 식대로 단순히 흔들어 보는 정도가 아니라, 책 갈피란 갈피는 다 넘겨 보았어. 또한 가장 정확한 자를 사용해서 책의 표지란 표지는 다 두께를 재어 보았고, 각 표지를 현미경으로 아주 꼼꼼하게 살펴보았네. 그 책들 중에서 최근에 제본에 손을 댄 것이 있었다면 우리가 그걸 놓쳤을 가능성은 전무하다고 봐야 할 걸세. 책 중에 다섯 권이나 여섯 권 정도는 제본 방식을 확인하려고 바늘을 사용해 위아래로 상세히 검사하기도 했지."

"양탄자 아래 마룻바닥도 찬찬히 뜯어보았고?"

"두말할 필요도 없지. 양탄자란 양탄자는 다 들어냈고 마루도 현미경을 사용해서 들여다보았네."

"벽에 걸린 종이들도?"

"물론이지."

"지하실도 보았고?"

"그랬지."

"그렇다면 자네의 추측이 빗나간 것이겠군. 편지는 자네가 짐작했던 것과는 반대로 그 저택에 있지 않은 거겠네."내가 말했다.

"자네 의견이 맞는 게 아닐까 걱정되네. 그러니, 이제 뒤팽, 어떻게 하면 좋겠나?"총감이 물었다.

"그 저택을 다시 철두철미하게 조사하는 게 좋을 것 같군."

"그건 절대적으로 불필요하네. 편지가 그 저택에 있지 않다는 걸 내가 숨을 쉬고 있다는 것만큼이나 자신할 수 있네."G가 대답했다.

"더 좋은 충고가 떠오르지 않는군. 물론 그 편지가 정확히 어떻게 생겼는지는 알고 있겠지?"뒤팽이 말했다.

"아, 물론!"총감은 수첩을 꺼내어 도둑맞은 편지의 안과, 특히 겉의 모양을 상세히 묘사한 것을 큰 소리로 읽기 시작했다. 그는 그 묘사를 그렇게 자세히 읽은 다음 곧 작별 인사를 하고 떠났는데, 그 사람 좋은 신사를 알고 지낸 이후로 그가 그렇게 풀이 죽은 모습을 보기는 그때가 처음이었다.

한 달쯤 지난 어느 날 우리가 전과 꼭 같은 모습으로 앉아 있을 때 그가 다시 우리를 방문했다. 그는 파이프를 받아 들고 의자에 앉아 안부를 묻는 등 평범한 대화를 이어갔다. 마침내 내가 물었다.

"그런데 G, 그 도둑맞은 편지는 어떻게 되었나? 그 대신을 능가하는 것은 불가능하다고 결론을 내린 것 같구먼?"

"망할 놈의 인간 같으니라고. 맞네. 그렇지만 뒤팽이 충고한 대로 또다시 수색을 하긴 했지. 하지만 내 짐작대로 헛수고만 하고 말았네."

"상금이 얼마라고 했지?" 뒤팽이 물었다.

"그게, 아주 엄청난 액수라네. 아주아주 엄청난 액수의 보상금이네. 정확히 얼마라고 말하지는 않겠네만. 하지만 이것만은 말할 수 있지. 내게 그 편지를 가져다주는 사람이라면 누구한테라도 50,000프랑짜리 수표를 내가 직접 써 줄 용의가 있다는 것. 사실 그 편지를 찾는 일은 나날이 더 중요해지고 있다네. 보상금도 얼마 전에 두 배로 뛰었어. 하지만 보상금이 세 배가 된다 해도, 지금까지 내가 한 것 외에 더 할 수 있는 일은 없을 듯하네."

"글쎄, 그런데." 하고 뒤팽이 파이프 담배 연기를 뿜으며 망설이는 듯한 어조로 말을 이었다. "내 생각엔 말이야, G, 자네가 충분히 노력을 기울인 것 같지가, 그러니까 최선을 다한 것 같지가 않아. 조금 더, 조금만 더 노력해 볼 수 있지 않을까. 어떤가?"

"어떻게? 도대체 어떤 방법으로?"

"글쎄, 후욱, 후욱, 자네가 말이야, 후욱, 후욱, 자문을 구하는 게 어떨까, 응? 후욱, 후욱, 후욱. 아베르네티에 대해 사람들이 한 얘기 기억나나?"

"아니, 아베르네티더러 목이나 매라고 하게!"

"물론! 그 사람한테 목을 매라고 해도 난 상관없네. 하지만, 언젠가 돈 많은 수전노가 있었는데 그 사람이 아베르네티에게 공짜로 의학적 견해를 구할 계책을 세웠다는 거야. 그럴 목적으로 한번은 사적인 자리에서 일상적 대화를 나누다가 슬쩍 자신의 문제를 가공의 인물의 문제인 것처럼 끼워 넣었다는 거지.

그 수전노는 이렇게 말했어. '가령 그 사람의 증상이 이러 저러한데, 그럴 경우, 의사 선생님, 당신이라면 그 사람한테 어떤 조치를 취하라고 하시겠습니까?'

'어떤 조치라!' 아베르네티는 말했다네. '물론 의사에게 자문을 구하라고 하겠지요.'"

"물론 나도 자문을 구하고 사례를 지불할 용의가 충분히 있네. 이 사안에 대해서 내게 도움을 주는 사람이라면 누구에게 든지 50,000프랑을 진짜로 지불할 생각이네." 총감이 다소 당황해하며 대답했다.

"그렇다면 지금 말한 그 액수의 수표를 내 앞으로 이 자리에서 적어 주는 것이 좋겠네. 자네가 그 수표에 서명을 하는 즉시 자네에게 편지를 건네주도록 하겠네." 뒤팽이 서랍을 열어 수표책을 꺼내면서 대답했다.

나는 대경실색했다. 총감도 완전히 벼락을 맞은 것 같은 모습이었다. 몇 분 동안 입을 멍하니 벌리고 눈알이 툭 튀어나온 모습으로 아무 말도 못한 채, 제자리에 꼼짝도 하지 않고 앉아 있었다. 얼마 후 조금 정신을 차린 듯, 펜을 집어 들더니, 잠시 멈칫거리면서 멍하니 앞을 바라보다가 마침내 50,000프랑 짜리 수표를 써서 서명한 뒤, 그것을 탁자 건너 뒤팽의 앞으로 내밀었다. 뒤팽은 그 수표를 자세히 들여다보고 나서 지갑에 집어넣은 뒤, 열쇠로 책상 서랍을 열어 거기서 문제의 편지를 꺼내 총감에게 건넸다. 총감은 너무나 완벽한 기쁨에서 우러나온 듯한 고뇌의 표정과 함께 그 편지를 재빨리 받아 들고 떨리는 손으로 펼쳐든 뒤 그 내용을 황급히 훑어보고는 부랴부랴 문을 향해 달려가서 인사도 없이 방을 빠져나갔고, 이어서 집의 문이 닫히는 소리가 들렸다. 뒤팽이 그에게 수표를 써 달라고 요청한 이래 단 한마디 말도 하지 않은 채였다.

그가 나가고 난 뒤 뒤팽은 방으로 들어오면서 설명을 시작했다.

"파리의 경찰은 나름대로 탁월하게 유능하지. 끈기 있고, 꾀가 많고, 교활하며, 자신들의 임무 수행에 꼭 필요한 지식에 통달해 있지. 그래서 G가 D의 저택을 어떻게 수색했는지 상세히 묘사했을 때 난 그의 수색이 철저했다는 사실을 확인할 수 있었어. 그의 손길이 미친 곳에 한해서 말이야."

"그의 손길이 미친 곳에 한해서라?" 내가 물었다.

"그래. 사용한 방법도 최상이었을 뿐 아니라, 그 적용에 있어서도 절대적으로 완벽한 경지였지. 그 수색의 범위 안에 편지가 감춰져 있었더라면 그의 수하들은 당연히 그 편지를 발견했을 거야." 뒤팽이 말했다.

나는 그냥 웃기만 했다. 하지만 그 말을 하는 뒤팽의 자세는 사뭇 진지했다.

그가 말을 이었다.

"게다가 그 방법들은 나름대로 훌륭하기도 했고, 또 그것들이 실행에 옮겨진 수준도 훌륭했단 말이야. 결점이라면 그 방법들이 이 사건과, 그리고 이 사건의 범인과 맞지 않았다는 거지. 일정한 방식으로 규격화된 매우 정교한 그 방법은 총감에겐 일종의 프로크루스테스의 침대 역할을 해서, 그가 방법에

다 사안을 억지로 뜯어 맞춘 꼴이 된 것이지.[66] 하지만 이번 일에 관한 한, 그의 사고가 너무 깊거나 너무 얕았기 때문에 계속 실패하게 된 거야. 어린 학생 중에도 그보다 사고력이 뛰어난 애들이 많아. 여덟 살 먹은 한 소년을 아는데, 그 아이는 '홀짝' 놀이에서 아주 탁월한 추리력을 발휘해서 사람들의 감탄을 자아냈지. 그건 공깃돌을 가지고 하는 아주 단순한 놀이야. 한 아이가 손에 공깃돌 몇 개를 쥐고 다른 아이에게 그것이 홀수인지 짝수인지 맞춰 보라고 하는 거야. 맞히면 돌 하나를 얻고, 틀리면 하나를 잃는 거지. 소년은 학교에 있는 공깃돌이란 공깃돌은 혼자 다 땄어. 물론 이 아이한테는 추리의 원리라할 만한 것이 있었어. 그리고 그 원리란 다른 게 아니라 단지 관찰을 통해 상대방의 사고력을 적절하게 판단하는 것이었지. 예를 들어서, 소문난 멍청이인 적수가 주먹을 쥐고 '홀이게, 짝이게?' 하고 묻는 거야. 그러면 소년은 처음에 '홀'이라고 대답하고 잃지. 하지만 다음번에는 그가 따. 왜냐하면 '이 바보는 첫 번째에 짝을 쥐고 있었는데, 그의 지력으로 봐서 두 번째에는 홀을 쥘 것이다, 그러니까 이번에는 홀이라고 해야지.' 하고 생각하니까. 그래서 홀이라고 대답하고 따는 거야. 그리고, 첫 번째 경우보다는 좀 덜 우둔한 멍청이가 적수인 경우에는 다음과 같이 추리를 하지. '이 친구는 처음에 내가 홀이라고 대답했으니까, 두 번째에는 우선 단순히 짝에서 홀로

---

66) 그리스 신화에서 프로크루스테스는 나그네를 집에 초대해 침대에 재운 뒤 다리가 침대보다 짧으면 잡아 늘리고, 침대보다 길면 잘랐다고 한다.

바꾸려고 생각할 것이다. 하지만, 곧 한 번 더 생각해 보고 그렇게 하는 것은 너무 단순하니까 처음과 마찬가지로 짝을 제시해야지, 하고 결정할 거다. 그러니까 짝이라고 해야지.' 그러고 나서 짝이라고 말해서 따는 거야. 어린 학생이 이런 식의 추리를 하는 것을 보고 친구들은 단지 '운이 좋다.'고 생각하겠지만, 우리라면 어떻게 판단해야 할까?"

"그건 추리를 하는 사람이 적수의 지력에 자신의 지력을 맞추는 일일 뿐이지."

"맞아. 그리고 내가 그 소년에게 어떻게 해서 그렇게 완벽하게 적수의 지력을 알아채 성공을 거두었느냐고 물어봤거든. 그랬더니 대답이 이랬어. '어떤 사람이 얼마나 현명한지, 우둔한지, 착한지, 아니면 사악한지, 혹은 그 사람이 그 순간 무슨 생각을 하고 있는지 알고 싶으면, 먼저 그 사람의 얼굴 표정에 제 얼굴 표정을 가능한 한 똑같이 맞춰 봐요. 그런 다음 잠시 동안 제 마음속에 마치 그 표정에 맞추기라도 하는 것처럼 떠오르는 생각이나 감정을 기다려요.' 그 학생의 그 같은 대답에 담겨 있는 생각이 바로 로슈푸코라든지 라 브뤼예르, 마키아벨리 그리고 캄파넬라 등이 주장한 것으로 알려진 그럴싸한 이론의 바탕에 놓여 있는 것이지."

"그리고 그렇게 상대방의 지력에 추리자의 지력을 맞추는 일의 성패는, 자네의 말을 제대로 이해했다면, 추리자가 상대방의 지력을 정확히 가늠하는 능력에 달린 거겠군."

"실제적인 결과는 그 능력에 의존하지. 그리고 총감과 그의 수하들이 그렇게 애를 썼는데도 실패한 이유는, 첫 번째로 그런 식의 동일시에 근본적으로 실패하기 때문이고, 두 번째로는 그들이 상대방의 지력을 오판하거나 아예 그걸 가늠할 생각조차 안 하기 때문이지. 자기 자신의 교묘한 아이디어만 생각한단 말이야. 그리고 감춰진 것을 찾을 때도 자신이라면 어떻게 감췄을까만 생각하는 거지. 그것이 옳을 때도 많아. 그들의 교묘함이 일반 대중의 교묘함을 충실히 대표하니까. 하지만 범죄자의 교활함이 자신들의 것과 종류가 다를 경우에는 물론 그 범죄자를 당해 내지 못해. 범죄자가 그들보다 훨씬 더 교활할 경우엔 예외 없이 그렇고. 또한 범죄자가 그들보다 훨씬 더 우둔할 경우에도 보통은 그렇게 실패하게 되지. 조사 방법이 항상 고정되어 있기 때문에, 뭔가 예외적인 비상사태의 경우에도, 그러니까 예컨대 엄청난 보상이 따를 경우에도, 그들은 자신들의 방식은 내버려 둔 채 그냥 그 낡은 방식을 과장되게 키워서 실행에 옮기는 거야. 이 D 사건의 경우, 원리를 변경시키기 위해 도대체 무슨 방법을 차용했나? 현미경을 가지고 자세히 들여다보고, 탁탁 쳐서 소리를 들어 보고, 꼼꼼하게 살펴보고, 그리고 건물 표면 전체를 6제곱센티미터 간격으로 전부 번호를 매기고 하는, 이 모든 지루한 방법이 도대체 뭔가? 그런 방법은 통틀어 봐야 총감의 오랜 경력을 통해 그의 몸에 밴 수색 원리, 인간의 교묘함에 관한 단 한 가지 방식의 이해에 기반한, 단 한 종류의 수색 원리를 극대화해서 적용한 것이 아니고 무엇인가? 총감은 이 세상 모든 사람은 편지를 감출 장소로 정확히 의자 다리의 송곳 구멍은 아닐지라도, 적어도 사람들로 하여금 의자 다리의 송곳 구멍에 그것을 감추도록 부추기는 그런 종류의 사고방식이 생각해 낼 수 있는 후미진 구멍이나 장소 중 하나를 선택할 것이라는 걸 당연한 사실로 가정하고 있다는 것이 눈에 뻔히 보이지 않나? 그리고 또한 그런 종류의 은닉 장소들은 평범한 경우에만 사용되며, 평범한 지력을 가진 사람들만이 그런 장소를 사용한다는 것도 짐작할 수 있지 않겠나? 왜냐하면 어떤 물건을 감추기 위해서라면 어떤 경우든지, 대개들 감출 물건을 그렇게 정교한 방법으로 감추는 것을 당연히 먼저 고려하고 또 실제로 그렇게들 하지. 따라서 그 물건을 찾는 일은 통찰력에 의존하는 것이 아니라 찾는 사람의 세심함과 참을성, 그리고 찾고야 말겠다는 의지에 달리게 되지. 그리고 사안이 중요할 경우, 혹은 보상이 엄청난 것일 때 — 정치적인 사람에겐 그게 그거니까 — 내가 앞서 말한 그런 자질을 동원해서 실패한 사례는 이제까지 단 한 번도 없지. 그 편지가 총감의 수색 범위 안에 감춰져 있었다면, 다시 말해, 그것의 은닉 원리가 총감이 믿고 있는 원리 안에 포함된 것이었다면, 그 장소가 어디든 궁극적으로 그 편지가 발견되었을 것에는 추호의 의문도 없다고 내가 말했을 때, 이제 자네는 내가 무슨 말을 한 건지 알겠지. 그렇지만 총감은 완전히 실패해서 어쩔 줄 모르고 있었어. 그리고 그가 실패한 이유 중의 하나는 크게 보면 그 대신이 시인으로 명성을 얻은 걸로 봐서 멍청이라고 가정한 것이야. 모든 멍청이는 시인이다. 이것이 총감의 직감이지. 그러니까 그는 모든 시인은 멍청이라고 추정함으로써 중개념 부주연[67]이라는

---

67) 논리학의 개념 중 하나.

오류를 저지른 것뿐이야."

"하지만 대신이 시인인 건 사실인가? 내가 듣기로는 그 집안에 형제가 둘 있는데, 둘 다 글재주로 명성을 얻었다는 것 같던데. 대신은 미분학에 대한 논문을 쓴 사람이라고 알고 있네만. 그러니까 수학자이지 시인은 아니란 말이야."

"자네가 잘못 알고 있네. 내가 잘 아는 사람이거든. 그 사람은 시인이면서 수학자이기도 해. 그렇기 때문에 사고력이 뛰어나지. 단순한 수학자였다면 제대로 추리할 능력이 없었을 것이고, 그랬더라면 총감의 손아귀에 쉽게 떨어졌을 거야."

"의외의 주장이군. 세상의 견해와는 모순되는 것이니까 말일세. 자네 지난 수 세기에 걸쳐 충분히 증명되어 온 견해를 완전히 무로 돌리려는 것은 아니겠지. 수학적 이성은 오랜 세월 동안 최고 경지의 이성으로 여겨져 왔으니까 말야."

"'공적인 소유물인 모든 견해, 즉 모든 공인된 관례는 어느 정도는 허튼소리라고 보는 것이 옳을 것이다. 그것이 다수의 지지를 받는 견해라는 사실이 그 증거이다.'" 뒤팽이 샹포르[68]를 인용해 말했다. "수학자들이 자네가 얘기하는 대중적 오류를 유포하기 위해 온갖 애를 썼다는 걸 나도 인정하네. 하지만 오류를 진리인 것처럼 유포한다고 해서 오류가 오류가 아닌 것은 아니니까. 예를 들어서, 수학자들은 더 중요한 목적을 위해 사용되면 좋았을 계책을 동원해서 '분석'이라는 용어를 슬

---

68) 프랑스의 회의주의자인 세바스티앵 로슈 니콜라스(1741~1794)의 필명. 그의 책 『사고의 원리들』에 나오는 구절이 프랑스어로 인용되어 있다.

그머니 대수를 적용한다는 뜻으로 만들어 버렸어. 프랑스인들이야말로 바로 이런 기만의 발명자들이지. 하지만 어떤 용어가 중요한 것이라면, 그러니까 만일 어떤 단어가 그것이 전달하는 의미의 보편적 적용 가능성으로 인해 중요해지는 것이라면, '분석'이란 단어를 '산술'이란 뜻으로 생각하는 것은 라틴어의 '앰비투스(ambitus)'가 '야망(ambition)'을, '렐리기오(religio)'가 '종교(religion)'를, 혹은 '호미네스 호네스티(homines honesti)'가 '명예로운 인간들(honorable men)'을 뜻하는 것[69]이나 마찬가지이네."

"파리의 산술학자들과 한바탕 논쟁을 할 수밖에 없겠군. 아무튼 계속해 보게." 내가 말했다.

"나는 순수하게 추상적으로 논리적인 형태가 아닌 다른 형태로 이루어지는 추론은 어떤 것이든 그것이 유용하다는, 그러니까 거기에 어떤 가치가 있다는 견해에 찬성하지 않네. 특히 수학적 연구에 의해 연역된 추리의 가치에 대해서 말일세. 수학은 형태와 양의 과학이야. 수학적 추리는 형태와 양에 관한 관찰에 논리가 적용된 것일 뿐이지. 심지어 순수한 대수라고 불리우는 것에 따른 진실이 흔히들 추상적이고 일반적인 진실이라고 주장하는데, 그런 가정엔 너무도 큰 오류가 있어. 그리고 이 오류는 너무나 터무니없는 것이어서 난 그런 오류가 어

---

[69] 호네스티는 정직하다기보다는 기품이 있다는 뜻이며, 앰비투스는 어떤 것을 얻기 위해 노력한다는 뜻으로 예를 들어 투표권을 돈을 주고 사는 행위 같은 것도 포함한다. 렐리기오는 단순한 종교적인 것 뿐 아니라 개인적인 양심이 요구하는 의무도 뜻한다.

떻게 그렇게 보편적인 진리로 받아들여지는지 황당하기만 하네. 수학적 공리는 결코 일반적 진리의 공리가 아닌 것이네. 등식에서 적용되는 진실, 그러니까 형태와 양에 관련해서 적용되는 진실은, 예를 들어 윤리에 적용하면 완전히 틀리는 것이 보통이지. 윤리에서는 부분이 합쳐지면 전체와 같다, 라는 명제는 보통 틀린 것일 경우가 더 많아. 그 공리는 또한 화학에도 적용되지 않지. 동기를 고려할 때도 그것은 들어맞지 않아. 일정한 가치를 지닌 두 동기를 합한다고 해서 필연적으로 그 동기들이 따로 가졌던 가치의 총합에 해당될 것이라고는 할 수 없지. 등식이라는 한계 안에서만 진실인 수학적 진실은 그 외에도 헤아릴 수 없이 많지. 그런데도 수학자들은 자신들의 한정된 세계에 적용되는 제한적인 진실이 세상 사람들이 실제로 믿는 것같이 절대적으로 일반적인 적용 가능성을 가진 것이라고 습관적으로 주장하고 있어. 브라이언트는 그의 박식함이 잘 드러난 책 『고대 신화』에서 유사한 오류의 원천에 대해 언급하고 있지. 그에 따르면 '비록 우리가 이교도의 우화를 믿지는 않지만, 그럼에도 우리는 계속 그 사실을 망각하고 그것들이 현존하는 현실인 양 그것들에 토대를 두고 추정을 해 내곤 한다.'[70]는 거야. 하지만, 산술학자들 ─ 그들도 이교도들인 건 마찬가지지 ─ 의 경우엔, 그들이 '이교도의 우화들'을 실제로 믿고 있을 뿐 아니라, 그것들을 토대로 추정을 해내는 일이 단순히 기억력이 나빠서가 아니라 설명하기 힘든 두뇌의 혼돈을 통해 이

---

70) 제이컵 브라이언트의 책 『고대 신화』 속 구절을 인용한 것이다.

루어지지. 요컨대, 수학 루트의 개념을 믿지 않거나 $x2+px$가 절대적으로, 무조건적으로 q와 동일하다는 사실을 남몰래 믿지 않은 수학자는 단 한 사람도 만나 보지 못했네. 실험 삼아, 어느 수학자에게 $x2+px$가 q와 동일하지 않은 경우가 일어날 수도 있다고 자네가 믿고 있다고 얘기해 보게. 만일 그 학자가 자네의 얘기를 이해하는 것 같으면 그 즉시 가능한 한 재빠르게 그의 주먹이 미치는 범위를 빠져나오도록 하게. 그 사람이 자네한테 한 방 날려서 자네를 넘어뜨리려 할 게 너무나 뻔하니까 말이야.”

그의 말에 내가 그냥 웃기만 하니까 뒤팽이 말을 이었다.

“내가 하려는 말은, 만일 그 대신이 단순한 수학자에 불과했다면 총감이 내게 수표를 지불할 일은 절대로 없었을 거라는 거야. 하지만 나는 그 대신이 수학자인 동시에 시인이기도 하다는 사실을 알고 있었기 때문에, 그 사람을 둘러싼 정황을 고려해 그의 능력에 내 방법을 맞출 수가 있었지. 그가 아첨을 잘하는 궁정인, 그리고 대담한 모사가이기도 하다는 사실도 난 알고 있었어. 그런 사람은 경찰의 일상적인 행동 방식에 대해 잘 알고 있을 것이라고 난 생각했지. 매복 습격이 자신을 기다리고 있으리라는 것을 충분히 짐작했을 것이라고. 그가 그렇게 충분히 예상하고 있었다는 사실이 실제로 판명된 거라고 봐야겠지. 또한 그가 자기 저택이 비밀리에 수색되리라는 것도 충분히 예상했으리라는 게 내 추측이었어. 그가 밤에 자주 집을 비운 사실을 총감은 자신의 수색을 확실하게 성공시키는 데 도움이 되는 조건이라며 환영했지만, 내 생각엔 오히려 그렇게 함으로써 경찰에게 철저하게 자기 집을 수색할 기회를 주어서, G에게 문제의 편지가 자신의 영지에 없다는 확신을 주려는 — 마침내 G가 실제로 그런 결론에 도달했듯이 말이야 — 책략이었다고 봐. 또한 내 느낌엔 지금 자네에게 자세히 설명한 사고의 전체 과정 — 경찰이 숨겨진 물체를 수색할 때 채택하는 고정된 행동 방침의 전 과정 말이야 — 그 사고의 전 과정이 대신의 머릿속에 당연히 하나하나 떠올랐을 거라는 거지. 그랬다면 평범하게 후미진 은닉 장소를 선택하는 방법은 — 그게 어디가 됐든지 — 경멸했을 게 틀림없단 말이야. 내 생각엔 그 대신 같은 사람이라면 자기 저택의 가장 정교하고 후미진 구석이라 할지라도 총감의 눈, 그의 탐침과 나사 송곳과 현미경 앞에서는 가장 평범한 벽장처럼 활짝 열려 있는 것이나 마찬가지라는 것을 모를 만큼 그렇게 멍청하지는 않았을 거야. 그러니까 결론적으로 말해서 난 그가 응당 단순성을 선택할 거라는 걸 알았어. 처음부터 일부러 그런 선택을 하기로 한 게 아니라도 말이지. 아마 자네도 기억할 걸세. 총감이 처음 찾아왔을 때 내가 그 수수께끼가 그렇게 너무나도 자명하다는 사실 때문에 그가 더 고생하고 있는지도 모른다고 하니까, 그 친구가 얼마나 지독하게 웃어 댔는지 말이야."

"그래. 그 친구가 그 생각이 너무나 말도 안 된다는 듯 행동하던 것 나도 기억하네. 그렇게 웃다가 발작을 일으킬까 걱정될 정도였지."

"물질의 세계는 비물질적인 세계에도 엄격하게 적용될 수 있는 법칙들로 넘쳐 나지. 그렇기 때문에 은유나 직유를 사용할 때 묘사가 더 생생해지고, 어떤 주장이 강화될 수 있다는 수사학의 원리에 어느 정도 진실성이 담겨져 있는 거지. 예를 들어서 관성의 법칙은 물리학이나 형이상학에 모두 똑같이 적용되는 듯하네. 물리학에서는 큰 물체가 그보다 상대적으로 작은 물체보다 움직이기가 더 힘들다는 것, 그리고 일단 움직이고 나면 운동량이 그 어려움에 비례해서 더 크다는 사실이 법칙적으로 진실하다고 확립되어 있지. 그와 마찬가지로 형이상학에서는 용량이 더 큰 지성은 그 움직임에 있어서 상대적으로 열등한 지성보다 더욱 강력하고 더 지속적이며 더 파란만장하지만, 처음 몇 발을 내딛을 때는 더 주저하고 망설인다는 사실에 법칙적 진실성이 있는 것이지. 다시 말해서, 자네 가게 문 위에 달린 거리의 간판들 중에서 어떤 것들이 가장 주의를 끄는지 주목해 본 적 있나?"

"그런 일에는 한 번도 관심을 기울여 본 적이 없네만." 내가 대답했다.

"지도를 보며 하는 수수께끼 놀이가 있지. 두 사람 중 하나가 한 단어 — 마을이나 강, 주(州)나 제국의 이름 등, 요컨대 지도의 얼룩덜룩하고 혼란스러운 표면에 적힌 어떤 이름이든지 — 를 제시하면 다른 사람이 그걸 찾는 거야. 그 놀이를 처음 하는 사람은 보통 깨알 같은 글자로 적힌 이름을 제시해 상대방을 골탕 먹이려고 하지. 하지만 노련한 사람은 지도의 한쪽 끝에서 다른 쪽 끝에 걸쳐 크게 적힌 이름을 골라. 이런 것들은 거리에 있는 지나치게 크게 쓰인 간판이나 플래카드처럼 너무나 명백하기 때문에 주의를 끌지 못하거든. 그리고 바로 이 같은 물리적인 간과는 우리의 지성으로 하여금 눈에 잘 띄고 손에 잡힐 정도로 자명한 것들을 고려하지 않고 못 보게 만드는 심리적인 몰이해와 정확히 맞아떨어지는 것이지. 하지만 이런 점이 총감의 이해력의 범위라는 면에서 보면 그 다소 위, 혹은 아래에 놓인 것인 듯하네. 총감은 단 한 번도 대신이 편지를 세상의 그 누구도 알아보지 못하게 하기 위해서 바로 세상의 코앞에 놓아두었을 가능성에 대해 생각해 보지 않았으니까 말이네.

난 D가 과감하고 기세가 당당하며 개성이 넘친다는 사실을 충분히 고려에 넣었고, 또 그가 그 서류를 제대로 활용하려면 언제나 자기 손 가까이에 두어야 하지만, 또한 총감이 획득한 결정적 증거에 따르면 그것이 총감이 평상시에 사용하는 수색 방법이 미치는 범위 안에 있지 않다는 사실에 대해 심사숙고해 보았지. 그리고 그렇게 고려하면 할수록, 나는 그 대신이 편지를 감추기 위해서 도리어 감추려는 시도를 전혀 하지 않는, 포괄적이고도 영리한 방법을 선택했다는 결론을 도출할 수밖에 없게 되었지.

이런 생각들로 머릿속이 꽉 차 있던 나는 어느 날씨 좋은 날 초록색 안경을 준비하고 대신의 저택을 우연인 척 방문했지. 들어가 보니 D는 평소처럼 하품을 하며 어슬렁어슬렁 빈둥대면서 더할 수 없이 지루한 척하고 있었어. 내가 보기에 대신은 현재 이 세상에 존재하는 사람들 중에서 아마 가장 진정한 의미에서 정력으로 넘치는 사람이야. 하지만 아무도 그를 보지 않을 때만 그렇지.

그의 맞수가 되어 그를 상대하기 위해 나는 시력이 약해졌다고 불평하면서, 색안경을 써야 한다고 툴툴댔지. 그리고 그와의 대화에 몰두한 척하면서 조심스럽고 철저하게 그의 방을 둘러보았어.

나는 우선 그가 앉은 곳 부근에 놓인 커다란 책상을 세심히 살펴보았어. 책상 위엔 악기 한두 개와 책 몇 권, 그리고 이런저런 편지와 서류 들이 아무렇게나 놓여 있었거든. 하지만 오랫동안 아주 찬찬히 살펴본 뒤에, 그 위엔 특별히 수상해 보이는 것이 전혀 없다는 결론을 내렸어.

방을 샅샅이 훑어 나가다가 내 시선은 마침내 벽난로 장식 한가운데 바로 아래쪽에 있는, 작은 놋쇠 손잡이에 더러운 푸른색 리본이 매달려 있고 싸구려 세공 장식을 한 서류꽂이에 가 닿았어. 그 서류꽂이에는 서너 개의 칸이 있었는데, 명함 대여섯 개와 함께 편지 한 통이 꽂혀 있었어. 그 편지는 구겨지고 더럽혀져 있었지. 그리고 반으로 쭉 찢어져 있었는데, 마치 아무 쓸모도 없는 편지라고 생각하고 찢어 버리려다가, 마음이 변해 그냥 놔둔 것 같아 보였어. 거기에는 D의 머릿글자가 아주 선명히 보이는 커다란 검은 인장이 찍혀 있었고, 받는 사람은 여자가 쓴 것 같은 작은 필체로 D 대신이라고 적혀 있었어. 그것은 서류꽂이의 위 칸 중 하나에 아무렇게나, 거의 내던져져 있다시피 꽂혀 있었어.

그 편지를 보자마자 난 그것이 내가 찾는 바로 그 편지라는 결론을 내렸어. 물론 겉으로 봐서는 총감이 그렇게 자세히 우리에게 묘사해 준 편지와는 아주 달랐지. 이 편지의 인장은 크기가 크고 색깔은 검은색으로 D의 머릿글자가 새겨져 있는데, 우리가 찾던 편지는 인장이 작고 붉은색이었으며 S 공작 집안의 문장이 새겨진 것이었으니까. 편지의 수취인은 대신이었고, 작고 여성적인 필체로 적혀 있는 반면, 우리가 찾던 편지는 수취인이 왕실의 인물로, 이름이 눈에 잘 띄는 굵고 과단성 있는 필체로 쓰여진 것으로 알고 있었지. 그러니까 일치하는 것은 편지의 크기뿐이었어. 하지만, 그 둘 사이의 차이가 이렇게 근본적이고 극단적이라는 사실, 그것이 더럽혀져 있다는 사실, 즉 D의 찬찬한 본래 습관과 정반대로 편지가 더럽혀지고 찢겨져 있었다는 사실, 즉 보는 사람으로 하여금 그 편지가 아무런 가치도 없는 것이라고 속이려는 수단임이 너무도 분명한 그 사실. 그런 요소들에다 그 편지가 지나치게 눈에 잘 띄는 장소에 놓여 있다는 사실, 즉 그 편지가 그 방을 방문한 사람들이라면 누구나 쉽게 볼 수 있는 곳에 놓여 있었다는 사실, 그러니까 내가 이미 내린 결론과 정확히 일치하는 위치에 있었다는 사실이 결합해서, 수상한 걸 찾아 내려고 방문한 내 의심을 사게 된 거지.

나는 방문을 최대한 오래 끌었어. 그리고 내가 알기로 대신의 흥미를 끌고 그를 흥분시킬 게 틀림없어 보이는 화제에 관해 그와 활기차게 대화를 나누는 한편 속으로는 그 편지를 자세히 관찰했지. 특히 그것의 겉모습과 그것이 서류꽂이에 꽂혀진 모양을 잘 기억해 두려고 노력했어. 그러는 동안 나는 마침내 만일 내게 그 편지에 대해 일말의 회의라도 있었다면 그것을 완전히 불식시켜 줄 수 있을 만한 사실도 발견했어. 편지의 가장자리를 자세히 살펴보다가 그것이 보통 이상으로 닳아져 보인다는 사실을 발견했거든. 가장자리는 빳빳한 종이를 한 번 접어서 접는 기구로 눌렀다가 다시 펼쳐서 같은 금을 따라 반대쪽으로 다시 접었을 때처럼 꺾인 듯했어. 그 발견으로 충분했지. 편지가 장갑처럼 뒤집어졌다가 다시 되돌려 접어진 후 새로 봉해졌다는 것이 너무도 분명했으니까. 나는 대신에게 작별 인사를 하고, 그의 탁자 위에 내 금제 코담뱃갑을 남겨 놓은 채 즉시 그의 집을 떠났어.

다음 날 아침 나는 코담뱃갑을 찾는다는 핑계로 그의 집에 들러서 전날 우리가 나누던 대화를 열성적으로 이어 나갔지. 하지만 그러는 동안, 갑자기 총알이 발사된 듯한 큰 소리가 그 저택의 창문 바로 밑에서 들려왔고, 이어서 일련의 고함 소리와 겁에 질린 듯한 군중의 외침 소리가 들려왔어. D는 얼른 창문을 향해 달려가서 그것을 왈칵 열어젖히고, 밖을 내다보았지. 그사이에 나는 서류꽂이 쪽으로 성큼 다가가서 거기 있던 편지를 꺼내 내 호주머니에 넣은 뒤, 내가 집에서 빵에다 D의 머릿글자를 흉내 내 새긴 인장을 사용해서 급조한 (겉모습에 관한 한) 똑같은 모양의 편지를 그 자리에 꽂아 놓았지.

거리의 소란은 어떤 사람이 머스킷총을 들고 미치광이처럼 날뛰어 생긴 것이었어. 그 사람이 여자와 아이 들이 모인 곳에다 대고 총을 발사했던 거야. 하지만 그 총에는 총알이 장전되어 있지 않았던 것으로 판명되었고, 그래서 사람들은 그 사람을 정신병자나 술주정뱅이라고 여기고 그냥 가라고 보내 주었어. 그가 떠난 뒤 D가 창문에서 자리로 돌아왔는데, 나도 문제의 편지를 잘 꽂아 놓은 뒤 즉시 창문 쪽으로 갔더랬지. 나는 곧 그에게 작별 인사를 고했어. 미치광이 행세를 한 사람은 물론 내가 돈을 주고 산 사람이었지."

"하지만 그 편지를 똑같은 모양의 편지와 바꿔치기한 이유는 뭔가? 자네가 처음 그를 방문했을 때 그냥 공공연히 그 편지를 집어 들고 나오는 편이 더 낫지 않았을까?"

"D는 무모한 사람이고 또 대담한 사람이기도 하네. 또한 그의 저택에는 그의 이익을 보호하기 위해 고용된 사람들도 있고. 자네가 지금 제안한 것 같은 그런 무모한 행위를 시도했더라면, 아마 난 그 대신의 저택에서 살아 나오지 못했을 걸세. 착한 파리 시민들은 더 이상 나에 대해서 들을 일이 없었을걸. 하지만 내겐 그런 고려들 외에 다른 목적도 있었네. 자네도 내정치적 편향에 대해 잘 알고 있지. 이 사안에 관한 한, 나는 문제의 귀부인 편에서 행동한 것이었네. 대신은 18개월 동안이나 그 귀부인을 자신의 손아귀에 쥐고 농락했어. 이제 그녀가 그를 자신의 손아귀에 쥐고 있는 거야. 왜냐하면 그는 그 편지가 자기 손을 떠났다는 사실을 모르기 때문에 아직도 편지를 가지고 있다고 믿고 행동하고 있거든. 이제 그는 자신에게 정치적 파멸을 가져올 행동을 저지를 수밖에 없게 되는 거지. 그의 파멸 또한 극적이기보다는 어색한 편일 거야. 흔히 '지옥으로 내려가는 길은 쉽도다.'[71]라고 하지. 그건 다 좋아. 하지

---

71) 베르길리우스의 서사시 「아이네이스」에서 따온 구절로 원문은 라틴어이다. 아이네이스가 아버지를 만나러 지옥으로 가게 해 달라고 간청하자 쿠마이의 무녀는 "지옥으로 내려가는 길은 쉽도다. 어둠의 도시 디스의 문은 밤낮 없

만 카탈라니[72]가 노래 부르기를 두고 말했던 것처럼, 내려가기보다는 올라가기가 누구에게나 훨씬 쉬운 법이야. 지금 난 파멸하는 그자에 대해 아무런 공감도, 하다못해 동정심도 느끼지 않아. 그는 바로 '끔찍한 괴물'[73], 똑똑하지만 원칙이 없는 인간이니까. 하지만 고백건대, 총감이 '너무도 존귀하신 어떤 분'이라고 부른 그 귀부인께서 그에게 도전해 올 때 내가 서류꽂이에 그 경우를 위해 남겨 놓았던 편지를 열어 보고 그가 과연 어떤 생각을 하게 될지 궁금하기는 하네."

"어떻게 했는데? 그 안에 무엇을 적어 놓았나?"

"글쎄, 아무것도 적지 않고 그냥 놔 두는 건 경우에 맞지 않는 것 같더군. 그러는 것은 D에 대한 모욕이 될 것 같았거든. D가 언젠가 비엔나에서 내게 못된 짓을 한 적이 있으니까. 그때 내가 농담삼아 그 일을 꼭 기억하겠다고 했지. 그래서 누가 그렇게 자신을 능가해 골탕을 먹였는지 그 작자가 궁금해할 것 같아서 단서를 전혀 남겨 놓지 않는 건 못할 짓인 것 같았어. 그는 내 필체를 잘 알거든. 그래서 그냥 백지 한가운데다 이런 구절을 베껴 놓았지.

'──── ────

그렇게 사악한 계획은,

아트레우스가 아니라면 티에스테스에 걸맞은 짓이로다.'

이 활짝 열려 있느니라. 하지만 발걸음을 되돌려 이승으로 되돌아오는 것, 그것은 어려우며, 바로 그것이 너의 과제이니라."라고 했다.

72) 이탈리아의 오페라 가수.

73) 「아이네이스」에서 따온 구절로 원문은 라틴어이다.

이건 크레비용의 작품 「아트레우스와 티에스테스」에 나오는 것이라네."[74]

---

74) 고대 그리스의 비극 작가 아이스킬로스의 「오레스테이아」 3부작을 토대로 한 비극. 티에스테스는 왕위에 오르기 위해 형 아트레우스의 아내인 형수를 유혹한다. 그러자 아트레우스는 복수를 위해 티에스테스의 아들들을 죽여 토막을 내 요리한 다음 티에스테스에게 대접한다.

아몬티야도 술통

그동안 포르투나토가 내게 너무나 많은 상처를 주었지만, 난 최선을 다해 참아 왔다. 하지만 그가 감히 나에게 모욕까지 주자 더 이상 참을 수 없다고 생각했고, 반드시 복수하고야 말겠다고 굳게 다짐했다. 그러나 내 성격을 잘 아는 사람이라면 내가 그에게 그런 협박을 했으리라고는 생각하지 않을 것이다. 나는 궁극적으로 복수하자고 결심한 것이었다. 그 점에는 추호도 의심의 여지가 없었다. 그러나 나는 결심이 확고한 만큼이나 위험도 원치 않았다. 당연히 그를 처벌해야 할 뿐 아니라, 그 처벌로 인해 내가 화를 입어서도 안 되는 것이다. 복수가 잘못을 바로잡으려는 사람을 압도해 버린다면 그런 복수는 잘못을 교정한 행위라고 볼 수 없다. 또한 복수자가 잘못을 행한 사람으로 하여금 자신을 복수자로 느끼게 하지 못한다면, 그런 경우도 잘못을 교정한 것이라고 할 수 없다.

이 자리에서 말해 두지만, 나는 말로도 행동으로도 포르투나토가 내 선의를 의심할 만한 원인을 제공한 적이 없다. 평소의 습관대로 그의 앞에서는 계속 그에게 미소를 지어 보였고, 따라서 그는 내가 그 순간 짓고 있던 미소가 그를 희생시키려는 계획에 의한 것이라는 사실을 알아채지 못했다.

그에게는 — 이 포르투나토에게는 — 약점이 하나 있었다. 비록 다른 면으로는 존경할 만하고 심지어는 경외의 대상이 될 만한 사람이기도 했지만 말이다. 그는 포도주를 감식하는 자신의 능력에 대한 자부심이 대단했다: 포도주 감식에 있어 이탈리아 사람 중 진정으로 명인의 경지에 든 사람은 드문 편이다. 대개의 경우 그들은 때와 기회에 따라, 그리고 영국과 오스트리아의 백만장자들에게 사기를 치기 위해서만 열렬함을 가장한다. 그림과 보석에 관한 한 포르투나토도 다른 이탈리아 사람들과 마찬가지로 돌팔이였다. 그러나 그는 오래된 포도주에 관한 한 자신이 진정한 감식안을 가지고 있다고 자부했다. 그 같은 자부심에 관해서는 나도 그에 못지않았다. 나는 이탈리아산 포도주에 대해 꽤 식견이 있었고, 기회가 되는 대로 대량으로 사 모으기도 했다.

카니발의 광적인 열기가 최고조에 달한 어느 날 저녁 해 질 무렵 나는 그 친구와 길에서 마주쳤다. 그는 좀 지나치다 할 정도로 다정하게 말을 걸어왔다. 술에 취했기 때문이었다. 그는 광대 복장을 하고 있었다. 꼭 끼는 가로줄 무늬 옷에 종이 매달린 원뿔형 모자를 쓰고 있었다. 난 그를 만나게 된 것이 너무나 기뻐서 그의 손을 꼭 잡고 한없이 흔들고 싶은 기분이었다.

"다정한 벗 포르투나토여, 이렇게 만나다니 참 운이 좋네그려. 오늘 자네 모습이 얼마나 멋진지 모르겠구먼. 헌데, 내가 최근에 아몬티야도라고 하는 포도주를 한 짝 구입했거든. 그런데 내가 보기엔 속은 것 같기도 하네." 나는 그에게 말했다.

"뭐? 아몬티야도라고! 한 짝씩이나! 말도 안 되네! 더욱이 카니발 기간 중에 말이야!"

"나도 좀 의심스럽다네. 그런데 바보같이 자네에게 물어보지도 않고 진짜 아몬티야도 가격을 다 주고 그걸 샀단 말일세. 자네를 찾을 수가 있었어야지. 그리고 혹시라도 그런 좋은 가격을 놓칠까 싶어서 말이야."

"아몬티야도라고!"

"나도 좀 의심스럽다니까."

"아몬티야도라고!"

"하여튼 진위를 가려야겠어."

"아몬티야도라고!"

"자네가 바쁜 것 같으니 그냥 루체시한테 가 봐야겠네. 감식력이 있는 사람을 꼽자면 아무래도 그 친구가 괜찮은 편이니까. 그 친구라면 말해 줄 수 있을 테지……."

"루체시는 아몬티야돈지 셰린지도 구별할 능력이 없어."

"그런데도 멍청한 놈들이 그 친구의 감식력이 자네의 수준과 같다고 장담하던데 말이야."

"잔말 말고 어서 가세."

"어디로 말인가?"

"자네 집 지하실이지 어디긴 어딘가."

"아이고, 괜찮네. 자네가 사람이 좋다고 내가 그러면 되겠나. 자네 볼일이 있었던 것 같은데. 루체시에게……."

"나 볼일 없네. 어서 가세."

"아니, 그게 아니라, 실은 자네 볼일 때문이 아니고, 자네가 감기에 심하게 걸린 것 같아서 말이네. 우리 집 지하실은 너무 습해서 견디기 힘들 정도거든. 게다가 질산칼륨으로 가득 차 있다네."

"어쨌든 잔말 말고 가 보세. 이까짓 감기 따위 정말 아무것도 아니라고. 아몬티야도라니! 자네가 속은 게 틀림없어. 그리고 루체시로 말할 것 같으면, 그 친구는 아몬티야도와 셰리도 구별 못한다고."

포르투나토는 그렇게 말하면서 내 팔을 잡아끌었다. 그리하여 나는 검은 비단 가면을 쓰고 망토를 단단히 여민 뒤, 나를 서둘러 잡아끄는 그를 따라 못 이기는 척 집으로 향했다.

집에는 하인이 한 명도 남아 있지 않았다. 때가 때이니만큼 모두 카니발을 즐기러 나가서 없었다. 나는 집에서 나오기 전에 그들에게 내가 아침이나 되어야 돌아올 예정이라고 하면서, 그동안 집에서 한 발짝도 나가지 말라고 분명히 명령해 두었다. 그렇게 명령하는 것이야말로 내가 등을 돌리자마자 그들이 일제히 사라지게 하는 확실한 지름길임을 잘 알았기 때문이다.

횃대에서 횃불을 두 개 꺼내 그중 하나를 포르투나토에게 건넨 다음, 고개를 숙이고 몇몇 방을 지나 지하실에 이르는 아치 길로 그를 인도했다. 나는 그에게 조심히 따라오라고 하면서 길고 구불구불한 계단을 앞장서서 내려갔다. 마침내 우리는 계단 아래 도착해서 몬트레소르 집안 지하 묘지의 축축한 바닥에 함께 서 있게 되었다.

포르투나토는 걸음걸이가 불안정했고, 따라서 그가 한 발짝 한 발짝 내디딜 때마다 그의 모자에 달린 방울이 딸랑딸랑 소리를 냈다.

"술통은." 그가 말했다.

"더 들어가야 있네. 그런데 이 지하 동굴의 벽에서 빛나는 새하얀 거미줄을 좀 보게." 내가 말했다.

그는 나를 향해 돌아선 뒤 술 취한 사람답게 눈물이 반짝이는 탁한 두 눈동자로 내 눈을 들여다보았다.

"질산칼륨이라고 했나?" 마침내 그가 물었다.

"그렇네. 질산칼륨일세. 자네 이렇게 기침을 한 지 얼마나 되었나?"

"콜록! 콜록! 콜록! — 콜록! 콜록! 콜록! — 콜록! 콜록! 콜록! — 콜록! 콜록! 콜록! — 콜록! 콜록! 콜록!"

불쌍한 친구는 몇 분 동안 대답조차 하지 못했다.

"이까짓 것 아무것도 아닐세." 마침내 그가 말했다.

"이리 오게." 나는 단호하게 말을 이었다. "돌아가세. 자네 건강이 더 중하네. 부유한 데다 존경과 찬탄과 흠모를 함께 받고 있는 몸 아닌가. 한때 나도 그랬던 것처럼 행복하게 살고 있고. 우리가 잃을 수 없는 사람이잖은가. 나야 뭐 별 볼 일 없는 사람이지만. 돌아가세. 자네가 병에 걸리면 내가 책임질 수도 없는 일 아닌가. 게다가 루체시도 있고……."

"그만하게. 이까짓 기침 아무것도 아니라니까. 기침이 죽을 병은 아니지 않은가. 난 기침 때문에 죽지 않네."

"맞는 말일세. 그리고 뭐 사실, 자네한테 쓸데없이 겁을 주려는 건 아니었네. 그렇지만 최대한 조심하는 게 좋을 것이네. 이 메독산 약주를 한잔 마시면 지하실의 독기 따위는 아무것도 아니겠지."

나는 그렇게 말한 뒤 포도주 보관용 선반에 일렬로 나란히 얹힌 똑같은 모양의 병 하나를 들어 마개를 땄다.

"마시게나." 내가 그에게 포도주를 건네며 말했다.

그는 음흉하게 미소를 지으며 입으로 술병을 가져갔다. 그는 잠시 멈췄다가 나를 향해 친근한 태도로 고개를 끄덕였고, 그의 모자에 달린 종이 딸랑딸랑 소리를 냈다.

"우리를 둘러싼 묘지에 잠든 고인들을 위해 마시겠네." 그가 말했다.

"그리고 난 자네의 장수를 위해서 마시겠네."

그가 다시 내 팔을 잡았고, 우리는 계속해서 걸어 나갔다.

"지하 동굴이 무척 크구먼." 그가 말했다.

"몬트레소르 집안은 한때 식구가 많고 번창한 집안이었지." 내가 대답했다.

"자네 집안의 문장이 뭐였는지 생각이 안 나는데."

"담청색 배경에 거대한 황금빛 발이 그려진 것이라네. 꼿꼿이 서 있는 뱀을 그 발로 짓밟고 있는데, 그 뱀의 독니가 발뒤꿈치를 꽉 깨물고 있지."

"제명은 뭐지?"

"나를 범한 자는 누구든 처벌을 면치 못하리라."

"멋지군!" 그가 말했다.

포도주가 그의 눈 속에서 반짝반짝 빛났고, 모자의 방울이 계속 딸랑댔다. 내 상상력 또한 약주와 더불어 점점 피어올랐다. 우리는 크고 작은 통과 뼈다귀가 군데군데 쌓인 긴 통로를 여럿 지나 지하 묘지의 가장 깊숙한 지점에 도달했다. 나는 다시 발길을 멈추고 이번에는 단호한 손길로 포르투나토의 팔꿈치 위를 꽉 잡고 말했다.

"질산칼륨이네! 보게, 질산칼륨이 더 늘어났네. 천장에 이끼처럼 매달려 있군. 우리가 지하 수면 아래로 내려온 거야. 물방울이 뼈다귀들 사이에 둑둑 떨어지고 있어. 이리 오게, 더 늦기 전에 돌아가세. 자네 기침……."

"아무것도 아니라니까. 계속 가세. 그렇지만 우선 약주를 좀 더 마셔야지."

나는 드그라브[75] 와인 병을 따서 그에게 건넸다. 그는 그 병을 단숨에 비웠다. 그의 눈은 격렬한 빛으로 번뜩였다. 그는 웃음을 터뜨리면서 내가 이해할 수 없는 요란스러운 몸짓으로 병을 공중으로 던져 올렸다.

나는 놀라서 그를 바라보았다. 그는 같은 동작 — 그 기괴

---

75) 프랑스 보르도 그라브 지역에서 나는 포도주. 그라브(grave)는 묘지를 뜻하므로, 앞으로 일어날 일을 암시하고 있기도 하다.

한 동작 ── 을 반복했다.

"자네, 이게 무슨 동작인지 모르나?" 그가 물었다.

"모르겠는걸." 내가 대답했다.

"그렇다면 자네는 단원이 아니군."

"무슨 말인가?"

"자네가 프리메이슨 단원이 아니란 말일세."

"아니, 아니. 맞아."

"자네가? 말도 안 돼! 프리메이슨이라니!"

"프리메이슨이라니까."

"암호. 암호를 보여 주게."

"이게 바로 그 암호일세." 망토 자락 속에 감춰 두었던 흙손을 꺼내 보이며 내가 대답했다.[76]

"자네 농담하는구먼." 그가 몇 발짝 물러서며 외쳤다. "아무튼 아몬티야도를 시음하러 가세나."

"그렇게 하세." 나는 흙손을 망토 속에 도로 집어넣은 뒤 다시 그를 향해 내 팔을 내밀었다. 그의 몸이 내 팔에 무겁게 실렸다. 우리는 아몬티야도를 향해 계속 전진했다. 몇 개의 낮은 아치 밑을 통과해 앞으로, 밑으로, 앞으로, 다시 밑으로 나아가다가 마침내 땅속 깊숙한 곳에 있는 지하 납골당에 도착했

---

76) 프리메이슨은 영국 석공들의 조직에서 기원해 점차 가톨릭에 반해 종교, 정치적 자유를 추구하는 사람들의 비밀 결사 조직으로 발전한 단체이다. 프리메이슨 단원의 비밀 암호를 알아보지 못하는 몬트레소르를 두고 포르투나토가 프리메이슨 단원이 아니라고 하자, 몬트레소르는 암호로 진짜 석공들이 사용하는 흙손을 보여 준 것이다.

다. 그곳은 공기가 너무 탁해 우리가 든 횃불조차 활활 타오르기보다는 그냥 이글거릴 뿐이었다.

지하 납골당 속 끝까지 깊이 들어가니 그 방보다 더 작은 또 하나의 납골당이 나타났다. 파리에 있는 거대한 납골당처럼 그곳에도 해골이 머리 위 천장에 닿을 정도로까지 수북이 벽면을 따라 쌓여 있었다. 이 내밀한 묘지의 삼면이 모두 그런 식으로 장식되어 있었다. 네 번째 벽에는 뼈들이 무너져 내려 바닥 여기저기에 제멋대로 수북이 쌓여 있었고, 그중 한 곳에는 상당히 큰 무더기가 있었다. 뼈가 무너져 내리는 바람에 우리는 그 벽 쪽으로 가로세로 1미터, 높이 2미터 정도의 또 하나의 내밀한 지하 방이 있다는 것을 알 수 있었다. 이 방은 의도적으로 만든 것이라기보다는, 지하 묘지의 천장을 받치는 두 기둥 사이의 공간과 뒤쪽에서 그 두 기둥을 연결하는 단단한 화강암 벽들 중 하나에 의해 이루어진 것처럼 보였다.

포르투나토는 불빛이 잦아든 횃불을 들고 동굴 안쪽을 들여다보려고 했지만 소용이 없었다. 불빛이 워낙 희미해서 깊숙한 동굴 안 반대편 벽까지 보이지 않았던 것이다.

"어서 들어가 보게. 바로 이 안에 아몬티야도가 있거든. 루체시로 말하자면……." 내가 말했다.

"그놈은 멍텅구리 바보일세." 그는 내 말을 막으면서 비틀비틀 발을 내디뎠고 나는 그의 뒤를 바짝 따라갔다. 그는 곧바로 그 골방의 끝에 도착했는데, 바위가 앞을 가로막고 있는 것을 보고 어리둥절한 채 멍하니 서 있었다. 다음 순간 나는 그를 화강암으로 된 벽에 결박시켰다. 화강암 표면에는 가로로

60센티미터 정도 간격을 두고 철못 두 개가 나란히 박혀 있었는데, 그 철못 하나엔 짧은 사슬이, 다른 하나엔 맹꽁이 자물쇠가 늘어뜨려져 있었다. 나는 순식간에 사슬을 던져 그의 허리 주변에 두른 뒤 자물쇠를 채웠다. 그는 너무 놀란 나머지 전혀 저항하지 못했다. 나는 열쇠를 자물쇠에서 얼른 빼낸 뒤 그 구석방을 빠져나왔다.

"손을 벽에 대 보게. 분명 질산칼륨이 만져질 걸세. 그렇네. 정말 습한 곳이지. 되돌아 나가자고 다시 한 번 간청하네. 싫다고? 그렇다면 할 수 없이 자넬 여기 놔두고 가야겠군. 하지만 그러기 전에 우선 최선을 다해서 자네를 돌봐 줘야겠네." 내가 말했다.

"아몬티야도!" 그 친구는 아직 충격에서 벗어나지 못한 채 외쳤다.

"맞네. 아몬티야도일세!" 내가 대답했다.

그렇게 말하면서 나는 앞서 언급했던 뼈 무더기 속을 손으로 급하게 헤쳤다. 곧 거기서 상당량의 건축용 돌과 회반죽을 끄집어내었다. 그리고 그 돌들과 반죽, 내가 들고 간 흙손을 이용해서 부지런히 벽을 쌓아 그 구석방의 입구를 막아 나갔다.

내가 벽의 첫 번째 단을 완성하자마자 곧 포르투나토가 술에서 거의 깨어났다는 사실을 알 수 있었다. 그 첫 신호는 구석방 깊은 곳에서 들려오는 낮은 신음 소리였다. 분명 술 취한 사람의 소리는 아니었다. 이어서 길고 고집스러운 정적이 흘렀다. 나는 두 번째 단, 세 번째 단, 그리고 네 번째 단을 쌓아 올라갔다. 사슬이 난폭하게 흔들리는 소리가 귀에 들려왔다.

그 소음은 몇 분 동안 이어졌는데, 그 몇 분 동안 나는 하던 일을 멈추고 뼈 무더기 위에 주저앉아 그 소리를 음미했다. 마침내 쇠사슬이 덜컹거리는 소리가 그쳤고, 나는 다시 흙손을 들어 다섯 번째, 여섯 번째, 그리고 일곱 번째 단을 재빨리 쌓아 올렸다. 벽은 이제 거의 내 가슴께까지 올라왔다. 나는 다시 벽돌 쌓기를 멈추고, 방금 쌓아 올린 벽 위로 횃불을 들어 올려 구석방 안에 있던 그 친구 머리 위로 희미한 빛을 보내 주었다.

사슬에 묶인 희미한 형체의 목에서 크고 사나운 고함 소리가 갑작스레 터져 나와 길게 이어졌는데, 그 소리로 인해 내가 뒤로 확 밀려난다는 느낌까지 받았다. 아주 잠깐 동안이었지만 난 망설였고 떨기까지 했다. 차고 있던 칼집에서 단도를 꺼내, 그것으로 구석방 주변 벽을 더듬었다. 그러나 다음 순간 정신을 차리고 안도의 한숨을 내쉬었다. 지하 묘지의 단단한 벽에 내 손을 얹자 만족감이 느껴졌다. 나는 다시 벽으로 다가갔다. 그리고 그의 아우성 같은 고함 소리에 대고 맞고함을 쳤다. 그와 똑같이 소리를 지르면서 그의 아우성에 한몫 보탠 셈이었다. 심지어는 한술 더 떠서 더 크고 더 거센 소리로 고함을 지르기까지 했다. 그렇게 하니까 그의 아우성 소리가 잦아들었다.

이윽고 자정이 찾아왔고 내 과제도 끝나갔다. 나는 여덟 번째, 아홉 번째, 열 번째 단을 완성시켰다. 그런 뒤 마지막 열한 번째 단의 일부를 마쳤다. 단 하나의 벽돌만을 끼워 넣어 회로 발라 버리면 끝나는 순간이었다. 벽돌의 무게 때문에 낑낑대면서 들어 올려, 그 일부를 빈 자리에 끼울 수 있었다. 그러나 바로 그 순간 구석방에서 낮은 웃음소리가 들려 나와 내 머리카락을 곤두서게 했다. 웃음소리에 이어 존귀하신 포르투나토 나으리의 목소리라고 보기 어려울 정도로 구슬픈 목소리가 그곳에서 새어 나왔다. 그는 이렇게 말하기 시작했다.

"하! 하! 하! — 히! 히! 히! 참으로 익살스러운 장난이군. 아주 기막힌 농담이야. 앞으로 내 성에서 이 일을 두고 참 많이 포복절도하게 될 걸세. 히! 히! 히! 포도주를 마시면서 말이야. 히! 히! 히!"

"아몬티야도 포도주를!" 내가 말했다.

"히! 히! 히! 히! 히! 히! 그렇네, 아몬티야도 포도주를 마시면서 말이야. 그렇지만 밤이 너무 깊지 않았나? 성에서 우리를 기다리고 있지 않을까? 내 아내와 사람들이? 그러니 어서 돌아가도록 하세."

"그러세. 어서 돌아가도록 하세."

"신의 자비를 위해서 제발 그렇게 하세, 몬트레소르!"

"그러세. 신의 자비를 위해서 그렇게 하세!"

그러나 이 말에 대한 대답을 들으려고 귀를 기울여 보아도 안에서는 아무런 대꾸가 들려오지 않았다. 나는 더는 참지 못하고 큰 소리로 그의 이름을 불렀다.

"포르투나토!"

대답이 없었다. 나는 다시 불렀다.

"포르투나토!"

여전히 아무 대답도 들려오지 않았다. 나는 벽돌 사이의 구멍으로 횃불을 집어넣어 그것을 안쪽으로 떨어뜨렸다. 그에 대한 반응으로 들려온 것은 방울이 딸랑거리는 소리뿐이었다. 나는 멀미를 느꼈다. 그 지하 묘지에 찬 습기 때문이었다. 나는 서둘러 작업을 마무리 지었다. 마지막 벽돌을 제자리에 완전히 밀어 넣고 회를 발라 막았다. 그리고 낡은 뼈 무더기를 새로 지은 벽에 기대어 쌓아 올렸다. 그 후 반세기 동안 어떤 인간도 그 뼈 무더기에 손을 대지 않았다. 부디 평화롭게 잠드시길!

깡충 개구리, 혹은 사슬에 묶인
여덟 마리의 오랑우탄

그 왕만큼 재담을 즐기는 사람을 나는 알지 못한다. 그는 오
로지 재담을 위해서만 사는 사람 같았다. 익살스러운 이야기
를 하는 것, 그리고 그것을 잘하는 것만이 왕의 총애를 받는
지름길이었다. 일곱 명에 이르는 그의 재상들은 모두 이미 뛰
어난 익살꾼으로 널리 알려진 사람들이었다. 그들은 타의 추
종을 불허하는 익살꾼인 동시에 덩치가 크고 살집이 좋으며
기름기가 잘잘 흐르는 사람들이라는 점에서도 왕과 닮았다.
사람들이 농담 덕분에 살이 찌게 된 건지, 아니면 기름기 그
자체에 농담을 좋아하게 만드는 어떤 요소가 있는지 확언을
할 수는 없어도, 분명한 것은 삐쩍 마른 익살꾼이란 이 지상에
희귀한 종자의 새[77]라는 것이다.

---

77) 로마의 풍자 작가 유베날리스의 작품에 나오는 구절로, 원문은 라틴어이다.

재담의 세련됨, 혹은 왕의 표현을 빌리자면, 재담의 '유령'에 대해서 그는 별로 신경 쓰지 않았다. 그를 특별히 탄복시켰던 것은 익살의 폭이었고, 폭을 위해서라면 그는 더러 길이도 참아 낼 수 있었다. 지나친 섬세함은 그에겐 따분한 것이었다. 그는 볼테르의 자디그보다는 라블레의 가르강튀아를 선호했을 사람이고, 대체로 언어유희보다는 짓궂은 장난이 그의 취향에 더 잘 맞았다.[78]

이 이야기의 배경이 된 시대에는 어릿광대가 궁정의 유행에서 아주 동떨어진 존재가 아니었다. 막강한 위력을 지닌 대륙의 '권력자' 중 몇몇은 여전히 모자와 방울이 달린 알록달록한 옷을 입은 광대를 궁중에 머물게 했다. 왕의 식탁에서 떨어지는 부스러기에 대한 보답으로 광대는 왕의 명령이 떨어지면 언제라도 즉흥적으로 발랄한 재담을 할 수 있어야 했다.

우리의 왕이 자기 소유의 광대를 가진 것은 물론이다. 실상 그 왕에겐 어리석은 뭔가가 필요했다. 왕 자신은 말할 것도 없고, 그의 대신인 일곱 명의 현자들이 소유한 진지한 지혜와 균형을 이루기 위해서라도 말이다.

하지만 그의 광대, 혹은 전문적 어릿광대는 단순한 광대 이상의 존재였다. 그가 난쟁이이자 절름발이였기 때문에 왕에게 그는 보통 광대들보다 세 배는 더 가치 있는 존재였다. 그 시절의 궁정엔 난쟁이들이 광대만큼 흔했다. 그리고 함께 웃을 수

---

78) 프랑수아 라블레가 쓴 『가르강튀아와 팡타그뤼엘』 속의 인물들은 떠들썩하고 거친 호색한인 반면 볼테르가 쓴 『자디그』는 세련되고 철학적이며 분석적인 인물들의 이야기이다.

있는 광대와 그 웃음의 대상인 난쟁이를 둘 다 소유하고 있지 않았더라면 긴긴 낮 시간을 — 궁정의 낮은 다른 곳보다 훨씬 더 기니까 말이다 — 보내기 힘겨워했을 군주들이 많았다. 그러나 앞에서도 언급했듯 어릿광대들은 보통 백이면 아흔아홉은 뚱뚱하고 건장하며, 보기 흉할 정도로 덩치가 큰 편이었다. 덕분에 왕이 깡충 개구리(이것이 그 광대의 이름이었다.)라는 한 사람 안에 세 개의 보물을 함께 가졌다는 사실은 자축할 만한 일이었다.

깡충 개구리라는 이름은 물론 그 난쟁이의 세례명은 아니었고, 단지 그가 다른 사람들처럼 제대로 걷지 못한다는 사실에 주목한 일곱 명의 대신들이 붙인 이름이었던 듯하다. 실제로 깡충 개구리는 뛰는 것과 꿈지럭거리는 것의 중간이라고나 부를 만한, 일종의 절룩거리는 걸음걸이가 아니고서는 걷지 못했다. 그의 그런 걸음걸이가 왕에겐 무한한 즐거움의 원천이었고, 또한 위안거리이기도 했다. 궁정인 모두가 왕의 풍채가 — 툭 튀어나온 배에 커다란 두상을 타고났음에도 불구하고 — 아주 좋다고 생각했으니 말이다.

깡충 개구리는 다리가 뒤틀려 엄청난 고통 없이는 길이나 마루 위를 걸을 수 없었고 그나마 아주 어렵게밖에는 못 걸었지만, 그럼에도 자연의 법칙 덕분인지 하체의 결핍을 보상하려는 듯 그의 팔에는 엄청난 근육이 잡혀 있었다. 덕분에 그는 나무나 밧줄, 혹은 무엇이든 타고 올라갈 수 있는 것이라면 그것을 이용해 많은 묘기를 선보였다. 참으로 경이로운 솜씨였는데, 그런 순간의 그는 확실히 개구리보다는 다람쥐나 작은 원숭이 같았다.

깡충 개구리가 원래 어느 나라 출신이었는지에 대해서는 정확히 알 수 없지만 일찍이 아무도 들어 본 적 없는, 우리 왕의 궁정에서 멀리 떨어진 아주 머나먼 곳에 있는 미개한 나라에서 온 것은 틀림없었다. 왕의 휘하에서 승승장구하던 장군 중 하나가 깡충 개구리와 그보다 키가 약간 큰 난쟁이인 어린 소녀(비록 남달리 균형 잡힌 몸매에 경이로운 춤 솜씨를 자랑하던 무희였지만)를 인접 지역에 있던 각자의 집에서 강제로 유괴해서 왕에게 선물로 보냈던 것이다.

이런 정황으로 볼 때 자그마한 이 두 포로가 남달리 가까운 사이가 된 것은 놀라운 일이 아니리라. 실제로 그들은 곧 영원한 우정을 맹세한 친구가 되었다. 깡충 개구리는 사람들에게 꽤 많은 재밋거리를 제공하긴 했지만 결코 인기가 많은 편은 아니었던지라, 트리페타에게 도움을 줄 능력은 별로 없었다. 그녀는 비록 난쟁이지만 워낙 우아하고 아름다웠기 때문에 많은 사람들에게 두루 감탄과 귀여움을 샀다. 따라서 그녀에게는 꽤 많은 영향력이 있었고, 기회만 있으면 자신의 영향력을 이용해 깡충 개구리를 도와주었다.

어떤 날이었는지는 잊었지만 한 중요한 국경일을 맞아 왕은 가장무도회를 열기로 결정했다. 가장무도회나 그와 비슷한 종류의 행사가 궁정에서 개최될 때면 언제나 깡충 개구리와 트리페타가 그들의 재능을 발휘하도록 불려 들어갔다. 특히 깡충 개구리는 가장무도회를 위해 화려한 행렬을 꾸리고, 희한한 인물을 생각해 내고, 기발한 복장을 꾸며 내는 등의 솜씨가 대단해서, 그의 도움 없이는 실제로 아무 일도 이루어질 수 없는 듯했다.

축제의 밤이 다가왔다. 가장무도회를 휘황찬란하게 해 줄 온갖 종류의 고안물로 장식된 호사스러운 방이 트리페타의 눈 아래 펼쳐졌다. 궁정 전체가 기대로 들썩였다. 복장과 인물로 말하자면, 모든 사람이 무슨 옷을 입고 어떤 인물로 가장할지 벌써 한참 전에 결정을 내린 것으로 보아도 무리가 아닌 듯했다. 많은 사람들이 어떤 인물로 가장할 것인지 일주일, 혹은 한 달 전에 이미 결정을 내렸다. 어느 누구한테서도 티끌만큼의 우유부단도 찾을 수 없었다. 왕과 일곱 명의 대신을 제외한다면 말이다. 그들이 무슨 이유로 그렇게 끝까지 망설였는지에 대해서는 추측이 불가능하다. 아마 일종의 농담으로 그렇게 한 게 아니었을까. 그들의 몸매가 너무 뚱뚱해서 결정을 내리기가 어려웠다는 게 좀 더 그럴 법하다. 어찌 됐든 시간은 쏜살같이 흘러가서 정해진 축제의 시간이 코앞에 닥쳐왔다. 그런 상황에서 그들은 궁여지책으로 트리페타와 깡충 개구리를 불러들였다.

조그마한 두 친구가 왕의 부름을 받고 나타났을 때 왕은 내각을 구성하는 일곱 명의 대신과 함께 앉아 포도주를 마시고 있었다. 왕의 얼굴은 아주 불쾌해 보였다. 왕은 깡충 개구리가 포도주를 즐기지 않는다는 사실을 이미 잘 알고 있었다. 그 불쌍한 절름발이는 포도주를 마시면 거의 광적인 상태에 빠졌고, 광적인 상태란 결코 편안한 느낌이 아니었기 때문이다. 그러나 짓궂은 장난을 좋아하는 왕은 깡충 개구리에게 억지로 술을 마시게 해서 (왕의 표현을 빌리자면) 그가 '명랑'해지도록 강요하기를 즐겼다.

"이리 오너라, 깡충 개구리." 어릿광대와 트리페타가 방으로 들어서자 왕이 말했다. "이 자리에 없는 네 친구들의 건강을 위해(이 대목에서 깡충 개구리는 한숨을 내쉬었다.) 여기 가득 따른 술잔을 들어 모두 꿀꺽 마시거라. 그런 뒤 기발한 착상으로 우리를 도와주거라. 인물 ── 특출난 인물 말야 ── 뭔가 대단히 신기한 ── 평범하지 않은 인물을 생각해 내라. 똑같은 인물들만 한없이 반복하는 것에 신물이 났으니 말이야. 이리 와, 어서 마셔라! 술이 들어가면 네 생각이 반짝반짝 빛날 테니까."

깡충 개구리는 왕의 이 같은 무리한 요청을 평소처럼 농담으로 얼버무려 보려고 했다. 그러나 그렇게 하기에 힘에 부쳤다. 그날이 마침 그 불쌍한 난쟁이의 생일날이었기 때문에, '이 자리에 없는 친구들'을 위해 술을 마시라는 명령을 받은 그의 눈은 눈물로 글썽거렸다. 난쟁이가 공손한 자세로 폭군의 손에서 술잔을 건네받자니 닭똥 같은 쓴 눈물이 술잔 속으로 방울방울 떨어졌다.

"아! 하! 하! 하!" 난쟁이가 마지못해 술을 쭉 들이켜자 폭군이 홍소를 터뜨렸다. "좋은 포도주 한 잔이 가진 막강한 위력을 보라고! 이것 좀 봐, 눈이 벌써 반짝반짝 빛나질 않는가!"

불쌍한 친구! 그의 큰 눈은 빛을 발한다기보다 반사하고 있었다. 흥분을 잘하는 그의 두뇌에 포도주는 강력하면서도 즉각적인 효과를 미쳤다. 그는 떨리는 손길로 탁자 위에 술잔을 내려놓은 뒤 반쯤 미친 듯한 눈길로 주변에 있던 사람들을 둘러보았다. 그들은 모두 왕의 '장난'이 성공한 것에 아주 기뻐하는 것처럼 보였다.

"이제 본론으로 들어가야지요." 살이 뒤룩뒤룩 찐 수상이 말했다.

"그러세. 자, 깡충 개구리, 우리를 돕도록 해라. 인물들, 그렇지, 인물들이 필요하거든. 우리 모두 말이야. 하하하!" 왕이 이 말을 진짜로 농담삼아 한 것이었으므로, 일곱 명의 대신은 그를 따라 웃어 댔다.

깡충 개구리 역시 살짝, 다소 공허하게 웃음을 지었다.

"어서, 어서. 뭐 좋은 생각 없느냐?" 왕이 재촉했다.

"뭔가 아주 새로운 것을 생각해 내려고 노력 중이옵니다." 난쟁이가 술 때문에 어찔어찔해하며 멍한 표정으로 대답했다.

"노력 중이라니!" 폭군이 사납게 외쳤다. "그게 도대체 무슨 당치 않은 말이냐? 아, 알겠다. 네놈이 포도주를 더 마시고 싶어서 부루퉁한 게로구나. 옜다, 이걸 마셔라!" 그러고 나서 그는 다시 술잔을 가득 채워 숨이 차 헐떡이면서 그것을 멍하니 바라보는 절름발이를 향해 내밀었다.

"마셔라, 명령이다!" 그 극악무도한 왕이 외쳤다. "안 마신다면 악마에 걸고……."

난쟁이는 망설였다. 왕의 얼굴은 분노로 인해 점점 더 붉으락푸르락해졌다. 신하들은 히죽히죽 웃었다. 그때 얼굴이 시체처럼 창백해진 트리페타가 왕좌를 향해 다가가 왕 앞에 무릎을 꿇고 엎드려 그를 한 번만 용서해 주십사고 간청했다.

그 폭군은 그녀의 무모한 용기에 놀라 잠시 동안 멈칫하고 그녀를 바라보고만 있었다. 당황한 나머지 무슨 말을 해야 하고 어떤 조치를 취해야 할지, 어떤 말로 자신의 분개를 표현해야 좋을지 몰라 망설이는 듯했다. 마침내 그는 한마디 말도 없이 와락 그녀를 밀친 뒤, 가득 찬 술잔을 들어 그 안의 술을 그녀의 얼굴 위로 쏟아부었다.

불쌍한 소녀는 억지로 침착하게 몸을 일으킨 뒤, 감히 한숨 한 번 내쉬지 못한 채 탁자 끝의 본래 자리로 돌아갔다.

약 삼십 초가량 나뭇잎이나 깃털이 떨어지는 소리마저 들릴 만큼 쥐 죽은 듯한 정적이 이어졌다. 그때 나지막하면서도 날카로운, 길게 끌리며 이어지는 듯한 삐걱 소리가 들려와 고요가 깨졌다. 분명치는 않았지만, 방의 네 구석에서 한꺼번에 울려 나오는 듯했다.

"뭣 때문에, 왜, 도대체 뭣 때문에 그따위 이상한 소리를 내느냐?" 왕이 분노에 찬 얼굴로 난쟁이를 향해 돌아서면서 따져 물었다.

그는 이제 술에서 상당히 깨어난 것처럼 보였다. 그리고 폭군을 향해 침착하게 시선을 고정시킨 채 간단히 대꾸했다.

"소인, 소인이요? 어떻게 제가 감히 그러겠사옵니까?"

"소리가 바깥에서 들어오고 있는 듯하옵니다." 신하가 말했다. "창가에 있는 앵무새가 새장의 창살에 부리를 가는 소리가 아닌가 하옵니다."

"그런가 보구나." 그 의견에 큰 안도감을 느끼는 듯 왕이 대답했다. "그렇지만 기사로서의 명예를 걸고 말하건대, 이 미천한 놈이 이를 가는 소리인 줄 알았단 말이야."

그 말에 난쟁이가 웃음을 터뜨려(왕은 워낙 농담을 잘했기 때문에 누가 웃음을 터뜨려도 제지할 수 없었다.) 혐오감을 자아내는 크고 튼튼한 치아를 드러냈다. 그리고 한술 더 떠 그는 왕이 원하시는 대로 포도주를 계속 마시겠다고 굳은 결심을 한 사람처럼 말했다. 왕의 마음이 누그러졌다. 이어서 깡충 개구리는 술잔에 가득 담긴 술을 단숨에 마신 뒤, 즉시 가장무도회를 위한 계획에 원기 왕성하게 달려들었다. 평소에 술을 마시면 그랬던 것처럼 비정상적인 흥분 상태에 빠진 것처럼 보이지도 않았다.

"어떤 연상 작용 때문인지는 알 수 없지만요." 하고 그가 매우 안온한 태도로, 그리고 일생 동안 포도주라고는 한 번도 입에 대 보지 못한 사람 같은 얼굴로 말했다. "폐하께서 저 소녀를 밀쳐 내시고 그 얼굴에다 포도주를 끼얹으신 직후에 ― 폐하께서 그렇게 하신 바로 직후에, 그리고 창밖에서 앵무새가 그 이상한 소리를 내는 동안 썩 훌륭한 생각이 하나 떠올랐사온데, 소인의 나라에서는 흔한 놀이로 가장무도회에서 자주 하지만 이곳에서는 아주 새로운 놀이일 것이옵니다. 하지만 안타까운 것은 그걸 연출하려면 여덟 명이 필요하다는 것이온데……."

"아주 딱 맞춤했네!" 왕이 우연의 일치를 곧바로 발견했다는 사실에 스스로 대견해하며 웃으면서 외쳤다. "나와 일곱 명의 대신, 그렇게 하면 딱 여덟 명이니까. 어서 말해 보아라! 어떻게 하는 것이냐?"

"소인의 나라에서는 그걸 '사슬에 묶인 여덟 마리의 오랑우탄'이라고 부르옵니다. 그리고 연기만 잘하면 정말 아주 훌륭한 웃음거리이옵니다." 절름발이가 대답했다.

"당연히 잘해 낼 수 있지." 왕이 몸을 곧추세우고 눈꺼풀을 내리깔며 엄숙하게 말했다.

"이 가장 놀이를 하시게 되면 숙녀 분들이 겁에 질려 벌벌 떤답니다. 바로 그 점이 이 가장 놀이의 장점이옵지요." 깡충 개구리가 말을 이었다.

"재밌겠구먼!" 왕과 대신들이 목청을 합쳐 탄성을 질렀다.

"소인이 어르신들을 오랑우탄으로 변장시켜 드리겠사옵니다. 그건 모두 제게 맡겨 주십시오. 너무나 감쪽같아서 가장무도회에 참석한 사람들이 모두 어르신들이 진짜 야수인 줄 알 것이옵니다. 그리고 물론 놀라서 모두 공포에 떨 게 틀림없사옵지요."

"오, 정말 절묘한 착상이야!" 왕이 기쁨에 차 고함을 질렀다. "깡충 개구리! 내가 네놈을 남자로 만들어 주마."

"사슬을 이용해 철컹거리는 소리를 내서 혼란을 가중시킬 것이옵니다. 여러 어르신들께서는 감시자를 피해 함께 탈출한 것처럼 보이셔야 하옵니다. 무도회에 모인 분들이 사슬에 묶인 여덟 마리의 오랑우탄을 진짜라고 착각할 때 벌어질 효과를 폐하께서는 상상도 못하실 것이옵니다. 곱고 화려하게 차려입은 남녀 무리 가운데로 야만적인 괴성을 지르며 뛰어들 때 말이옵니다. 그 둘 사이의 대조가 가져올 효과는 타의 추종을 불허할 것이옵니다."

"그 말이 틀림없어 보이는구나." 왕이 말했다. 그런 뒤 대신들은 급히 자리에서 일어나(날이 저물고 있었기 때문이다.) 깡충 개구리의 계획을 실행에 옮기기 위해 움직이기 시작했다.

그들을 오랑우탄으로 가장시키는 방법은 아주 간단했지만, 효과적으로 목적을 달성하기에는 충분했다. 문제의 짐승은 이 이야기의 배경이 된 시대에는 문명 세계에서 흔히 볼 수 있는 동물이 아니었기 때문이다. 난쟁이가 만든 모조품은 충분히 야수적으로 보인 데다 보통 이상으로 흉측했기 때문에, 당연히 그만하면 그 짐승들의 실제 모습과 흡사하다고 받아들여졌다.

왕과 그의 대신들은 먼저 꼭 끼는 메리야스 셔츠와 속바지로 몸을 감쌌다. 그런 뒤 타르를 듬뿍 발랐다. 가장이 이 단계에 이르렀을 때 대신 한 사람이 그 위에 깃털을 붙일 것을 제안했다. 그러나 난쟁이는 그 제안을 즉시 거절하고는 오랑우탄 같은 야수의 털은 황갈색 아마포를 쓰면 더 효과적으로 표현할 수 있다는 사실을 시범을 통해 보여 주었다. 자신들의 눈으로 직접 그 사실을 확인한 여덟 명은 모두 그의 권고를 받아들이기로 했다. 따라서 아마포가 타르 위를 둘러 두껍게 한 겹 발라졌다. 그런 뒤 긴 사슬이 조달되었다. 난쟁이는 사슬을 우선 왕의 허리 주위에 묶은 뒤 대신들 중 한 사람의 몸에 묶었으며, 그런 다음 차례차례 다른 대신들 몸에 묶었다. 사슬 묶기가 끝나자 그들은 서로에게서 최대한 거리를 두고 서서 원을 만들었다. 그리고 이 모든 것이 진짜처럼 보이게 하기 위해서 깡충 개구리는 오늘날 보르네오 섬에서 침팬지 같은 큰 유인

원을 사로잡은 뒤 하는 방식처럼, 사슬의 남은 부분이 그들이 그리는 원을 가로질러 직각으로 교차하도록 했다.

가장무도회의 개최 장소로 예정된 거대한 연회장은 천장이 높고 그 천장에 달린 단 하나의 창문을 통해서만 햇빛이 들어오도록 설계된 원형 홀이었다. 그 방은 바로 이처럼 특별한 밤에 사용하기 위한 것이었다. 밤에는 천장 중앙에 있는 채광창에서 내려뜨린, 사슬에 매달린 커다란 샹들리에를 통해 방을 밝혔다. 다른 샹들리에와 마찬가지로 이 샹들리에에도 평형추를 이용해 높이를 조절하도록 되어 있었다. 그러나 이 평형추는 (흉한 외관을 피하기 위해서) 둥근 천장 밖으로 내보내져 지붕 위로 내려뜨려져 있었다.

방을 장식하는 일은 트리페타가 감독했다. 그러나 몇몇 실내장식은 그녀의 친구인 난쟁이의 차분한 판단력에 따라 이루어진 듯했다. 이 무도회 날에 샹들리에를 없앤 것은 그의 제안에 따른 것이었다. 샹들리에에서 흘러내리는 촛농이(그토록 더운 날씨에는 그걸 막는 것이 불가능했다.) 손님들의 호화로운 의상을 완전히 망칠 테니까 말이다. 연회장이 워낙 많은 손님들로 넘쳐 났기 때문에 그들 모두가 방의 중앙, 그러니까 샹들리에 바로 밑을 피하게 할 수는 없었다. 그 대신 방의 구석구석에 돌출 촛대들이 설치되었다. 그리고 벽에 기대어 세워진 채 방의 기둥 노릇을 하던 여인상의 오른손 위마다에 달콤한 향기를 내뿜는 큰 횃불들이 놓여졌다. 이 횃불들은 전부 50에서 60개 정도였다.

여덟 마리의 오랑우탄들은 깡충 개구리의 조언대로 참을

성 있게 자정까지(방이 가장 무도자들로 가득 찰 때까지) 기다렸다가 방에 들어갔다. 시계가 12시를 치자마자 일시에 방으로 뛰어 들어갔다. 아니, 함께 굴러 들어갔다고 하는 편이 알맞겠다. 몸을 묶은 사슬 때문에 그들 대부분이 들어서는 동시에 저절로 넘어지거나 사슬에 걸려 넘어지거나 했기 때문이다.

가장무도회에 참석한 사람들의 흥분은 대단했고, 왕의 가슴은 환희에 넘쳤다. 기대했던 대로 적지 않은 수의 내빈들이 사납게 생긴 짐승들을 정확히 오랑우탄이라고 알아본 것은 아닐지라도, 진짜로 일종의 야수인 줄 안 게 분명했다. 많은 숙녀들이 공포로 기절했으며, 연회장으로 들어오기 전에 모든 무기를 압수하도록 왕이 명령해 놓지 않았더라면 잔치는 이내 그 흥겨움을 피로 보상하게 되었을 수도 있었다. 무기가 없었기 때문에 모든 참석자들이 일제히 문을 향해 달려갔다. 그러나 왕이 들어서자마자 문을 잠그도록 한 명령이 이미 실행에 옮겨져 있었다. 그리고 열쇠는 난쟁이의 제안에 따라 그의 손에 맡겨져 있었다.

소동이 극에 달해 가장무도회의 참석자들 모두가 자신의 안전에만 골몰하고 있을 때 — 사실상 군중이 워낙 흥분해서 이리저리 밀리고 있었기 때문에 진짜로 위험해질 가능성이 있었다 — 보통 때 샹들리에를 다는 데 쓰지만 그때는 샹들리에를 치우면서 올려져 있던 사슬이 아주 서서히 아래로 내려와 그 맨 아래 고리가 바닥에서 1미터도 안 되는 높이까지 내려왔다.

연회장을 이리저리 온통 휘젓고 다니던 왕과 일곱 명의 대신들은 마침내 방의 중앙에 도달했고, 물론 그리로 내려와 있던 고리 가까이에 서 있게 되었다. 그러자 그동안 그들이 계속 소동을 부리도록 부추기면서 그들의 뒤를 바짝 따라 다니던 난쟁이가 둥그런 원의 중앙에 직각으로 교차되어 묶인 사슬을 손으로 잡아 들었다. 그러고는 번개 같은 속도로 평소에 샹들리에를 매달때 쓰던 고리에 그 사슬을 끼워 넣었는데, 그러자마자 순식간에 보이지 않는 손에 의해 샹들리에의 사슬이 번쩍 추켜올려지면서 오랑우탄들은 서로 얼굴을 마주 댈 정도로 바짝 붙어 서게 되었다.

그 시점에 이르렀을 때 가장무도회의 참석자들은 공포를 어느 정도 극복하게 되었고, 따라서 그 사건 전체를 잘 꾸며진 장난으로 여기기 시작했기 때문에, 곤경에 처한 유인원들의 모습을 향해 폭소를 터뜨렸다.

"이놈들은 제가 맡겠습니다!" 깡충 개구리가 외쳤다. 그의 새된 목소리가 방을 가득 채운 소음을 꿰뚫고 모든 사람들의 귀에 들려왔다. "이놈들은 제가 맡겠습니다! 이놈들이 누군지 알 것 같습니다. 제가 찬찬히 뜯어본다면 누군지 당장 알아볼 수 있습니다!"

그렇게 말하면서 그는 모인 사람들의 머리 위를 기다시피해 간신히 벽에 도달했다. 거기에서 여인상 모양의 기둥에 있던 횃불 하나를 잡아챈 뒤 다시 똑같은 방식으로 가던 길을 되짚어 방의 한가운데로 돌아왔다. 그러고는 원숭이처럼 민첩하게 왕의 머리 위를 건너뛰어 사슬 위 몇 미터를 기어 올라갔는데, 그러는 동안 내내 오랑우탄 무리를 향해 횃불을 비춰 그들을 들여다보면서 "제가 이제 곧 이놈들이 누구인지 밝혀 내 겠습니다!"라고 계속 외쳐 댔다.

유인원들까지를 포함해서 거기 모인 사람들 모두가 배를 움켜쥐고 웃고 있을 때, 그 광대가 별안간 휙익하고 날카롭게 휘파람을 불었다. 그러자 사슬이 순식간에 10미터쯤 위로 끌 어 올려졌고, 그와 동시에 오랑우탄들도 당황해서 어쩔 줄 모 르며 몸부림을 치면서 함께 끌어 올려져 공중에 매달리게 되 었다. 깡충 개구리도 올라가고 있는 사슬에 계속 매달려 있었 기 때문에 여전히 가장한 오랑우탄 여덟 마리를 내려다보는 위치에 있었고, 여전히 (마치 아무런 문제도 없다는 듯이) 손에 들고 있던 횃불을 그들을 향해 내려 비추며 그들이 누구인지 알아보려고 애쓰는 척했다.

이렇게 공중에 매달리게 된 오랑우탄 무리는 너무나 놀란 나머지 아무런 항의도 하지 못했고, 그 바람에 일 분가량 숨 죽인 듯한 정적이 뒤따랐다. 그 정적에 끝이 난 것은 무도회 가 열리기 좀 전에 왕이 트리페타의 얼굴에 술을 끼얹었을 때 난데없이 들려와 왕과 대신들의 주의를 끌었던, 낮고 귀에 거 슬리는 삐걱 소리가 다시 들리면서부터였다. 그러나 이번엔 그 소리가 대관절 어디에서 들려오는 것인지에 대해 의문의 여지가 있을 수 없었다. 난쟁이의 송곳니에서 나는 것이 너무 나 분명했기 때문이다. 난쟁이는 입 주변에 거품을 뿜어 물고 악문 입으로 이를 갈면서, 분노와 광기에 넘치는 표정으로 눈 을 부릅뜬 채 위쪽에 매달린 왕과 일곱 대신의 얼굴을 내려다 보았다.

"아, 하!" 마침내 어릿광대가 분노에 찬 목소리로 말했다. "아, 하! 이제 이 사람들이 누구인지 알 것 같구나." 그렇게 말하고 나서 그는 왕을 더 자세히 들여다보는 척하며 횃불을 들어다 왕의 몸을 감싸고 있던 아마포 천에 댔고, 그 즉시 이글거리는 불꽃이 천을 타고 몸 전체로 옅게 번져 나갔다. 삼십 초도 되지 않아, 그들을 도울 방도가 없어 어쩔 줄 몰라 하며 공포에 질린 채 멍하니 그들을 올려다보고 있던 무리가 지르는 비명 소리가 낭자한 가운데, 여덟 마리의 오랑우탄 모두가 맹렬하게 불에 타올랐다.

순간적으로 더욱 활활 타오르는 불꽃을 피하기 위해 어릿광대마저 사슬을 타고 더 높이 올라가야 했다. 그가 그렇게 올라가는 동안 아래에 모인 사람들은 잠깐 동안이지만 다시 정적에 빠져들었다. 난쟁이는 그 기회를 놓치지 않고 다시 한 번 말했다.

"이제 똑똑히 보이는군요. 이렇게 가장한 사람들이 어떤 유의 사람들인지. 바로 위대하신 국왕 폐하와 일곱 분의 대신이군요. 방어할 능력이 없는 소녀를 주저 없이 후려치던 왕, 그리고 왕이 그처럼 무도한 행동을 하는 걸 부추기던 일곱 명의 대신들. 저로 말하자면, 전 고작 어릿광대인 깡충 개구리에 지나지 않습니다. 그리고 바로 이것이야말로 저의 마지막 즉흥연기이옵니다."

아마포와 타르의 강한 연소성으로 인해, 난쟁이가 그 짤막한 연설을 마치자마자 그의 복수극이 완성되었다. 불에 그슬린 여덟 구의 시체는 형체를 분별할 수 없는 한 덩어리의 악취를 풍기는 끔찍한 물체가 되어 사슬에 묶인 채 매달려 흔들거렸다. 절름발이는 손에 든 횃불을 그 시체들을 향해 힘껏 내던진 뒤, 유유히 천장으로 올라가 창문을 통해 사라졌다.

난쟁이가 꾸민 불타는 복수극의 공범은 연회장의 지붕에 자리 잡고 있던 트리페타였으리라. 그들은 함께 고국으로 도망쳤다고 전해진다. 이후 아무도 그들을 보지 못했다.

작품 해설

1

　19세기 미국 작가들 중에서, 아니 미국 문학 전 시대를 통틀어서 에드거 앨런 포만큼 그 생애가 신화와 전설에 휩싸여 있는 작가도 드물 것이다. 이는 부분적으로는 포가 동시대 미국의 여러 작가들에 비해 전기적인 사실에 불분명한 부분이 많다는 정황에 기인한다. 에머슨, 롱펠로, 호손 등 뉴잉글랜드 출신의 다른 문인들이 대부분 지역 유지 집안에서 태어나 순탄하게 자랐고 안정된 직업을 가지고 문필 활동을 한 데 비해, 포는 순회 극단의 배우였던 부모 밑에서 태어났고 북부와 남부를 오가며 떠돌이 문필가 생활을 해야 했던 사정이 당연히 기여했을 것이다. 하지만 더 중요한 이유는 그의 사후 작품을 모아 출판한 편집자로서 개인적인 이유로 포를 폄하했던 그리스월드의 부도덕하고 악의적인 부고와 평론이었다. 다행히 지난 세기 동안 연구가 활발하게 이루어지면서 학계에서는 포에 대한 신화가 상당 부분 교정되었지만, 그런 내용이 일반 대중에게는 아직 널리 알려지지 않았으므로 이 해설에서는 포의 생애를 조금 자세히 살펴보기로 하겠다.

에드거 앨런 포는 1809년 1월 19일 미국 매사추세츠 주 보스턴에서 순회 극단의 배우였던 부모의 둘째 아들로 태어났다. 어머니 엘리자베스 아널드는 영국에서 1796년 미국 뉴잉글랜드 지방으로 이민 온 순회 극단의 배우이고, 아버지 데이비드 포는 1750년경 증조부 대에 아일랜드에서 볼티모어 지역으로 이민 와 정착한 집안 출신이다. 할아버지인 데이비드 포 시니어는 물레 제작자로서 정치 활동에도 활발하게 참여했고 미국 독립전쟁 때는 소령까지 진급해 전후에는 보통 포 장군이라고 불렸다고 한다. 포의 아버지는 법률을 공부하다 그만두고 순회 극단의 배우가 되었지만 어머니가 일찍이 재능을 인정받고 명성을 얻은 주연배우였던 데 비해 크게 성공하지 못한 채 아마도 병 때문에 포가 아직 아기일 때 그의 삶에서 사라지고 만다.

아버지를 일찍 여읜 포는 두 살 때인 1811년 어머니마저 순회 공연지였던 버지니아의 리치먼드에서 병으로 잃는 불운을 겪는다. 졸지에 고아가 된 어린 삼남매 — 형 헨리, 둘째 에드거, 여동생 로잘리 — 는 어머니의 사망지인 리치먼드에서 각기 다른 가정에 흩어져 입양된다. 에드거는 자식이 없는 사업가인 존 앨런과 그의 아내 프랜시스 앨런 부부의 가정에 입양

되어 정식 아들로 입적되지는 않지만 명문가의 아들이 받을 만한 좋은 교육과 보살핌을 받고 자란다. 양아버지인 앨런은 담배 등의 무역업을 하고 있었는데, 해외로 사업을 확장하기 위해 에드거가 일곱 살 때부터 열한 살 때까지 약 오 년 동안 가족을 영국으로 데려가서 지낸다. 이 기간 동안 포는 런던과 스코틀랜드 등지에서 사립학교 교육을 받으며 자라는데, 훗날 작품의 무대로 간간이 등장하는 스코틀랜드와 잉글랜드의 고택이나 기숙학교 생활 등을 이때 직접 체험한 것으로 알려져 있다.

영국에서의 사업이 순조롭지 않자 앨런 가족은 포가 열한 살 때인 1820년 다시 리치먼드로 돌아온다. 포는 리치먼드의 명문가 자제들이 다니는 사립학교에서 중등교육을 마치고 열일곱 살인 1826년 설립된 지 일 년 된 버지니아 대학교에 진학한다. 하지만 앨런이라는 성을 포함시킬 만큼 좋았던 양아버지와의 관계가 악화되면서 포의 대학 교육은 일 년으로 끝나고 만다. 두 사람의 관계 악화는 포가 아직 사춘기이기도 했고, 아마도 앨런이 바람을 피워 가정에 불행한 분위기가 깃든 데에도 원인이 있었으리라고 흔히 추정된다. 아무튼 앨런은 포에게 학비를 충분히 주지 않았고, 그 때문에 포가 빚을 지게 되었을 때 갚아 주지 않았을 뿐 아니라 의절을 선언했다고 한다. 이것은 그때까지 전형적인 남부 명문가의 아들로 자라온 포에게 가정과 경제적 지원, 사회적 신분 등을 한꺼번에 앗아 간 큰 재난이었다. 그 와중에 대학 진학 전에 약혼한 사이였던 명문가 출신 여자 친구와도 파혼을 맞게 된다.

학생 시절 내내 외국어와 문학에 재능을 나타냈던 포는 이미 상당 기간 습작을 거쳐 시집을 출판할 계획까지 하고 있던 터라 이 같은 상황은 그에게 발밑의 땅이 한순간에 꺼져 내리는 것과 같은 큰 타격을 주었다. 아직 신생국으로서 문학 활동의 대부분을 영국에 의존하면서 자체적인 국민문학이라 부를 만한 것이 형성되지 않았던 미국에서 문인으로서의 생활은 경제적 안정이 뒷받침되지 않고서는 불가능했다. 따라서 포는 경제적 자립을 위해 열여덟 살이던 1827년 태생지인 보스턴으로 가서 입대한다. 입대는 만 이십일 세 이상이라야 가능했기 때문에 서류에 거짓으로 나이를 기입하고 이름도 에드거 A. 페리라는 가명을 썼는데, 입대 후 오 개월 만에 남부인 찰스턴의 설리번스 아일랜드로 배치되어 그곳에서 이 년 가까이 근무한다. 이 섬은 나중에 그의 작품 「황금 벌레」의 무대가 되기도 했다. 복무 기간 동안 포는 능력을 인정받아 순조롭게 진급해서 1829년 1월에는 사병으로서는 최고 지위인 특무상사에까지 올라가게 된다. 이 시점에서 포는 이왕 군인이라면 장교가 되는 것이 낫겠다고 판단하고 웨스트포인트 육군사관학교에 진학하기로 결심한 뒤 같은 해 5월에 제대하게 된다.

　포는 다음 해인 1830년 6월 육군사관학교 시험을 보고 7월에 입학하지만 1831년 1월 근무 태만으로 처벌을 받고 2월에 퇴학당한다. 1827년 보스턴에서 이미 짧은 시집을 출판했고, 1829년에는 그 시집을 증보한 두 번째 시집을 볼티모어에서 출판한 바 있는 포는 아마도 육군사관학교의 규율과 장교로서의 삶에 대한 전망을 견딜 수 없었던 것으로 추정된다. 이 시점에 문학으로 입신하려는 포의 결심은 확고했던 것으로 보이는데, 육군사관학교에서 쫓겨난 다음 해인 1831년에 사관학교 친구들의 출자로 세 번째 시집이 출간된 것도 그 증거이다. 1830년에는 뉴욕의 잡지에 첫 비평적 산문이 실리기도 했다. 1829년 제대하고 육군사관학교로 진학할 때까지의 기간 동안 포는 양어머니를 여읨으로써 거의 사라졌던 양부모와의 화해 가능성을 완전히 상실하게 된다. 이런 상황에서 포는 친부모 쪽 가족을 찾아 아버지의 고향인 볼티모어를 방문하여 거기서 과부로 살고 있던 고모인 마리아 클렘과 만난다. 1831년에는 고모의 집으로 이사를 가는데, 그 집에는 이미 할머니, 고모, 어린 여사촌 버지니아, 형 헨리를 포함한 가족이 미국 독립전쟁 유공자인 할아버지의 배우자로서 할머니가 받는 작은 연금에 의존해서 살고 있었다. 이때 포는 버지니아의 가정교사로 공부를 돌봐 주는 한편 문필 활동을 계속한다. 이 해에 필라델피아의 《새터데이 쿠리어》에 콩트 다섯 편을 발표하고, 볼티모어의 《새터데이 비지터》의 50달러 상금 단편 공모에 「병 속에서 발견된 원고」가 당선되어 작가로서의 입지를 세우기 시작한다.

이후 이십 년이 채 안 되는 짧은 기간 동안 포는 여러 문학 잡지의 편집자로 온갖 잡일을 하면서 보잘것없는 수입을 부정기적으로 버는 한편 뛰어난 시와 단편소설, 평론 등을 왕성하게 발표해서 문인으로서의 명성을 쌓는다. 여러 단편이 현상 공모에 당선되었고, 그가 편집한 잡지의 판매 부수를 엄청나게 늘려 뛰어난 논객이자 평론가로서도 존경을 받았으며, 특히 대표작이라 할 시 「까마귀(The Raven)」로 미국 안팎의 유명 시인이 되었다. 이 기간 중에 미국을 방문했던 영국 작가 디킨스를 만나기도 했는데, 디킨스가 연재 중이던 『바나비 러지(Barnaby Rudge)』의 결말을 예측해서 디킨스를 경탄시킨 에피소드는 유명하다. 하지만 이 기간은 또한 포의 악명이 높아 간 때이기도 하다. 아무리 좋은 작품을 많이 발표해도 전업작가로서의 삶이 불가능했던 여건에서 포는 국민문학 수립의 기반이 되어 줄 수준 높은 문학잡지를 꿈꾸며 노력했고 그 과정에서 잡지의 사주들과 끊임없이 충돌했는데, 그 결과 편집자 직을 그만두고 새로 구직하는 과정을 여러 차례 반복했다. 그리고 귀족적인 배경에서 편안하게 글을 쓰며 끼리끼리 추어올려 주며 출판할 기회를 주던 뉴잉글랜드의 문인들과도 관계가 편치 못했다. 특히 뉴잉글랜드 기성문단의 대표 격인 롱펠로를 심하게 공격해서 그렇지 않아도 편치 않았던 북부 뉴잉글랜드 문단과의 관계는 돌이킬 수 없을 정도로 악화되었다. 포가 사망한 후 실렸던 악의적인 부고는 이런 상황과도 무관하지 않다.

포의 삶을 언급하면서 빼놓을 수 없는 사건은 1836년 사촌 버지니아와 결혼한 일이다. 결혼 당시 버지니아의 나이가 채 열네 살이 안 되었기 때문에 훗날 그가 아동성애자가 아니었던가 하는 의문과 함께, 그와 버지니아가 사촌간인 것을 들어 근친상간의 혐의도 제기되었다. 하지만 당시에 집안 내 결혼은 흔한 것이었고, 사춘기에 막 접어든 소녀들의 결혼도 결코 드물지 않았기 때문에, 그런 의심들은 포가 유명한 문인이 아니었다면 결코 제기되지 않았을 것들이다. 고모인 마리아 클렘의 가족은 고아인 포가 양아버지로부터 의절당한 후 재결합해서 찾은 유일한 가족이었다. 포가 버지니아와 결혼한 1836년은 그 전해에 할머니를 여읨으로써 클렘 가족이 의지하던 경제적 기반이 사라진 직후였다. 따라서 포로서는 이 가족을 유지하고 책임져야 한다는 정서적, 경제적 필요성이 절실했을 거라고 보는 것이 학계의 정설이다. 전해지는 사료에 의하면 이 작은 가족은 경제적인 어려움 가운데에서도 마리아 클렘이 하숙을 치며 가족 모두가 합심해서 노력하고 도우며 사는 정상적인 가정생활을 영위했다고 한다.

그리스월드에 의해 유포되어 정착된 포에 대한 신화 중의 하나는 그가 심각한 알코올중독자, 마약중독자였다는 것이다. 그러나 사료에 따르면 그는 마약중독자이기는커녕 마약 복용법도 몰랐다고 한다. 또한 술을 많이 마시는 것이 문제가 된 적은 있었지만 술에 절어 살았다는 것은 사실무근이다. 무엇보다도 포가 이십 년가량의 길지 않은 기간에 발표한 수많은 시와 단편과 평론, 그 외에도 무기명으로 잡지에 실렸던 그 많은 글을 술에 취해 써냈다는 것은 현실적으로 불가능한 일이다. 알코올이나 마약 중독이 아니라 오히려 너무 심하게 일에 몰두하는 일중독이 문제였다. 다만 아내 버지니아가 오랜 투병 끝에 1847년 결핵으로 사망한 뒤 심한 우울증에 시달리면서 알코올중독 증세를 보인 것은 사실이다. 하지만 이때도 버지니아 사후 이 년 뒤인 1849년에는 알코올중독 치유 프로 그램을 통해 재기를 꿈꾸며 리치먼드로 돌아가 정착을 시도했다. 거기서 소년 시절의 약혼자와 다시 약혼한 뒤 상당히 낙관적인 상태에서 마리아 클렘을 모시러 뉴욕으로 가던 중 볼티모어에서 열병 — 속설에서 통하는 것처럼 알코올중독이라기보다 당시 유행하던 콜레라일 가능성이 많은 것으로 추정된다 — 으로 사망해 안타깝게도 짧지만 풍부했던 삶을 마감했다.

2

포만큼 아담한 규모 — 오십 편 남짓한 시편, 비교적 짧은 장편 하나, 두 편의 중편, 칠십여 편의 단편, 그리고 기타 수필과 평론 등 — 의 업적을 남기고서 미국 문학과 세계문학에 그만큼 중요한 영향력을 행사한 작가도 많지 않을 것이다. 포의 시와 시론은 19세기 말 20세기 초 유럽 문학에서 적어도 세 갈래의 문학 운동 — 예술을 위한 예술, 상징주의, 초현실주의 — 에 영향을 끼쳤다. 보들레르에게는 물질주의에 의해 파괴된 이상주의적 시인인 "저주받은 시인(poéte maudit)"이었고, 말라르메에게는 미국 부르주아의 위선에 희생된 초월적 시인이었으며, 발레리에게는 전통적 종교와 철학의 가정에 비판적인 회의주의자였다. 오늘날까지도 구조주의, 탈구조주의, 해체주의 등의 선구자로 계속 논의되고 추앙되고 있으며, 일부 프랑스 지식인들은 그의 생일인 1월 19일을 경축

하기도 한다. 유럽에서 포의 지위나 명성이 긍정적인 데 비해 영미권에서는 보통 다소 예외적이며 이단적인 작가로 통한다. T. S. 엘리엇은 포를 "재능이 탁월한 사춘기 이전 젊은이의 지성"을 가진 작가, 즉 미성숙한 작가라고 보았는데, 고딕적인 양식이나 주제에 대한 그의 관심과 그의 삶을 연결시켜 심지어 사이비 작가로까지 보는 경우도 적지 않다.

포는 상당히 모순적이며 자기분열적인 작가로 보이기도 한다. 초월적인 미를 추구하는 한편으로 현실 비평에 깊이 개입하였고, 북부에서 태어났지만 남부에서 성장했으며, 잡지의 세속적 성공을 추구하고 이루었지만 높은 예술적 기준과 독립적 비평을 견지했다. 셸리적 낭만주의자였지만 18세기적 합리주의자이기도 했고, 현실도피적인 면과 사교계 인사인 면이 공존했으며, 신플라톤주의적 신비주의자인 동시에 엄격한 논리주의자였다. 개인사적으로도 그는 성실하고 열심히 일하고 쓰는 작가였지만 동시에 알코올중독이나 사주들과의 다툼 등 자기 파괴적인 행태도 보였다. 소설에서는 스스로 "도착적인 것(the perverse)"이라고 부른 비정상적이고 예외적인 소재를 추구했지만 개인적으로는 '르네상스맨'을 추구하는 삶을 살며 시인, 소설가, 평론가, 언론인, 편집자, 풍자가, 사회평론가, 철학자 등 다방면의 관심과 재능을 발휘했다. 그렇다면 포를 현대적이거나 탈현대적인 모든 것의 선구자라고 보는 유럽의 견해와 미성숙한 천재라고 보는 영미권의 견해 중 어느 쪽이 맞는 것일까?

위의 질문은 물론 단순하게 이것 아니면 저것으로 대답할 수 있는 문제는 아니며, 그러려고 해서도 안 될 것이다. 앞에서 포가 남긴 만큼의 업적으로 그만한 영향력을 행사한 작가가 많지 않다고 했지만, 이십 년 정도밖에 되지 않는 그의 짧은 경력으로 보면 그의 업적은 양적, 질적으로 엄청난 것이다. 더욱이 포는 한 친구에게 보낸 편지에서 "주인의 고갯짓에 따라 두뇌를 은화로 주조하는 일은 (중략) 세상에서 가장 힘든 일"이라고 불평했을 만큼 생존을 위해 육체노동 수준의 편집 일을 병행하면서 작품 활동을 해야 했다. 그런 와중에서도 시인으로서의 포는 새로운 시 이론을 수립하고 성공적으로 실천했고, 단편소설 작가로서의 포는 고딕소설 형식의 완성자이자 현대적인 추리소설의 창시자였다. 평론가로서의 포는 호손이나 쿠퍼 등에 대해 날카로운 평문을 썼을 뿐 아니라, 당시에 만연하던 표절에 문제를 제기하고 수준을 높였으며, 이론가로서는 새롭고 선구적인 시, 단편소설, 그리고 문학에 대한 이론을 제기했다. 출판인으로서는 특히 북부의 잡지를 중심으로 만연한 파벌주의와 치열하고 고독한 싸움을 전개했다. 포는 이 모든 일을 치열하게 그리고 뛰어나게 해낸 드문 예이다.

포의 위와 같은 업적은 상당 부분 그가 활동하던 시기 미국 문학의 환경과 관련이 있다. 포가 시인으로서, 소설가로서, 평론가로서, 편집자로서 활동하던 시기는 앞서 잠깐 언급했듯이 미국이 영국으로부터의 독립을 쟁취한 지 얼마 되지 않고 남부나 서부의 방대한 땅들이 아직 미국의 일부로 합병되기 전이거나 합병이 진전되고 있던, 건국 초창기이다. 정치적으로도 경제적으로도 이제 막 미국 특유의 새로운 제도를 수립해 나가는 도정에 있었고, 문학이나 지식계의 경우는 거의 전적으로 영국에 의존하고 있던 시기이기도 했다. 문학에 국한시켜 본다면 미국의 선배 문인으로 워싱턴 어빙이나 제임스 페니모어 쿠퍼 정도를 꼽을 수 있고, 에머슨, 호손, 롱펠로 정도가 포와 동시대에 활약한 문인들이다. 그중에서도 활동 시기로 보면 포가 호손의 초기작들에 대해 서평을 쓴 데서 알 수 있듯이 나이로는 포보다 다섯 살 정도가 많은 호손조차도 포의 후배에 가깝다. 영국의 잡지인 《블랙우즈》를 중심에 놓고 미국에서의 문필 활동은 변두리의 사소한 일 정도로 치던 당시의 환경에서 포는 미국의 독자적인, 새로운 국민문학 건설이라는 과업에 적극적으로 뛰어든 문인이었고, 또 그것을 훌륭하게 해낼 만한 재능이 있었다.

동시대의 다른 문인들과 마찬가지로 포의 문학관도 당대 영국 및 유럽의 사상과 문학, 특히 독일 관념론과 유럽 전체를 휩쓴 낭만주의에 깊은 영향을 받았다. 유럽의 낭만주의는 널리 알려져 있다시피 인간 이성을 신봉하고 단선적인 진보 사관에 입각해 인류의 진보를 낙관한 합리주의 시대 신고전주의 문학에 대한 반동으로 등장한 것이다. 낭만주의의 문인과 지식인들은 인간은 단순히 숭고한 이성만 가진 존재가 아니라 감정의 동물이며, 역사는 선적인 발전 모델을 따라가지 않는다고 믿었다. 신고전주의자들이 합리와 균형과 조화를 추구했다면 낭만주의의 문인들은 자연발생적인 것, 신화와 전설, 비이성적이고 초자연적인 것, 극단적이고 편벽된 것 등에 관심을 기울였다. 포가 문학 수업을 하던 1820년대는 이 운동의 영향을 받은 시와 소설, 문학론 등이 유럽 문학을 지배하던 시기였고, 포는 이 운동을 적극적으로 받아들여 이론을 펴고 실천하는 가운데 독특한 자신만의 경지를 개척했다. 포의 이런 활약의 산물이 유럽 문학의 최변방에서 전혀 존재가 미미하던 미국 문학을 세계문학의 당당한 한 구성원으로 끌어올리고 미국 문학의 수준을 높이는 데 결정적으로 기여했음에는 의문의 여지가 없다.

포의 전기 중 가장 권위 있는 저작으로 알려진 『에드거 앨런 포 : 비평적 전기』(1941)에서 아서 홉슨 퀸은 포를 일러 "평론에서는 선봉에 서 있었고, 소설에서는 최고의 경지를 이뤘으며, 시인으로는 영원히 남을 영어권의 드문 작가"라고 말한 바 있다. 이처럼 그는 모든 분야에서 뛰어났지만, 소설가로서의 포는 다음 절에서 살펴보기로 하고 여기서는 그의 시인 내지 문학 이론가로서의 면모를 간단히 살펴보자. 포는 시에 대한 그의 입장을 초기 시집의 서문에서부터 「까마귀」와 다른 시를 수록한 후기 시집, 그리고 「작문의 철학」, 「시의 원칙」 등의 글이나 강연 등을 통해 지속적으로 발표하고, 자신의 시작에 반영했다. 동시대의 선배 문인이자 영국의 낭만주의 시론가인 콜리지의 낭만적 예술 유기체론에 깊은 영향을 받은 포시론의 핵심은 시의 언어가 단순한 재현의 언어가 아닌 상상력에 기반한 유기체적인 언어라는 것이었다. 그런 입장에서부터 시인은 신과 마찬가지로 창조자라는 주장이나 시의 목적은 교훈이 아닌 아름다움과 즐거움이라는 주장이 비롯되며, 언어의 화학작용을 가능케 할 운율과 분위기에 대한 강조가 나온다. 시인으로서의 포는 이러한 자신의 시학을 과학적이라 할 만큼 철저한 장인정신에 기반해서 밀고 나가 독특한 내적 독백의 극적 양식과 서정적인 주술적 양식을 개발해서 오늘날 전 세계의 독자들에게 익숙한 「까마귀」나 「애너벨 리」 등의 작품을 남겼다. 그의 시학 또한 독일 낭만주의 시학이나 콜리지 등의 시학에서 주창된 논리를 발전시킴으로써 상징주의, 초현실주의를 비롯한 현대시학과 나아가 구조주의, 탈구조주의, 해체주의 등 기표와 기의의 분리를 기반으로 한 최근 문예사조의 선구가 되었다.

3

소설가로서의 포는 작품의 통일성과 유기성을 강조한 작가답게 주로 단편 — 몇 편의 작품에 대해서는 본인 스스로 "산문시"라고 부르기도 했다 — 에 집중한 성과를 냈다. 독일 낭만주의 작가들, 영국 고딕소설가들, 그리고 '그로테스크'와 '아라베스크'라는 용어를 포에게 전해 준 소설가 월터 스코트 등의 영향을 강하게 받은 포의 단편소설들은 대부분이 초자연적이거나 극단적인 것, 도착적인 것들에 대한 탐구이다. 하지만 동시대의 많은 고딕소설들이 초자연적이고 기괴한 것의 선정주의적인 제시에 머물렀다면 포의 작품들은 그런 현상들에 대한 철저한 과학적 탐구라고 할 만하다. D. H. 로런스는 『미국 고전소설 연구』에서 포를 "예술가라기보다 거의 과학자에 가깝다."라고 했는데, 그는 이런 판단을 정당화할 만큼 단순한 낭만주의의 전통에 머무르지 않고 낭만주의와 합리주의를 아우르는 새롭고 독특한 경지를 창조했다.

　가령 이 단편선 속 많은 작품들은 소위 전형적인 고딕적 소재인 초자연적인 현상을 다룬다. 50달러 공모 당선작인 첫 작품 「병 속에서 발견된 원고」나 로런스를 비롯한 많은 평론가들이 그의 대표작 중 하나로 보는 「리지아」 등이 그렇다. 배가 난파하면서 유령선에 타게 된 주인공의 기록을 다룬 전자나 죽은 아내가 현실에 출몰하는 경험을 다룬 후자와는 약간 성격이 다르지만 빠지면 절대 살아 돌아오지 못한다는 북대서양의 소용돌이에 추락했다 살아 돌아온 어부의 체험을 다룬 「소용돌이 속으로의 추락」도 현실과 초현실의 경계에 있는 작품이다. 그 외에 붉은 죽음이라는 역병을 피해 왕과 귀족들이 모여 지내는 단단히 잠긴 성에 붉은 죽음의 환자로 보이는 존재가 갑자기 나타나는 「붉은 죽음의 가면극」도 비현실적이기는 마찬가지이다. 흥미로운 것은 이 작품들이 초자연적인 듯 보이는 현상을 다루면서도 대체적으로 현실과 논리의 영역을 벗어나지 않는다는 사실이다. 「리지아」의 경우 화자가 리지아를 틀림없이 목도하는 것은 사실이지만, 이런 목격은 마약으로 고통을 달래는 환각 상태에서 이루어진다. 「소용돌이 속으로의 추락」도 현실적으로 불가능할 것 같은 체험이 과학적이고 합리적으로 완벽하게 설명될 수 있는 예외적인 현상으로 제시되어 있다. 또한 「붉은 죽음의 가면극」의 경우에도 마지막에 모인 사람들이 사로잡은 붉은 죽음의 인물은 현실적으로 실체가 없는 텅 빈 존재일 뿐이어서, 그로부터의 완벽한 격리를 꿈꾸며 모인 사람들의 숨겨진 무의식과 공포의 산물임이 암시되고 있다.

「붉은 죽음의 가면극」에서 잘 드러나는 것처럼 포는 이성으로만은 설명되지 않는 인간 심리의 복합성에 대해 탁월하고 합리적인 통찰을 보여 준 작가이다. 그런 복합성의 한 측면이 소위 '더블'을 등장시킨 「어셔가의 몰락」, 「윌리엄 윌슨」, 「도둑맞은 편지」 등에서 전형적으로 탐구된다. '더블'을 등장시킨 작품으로 아마도 가장 유명한 『지킬박사와 하이드 씨의 이상한 사례』보다 반세기가량 앞서 발표된 이 작품들에서 포는 남매간, 친구간, 혹은 범죄자와 추적자 사이에 존재하는 동일성과 대조를 통해 다양한 종류의 더블의 예에 천착한다. 「어셔가의 몰락」은 극단적으로 예민한 주인공의 심리 상태라든지, 그것과 환경의 조응, 전통의 몰락 등 다양한 주제를 담고 있는 작품이다. 이 계열 중 가장 선명하게 한 인간의 내면에 존재하는 도덕적 이중성을 절묘하게 묘파한 작품은 포가 영국에서 다니던 기숙학교를 배경으로 하는 「윌리엄 윌슨」이다. 설명할 수 없는 이유로 자기 파괴적인 악행을 계속하는 주인공이 자신을 그림자처럼 따라다니며 끊임없이 괴롭히는 인물과 극적으로 맞닥뜨리는 작품의 결말은 이 인물이 실은 주인공의 분신인 양심의 산물임을 암시한다.

인간 심리의 복합성은 사실 포의 단편소설, 혹은 산문시를 관통하는 일관된 주제이다. 그중에서도 특히 윌리엄 윌슨의 경우가 그러하듯 이성적으로 무엇이 옳고 이로운가를 멀쩡히 알면서도 그에 반대되는 행위를 하는 심리를 포는 "도착적인 심리"라고 불렀고 그에 초점을 맞춘 탁월한 작품들을 여러 편 발표했다. 후에 이런 심리를 과학적으로 연구할 프로이트가 아직 태어나기도 전에 포가 쓴 그 작품들 중 대표적인 것으로 위에 언급한 「윌리엄 윌슨」 외에도 「배반의 심장」이나 「검은 고양이」 등이 있다. 「배반의 심장」의 주인공은 상식적으로 납득할 수 없는 이유로 함께 사는 노인을 죽이고, 그 살해가 발각되지 않을 것이 확실한 바로 그 순간에 스스로 발각을 자초한다. 「검은 고양이」 역시 주인공은 아무런 이유도 없이 고양이를 죽이고, 그러다 우연히 아내까지 살해하는데, 그 역시 자신의 범죄가 발각되지 않을 것이 확실한 순간에 오히려 스스로 발각을 유도한다.

그 외에 「군중 속의 사람」이나 「구덩이와 추」, 「아몬티야도 술통」 등도 인간의 이상심리나 극단에 처한 사람의 상식을 초월한 듯한 심리의 움직임을 다룬 걸작이다. 「군중 속의 사람」은 자기 자신을 대면하지 않기 위해서 끊임없이 군중을 찾아 거리를 배회하는 사람에 대한 정밀한 보고서 같은 작품이다. 「구덩이와 추」는 죽음의 위기에 처한 사람이 겪는 심리의 다양한 측면들 — 공포 앞에서 예민해지는 감각이라든가 절체절명의 위기 상황에서 자신의 계산이 어디가 틀렸는지 따위의 사소한 사실에 집착하는 등 — 에 대한 독특하고 치밀한 보고서이다. 「아몬티야도 술통」은 「깡충 개구리, 혹은 사슬에 묶인 여덟 마리의 오랑우탄(이하 깡충 개구리)」 등과 함께 흔히 복수 연작으로 묶이기도 하는 작품인데, 복수의 미명하에 아무런 양심의 거리낌 없이 감쪽같이 완전범죄를 저지르는 소위 '사이코패스(psychopath)'에 대한 탁월한 탐구이다.

복수 연작의 하나인 「깡충 개구리」는 20세기 말 일부 평론가들에 의해 노예제도 옹호론자로 몰리고 비난받은 포의 정치적 입장과 관련해 흥미로운 작품이다. 남부 출신의 지식인이었던 포는 남북전쟁을 보지 못하고 죽었고, 노예해방에 대해 직접 언급하거나 옹호한 글은 거의 남기지 않았다. 포가 남부 지식인 특유의 보수주의자였다는 점에는 대부분의 평론가가 동의하지만, 그가 적극적인 노예제도 옹호론자였다는 주장은 그릇된 추정에 기반한 것임이 최근 학자들의 논란 과정에서 밝혀지기도 했다. 포가 자기 이름으로 발표하지 않은 글에서 노예제도를 간접적으로라도 옹호했느냐는 여전히 문젯거리일 수 있겠으나, 포 문학의 이해에 핵심적인 사항은 아니라고 할 것이다. 그리고 이런 논의야 어쨌든 그의 후기 작품인 「깡충 개구리」는 적어도 성의 문제나 노예제도의 문제에 대한 간접적이고 우의적인 입장이 담겨져 있는 작품이라고 볼 여지가 있다. 「아몬티야도 술통」이 복수의 원인을 명시하지 않음으로써 복수자의 행위의 이상성을 부각시키는 데 반해, 「깡충 개구리」는 복수의 이유가 명시되어 있어서 독자들로 하여금 복수의 정당성을 받아들일 여지를 주기 때문이다.

또한 포는 앞서도 언급했듯이 현대적인 추리소설의 창시자('추리소설'이라는 용어도 포의 창안물이다.)로 중편 길이의 「모르그 가의 살인 사건」과 「황금 벌레」, 그리고 이 작품집에 실린 「도둑맞은 편지」가 그 예이다. 이 작품들에 등장하는 탐정인 뒤팽이 나중에 아서 코난 도일의 셜록 홈스의 모델이 된 것은 이미 널리 알려진 사실인데, 포의 뒤팽은 이후에 성행한 대부분의 탐정물들과는 근본적으로 다른 심리적 통찰을 담고 있기도 하다. 셜록 홈스를 비롯한 현대 탐정물들이 대부분 선명한 선악의 이분법에 바탕을 두고 있다면 포의 작품에는 그와 같은 이분법이 적용되지 않기 때문이다. 가령「도둑맞은 편지」의 뒤팽은 편지를 처음 도둑질한 D와 더블이라고 할 정도로 비슷한 인물이다. 이름의 첫 자가 같은 것도 우연은 아니며, 무엇보다도 두 사람의 전술이 흡사하고 도덕적으로 두 사람 다 선명하게 선과 악을 대표하고 있지 않다. 두 사람 모두 비슷한 편지로 원래 편지를 바꿔치기하며, D의 동기가 자신의 정치적 이익이라면 뒤팽의 동기는 보상으로 주어지는 엄청난 액수의 돈이기 때문에 결코 D에 비해 도덕적 우월성을 주장하기 힘들다. 이렇듯 인물들에 복합적인 심리가 내재하는 이유는「도둑맞은 편지」에서 뒤팽이 드는 두 가지 심리 추리의 예에서 알 수 있듯 추리소설 자체가 인물들의 심리 변화를 중심으로 진행되는 장르이기 때문이다. 심리 묘사에 탁월했던 포가 추리소설이라는 장르를 창안한 것이 결코 우연이 아닌 셈이다.

4

포는 생전에 작품을 끊임없이 개고하고 다듬은 것으로도

유명한 작가여서 대부분의 작품에 상당히 다른 여러 본이 존재한다. 사후에 그의 작품 전집을 모아 낸 그리스월드의 판본이 오랫동안 정본으로 굳어져 왔으나 지난 세기에 그리스월드가 자의적으로 구절을 수정하거나 첨삭한 사실이 학자들에 의해 밝혀졌다. 이에 따라 최근에는 문헌학의 전문가들이 포 생전의 여러 판본들을 대조하면서 정본을 새로 확립하려는 노력이 있다. 이 번역은 그런 노력의 결정판이라고 할 수 있는 G.R. 톰슨 편, 노턴 크리티컬 에디션의 판본(G.R. Thompson Ed., *The Selected Writings of Edgar Allan Poe*, NewYork: Norton, 2004)을 원전으로 삼았다. 수록 작품은 학계에서 두루 그의 대표작으로 꼽는 단편들을 망라해서 선정했으며, 작품 내용에서 한국의 독자에게 생소하리라고 판단되는 사항에 대해서는 주석을 붙였다. 고유명사의 한글 표기는 외래어 표기법을 따랐기 때문에 현지 발음과 조금 달라진 경우도 있음을 밝혀 둔다.

　포의 단편선은 우리나라에도 이미 많은 번역본이 나와 있고, 이 번역을 진행하는 동안에도 새로운 번역본들이 나왔다. 하지만 그 때문에 번역의 의무감에서 해방된 것이 아니라 오히려 번역의 필요성을 더 절실히 느끼게 되었다는 것이 솔직한 심정이다. 앞서 포가 낭만주의와 합리주의의 전통을 결합시킨 작가라고 했지만, 그의 문체는 철저하게 논리적이고 격식을 차려 대부분 건조하고 무거운 편이다. 특히 논리적으로 여러 단계를 밟는 사고를 긴 문장에 담은 그의 문체를 살리면서 우리 독자들이 읽기에 껄끄럽지 않은 현대어로 옮기는 것이 쉬운 일은 아니었다. 하지만 역자 나름대로 최선을 다해서 여러 차례 다듬었기 때문에 자부심과 함께 독자 앞에 조심스레 선보인다. 역자는 이 작품집을 번역하면서 각 작품을 열 번도 넘게 되풀이해 읽었지만 읽을 때마다 감탄하고 배움을 얻었으며, 거기서 이루 말할 수 없는 즐거움을 느꼈다. 이 작품들이 독자 여러분께도 같은 즐거움을 나눠 드렸으면 한다.

2013년 1월

전승희

작가 연보

1809년   1월 19일 미국 매사추세츠 주 보스턴에서 잉글랜드 이민자 출신 배우인 어머니 엘리자베스 아널드 포와 역시 배우인 아버지 데이비드 포 2세 사이에서 출생.

1810년   아버지가 가족을 버린 지 1년 만에 1811년 어머니가 폐결핵으로 사망하여 버지니아 주 리치먼드의 부유한 상인인 존 앨런에게 입양되었으나 공식 입적되지는 않음.

1815년   양부모를 따라 영국으로 이주. 1820년까지 양부모의 고향인 스코틀랜드, 잉글랜드 등지에서 초등교육을 받음. 이 시기에 「윌리엄 윌슨」의 배경이 되는 브랜스비 목사의 기숙학교에 다님.

1820년   미국에 돌아옴.

1826년	버지니아 대학교에 입학. 그리스어, 라틴어, 프랑스어, 이탈리아어를 공부. 양아버지와 불화를 겪으면서 학비를 제대로 받지 못하자 학자금 마련을 위해 도박에 손을 대기 시작. 결국 막대한 부채를 걸머지게 돼 11개월 만에 버지니아 대학교를 퇴학함. 애인이었던 엘미라 로이스터와 파혼.
1827년	첫 애인 로이스터에 관한 내용이 몇 실린 첫 시집 『티무르, 기타 시들(Tamerlane and Other Poems)』 출간. 양아버지와 의절하고 생계를 위해 에드거 A. 페리라는 가명으로 육군에 지원 입대.
1829년	두 번째 시집 『알 아라프, 티무르, 다른 시들(Al Araaf, Tamerlane, and Minor Poems)』 출간. 특무상사에 임관.
1830년	양아버지 도움으로 뉴욕 웨스트포인트 육군사관학교(U.S. Military Academy)에 입학. 양아버지 재혼 후 앨런가와 절연.
1831년	불성실한 근무 태도로 육군사관학교에서 퇴학당함. 볼티모어로 돌아와 고모 클렘 가족과 생계를 이어 감. 키츠, 셸리, 콜리지의 영향을 받은 시가 수록된 세 번째 시집 『시들(Poems)』 출간.
1833년	단편 「병 속에서 발견된 원고(MS. Found in a Bottle)」 를 《새터데이 비지터》에 응모하여 당선, 상금 50달러를 받음.
1834년	양아버지가 포에게 아무런 유산도 남기지 않고 사망.
1835년	리치먼드의 《서던 리터러리 메신저》 편집자로 일

함. 단편 「모렐라(Morella)」 발표.

1836년   고모 클렘의 딸인 버지니아와 결혼.

1838년   단편 「리지아(Ligeia)」 발표. 장편 『아서 고든 핌 이
          야기(The Narrative of Arthur Gordon Pym of Nan-
          tucket)』 출간.

1839년   《버턴스 젠틀맨스 매거진》 근무. 「윌리엄 윌슨
          (William Wilson)」, 「어셔가의 몰락(The Fall of the
          House of Usher)」 등을 포함한 최초의 단편집 『그
          로테스크와 아라베스크에 대한 이야기(Tales of the
          Grotesque and Arabesque)』 출간.

1840년   《버턴스 젠틀맨스 매거진》 사임. 단편 「군중 속의
          사람(The Man of the Crowd)」 발표.

1841년   《그레이엄스 매거진》 근무. 단편 「모르그가의 살인
          사건(The Murders in the Rue Morgue)」, 「소용돌이 속
          으로의 추락(A Descent into the Maelström)」 발표.

1842년   중편 「마리 로제 사건의 수수께끼(The Mystery of
          Marie Roget)」, 「붉은 죽음의 가면극(The Masque of the
          Red Death)」, 「타원형 초상화(The Oval Portrait)」,
          「구덩이와 추(The Pit and the Pendulum)」 발표.

1843년   중편 「황금 벌레(The Gold-Bug)」를 《필라델피아 달
          러 뉴스페이퍼》에 발표해 상금 100달러를 받으면
          서 명성을 크게 떨침. 단편 「검은 고양이(The Black
          Cat)」, 「배반의 심장(The Tell-Tale Heart)」 발표.

1844년   6년간의 필라델피아 생활을 청산하고 뉴욕으로 돌

아와 《이브닝 미러》에 근무. 단편 「도둑맞은 편지(The Purloined Letter)」, 「때 이른 매장(The Premature Burial)」 발표.

1845년 《브로드웨이 저널》 근무. 《이브닝 미러》에 시 「까마귀(The Raven)」를 발표해 전국적으로 각광을 받는 한편, 단편집 『이야기들(Tales)』를 출간.

1846년 단편 「아몬티야도 술통(The Cask of Amontillado)」, 「발데마르 사건의 진실(The Facts in the Case of M. Valdemar)」 발표.

1847년 아내 버지니아가 폐결핵으로 사망한 뒤 우울증 발병.

1848년 시인 헬렌 휘트먼에게 구애하기 위해 프로비던스에 감. 그에게 재정적 지원을 주었던 애니 리치먼드, 세라 애나 루이스와도 염문을 뿌렸으나 단순한 관계에 그침. 이해에 유명한 산문시 「유레카」 발표.

1849년 단편 「깡충 개구리, 혹은 사슬에 묶인 여덟 마리의 오랑우탄(Hop-Frog; or the eight chained Ourangoutangs)」 발표. 시 「종(The Bells)」, 죽은 아내 버지니아를 그리며 쓴 「애너벨 리(Annabelle Lee)」 등 발표. 이해 미망인이 된 첫 애인 엘미라 로이스터와 약혼하기로 결정. 고모 클렘을 약혼식에 초청하기 위해 여행하던 중 볼티모어에서 의식불명으로 쓰러진 채 발견됨. 병원에 옮겨졌으나 의식을 회복하지 못하고 10월 7일 사망. 볼티모어에 있는 웨스트민스터 장로교회 묘지에 묻힘.

세계문학전집 **308**

에드거 앨런 포 단편선

1판 1쇄 펴냄 2013년 2월 12일
1판 22쇄 펴냄 2023년 11월 22일

지은이 에드거 앨런 포
옮긴이 전승희
발행인 박근섭, 박상준
펴낸곳 (주)민음사

출판등록 1966. 5. 19. (제 16−490호)
서울특별시 강남구 도산대로1길 62(신사동) 강남출판문화센터 5층 (우편번호 06027)
대표전화 02−515−2000 팩시밀리 02−515−2007
www.minumsa.com

ISBN 978−89−374−6308−2 04800
ISBN 978−89−374−6000−5 (세트)

* 잘못 만들어진 책은 구입처에서 교환해 드립니다.

세계문학전집 목록

세계문학전집은 계속 간행됩니다.